SU ALTEZA REAL

DANIELLE STEEL

SU ALTEZA REAL

Traducción de
Victoria Alonso Blanco

PLAZA JANÉS

Su alteza real

Título original: *H. R. H.*

Primera edición en España: septiembre, 2008
Primera edición para Estados Unidos: septiembre, 2008

D. R. © 2006, Danielle Steel
D. R. © 2008, Victoria Alonso Blanco, por la traducción

D. R. © 2008, Random House Mondadori, S. A.
     Travessera de Gràcia, 47-49. 08021 Barcelona

D. R. © 2008, derechos de edición mundiales en lengua castellana:
     Random House Mondadori, S. A. de C. V.
     Av. Homero No. 544, Col. Chapultepec Morales,
     Del. Miguel Hidalgo, C. P. 11570, México, D. F.

www.randomhousemondadori.com.mx

Comentarios sobre la edición y contenido de este libro a:
literaria@randomhousemondadori.com.mx

ISBN 978-030-739-234-3

Impreso en México / *Printed in Mexico*

Distributed by Random House, Inc.

A mis queridos hijos:
Beatrix, Trevor, Todd, Nick, Samantha,
Victoria, Vanessa, Maxx y Zara,
con toda mi gratitud y cariño por
lo maravillosos que sois,
en prueba de agradecimiento por vuestra bondad
para conmigo, por la amabilidad, el afecto y la generosidad
con que compartís vuestro corazón y vuestro tiempo.
Ojalá que vuestras vidas discurran con placidez y armonía,
que encontréis felicidad, serenidad y amor,
y que se os brinden todas las oportunidades con que soñáis.
Os deseo finales felices, como en los cuentos,
amigos, compañeros y parejas que os aprecien y
os traten con ternura, amor y respeto,
así como hijos tan excepcionales y maravillosos como vosotros.
Ojalá la suerte os depare la bendición de tener hijos como los míos.

Con todo mi cariño,

Mamá/D. S.

1

Christianna se encontraba frente a la ventana de su dormitorio, mirando hacia la ladera de la colina, sobre la que caía una lluvia torrencial. Observaba a un gran mastín blanco, con las lanas enmarañadas y apelmazadas por el agua, que escarbaba con entusiasmo en el lodazal. El perro, un montañés del Pirineo que su padre le había regalado ocho años atrás, alzaba de vez en cuando la cabeza hacia ella y agitaba la cola, para luego seguir escarbando. El perro, que se llamaba Charles, podía considerarse su mejor amigo en muchos sentidos. Christianna rió al verlo perseguir a un conejo que escapó de sus zarpas y se escabulló a toda prisa. Charles ladró furioso y luego volvió a chapotear alegremente en el barro, a la espera de una nueva presa. Estaba disfrutando como loco, al igual que su dueña mientras lo contemplaba. El verano tocaba ya a su fin, pero aún hacía buen tiempo. Christianna había regresado a Vaduz en junio, tras pasar cuatro años en Berkeley, donde había realizado sus estudios universitarios. La vuelta a casa se le había hecho un tanto cuesta arriba, y por el momento lo mejor de aquel retorno era disfrutar de la compañía de su perro. Aparte de sus primos en Inglaterra y Alemania y diversos conocidos repartidos por Europa, el único amigo con el que contaba era Charles. En Vaduz, Christianna llevaba una vida aislada y solitaria, como la había tenido siempre. Además, creía poco probable que volviera a ver a sus amigos de Berkeley.

Christianna siguió a Charles con la mirada y, al verlo desaparecer en dirección a los establos, salió de su dormitorio a toda prisa, decidida a correr en su busca. Agarró el impermeable y las botas de goma que solía ponerse siempre que limpiaba la cuadra de su caballo y bajó a toda mecha por la escalera de atrás. Se alegró de no cruzarse con nadie por el camino; al momento, ya estaba fuera, dando traspiés en el barro en pos de su mastín blanco. Tan pronto el perro oyó la voz de su dueña que lo llamaba, acudió corriendo y se abalanzó sobre ella con tanto ímpetu que casi la derriba. Charles agitó la cola, sacudiendo agua por todas partes, le echó encima una pata llena de barro y, cuando Christianna se agachó para acariciarle el lomo, se alzó para lamerle la cara; luego, salió a escape de nuevo mientras su dueña reía divertida. Juntos, el uno al lado del otro, se lanzaron a la carrera por el camino de herradura. No hacía día para montar a caballo.

Cuando el perro se apartaba del camino, Christianna lo llamaba; él vacilaba apenas un instante, pero enseguida regresaba a su lado. Charles solía ser obediente, pero ese día estaba alterado por la lluvia; corría y ladraba más juguetón que de costumbre. Christianna estaba disfrutando tanto como él. Al cabo de casi una hora, con la respiración entrecortada, Christianna hizo un alto en el camino y el perro se plantó a su lado jadeando. Decidió emprender el regreso tomando un atajo y, media hora más tarde, ya habían alcanzado de nuevo el punto de partida. El paseo había sido agradable tanto para el perro como para su dueña, y los dos terminaron desgreñados y con un aspecto infame. La larga melena de Christianna, de un rubio casi platino, estaba apelmazada sobre la cabeza, tenía la cara empapada e incluso las pestañas se le pegaban. Ella nunca se maquillaba, a menos que tuviera que salir o previera que le tomarían fotos, y llevaba puestos los vaqueros que había comprado en Berkeley. Eran un recuerdo de su vida perdida. Christianna había disfrutado cada minuto de los cuatro años de estancia en aquella universidad. Luchó con uñas y dientes para que le permitieran hacer la carrera allí. Su hermano había cursado sus estudios universitarios en

Oxford, y su padre le propuso que ella lo hiciera en la Sorbona. Pero Christianna se empecinó de tal modo por estudiar en Estados Unidos, que él terminó cediendo, aunque a regañadientes. Estudiar tan lejos de casa fue una liberación para Christianna, que disfrutó intensamente de cada día que pasó allí; por eso su regreso en junio, al terminar la carrera, se le hizo tan duro. Echaba mucho de menos a sus amigos de la universidad; eran parte de esa otra vida que tanto añoraba. Había regresado para afrontar sus responsabilidades y cumplir con su deber. Un deber que suponía una carga abrumadora para ella, de la que únicamente se sentía aliviada en momentos como ese, cuando correteaba por el bosque con su perro. El resto del tiempo se sentía como encarcelada, condenada a cadena perpetua. No tenía a nadie con quien compartir esos sentimientos, aunque de tenerlo, se habría sentido culpable e ingrata manifestándolos. Su padre era muy bueno con ella. Él percibía, y no porque Christianna le hubiera hecho partícipe de ese malestar, la tristeza que embargaba a su hija desde su regreso de Estados Unidos. Pero nada podía hacer al respecto. Christianna sabía tan bien como él que su infancia, así como la libertad de la que había disfrutado en California, habían tocado a su fin.

Cuando llegaron al término del camino, Charles alzó la vista hacia su dueña con una mirada inquisitiva, como preguntando si era preciso regresar.

—Lo sé, tampoco a mí me apetece —le dijo, acariciándole el lomo con cariño.

Era agradable sentir la caricia de la lluvia en el rostro, y le traía tan sin cuidado como a su perro que se le empapara la ropa o que su melena rubia se mojara. El impermeable le protegía el cuerpo, pero tenía las botas enfangadas. Miró a Charles y se echó a reír; parecía increíble que bajo aquel manto pardusco y enlodado se ocultara su mastín blanco.

Le había sentado bien hacer un poco de ejercicio, como también a Charles. El perro meneó la cola, con la mirada fija en su dueña, y ambos se encaminaron hacia palacio, si bien esta vez a un paso un tanto más decoroso. Christianna confiaba en acceder disimuladamente al edificio por la puerta trasera, pero colar a Charles dentro, en aquel infame estado, no sería tarea fácil. Estaba demasiado sucio para subirlo a los pisos superiores, así que no tendrían más remedio que cruzar por las cocinas. Tras el paseo por el barrizal, su fiel amigo estaba pidiendo un baño a gritos.

Christianna abrió la puerta con mucho sigilo, confiando en pasar inadvertida el mayor rato posible, pero nada más cruzar el umbral, Charles se le adelantó con su enorme mole enfangada y se precipitó en la estancia ladrando eufórico. A eso se le llama entrar con sigilo, se dijo Christianna, sonriendo compungida, y miró de soslayo como disculpándose, los rostros familiares que la rodeaban. Los empleados que trabajaban en las cocinas de su padre eran siempre amables con ella, y a veces desearía sentarse un rato con ellos, como cuando era niña, y disfrutar de su compañía y del grato ambiente que allí reinaba. Pero esos tiempos también habían quedado atrás. Aquella gente ya no le dispensaba el mismo trato que cuando ella y su hermano Friedrich eran niños. Friedrich era diez años mayor que ella y en ese momento se encontraba de viaje por Asia, un viaje del que no regresaría hasta seis meses después. Christianna había cumplido veintitrés años ese verano.

Charles no dejaba de ladrar y, pese a los vanos intentos de Christianna por dominarlo, con sus vehementes sacudidas había logrado salpicar de barro a casi todos los presentes.

—Lo siento mucho —se disculpó.

Tilda, la cocinera, se limpió la cara con el delantal, sacudió la cabeza y sonrió afablemente a aquella jovencita que conocía desde la cuna. Enseguida hizo un gesto en dirección a un muchacho, que se apresuró a sacar de allí al perro.

—Se ha puesto perdido —dijo Christianna al joven, deseando poder encargarse personalmente de bañar a Charles. Le gustaba hacerlo, pero sabía que era poco probable que se lo permitieran. Charles lanzó un gañido quejumbroso mientras lo sacaban de allí—. No me importa bañarlo yo misma... —añadió Christianna, pero el perro ya había desaparecido.

—Solo faltaría eso, alteza —replicó Tilda, arrugando la frente, y luego echó mano de una toalla limpia con la que secar también la cara de Christianna. De haber sido aún una niña, la habría reprendido y amonestado por presentarse allí de tal guisa—. ¿Le apetece comer algo? —A Christianna ni siquiera se le había pasado por la cabeza que fuera la hora de comer y rechazó el ofrecimiento con un gesto—. Su padre se encuentra aún en el comedor. Justo acaba de terminar la sopa. Podría hacer que le subieran algo a usted también.

Christianna vaciló un momento y finalmente asintió. No había visto a su padre en todo el día, y le gustaba disfrutar de su compañía en los raros momentos que compartían cuando no se encontraba trabajando. Por lo general, siempre lo rodeaban miembros del personal de palacio o debía apresurarse para asistir a alguna reunión. Para el príncipe era un lujo comer a solas, y aún más hacerlo en compañía de su hija. Christianna apreciaba sobremanera esos ratos juntos. Él era el único motivo por el que había regresado de buen grado a casa. No había tenido alternativa, aunque su deseo habría sido continuar los estudios en Estados Unidos y hacer un posgrado, por el simple hecho de quedarse un tiempo más allí. Pero ni tan siquiera se atrevió a plantear la posibilidad. Sabía que no se lo permitirían. Su padre la quería en casa. Y ella se sabía doblemente responsable por la sencilla razón de que su hermano no lo era en absoluto. Si Friedrich hubiera asumido de buena gana las responsabilidades que le correspondían, la carga de Christianna habría sido más liviana. Pero era inútil abrigar esperanzas en ese sentido.

Dejó el impermeable colgado de una percha en la antecocina y se quitó las botas. Las suyas eran notablemente más pequeñas que las demás. Christianna calzaba un pie minúsculo, era tan pequeñita toda ella que casi parecía una miniatura. Siempre que se ponía zapatos planos, su hermano le tomaba el pelo diciéndole que parecía una niña, sobre todo por su larga melena rubia, que en ese momento le caía aún mojada sobre la espalda. Tenía las manos pequeñas y delicadas, así como una figura perfecta y en absoluto infantil, pese a su talla y a una delgadez quizá excesiva. Su carita parecía un camafeo; decían que se parecía a su madre, y algo a su padre también, tan rubio como Christianna, aun cuando tanto él como su hermano eran muy altos: ambos rozaban el metro noventa. Su madre, bajita como ella, había fallecido cuando Christianna contaba cinco años y Friedrich quince. Su padre no contrajo matrimonio de nuevo. Christianna era la señora de la casa, y en las cenas y actos importantes solía ocupar el papel de anfitriona. Esa era una de las responsabilidades que le habían sido adjudicadas, y aun cuando no era de su agrado, cumplía con su deber por amor a su padre. Padre e hija habían estado siempre muy unidos. El príncipe siempre tenía muy presente lo duro que había sido para su hija crecer sin madre. Y pese a sus muchas obligaciones, siempre había procurado desempeñar tanto el papel de padre como el de madre, tarea no siempre fácil.

Christianna subió corriendo la escalera, descalza, con vaqueros y jersey. Llegó al office entre resuellos, dirigió una leve inclinación de cabeza a los allí presentes y se deslizó con mucho sigilo en el comedor. Su padre comía solo, enfrascado en una pila de papeles, con las gafas puestas y semblante serio. No había oído a Christianna entrar. Alzó la vista y sonrió, mientras su hija se instalaba silenciosamente en el asiento de al lado. Era evidente que se alegraba de verla, como siempre.

—¿Dónde te has metido, Cricky? —Así la llamaba desde que era una niña. Le dio una palmada cariñosa en la cabeza y, al inclinarse ella para besarle, advirtió que tenía el pelo mojado—. Has estado fuera mojándote. No habrás salido a montar con la que está cayendo, ¿verdad?

Se preocupaba por su hija, más que por Freddy. Christianna había sido siempre tan poquita cosa, la veía tan frágil... Desde que un cáncer se llevó a su esposa dieciocho años atrás, trataba a su hija como el regalo del cielo que la niña había supuesto para ambos al nacer. Se parecía tanto a su madre... Su difunta esposa tenía exactamente la misma edad que Christianna cuando se casaron. Ella era francesa, de la rama Borbón-Orleans, la dinastía que gobernaba en el país galo antes de la Revolución francesa. Christianna descendía de familias reales por ambos progenitores. Los antepasados de su padre procedían en su mayoría de Alemania, con primos en Inglaterra. La lengua materna de su padre era el alemán, si bien su esposa siempre se comunicó con él, así como con sus hijos, en francés. Tras su muerte, y en su memoria, el padre de Christianna había continuado hablando con sus hijos en ese idioma. El francés era la lengua en la que Christianna se sentía más cómoda, además de ser la que prefería, aunque hablaba también alemán, italiano, español e inglés. Desde su estancia en California, su dominio del inglés había mejorado enormemente y hablaba ya con absoluta soltura.

—No deberías salir a montar bajo la lluvia —la reprendió su padre cariñosamente—. Pillarás un resfriado o algo peor. —Desde el fallecimiento de su esposa, le acuciaba el temor, excesivo, tal como él mismo lo reconocía, de que su hija cayera enferma.

—No he salido a montar, sino a correr con Charles —aclaró Christianna.

En ese instante, un camarero depositó la sopa frente a ella, servida en un tazón de Limoges con reborde dorado y más de doscientos años de antigüedad. La vajilla había pertenecido a su abuela materna, y Christianna sabía que la herencia paterna les había legado otros muchos servicios de porcelana tan elegantes como aquel.

—¿Estás muy ocupado hoy, papá? —le preguntó, comedida.

Él asintió y apartó sus papeles con un suspiro.

—No más que de costumbre —contestó—. ¡Hay tantos problemas en el mundo, tantos asuntos imposibles de resolver! Los problemas de los hombres son de una complejidad enorme hoy día. Antes era todo mucho más sencillo.

Las inquietudes humanitarias de su padre eran sobradamente conocidas. Esa era una de las tantas facetas que lo hacían admirable a ojos de Christianna. El príncipe era un hombre digno de respeto; todos los que lo conocían lo tenían en gran estima. Compasivo, íntegro y valiente, era un paradigma para sus hijos. Christianna siempre escuchaba con atención sus consejos y procuraba seguir su ejemplo. Freddy, mucho más indulgente para consigo mismo, no acostumbraba atender a sus mandatos, ni a sus sabias palabras o requerimientos. Su indiferencia respecto a lo que se esperaba de él hacía que Christianna se sintiera doblemente obligada a atender deberes y respetar tradiciones que correspondían a ambos. Sabía lo decepcionado que su padre estaba con su hijo, por lo que se sentía obligada en cierto modo a compensarlo. Además, Christianna era mucho más parecida a su padre y siempre mostraba gran interés por sus proyectos, particularmente si atañían a los menesterosos de países en vías de desarrollo. En varias ocasiones había participado como voluntaria en dichos proyectos, en regiones depauperadas de Europa, labor que le había proporcionado una felicidad incomparable.

El príncipe puso al día a su hija sobre sus últimas empresas; ella escuchaba con interés y contribuía de vez en cuando con algún comentario. Él siempre sentía un profundo respeto por lo que ella opinaba, pues sus aportaciones eran inteligentes, fruto de una cuidadosa reflexión. Lástima que su hijo no poseyera la inteligencia ni la voluntad de Christianna. Por otra parte, sabía perfectamente que, desde su regreso a Vaduz, su hija sentía que estaba perdiendo el tiempo. No hacía mucho le había propuesto trasladarse a París y estudiar derecho o ciencias políticas en la Sorbona. Así al menos se mantendría ocupada y activa mentalmente; además, París estaba a la vuelta de la esquina. Allí contaba con muchos parientes de la familia materna con los que podía alojarse y, dada la cercanía, podría ir a visitarlo a Vaduz a menudo. La idea de independizarse por completo e instalarse en un apartamento propio, si bien habría sido del agrado de su hija, quedaba descartada totalmente. Christianna seguía considerando la propuesta de su padre, pero le interesaba mucho más emplearse en algo útil que ayudara al prójimo que retomar los estudios. Freddy se había licenciado en Oxford, por insistencia de su padre, y había terminado un máster en Empresariales en Harvard, títulos que de nada le servían, dada la vida que llevaba. El príncipe habría aceptado que Christianna estudiara algo menos práctico, de haber sido ese su deseo, aun cuando era una estudiante excelente y responsable en extremo, de ahí que pensara en derecho o ciencias políticas como materias apropiadas para ella.

Cuando estaban terminando el café, el secretario del príncipe entró en el comedor disculpándose y dirigió una sonrisa a la princesa. Aquel hombre era casi como un tío para Christianna; había trabajado al servicio de su padre desde que ella tenía memoria. La mayoría de sus empleados trabajaban para él desde hacía años.

—Siento interrumpir, alteza —se disculpó prudentemente—. Tiene cita con el ministro de Economía dentro de veinte minutos, y han llegado informes nuevos sobre el mercado suizo de divisas que tal vez considere oportuno hojear antes de departir con él. Y a las tres y media viene a palacio nuestro embajador en Naciones Unidas.

Christianna comprendió que su padre estaría ocupado hasta la hora de la cena, y entonces seguramente requerirían su presencia en algún acto solemne u oficial. Ella de vez en cuando lo acompañaba a esos actos, cuando él se lo pedía. De no ser así se quedaba en casa, o aparecía brevemente en algún acto. En Vaduz para ella quedaban descartadas las veladas informales con amigos, como las que había disfrutado en Berkeley. Allí solo la aguardaban obligaciones, responsabilidades y trabajo.

—Gracias, Wilhelm. Bajo en unos minutos —respondió su padre en voz baja.

El secretario se despidió con parsimoniosa reverencia y abandonó discretamente la estancia. Christianna, entretanto, con el mentón apoyado en las manos, siguió sus pasos con la mirada y dejó escapar un suspiro. Parecía más joven que nunca, así como un tanto atribulada, pensó su padre mientras la miraba y sonreía. Era tan bonita y tenía tan buen corazón... El príncipe sabía que desde su regreso las tareas oficiales la abrumaban, como él había temido que sucedería. Las responsabilidades y el peso que conllevaban no eran fáciles de sobrellevar para una joven de veintitrés años. Las inevitables limitaciones con las que debía vivir terminarían a buen seguro exasperándola, como le habían exasperado a él a su edad. También Freddy se sentiría abrumado por esa carga cuando regresara en primavera, aunque cuando se trataba de escurrir el bulto, siempre había demostrado ser mucho más hábil que su padre o su hermana. La única ocupación de su hijo consistía en divertirse, profesión a la que se dedicaba con total exclusividad. Desde que había salido de Harvard, vivía entregado por completo al *dolce far niente*. No hacía otra cosa, y tampoco sentía el menor deseo de madurar o cambiar.

—¿No te cansas de lo que haces, papá? A mí me agota solo ver tu apretada agenda.

Su padre parecía pasarse la vida trabajando, y nunca se quejaba. El sentido del deber formaba parte de su persona.

—Disfruto con lo que hago —respondió con sinceridad—, pero he de decir que no lo hacía a tu edad. —Siempre era franco con ella—. Al principio aborrecía este trabajo. Creo recordar que una vez le comenté a mi padre que me sentía como si estuviera en una cárcel, y él se quedó horrorizado. Con el tiempo te acostumbras. Igual que te pasará a ti, hija mía.

No existía otro camino para ninguno de los dos, ese era el papel que se les había adjudicado desde la cuna, y desde muchos siglos atrás. Al igual que su padre, Christianna lo aceptaba con resignación.

El padre de Christianna, el príncipe Hans Josef, era el soberano de Liechtenstein, un principado de ciento sesenta kilómetros cuadrados y 33.000 habitantes, que limita al este con Austria y al oeste con Suiza. El principado, independiente por completo, mantenía su neutralidad desde la Segunda Guerra

Mundial. Esa condición de país neutral constituía un marco idóneo desde el cual el príncipe podía desarrollar su interés humanitario por los pueblos oprimidos y menesterosos del globo. De todas las actividades de su padre, esta era la que más interesaba a Christianna. La política mundial no atraía tanto su atención, mientras que a su padre, necesariamente, le apasionaba. Freddy no sentía interés por ninguna de las dos cosas, aun cuando era el príncipe heredero y algún día ocuparía el trono. En otros países europeos, a Christianna le habría correspondido el tercer lugar en la línea de sucesión, pero en Liechtenstein la mujer tenía vetado el acceso a la corona, de modo que aun en el caso de que su hermano no ocupara el lugar que le correspondía como soberano, ella nunca llegaría a gobernar el país, aunque tampoco sentía deseo alguno de hacerlo, pese a que su padre solía decir con orgullo que estaba perfectamente capacitada para ello, mucho más que su hermano. Christianna no envidiaba el papel que heredaría su hermano algún día. Bastante tenía con aceptar el suyo. Sabía que a partir del día en que regresara de California, debería vivir en Vaduz para siempre, cumplir con sus deberes y hacer lo que se esperaba de ella. Era un hecho indiscutible, no le quedaba otra opción. Se sentía como un purasangre con una única carrera a la vista: apoyar a su padre, en todas las minucias que estuvieran en su mano. La mayoría de las veces, las tareas que allí desempeñaba se le antojaban un sinsentido total. Sentía como si estuviera desperdiciando su vida en Vaduz.

—A veces detesto este trabajo —afirmó sin rebozo, pero su padre ya estaba al tanto de ese sentir. En ese momento no tenía tiempo para infundirle ánimos, pues debía reunirse con el ministro de Economía en breves minutos, pero la desazón que percibió en la mirada de su hija le llegó muy hondo—. Me siento inútil aquí, papá. Como decías hace un momento, con tantos problemas como hay en el mundo, ¿qué hago yo en Vaduz, visitando orfanatos e inaugurando hospitales, cuando podría estar en otra parte haciendo algo importante?

Su voz sonaba quejumbrosa y triste, y él depositó la mano cariñosamente sobre la de ella.

—Tu labor aquí, aunque no te lo parezca, es importante. Estás ayudándome. Yo no doy abasto para cumplir con esas funciones de las que tú te encargas. Nuestro pueblo aprecia mucho tu participación en esos actos. Es justo lo que habría hecho tu madre, de seguir viva.

—Sí, pero ella lo había elegido —replicó Christianna—. Cuando se casó contigo, sabía de antemano la vida que le esperaba. Fue su deseo dedicarse a ello. Yo, en cambio, siempre siento como si estuviera perdiendo el tiempo.

Ambos sabían que si Christianna seguía los deseos de su padre, terminaría contrayendo matrimonio con alguien de su abolengo, y si su consorte era un príncipe soberano como su padre o un príncipe heredero como su hermano, el desempeño de esas funciones era la mejor preparación que podía recibir para el futuro. Siempre existía la posibilidad remota de que contrajera matrimonio con una persona de rango inferior, pero teniendo a una alteza real por un lado y a una alteza serenísima por otro, parecía cuando menos improbable que su futuro consorte no descendiera de estirpe real. Su padre nunca lo habría consentido. Los Borbón-Orleans, por parte de madre, recibían todos tratamiento de alteza real. Al igual que su abuela paterna. Y el príncipe de Liechtenstein tenía el tratamiento de alteza serenísima. A Christianna le correspondían ambos por nacimiento, pero su título oficial era el de «serenísima». Estaban emparentados con la Casa de Windsor inglesa —la reina de Inglaterra era prima segunda—, y en la familia del príncipe Hans Josef había Habsburgos, Hohenlohes y Thurn und Taxis. En cuanto al principado propiamente dicho, mantenía lazos muy estrechos con Austria y Suiza, pese a que en ninguno de esos países era una monarquía. En cualquier caso, todos y cada uno de los familiares del príncipe Hans Josef y de Christianna y Freddy, así como los antepasados que les precedían, eran de estirpe real. Su padre le decía, desde que era niña, que cuando se casara debería restringirse al círculo al que pertenecía. Christianna nunca se había planteado que existiera otra opción.

La única época de su vida en la que no se había visto afectada por su condición real fue la etapa de California; durante su estancia allí, residió en un apartamento en Berkeley, acompañada de dos guardaespaldas, un hombre y una mujer. Solo desveló su identidad a sus dos amistades más íntimas, que mantuvieron el secreto religiosamente, al igual que la administración de la universidad, que también estaba al corriente. La mayoría de las personas con las que tuvo trato durante aquellos años no llegó a conocer nunca su condición, y Christianna fue feliz así. Le sentó de maravilla aquel inusitado anonimato, librarse de las restricciones y obligaciones que tanto la oprimían desde su juventud. En California, era «casi» una estudiante universitaria más. Casi. Con dos guardaespaldas y un soberano por padre. Cuando le preguntaban a qué se dedicaba su padre siempre respondía con evasivas. Al final, aprendió a decir que trabajaba en derechos humanos o en relaciones públicas, otras veces que en política; todo ello, en esencia, era cierto. Nunca utilizó su título mientras estuvo allí. En cualquier caso, pocas de las personas a las que conoció sabían dónde estaba Liechtenstein, ni que ese país tuviera lengua propia. Nunca mencionó a nadie que su familia vivía en un palacio, una fortaleza del siglo XIV reformado en el XVI. Christianna había sido muy feliz con la independencia y el anonimato de sus años universitarios. Pero ahora todo era distinto. En Vaduz volvía a ostentar el título de alteza serenísima y a soportar todo lo que ello conllevaba. Ser una princesa era como una maldición para ella.

—¿Quieres acompañarme a la audiencia con el embajador en Naciones Unidas? —le propuso el príncipe, para intentar animarla un poco. Christianna dejó escapar un suspiro y declinó el ofrecimiento con un gesto de la cabeza, mientras su padre se levantaba ya de la mesa. Christianna le siguió.

—No puedo. Tengo que inaugurar un hospital. No me explico para qué tenemos tantos hospitales. —Sonrió compungida—. Tengo la impresión de que me paso la vida cortando cintas.

Era una exageración, naturalmente, pero en ocasiones se sentía de ese modo.

—Seguro que tu presencia en ese acto significa mucho para ellos —repuso él, y Christianna sabía que tenía razón.

Pero ella habría deseado ocuparse en algo más útil, trabajar con la gente, ayudarla, procurar mejorar la vida de otros de una forma tangible, en lugar de ponerse un sombrerito, un traje de Chanel y las joyas de su difunta madre o cualquier otra de las alhajas que se guardaban en las cámaras acorazadas del estado. La corona que su madre había lucido en la coronación del príncipe Hans Josef aún se guardaba allí. Su padre siempre decía que Christianna la luciría el día de su enlace matrimonial. Ella misma se sorprendió de lo mucho que pesaba el día que se la ciñó en la cabeza para probársela.

—¿Quieres acompañarme a la recepción de esta noche para el embajador? —le propuso su padre mientras recogía sus papeles. No deseaba atosigarla, dada la evidente pesadumbre que la embargaba, pero llegaba tarde a su cita.

—¿Necesitas mi presencia? —preguntó Christianna cortésmente, siempre respetuosa para con su padre. Habría acudido sin protestar si él le hubiera dicho que sí.

—No, a decir verdad. Solo si te apetece. Es un hombre interesante.

—Seguro que lo es, papá, pero si no necesitas que vaya, preferiría quedarme arriba en vaqueros y leer un rato.

—O jugar con el ordenador —bromeó él.

A Christianna le encantaba comunicarse por correo electrónico con sus amigos de la facultad, con los cuales mantenía correspondencia a menudo, incluso después de regresar a Vaduz y pese a saber que, inevitablemente, la amistad que les unía se iría desvaneciendo con el tiempo. Llevaba una vida tan distinta a la de ellos... Era una princesa absolutamente moderna y una mujer llena de vitalidad, pero de vez en cuando sentía el peso de ser quien era y lo que se esperaba de ella como si arrastrara una bola enganchada a una cadena. Sabía que Freddy sentía lo mismo. En los últimos quince años, su hermano se había convertido en una especie de playboy, siempre en el punto de mira de la prensa sensacionalista, que a menudo aireaba sus idilios con actrices y modelos de toda Europa, así como, esporádicamente, con jóvenes de la realeza. Ese era el motivo que lo había llevado a Asia: escapar de la atención pública y del continuo acoso de la prensa. Era su padre quien lo había animado a que se ausentara un tiempo. Pronto debería sentar cabeza. El príncipe tenía menos expectativas respecto a su hija, puesto que al fin y al cabo esta no heredaría el trono. Pero sí sabía lo aburrida que estaba, razón por la cual le había propuesto cursar estudios en la Sorbona. Incluso él era consciente de que Christianna necesitaba algo más en la vida que inaugurar hospitales. Liechtenstein era un país pequeño, y su capital, Vaduz, una ciudad minúscula. Recientemente también le había propuesto hacer un viaje a Londres y visitar a sus primos y amistades de allí. Ahora que había terminado sus estudios y aún no estaba casada, tenía pocas actividades con las que ocupar el tiempo.

—Nos vemos después de la cena —dijo su padre tras darle un beso en la coronilla.

Christianna aún tenía el pelo mojado y alzó sus enormes ojos azules hacia él. La tristeza que el príncipe percibió en ellos hizo que se le encogiera el corazón.

—Papá, necesito hacer algo más con mi vida. ¿Por qué no puedo irme del país como ha hecho Freddy? —Lo dijo en tono quejumbroso, como habría hecho cualquier chica de su edad que deseara sonsacar algún favor de su padre o permiso para hacer algo que no fuera del agrado de este.

—Porque te quiero aquí conmigo. No aguantaría seis meses sin ti, te añoraría demasiado.

Una repentina chispa de malicia destelló en los ojos de su padre. Había disfrutado de su mejor etapa, mientras su madre vivía; desde entonces solo se había entregado a su familia y a sus responsabilidades. No existía otra mujer en su vida, ni había existido desde la muerte de la madre de Christianna, aunque no por falta de pretendientes. Se había dedicado por entero a su familia y su trabajo. La suya era una vida en verdad sacrificada, infinitamente más que la de ella. Sin embargo, Christianna sabía que esperaba ser correspondido.

—En el caso de tu hermano —añadió risueño—, a veces es un gran alivio saberlo lejos. Ya sabes cómo le gusta llamar la atención.

Christianna soltó una carcajada. Freddy siempre se las ingeniaba para meterse en líos, de los que los medios de comunicación terminaban haciéndose eco. Desde que se trasladó a Oxford para cursar sus estudios, el jefe de prensa de la casa principesca dedicaba gran parte de su tiempo a guardar las espaldas del primogénito. Freddy tenía treinta y tres años, y durante los últimos quince sus apariciones en la prensa habían sido constantes. Christianna solo era objeto de la atención de los medios cuando acudía a actos institucionales en compañía de su padre o en las inauguraciones de hospitales y bibliotecas.

A lo largo de toda su carrera universitaria, sus únicas apariciones en la prensa habían sido: una fotografía en la revista *People*, tomada con ocasión de un partido de fútbol al que había asistido con uno de sus primos de la casa real británica, otra serie de fotos en *Harper's Bazaar* y *Vogue*, y una preciosa imagen, en traje de gala, que había publicado *Town and Country*, para ilustrar un reportaje sobre la joven realeza. Christianna intentaba no llamar la atención, actitud que complacía a su padre. Freddy era otro cantar, aunque él era varón, como el príncipe Hans Josef solía recalcar. A pesar de ello, ya había advertido a su hijo de que cuando regresara de su periplo asiático se habrían terminado los devaneos con supermodelos y los escándalos con jóvenes aspirantes al estrellato, y si continuaba montando escándalos, le retiraría la asignación. Freddy se había dado por enterado y había prometido buen comportamiento a su regreso. Pero no tenía ninguna prisa por regresar.

—Nos vemos esta noche, hija mía —dijo el príncipe Hans Josef, abrazándola cariñosamente.

Luego abandonó el comedor, mientras el personal hacía profundas reverencias a su paso.

Christianna regresó a sus dependencias, situadas en la tercera planta del palacio. Estas consistían en un hermoso y amplio dormitorio, un vestidor, una elegante salita y un despacho. En este la aguardaba su secretaria, acompañada por Charles, que estaba echado en el suelo. Lo habían bañado, peinado y acicalado de tal manera que ya no quedaba rastro del perro con el que había estado correteando por el bosque esa misma mañana. El pobre parecía un tanto alicaído tras el aseo. Odiaba que lo bañaran. Christianna posó la mirada en él y sonrió; se sentía más afín a aquel animal que a cualquier otra persona de palacio, incluso tal vez del país entero. También a ella le desagradaba que la peinaran, la acicalaran y la atosigaran con tantos desvelos. Era mucho más feliz correteando con él como esa mañana, mojándose y poniéndose perdida de barro. Dio unas palmaditas a Charles en la cabeza y se sentó a su escritorio; su secretaria alzó la vista risueña y le tendió la temida agenda del día. Sylvie de Maréchale era una señora de unos cincuenta años, natural de Ginebra; sus hijos ya habían crecido y abandonado el nido: dos de ellos vivían en Estados Unidos, otro en Londres y otro en París. Durante los últimos seis años, ella era quien se ocupaba de los asuntos de la princesa. Pero disfrutaba mucho más con su trabajo ahora que Christianna estaba de vuelta. Su trato era cálido y maternal, y en ella encontraba Christianna alguien con quien al menos conversar y, si era preciso, también quejarse de lo aburrida que era su vida.

—Hoy a las tres tiene programada la inauguración de un hospital, alteza, y a las cuatro, una visita a una residencia de ancianos. Seguramente será breve, y no está previsto que pronuncie discurso en ninguno de los dos lugares. Bastará con unas palabras con las que exprese su agradecimiento y su admiración por la labor que realizan. Los niños del hospital le harán entrega de un ramo de flores.

En la lista que le tendió figuraban los nombres de las personas que la acompañarían durante el acto y de los tres niños escogidos para hacerle entrega del ramo. Sylvie de Maréchale era impecablemente organizada; siempre proporcionaba a Christianna la información imprescindible. Cuando era necesario, la acompañaba en sus desplazamientos. Y dentro de palacio, la ayudaba a organizar las pequeñas veladas para personas destacadas a las que el padre de Christianna le rogaba que agasajara e incluso las cenas de postín para jefes de Estado. Dirigía su propio hogar con el mayor rigor, y ahora enseñaba a Christianna a dirigir el suyo, sin descuidar ninguno de los detalles y las minucias que convertían en un éxito cualquier velada. Sus instrucciones eran perfectas, su gusto exquisito, y su amabilidad para con su joven jefa infinita. Sylvie era la secretaria perfecta para una joven princesa y poseía un grato sentido del humor con el que sabía levantar el ánimo de Christianna cuando la veía abrumada por el peso de sus obligaciones.

—Mañana inaugura una biblioteca —añadió con tacto, sabiendo lo hastiada que estaba la princesa de esas funciones, y eso que apenas habían trascurrido tres meses desde su vuelta a casa. Christianna aún sentía su retorno a Vaduz como una condena—. Mañana sí tendrá que pronunciar un discurso —puntualizó—, pero por hoy se ha librado.

Christianna estaba ensimismada, pensando en la conversación que había mantenido con su padre. Aún no sabía adónde, pero tenía claro que quería irse de allí. Tal vez cuando Freddy regresara, así su padre no se sentiría tan solo. Sabía lo mucho que detestaba sus ausencias. Quería a sus hijos, disfrutaba con su compañía, y por muy príncipe soberano que fuera, nada en el mundo lo hacía tan feliz como su familia, como también había sido feliz en su matrimonio, con aquella mujer a la que aún añoraba.

—¿Quiere que le redacte el discurso de mañana? —se ofreció Sylvie.

No era la primera vez que lo hacía y se le daba muy bien. Pero Christianna denegó el ofrecimiento.

—Puedo hacerlo yo misma. Tendré tiempo esta noche.

Redactar discursos le recordaba sus deberes universitarios. Incluso eso añoraba. Además, así se entretendría un poco.

—Dejaré sobre su escritorio la información sobre la nueva biblioteca —ofreció Sylvie y luego echó un vistazo al reloj y dio un respingo ante lo tardío de la hora—. Mejor que vaya vistiéndose, alteza. Debe salir dentro de media hora. ¿Puedo ayudarla? ¿Quiere que vaya a por algo?

La princesa negó con la cabeza. Sabía que Sylvie se refería a las joyas guardadas en la cámara acorazada, pero las únicas alhajas que Christianna solía ponerse eran el collar de perlas y los pendientes a juego, obsequio del príncipe Hans Josef a su madre. Llevarlas significaba mucho para ella. Y a su padre siempre le alegraba que las luciera. Inclinó la cabeza en dirección a Sylvie y salió del despacho para cambiarse, seguida por el fiel Charles.

Media hora más tarde ya estaba de vuelta, ataviada como toda una princesa. Vestía un traje de Chanel azul pálido con una flor blanca y un lazo negro en el cuello. Y llevaba un bolsito de piel de cocodrilo que su padre le había traído de París, a conjunto con unos zapatos negros del mismo tipo de piel, el collar de perlas con los pendientes a juego de su madre y, en el bolsillo del traje, unos guantes blancos de cabritilla.

Lucía elegante a la par que juvenil, con su melena rubia recogida en una larga coleta muy bien peinada. Se apeó impecable del Mercedes, que la había conducido hasta las puertas del hospital, y saludó al director y a los miembros de la administración del centro con maneras cálidas y amables. Pronunció unas palabras de agradecimiento con las que reconocía la labor que iban a llevar a cabo y se entretuvo a continuación charlando y estrechando la mano de los que salían en tropel a la escalinata de entrada para verla. Todos se quedaron cautivados con su belleza, su juventud y lozanía, su elegancia en el vestir, la naturalidad de su trato y su sencillez en todos los aspectos. Como en todas sus comparecencias públicas, en las que representaba a su padre y a la casa real, Christianna se desvivió por causar buena impresión; mientras se alejaba del hospital en el Mercedes, todos los que se habían congregado a sus puertas hicieron gestos de adiós con la mano, y Christianna les devolvió el saludo del mismo modo, con sus impecables guantes blancos de cabritilla. La visita había sido un éxito rotundo para todos.

Christianna reclinó la cabeza en el asiento un instante, de camino a la residencia de ancianos, pensando en los rostros de los niños a los que acababa de besar. Desde que había asumido sus funciones oficiales en junio, había besado a centenares de ellos. Le resultaba difícil creer, e incluso más difícil aceptar, que en eso consistiría su misión para el resto de su vida: cortar cintas, inaugurar hospitales, bibliotecas y centros de la tercera edad, besar a niños y ancianas y estrechar manos a diestro y siniestro para luego alejarse en su vehículo oficial haciendo adiós con la mano. No pretendía ser ingrata, ni faltar al respeto a su padre, pero detestaba profundamente representar ese papel.

Sabía muy bien lo afortunada que era en muchos sentidos. Pero al reflexionar sobre su situación y darse cuenta de lo fútil que era su vida, y de que seguiría siéndolo en años venideros, se sintió abatida. Permanecía con los ojos entornados mientras el vehículo se detenía frente a la residencia de ancianos, y cuando el guardaespaldas que la acompañaba a todas partes le abrió la portezuela del coche, observó dos lágrimas que resbalaban lentamente por las mejillas de la princesa. Christianna esbozó una sonrisa, para él y para el público que aguardaba a su llegada con semblante ilusionado y expectante, y se enjugó las lágrimas con una mano envuelta en piel de cabritilla.

2

Esa noche el príncipe Hans Josef, tras cenar con el embajador en Naciones Unidas, pasó un momento por las dependencias de Christianna. La velada, una elegante recepción para cuarenta personas, se había celebrado en el comedor de palacio, y aunque al príncipe le habría gustado contar con la presencia de su hija, los demás no repararon en su ausencia. Como acompañante invitó a una antigua amiga y compañera de estudios, ya viuda, a la que consideraba casi una hermana. La baronesa austríaca, madrina de Freddy y amiga de la familia de toda la vida, le ayudó a animar la conversación, tarea no siempre fácil en actos oficiales.

Al llegar a sus dependencias, encontró la puerta abierta. Christianna estaba en la salita, tumbada en el suelo abrazada a su perro, escuchando a todo volumen los discos que había traído de Estados Unidos. Pese al ruido, Charles dormía a pierna suelta. El príncipe sonrió al verlos y entró en la estancia silenciosamente. Christianna, al sentirse de pronto observada, alzó la vista, risueña.

—¿Qué tal la cena? —preguntó.

Su padre parecía muy imponente y distinguido con el esmoquin. Siempre se había sentido muy orgullosa de tener un padre tan apuesto. Verdaderamente, era el arquetipo del príncipe encantador, además de ser un hombre profundamente bueno y sensato que la quería con locura.

—Habría resultado muchísimo más interesante de haber contado con tu presencia, hija mía. Aunque mucho me temo que te habrías aburrido como una ostra.

En eso estaban completamente de acuerdo. Christianna se alegraba de no haber asistido. Con los dos actos oficiales de esa tarde, en el hospital y después en el hogar para ancianos, ya había tenido más que suficiente.

—¿Qué planes tienes para mañana? —preguntó el príncipe.

—Inaugurar una biblioteca, y luego leer unos libros a niños ciegos de un orfanato.

—Una labor muy caritativa por tu parte.

Christianna levantó la vista y miró fijamente a su padre, pero no hizo ningún comentario. Ambos sabían que se aburría mortalmente y ardía en deseos de dedicarse a tareas más relevantes que aquellas. Veía que se le avecinaba un futuro gris y deprimente, un camino interminable que apenas se sentía con ánimos de afrontar. Ni padre ni hija habían previsto lo difícil que iba a resultarle adaptarse de nuevo a la vida en Vaduz. El príncipe Hans Josef se arrepintió de pronto de haberle consentido estudiar en Estados Unidos. Quizá Freddy tenía razón, a él nunca le pareció buena idea. Pese a su escandalosa conducta, Freddy siempre había sido muy protector con su hermana. Y sabía, por experiencia propia, hasta qué punto iba a afectarle saborear la libertad. Al final, así había sucedido. Christianna ya no se sentía a gusto con la vida que le había tocado en suerte. Era como un hermoso caballo de carreras atrapado en una cuadra demasiado pequeña. Al ver a su hija tumbada en el suelo de su habitación con la música a todo volumen, el príncipe Hans Josef cayó en la cuenta de lo mucho que se parecía a cualquier otra jovencita. Pero ambos sabían perfectamente que Christianna no era una chica cualquiera. Lo único que cabía esperar era que pronto olvidara aquella embriagadora libertad a la que se había hecho adicta durante su estancia en Estados Unidos. Era su única esperanza. De lo contrario, iba a sentirse desgraciada durante mucho tiempo. Puede que incluso el resto de su vida, lo que sería un aciago destino para una joven como ella.

—¿Te apetece acompañarme a Viena el viernes por la noche e ir juntos al ballet? —le preguntó con semblante grave, haciendo lo imposible por dar con algo que divirtiera a su hija, que alegrara su solitaria existencia.

Liechtenstein mantenía estrechos lazos con Suiza y Austria, y el príncipe viajaba con frecuencia a Viena para asistir a la ópera o al ballet. Hasta poco antes de la Segunda Guerra Mundial, la residencia oficial de los monarcas de Liechtenstein se hallaba en Viena. Cuando en 1938 los nazis se anexionaron Austria, el padre de Hans Josef trasladó de nuevo a su familia y a la corte a la capital de Liechtenstein para velar por el «honor, valor y bienestar» de la patria, según dictaban los principios fundamentales del principado. Desde entonces no se habían movido de Vaduz. El padre de Christianna personificaba el código ético de la familia y el juramento sagrado que había tomado al ocupar el trono.

—Podría ser divertido —dijo Christianna, levantando la vista y sonriendo.

Era consciente del empeño que ponía su padre para lograr que volviera a sentirse a gusto en el país. Por mucho que la quisiera, tenía las manos atadas. No podía hacer gran cosa por aliviar su malestar. A simple vista, sus vidas podían parecer idílicas, pero a decir verdad, Christianna se sentía como el clásico pájaro encerrado en su jaula de oro. Y su padre empezaba a sentirse el carcelero de su hija. No se le ocurría ninguna solución inmediata para hacer frente al problema. Quizá cuando Freddy regresara de aquella larga estancia en Japón, le alegrara un poco la vida, aunque la presencia de su hermano siempre comportaba otra suerte de problemas. La vida en palacio resultaba mucho más apacible cuando el joven príncipe estaba ausente. Desde que él estaba fuera, no se habían visto obligados a acallar ningún escándalo, para gran alivio de su padre.

A Hans Josef se le ocurrió de pronto otra idea.

—¿Por qué no te vas a Londres la semana que viene y le haces una visita a tu prima Victoria?

Quizá le sentara bien una escapada. La joven marquesa de Ambester era prima hermana de la reina y tenía exactamente la misma edad que Christianna. La díscola y divertida Victoria acababa de sellar su compromiso con un príncipe danés. El semblante de Christianna se iluminó de inmediato al oír su propuesta.

—Eso sí que sería divertido. ¿De verdad no te importaría, papá?

—En absoluto. —Hans Josef sonrió encantado.

Le alegraba pensar que su hija pasara unos días divirtiéndose. En Liechtenstein no había muchas cosas emocionantes que hacer.

—Mañana mismo le pediré a mi secretario que organice el viaje —concluyó.

Christianna se puso en pie de un salto y se arrojó a sus brazos, mientras Charles soltaba un gruñido, daba media vuelta y sacudía la cola.

—Puedes quedarte el tiempo que quieras.

No le preocupaba que su hija se soltara el pelo en Londres, como habría sido el caso tratándose de Freddy. Christianna era una muchacha muy responsable, siempre atenta a sus deberes para con su posición y con su padre. Durante los cuatro años de su estancia en Berkeley lo había pasado de fábula, pero sin descontrolarse lo más mínimo, al menos que su padre supiera. Los dos solícitos guardaespaldas que la escoltaron durante aquel tiempo lograron encubrir un par de deslices sin importancia. No obstante, al igual que cualquier chica de su edad, incluso de su real abolengo, había vivido alguna que otra aventura amorosa —nada serio—, y alguna que otra noche de desenfreno con más copas de la cuenta, pero siempre había salido indemne de todo ello y sin que los hechos trascendieran a la prensa.

Su padre le dio un beso de buenas noches, y ella se quedó tumbada escuchando música un rato. Después se levantó para leer el correo en el ordenador antes de acostarse. Tenía sendos mensajes de dos compañeras de universidad, que se interesaban por su «vida principesca». Les encantaba bromear con su condición. Al recabar información sobre Liechtenstein en internet y ver el palacio en el que su amiga residía, se habían quedado boquiabiertas. Nunca habrían podido imaginarse nada igual. Christianna les había prometido que algún día les haría una visita, pero por el momento no tenía planes inmediatos de hacerlo. Por otra parte, era consciente de que ya nada sería igual. La inocencia y la diversión despreocupada de sus días de universidad habían quedado atrás para siempre. Al menos en su caso. Una de ellas estaba ya trabajando en Los Ángeles, y la otra pasaba el verano de viaje con unos amigos. A Christianna no le quedaba más remedio que reconciliarse con su vida y sacarle el máximo partido posible. La idea de visitar a su prima en Londres la llenaba de ilusión.

El viernes por la mañana emprendió el viaje a Austria con su padre. Debían atravesar los Alpes, y tardarían unas seis horas en llegar al palacio de Liechtenstein en Viena, anterior residencia de la familia real del principado. El palacio vienés era de una belleza espectacular y, a diferencia de lo que ocurría en el castillo de Vaduz, residencia principal de la familia, algunas de sus dependencias estaban abiertas al público. Su padre y ella solían instalarse en un ala aparte, protegida con fuertes medidas de seguridad. El apartamento en el que se instalaba Christianna era mucho más barroco que sus dependencias en Vaduz, que aun siendo bonitas resultaban más cómodas y habitables. En el palacio de Liechtenstein disponía de un dormitorio amplísimo, lleno de espejos y dorados por todas partes, con una enorme cama con dosel y una alfombra de Aubusson de valor incalculable. Parecía un museo, y del techo colgaba una araña enorme que aún funcionaba con velas.

A su llegada les aguardaba el personal de servicio, que Christianna conocía de toda la vida. Una anciana doncella que había atendido a su madre veinte años atrás la ayudó a vestirse, mientras otra bastante más joven le preparaba el baño y le llevaba algo de comer. Christianna fue al encuentro de su padre a las ocho en punto, ataviada con un traje de fiesta de Chanel que había adquirido el año anterior en París. Lucía unos pendientes de brillantes, las perlas de su madre y la habitual sortija, un sello con el escudo de armas de la familia que Christianna llevaba en el meñique de la mano derecha. Era el único símbolo de su real abolengo, pero si no se conocía el escudo de la familia principesca, no llamaba más la atención que cualquier otra sortija por el estilo. El escudo estaba grabado sobre un sencillo óvalo de oro amarillo. Christianna no necesitaba ningún símbolo que indicara su linaje, puesto que tanto en Liechtenstein como en Austria se la conocía por donde fuera, al igual que en el resto de Europa. Era una joven muy bonita, y en los últimos años había aparecido públicamente en compañía de su padre lo bastante a menudo como para atraer la atención de la prensa. Su breve desaparición de escena, mientras estuvo estudiando en Estados Unidos, se percibió como un mero paréntesis. Durante aquellos años, y pese a sus denodados esfuerzos por pasar inadvertida, cada vez que había ido a Europa de visita, la prensa se había hecho eco de la noticia. Y desde su regreso definitivo, estaba pendiente de todos sus movimientos. Christianna era mucho más hermosa que el resto de las princesas europeas, y su reserva, recato y timidez la hacían particularmente atractiva a los ojos de la prensa.

—Estás preciosa esta noche, Cricky —le dijo cariñosamente su padre mientras Christianna, que acababa de entrar en su habitación, lo ayudaba a ponerse los gemelos.

Había un ayuda de cámara en la estancia dispuesto a ayudarle, pero a Christianna le gustaba atender a su padre, y el príncipe prefería que fuera ella quien lo hiciera. La miró risueño, recordando los tiempos en los que su mujer aún vivía. En Europa solo su padre, su hermano y sus primos la llamaban Cricky, aunque había empleado el apodo durante su estancia en Berkeley.

—Pareces toda una mujer —observó, sonriendo muy ufano.

Christianna se echó a reír.

—Es que lo soy, papá.

Su constitución menuda y delicada siempre la había hecho parecer más joven de lo que era, y vestida con vaqueros, jerséis y camisetas parecía más una adolescente que una joven mujer de veintitrés. No obstante, con aquel elegante traje de fiesta negro y la pequeña estola de visón blanco, se asemejaba más bien a una modelo parisina en miniatura. Era grácil y garbosa, con una figura perfectamente proporcionada, y se movía con desenvoltura por la estancia. Su padre la contemplaba con una sonrisa en los labios.

—Tienes razón, hija, aunque no me gusta pensar que lo eres. Por muchos años que cumplas, yo siempre seguiré viéndote como una niña.

—Creo que a Freddy le pasa lo mismo. Me trata como si tuviera cinco años.

—Para nosotros es la edad que tienes —repuso el príncipe con benevolencia.

Su actitud no distaba mucho de la de cualquier otro padre, particularmente de uno que se hubiera visto obligado a criar a sus hijos sin esposa. Había hecho de padre y de madre para ellos. Y ambos coincidían en que había realizado un admirable trabajo; nunca les había fallado. Hizo malabarismos para repartirse y atender sus deberes para con el estado así como para con sus hijos, y los cuidó con cariño, paciencia, sensatez y amor a discreción. En consecuencia, los tres estaban muy unidos. Y aun cuando por lo general el comportamiento de Freddy dejara mucho que desear, sentía un profundo amor por su padre y su hermana.

Christianna había hablado por teléfono con él esa semana. Freddy seguía en Tokio, disfrutando de lo lindo. Había visitado templos, museos, santuarios y derrochado el dinero en restaurantes y salas de fiestas al parecer fantásticos. Durante las primeras semanas de su estancia en Japón, el príncipe heredero del país nipón había hecho las veces de anfitrión, lo cual según Freddy había restado mucha libertad a sus movimientos, y ahora se dedicaba a viajar por su cuenta, es decir, acompañado, naturalmente, por sus ayudantes, un secretario, un ayuda de cámara y los consabidos escoltas. Un séquito imprescindible para mantener a Freddy a raya, o moderadamente a raya al menos. Christianna conocía bien a su hermano. Este comentó lo bellísimas que eran las japonesas y dijo que a continuación pensaba hacer escala en China. No planeaba regresar a Vaduz, ni siquiera de visita, hasta primavera. A Christianna se le antojó una eternidad. En ausencia de su hermano, no contaba con nadie de su edad para charlar. Sus confidencias más íntimas debía compartirlas con su perro. Para las cosas importantes podía dirigirse a su padre, por supuesto, pero no contaba con nadie en absoluto con quien compartir las naderías propias de la juventud. De niña nunca había tenido amigos de su edad, por eso el recuerdo de Berkeley se le hacía aún más maravilloso.

Padre e hija llegaron al ballet en una limusina Bentley, conducida por un chófer, y acompañados por un escolta que viajaba en el asiento delantero. Era el mismo vehículo con el que habían realizado el viaje desde Vaduz por la mañana. Fuera les esperaban dos fotógrafos, que habían sido discretamente informados de que el príncipe Hans Josef y su hija asistirían a la función de esa noche en Viena. Christianna y su padre no se detuvieron a hablar con ellos, pero les dirigieron una amable sonrisa al pasar; una vez en el vestíbulo, el director del ballet en persona salió a recibirlos y los condujo a sus asientos en el palco real.

La representación de *Giselle* fue espléndida, y ambos disfrutaron con el espectáculo. En el segundo acto, el príncipe dio una cabezada durante unos minutos, y Christianna le llamó la atención discretamente agarrándole del brazo. Sabía que a veces el exceso de trabajo hacía mella en él. El príncipe Hans Josef, y su padre antes que él, habían logrado convertir el centro agrícola que fuera en otros tiempos el principado en una potencia industrial de peso con una economía boyante e importantes acuerdos con el extranjero, como la alianza con Suiza, por ejemplo, lo que había redundado en beneficio de todos. Su padre asumía sus responsabilidades rigurosamente, y bajo su mandato, el país había alcanzado gran prosperidad económica. Además, dedicaba una considerable cantidad de tiempo a sus inquietudes humanitarias. Tras la muerte de su esposa, había creado una fundación en su memoria, la Fundación Princesa Agathe, que realizaba una labor destacada en países en vías de desarrollo. Christianna deseaba hablar de ello con su padre desde hacía tiempo. Su interés por trabajar en la fundación había ido creciendo con los años, pese a que su padre en principio no lo veía con buenos ojos. No estaba dispuesto a dejar que se trasladara a países peligrosos para realizar trabajos sobre el terreno con el resto de sus cooperantes. La intención de Christianna, si no acababa matriculándose en la Sorbona, era al menos visitar los emplazamientos donde trabajaba la fundación y quizá participar en labores administrativas, siempre que el príncipe diera su consentimiento. Pero su padre había dejado bien claro que prefería que continuase sus estudios. Christianna, por su parte, confiaba en que si al principio colaboraba en tareas administrativas, quizá más adelante lo convencería para que la dejara de vez en cuando hacer algún viaje esporádico con los directores de la fundación. Sería una labor muy de su agrado. La suya era una de las fundaciones europeas más prósperas y generosas, financiada en gran parte gracias a la fortuna personal de su padre, en memoria de su difunta esposa.

Poco antes de medianoche, regresaron juntos al palacio de Liechtenstein. El mayordomo les tenía preparado un tentempié que consistía en té y bocadillos, de los que ambos dieron cuenta mientras comentaban la función. Solían hacer frecuentes escapadas a Viena para ir a la ópera y a algún concierto de vez en cuando. No quedaba muy lejos, y así descansaban de su rígida rutina; además, al príncipe Hans Josef le encantaban aquellas escapadas con su hija.

Al día siguiente, la animó para que saliera de compras por la ciudad. Christianna compró unos zapatos y un bolso, pero reservó energías para su próximo viaje a Londres. Los artículos que compraba en Viena solía destinarlos a actos institucionales y ceremonias oficiales, como las inauguraciones de rigor. En Londres, en cambio, compraba ropa para estar por casa o para su vida privada, cuando tenía ocasión de disfrutar de ella, que no era el caso en ese momento. Se había pasado los últimos cuatro años en vaqueros, y empezaba a echarlos de menos. Sabía que a su padre no le agradaba que saliera de palacio vestida de manera tan informal, a menos que fuera a dar un paseo en coche por el campo. Christianna se veía obligada a meditar detenidamente todos y cada uno de sus actos, sus palabras, la ropa que vestía, los lugares y compañías que frecuentaba e inclusive los comentarios que pudiera hacer de pasada en público, por si llegaban a oídos de alguien que los tergiversara. Desde muy corta edad había aprendido que la hija de un monarca no disponía ni de vida privada ni de libertad. Si ofendía a alguien, fácilmente podía dejar en mal lugar a su padre o incluso provocar un conflicto diplomático. Christianna era plenamente consciente de ello y, por amor a él, ponía todo su empeño en mostrarse respetuosa con todo el mundo. Freddy se lo tomaba más a la ligera, lamentablemente para todos, y si se encontraba en alguna situación embarazosa, cosa que sucedía a menudo, no se andaba con miramientos. Él no se detenía a pensar en las consecuencias de sus actos. Christianna, en cambio, le daba mil vueltas a todo.

Además de sus inquietudes humanitarias, la joven también había mostrado un gran interés por los derechos de la mujer, una cuestión que en su país levantaba ampollas. En Liechtenstein la mujer gozaba del derecho al voto desde hacía poco más de veinte años, desde 1984 para ser exactos, algo inconcebible. A Christianna le gustaba decir que su llegada al mundo había traído consigo la libertad para las mujeres de Liechtenstein, dado que el año de la emancipación de estas coincidía con el de su nacimiento. En muchos aspectos, el suyo era un país extremadamente conservador, pese a que política y económicamente su padre poseía una visión abierta y muy moderna. Pero Liechtenstein era un país pequeño, constreñido por tradiciones que se remontaban a nueve siglos atrás, y Christianna sentía el peso y la carga de todas ellas. Le ilusionaba pensar que podía aportar ideas frescas aprendidas en Estados Unidos y abrir más el mercado laboral a la mujer, pero tratándose de un país con solo treinta y tres mil habitantes, de los cuales menos de la mitad eran mujeres, pocas serían, tristemente, las que se vieran afectadas por la enérgica y juvenil visión de Christianna. Aun con ello, tenía que intentarlo. El hecho de que el trono le estuviera vedado, simplemente por ser mujer, ya era de por sí un arcaísmo. En otras monarquías y otros principados habría gozado del mismo derecho que su hermano Freddy, aunque lo último que Christianna deseaba era convertirse en soberana. Su aspiración no era gobernar el país ni mucho menos, pero, por principio, esa discriminación atávica le parecía inconcebible en un país moderno. Así solía manifestarse ante los veinticinco miembros que formaban el gabinete ministerial de su padre, siempre que tenía ocasión; también su madre los había acosado para que otorgaran el derecho al voto a la mujer. Poco a poco iban avanzando hacia el siglo XXI, con excesiva parsimonia en opinión de Christianna, y, en ciertos aspectos, incluso de su padre, aunque él no era tan rebelde como ella. Ideológicamente, seguía manteniendo un profundo respeto por las antiguas tradiciones, pero también contaba tres veces su edad, lo cual, inevitablemente, cambiaba mucho las cosas.

Durante el trayecto de regreso a Vaduz comentaron el inminente viaje a Londres de Christianna. Su padre se había llevado una cartera repleta de papeles que leer durante el viaje, pero el trayecto era lo suficientemente largo como para permitirle charlar un rato con Christianna también. Iría a visitar a Victoria el martes. Christianna propuso, con pies de plomo, que quizá podría hacer el viaje sola, sin escolta, a lo que su padre se opuso categóricamente. Siempre preocupado por la posibilidad de una agresión, insistió en que se hiciera acompañar por al menos dos o incluso tres escoltas.

—Qué tontería, papá —protestó ella—. En Berkeley solo tenía dos, y siempre has dicho que Estados Unidos es mucho más peligroso. Además, Victoria tiene su propio guardaespaldas. Con uno tengo más que suficiente.

—Tres —insistió él con firmeza, mirándola con el ceño fruncido.

La más remota posibilidad de que su hija corriera peligro se le hacía insoportable. Prefería extremar las precauciones que ser indulgente.

—Uno —regateó Christianna, y él se lo tomó a risa esa vez.

—Dos, es mi última oferta. De lo contrario, te quedas en casa.

—Está bien, está bien —accedió Christianna.

Sabía que su hermano Freddy se hacía acompañar por tres guardaespaldas en Japón, y llevaba a un cuarto de reserva. Otras familias reales viajaban con menos medidas de seguridad, pero la inmensa riqueza de la familia y del país de Christianna eran de dominio público, lo que los colocaba en una posición de máximo riesgo. No se trataba de su condición de miembros de la realeza sino también, y quizá aún en mayor medida, de su dinero. El mayor temor del príncipe siempre había sido que secuestraran a uno de sus hijos, de ahí su extrema cautela. Christianna ya hacía tiempo que se había resignado a esas medidas de seguridad, como también su hermano. Freddy utilizaba a sus guardaespaldas para que le hicieran recados y cargaran con sus bultos —si bien es cierto que con buenas maneras—, así como para que lo sacaran de los berenjenales en los que él mismo se metía, relacionados con mujeres por lo general, e incluso para que lo ayudaran a escapar de alguna discoteca de madrugada, cuando se le hacía imposible dar un solo paso de la borrachera que llevaba. Christianna no requería tanto a los suyos, puesto que solía comportarse más correctamente, y mantenía con ellos una relación grata y afable, pues la tenían en gran estima y mostraban una actitud muy protectora con ella. No obstante, prefería viajar sola, aunque casi nunca se lo consentían. Su padre se negaba en redondo, y tratándose de ciertos países, con toda la razón.

Por ejemplo, le había prohibido terminantemente viajar a Sudamérica, pese a la ilusión que le habría hecho a ella. Se conocían infinidad de casos de secuestros de personas ricas y poderosas en la zona, y una alteza serenísima con una inmensa fortuna a sus espaldas habría supuesto un reclamo demasiado irresistible. Mejor no tentar la suerte. Por orden expresa de su padre, Christianna tenía limitadas las salidas a Estados Unidos y a Europa, aunque en una ocasión había acompañado al príncipe a Hong Kong, lugar que entusiasmó a la joven. Cuando más adelante expresó su deseo de visitar África e India, su padre se estremeció. Por el momento, era un alivio que su hija se conformara con pasar una semana en compañía de su prima en Londres. En su opinión, ese viaje ya era bastante aventura para ella. La joven marquesa era una chica sumamente excéntrica y muy dada a comportamientos escandalosos; durante muchos años había tenido una pitón y un guepardo como animales de compañía. El príncipe le tenía terminantemente prohibido llevarlos a Vaduz. No obstante, sabía que Christianna se divertiría con su prima, como también sabía lo mucho que su hija necesitaba esa diversión.

Regresaron al palacio de Vaduz poco después de las diez de la noche. El secretario del príncipe aguardaba la llegada de su jefe. Incluso a esas horas de la noche, había trabajo que hacer. El príncipe pensaba cenar en su despacho, y Christianna optó por saltarse la cena. Cansada del viaje, se acercó a la cocina a buscar a Charles, al que encontró dormido a pierna suelta junto a los fogones. Nada más oír sus pasos, el perro saltó a recibirla, y juntos subieron a las dependencias del piso superior, donde la doncella de Christianna, que aguardaba pacientemente su llegada, se ofreció a prepararle el baño.

—Gracias, Alicia —dijo tras un bostezo—, pero creo que me acostaré directamente.

La cama ya estaba abierta, impecable, aguardándola. Las sábanas llevaban bordado el escudo de la familia. La doncella, al comprobar que no precisaba de sus servicios, se retiró con una reverencia, para alivio de Christianna. Era mentira que pensara acostarse directamente. Estaba deseando darse un baño, pero quería preparárselo ella misma. Prefería estar sola en sus habitaciones.

Cuando la doncella se hubo marchado, Christianna se desvistió y cruzó el dormitorio en ropa interior en dirección al ordenador, instalado en su pequeño y elegante despacho, para ver si tenía correo. Esa estancia estaba decorada con hermosas sedas azul pálido, y su dormitorio, así como el vestidor, en satén rosa. Antiguamente la había ocupado su tatarabuela, y allí instalaron a Christianna el mismo día en el que nació, junto con su niñera, ahora ya jubilada.

Esa noche no tenía mensajes de Estados Unidos, tan solo uno muy breve de Victoria, en el que le aseguraba que lo iban a pasar fenomenal juntas la semana entrante. Según dedujo Christianna por sus veladas insinuaciones, tenía ya planeadas un sinfín de andanzas, y se echó a reír de pensarlo. Conociendo a Victoria, no le cabía duda. No se podía esperar otra cosa de ella.

Regresó a su dormitorio, aún en ropa interior, y por fin, abrió el grifo de la bañera y dejó correr el agua para que se llenara. Deambular a solas por sus aposentos era todo un lujo para ella y la única forma de libertad que podía permitirse. Se pasaba el día rodeada de criados, doncellas, ayudantes, secretarios y guardaespaldas. La privacidad era un raro privilegio para Christianna, y gozó intensamente de aquellos momentos de soledad. Por un instante se sintió casi como si se hallara de nuevo en Berkeley, aunque el entorno era completamente distinto. Experimentó, sin embargo, la misma sensación de paz y libertad, de poder actuar a su antojo, aunque eso supusiera simplemente darse un baño y escuchar su música favorita. Puso unos CD de sus días de estudiante, se tumbó en la cama un momento mientras aguardaba a que su enorme bañera antigua se llenara y cerró los ojos. Si se concentraba, casi podía sentirse de nuevo en Berkeley... casi, pero no del todo. Al evocar aquella vida deseó poder desplegar las alas y echar a volar o retroceder en el tiempo.

Qué maravilla ser capaz de hacer algo así. Pero aquellos deliciosos días de libertad habían quedado atrás para siempre. Ahora se encontraba en Vaduz. A su pesar, se había hecho mayor. De Berkeley ya no quedaba más que el recuerdo. Y ella sería su alteza serenísima para el resto de sus días.

3

El martes por la mañana, a primera hora, Christianna abandonaba el palacio de Vaduz para partir hacia Londres, pero antes de salir, pasó un momento a despedirse de su padre. Lo encontró trabajando ya en su despacho, con semblante preocupado y enfrascado en una pila de carpetas. Al parecer, el príncipe discutía sobre algún asunto de gravedad con su ministro de Economía, y ninguno de los dos parecía muy satisfecho. De no salir de viaje, esa misma noche le habría preguntado a su padre a qué se debía tanta preocupación. A Christianna le encantaba que él le hablara de sus medidas y decisiones políticas, de los cambios en la postura de palacio y de las cuestiones económicas que iban surgiendo. Era la única razón por la que habría aceptado estudiar ciencias políticas en la Sorbona, pero aún no había tomado una decisión firme al respecto. Estaba deseando salir de Vaduz, pero la idea de retomar los estudios no le entusiasmaba, aunque fuera en París. Christianna deseaba hacer algo más significativo para la humanidad. En ese momento, la atraía más la fundación que la Sorbona.

—Que te lo pases muy bien —le dijo su padre con cariño.

En cuanto Christianna entró en el despacho, el príncipe y el ministro interrumpieron su discusión de inmediato. El ministro no sabía hasta qué punto el príncipe Hans Josef hacía partícipe a su hija de los asuntos de Estado. Christianna estaba mucho más al tanto del funcionamiento interno del principado que su hermano. A Freddy lo único que le interesaba era sentarse al volante de su Ferrari y correr detrás de las chicas, cuanto más libertinas mejor.

—Da recuerdos a Victoria de mi parte. ¿Qué planes tenéis, o es mejor que no me entere? —bromeó el príncipe con una sonrisa cariñosa.

—Probablemente es mejor que no —contestó Christianna, risueña a su vez.

Pero al príncipe no le preocupaba el comportamiento de su hija. Por muchas locuras que Victoria tuviera planeadas, él sabía que podía confiar en la sensatez de su hija. Ese aspecto no le preocupaba lo más mínimo.

—Estaré de vuelta dentro de una semana, papá. Te llamo por teléfono esta noche.

Y sabía que podía confiar en que lo haría. Christianna siempre cumplía sus promesas, así lo había hecho desde que era una niña.

—No te preocupes por mí, pásalo bien. Qué pena —añadió, con fingido pesar—, vas a perderte la cena de gala del viernes por la noche.

Él sabía perfectamente que su hija se aburría mortalmente en esas veladas.

—¿Quieres que regrese antes? —le preguntó Christianna seriamente, sin que su rostro trasluciera la desilusión.

Si su padre la necesitaba allí, estaría de vuelta para la cena, por muy decepcionante que resultara tener que interrumpir el viaje y abandonar Londres antes de lo previsto. La responsabilidad y el sentido del deber dominaban los actos de ambos, padre e hija; eran su código de conducta.

—Claro que no, boba. Eso ni pensarlo. Quédate más tiempo si quieres.

—Quizá lo haga —dijo Christianna, ilusionada—. ¿No te importaría?

—Puedes quedarte todo el tiempo que quieras —insistió él.

46

Christianna dio un abrazo a su padre, estrechó cortésmente la mano del ministro de Economía y, tras hacer un ademán con la mano despidiéndose de su padre nuevamente, salió del despacho.

—Es una jovencita encantadora —dijo el ministro al príncipe, al retomar el trabajo.

—Gracias —respondió Hans Josef orgulloso—. Sí que lo es.

El chófer de palacio condujo a Christianna y a sus dos guardaespaldas al aeropuerto de Zurich, y cuatro agentes de seguridad los acompañaron hasta las mismas puertas del avión.

Una vez embarcaron, el pasaje advirtió de inmediato que a bordo viajaba alguien importante, pues los auxiliares de vuelo revoloteaban ajetreados en torno al asiento de Christianna. Nada más despegar, le ofrecieron champán, que ella rechazó; inmediatamente le llevaron una taza de té. Uno de los guardaespaldas iba sentado junto a ella, y el segundo, al otro lado del pasillo. Durante el trayecto, Christianna estuvo leyendo un libro sobre política económica aplicada, que su padre le había recomendado. Una hora y media más tarde, aterrizaron en el aeropuerto de Heathrow, donde la aguardaba una limusina. En la aduana, la hicieron pasar a toda prisa, sin nada que declarar, y dos policías del aeropuerto se unieron a los guardaespaldas de la princesa para escoltarla hasta la limusina. Salieron del recinto inmediatamente y, en menos de una hora, estacionaban frente a la elegante casita de Sloane Square donde residía Victoria. La joven marquesa era una de las pocas londinenses que, además de poseer título de nobleza, contaba en su haber con una enorme fortuna; fortuna que debía a su madre, una rica heredera estadounidense casada con un hombre de alcurnia, que a su muerte, dos años atrás, había legado a su hija una herencia inmensa. Victoria despilfarraba el dinero a manos llenas, sin importarle en absoluto que la tildaran de rica consentida. Sabía que lo era y disfrutaba al máximo de su dinero, sin arrepentirse de derroches y extravagancias; por otra parte, era extremadamente generosa con sus amistades.

Victoria salió en persona a recibir a su prima; le abrió la puerta vestida con vaqueros, camiseta, zapatos de tacón alto de piel de cocodrilo, unos enormes pendientes de brillantes y una preciosa diadema que caía un tanto ladeada sobre su melena de color rojo brillante. Nada más ver a su prima, profirió un chillido de júbilo, se arrojó a sus brazos y la condujo al interior, mientras los dos guardaespaldas subían el equipaje de Christianna a la planta de arriba, tras los pasos del mayordomo.

—¡Estás divina! —exclamó Victoria, y la diadema se le deslizó hacia la oreja.

Christianna se echó a reír.

—¿Qué haces con esa diadema en la cabeza? ¿Tendría que haberme traído la mía? ¿Vamos a algún lugar especial esta noche?

A Christianna no se le ocurría qué ocasión podía precisar que luciera una diadema, a no ser que la reina diera algún baile. Pero de tener prevista una velada de esa importancia, su prima ya le habría avisado.

—No, la llevo puesta porque me parece absurdo tenerla muerta de risa en una caja fuerte. Así al menos le doy un poco de uso. Voy a todas partes con ella.

Una actitud muy propia de su prima.

Victoria era una joven desenfrenada, excéntrica y hermosa. Era altísima, medía casi metro noventa, pero no dejaba que eso la arredrara e iba a todas partes con sus quince centímetros de tacón, y plataformas preferiblemente. Vestía con vaqueros o minifaldas tan exiguas que más bien parecían cinturones, y se envolvía en unos tops transparentes que siempre resbalaban por sus hombros hasta dejar al descubierto algún pecho y la nívea blancura de su piel. Era una mujer con un físico despampanante. Durante un tiempo había trabajado de actriz y modelo, pero terminó aburriéndose de aquella vida y se dedicó, durante un tiempo, al arte. De hecho, no pintaba nada mal, pero de todo acababa cansándose. En fechas recientes se había prometido a un príncipe danés, al que al parecer tenía totalmente embelesado, pero Christianna, que conocía muy bien a su prima, no estaba convencida de que aquel compromiso durara mucho tampoco. Victoria ya había estado prometida en dos ocasiones, la primera con un americano, y la segunda con un famoso actor francés que al final la dejó por otra, una terrible grosería según Victoria. A la semana siguiente de la ruptura, ya se había buscado otro novio. Su prima era, con diferencia, la persona más excéntrica que Christianna conocía, pero le encantaba su compañía. Siempre que se veían lo pasaban en grande. Salían de juerga hasta la madrugada, iban de fiesta o a bailar a Annabel's. Siempre que salía con ella, conocía a gente interesante. Victoria, por otra parte, era bastante aficionada a la bebida y fumaba puros. En ese momento acaba de encender uno. Estaban sentadas en el comedor, decorado con una ecléctica mezcolanza de obras de arte clásicas y modernas. Su madre le había dejado en herencia varios Picasso, y la sala estaba atestada de libros y objetos artísticos. Christianna estaba entusiasmada solo por estar allí con su prima. Aquello era lo más opuesto a su tranquila vida en Vaduz con su padre. En su compañía se sentía como quien contempla un número circense en la cuerda floja. Nunca sabías qué sucedería a continuación. Su sola presencia exaltaba el ánimo.

Charlaron un rato sobre los planes para la semana entrante. Victoria comentó que su prometido se encontraba de gira oficial en Tailandia, y ella estaba aprovechando al máximo su ausencia para salir por las noches, aunque, según afirmó, estaba locamente enamorada de él y convencida de que era el hombre de su vida. Christianna no estaba tan convencida de ello. Victoria mencionó de pasada que esa noche cenarían en el palacio de Kensington, con varios primos más, y después saldrían de juerga juntos por Londres.

Durante la conversación el teléfono debió de sonar unas diez veces como mínimo, y su prima contestó en persona cada una de ellas. Gesticulaba haciendo aspavientos, reía y bromeaba, rodeada por dos pugs, cuatro pequineses y un chihuahua que correteaban y ladraban por la habitación. Se había desprendido ya del guepardo y de la serpiente, pero aquello seguía pareciendo una auténtica casa de locos, y Christianna estaba encantada. Disfrutaba visitando a su prima.

Victoria le preguntó por su vida amorosa, mientras una sirvienta entraba discretamente en el comedor a servirles el almuerzo. Comieron ostras y ensalada, la nueva dieta a la que su pelirroja prima, ya de por sí flaca en exceso, había decidido someterse.

—Yo no tengo vida amorosa —respondió Christianna, impasible—. En Vaduz no hay nadie con quien pueda salir. Pero no me preocupa, la verdad.

En California sí hubo alguien que le gustaba, pero todo terminó cuando ella regresó a Europa, nada serio, simplemente una buena compañía durante su estancia allí. Habían quedado como buenos amigos. Y tal como el chico le había confesado antes de su marcha, «eso de salir con una princesa» habría sido demasiado para él. Normalmente también lo era para Christianna. Vivir con ese peso a sus espaldas no resultaba tarea fácil.

—Pues tendremos que encontrarte a algún joven estupendo por aquí.

Lo que Victoria tenía por «estupendo» no coincidía exactamente con la visión de Christianna, si bien era verdad que conocía a gente de lo más interesante, y divertida, pero nadie con quien Christianna deseara mantener una relación seria. Su prima solía moverse en círculos cuando menos estrafalarios. Conocía a la flor y nata de Londres, y todo el mundo ardía en deseos de conocerla a ella.

Después de comer, subieron a las habitaciones de la planta superior. Una de las doncellas de Victoria había deshecho ya el equipaje de Christianna y había colgado sus prendas ordenadamente en el armario. Sus demás efectos personales los encontró guardados pulcramente en los cajones. La habitación de invitados de Victoria estaba decorada con estampados en piel de leopardo y cebra, y rosas rojas repartidas por doquier. Las telas eran de origen francés, muy hermosas, y había pilas de libros sobre todas las mesas y una enorme cama con dosel. Victoria derrochaba estilo y sabía mezclar con gusto los elementos más estrambóticos, tanto en decoración como en las demás facetas de su vida. Había decorado su propio dormitorio con telas de raso en tonos lavanda pálido, y sobre la cama se extendía una enorme colcha de zorro blanco. Parecía un burdel de lujo, pero pese a su estrafalario gusto, poseía antigüedades de mucho valor y todo era de primerísima calidad. Sobre una mesita de noche, descansaban una calavera de plata de tamaño natural y unas esposas de oro. La mesita, de cristal toda ella, había pertenecido al maharajá de Jaipur.

Esa noche, según lo prometido, fueron a cenar al palacio de Kensington. Allí se encontraron con diversos primos de Christianna, miembros de la realeza a su vez; todos los invitados se alegraron de reencontrarse con ella. Los había visto por última vez en junio, a su regreso de Estados Unidos. Tras la cena, fueron a una fiesta privada, dieron una vuelta por dos discotecas, Kemia y Monte's, y terminaron la noche en Annabel's. Christianna lo había pasado estupendamente, pero empezaba a acusar el cansancio. Su prima, en cambio, seguía dispuesta a continuar, con la ayuda de una ingente cantidad de alcohol en el cuerpo.

Eran las cinco de la mañana cuando regresaron a la casa de Sloane Square; subieron a acostarse con mucho sigilo. Los guardaespaldas de Christianna no se habían apartado de ellas en toda la noche y acababan de retirarse a sus habitaciones en el último piso. Para Victoria había sido una noche más, mientras que Christianna tardaría mucho en olvidarla. Las horas que pasaba con su prima siempre se le antojaban inolvidables, todo lo contrario que su anodina vida en Vaduz.

El resto de la semana transcurrió con idéntico frenesí: fiestas, salidas con amigos, compras, la inauguración de una galería de arte, un sinfín de cócteles, cenas, discotecas, hasta que al final, inevitablemente, las dos jóvenes terminaron saliendo en la prensa. Victoria con su diadema y un abrigo de leopardo. Y Christianna con su habitual vestido negro de fiesta y una chaquetilla de visón adquirida el día anterior. No consideró ningún despilfarro comprarla, pues a buen seguro tendría ocasiones de sobra para lucirla una vez en Vaduz. Las demás compras fueron caprichos en su mayoría, y al final se vio obligada a invertir también en una maleta, a fin de poder acarrear todos los bártulos acumulados. Acabó quedándose en Londres diez días, y con ganas de prolongar la estancia. Pero le parecía mal dejar a su padre solo. Se fue de la ciudad contenta y relajada, encantada con la visita, y sin ningún deseo de regresar a Vaduz. Victoria le hizo prometer que volvería pronto. Las fiestas para celebrar su compromiso ni siquiera habían empezado. Darían comienzo cuando su prometido regresara de aquella prolongada gira.

Christianna no pudo evitar pensar si la familia del novio no lo habría alejado deliberadamente de las garras de Victoria. Su prima no era precisamente un modelo de esposa perfecta para un joven heredero de la corona, por muy embelesado que el chico estuviera con ella. Todos los que la conocían decían que aquello no iba a durar. Victoria, sin embargo, lo estaba pasando en grande con los preparativos de la boda, a la que asistirían miles de invitados. Christianna no quería perdérsela por nada del mundo. Se despidieron con besos y abrazos. Nada más llegar a Vaduz, Christianna tendría que ponerse de punta en blanco para asistir a una cena de gala que esa noche daba su padre en honor a ciertos dignatarios españoles de visita en Liechtenstein. Sería una cena de etiqueta en el comedor de gala de palacio, y a continuación habría un baile.

Esa noche, Christianna se reunió con su padre ataviada con un traje de fiesta de chiffón blanco y unas sandalias plateadas de tacón alto que acababa de adquirir en Londres. Como siempre, lucía elegante a la par que discreta, bellísima. Mientras bajaba por la escalera al encuentro del príncipe, sonrió para sus adentros, pensando en Victoria. ¿Qué diría su padre si la viera aparecer tocada con la diadema como su prima? A Victoria le sentaba de maravilla, con su exuberante cabellera pelirroja y su puro en la boca. Christianna en cambio se habría sentido ridícula, o cuando menos pretenciosa. Su prima se encasquetaba la suya hasta para desayunar, y siempre que salían a dar una vuelta.

No había visto a su padre desde su llegada, poco rato antes. Había subido directamente a arreglarse para no llegar tarde a la cena. Y como de costumbre, apareció a su lado justo en el momento preciso. El príncipe bajó la vista hacia ella y sonrió con manifiesta satisfacción. Estaba encantado de tenerla de nuevo en casa y nada más verla le dio un abrazo.

—¿Lo has pasado bien en Londres? —preguntó interesado, momentos antes de que llegaran los invitados.

—De maravilla. Gracias por dejarme ir.

Mientras había estado fuera lo había llamado por teléfono en varias ocasiones, pero sin osar contarle sus andanzas con detalle. Sabía que solo conseguiría preocuparlo, cuando todo era de lo más inocente. Y si se lo hubiera explicado habría sonado demasiado casquivana. Además, todo había salido bien. Mejor que bien, fabulosamente bien. Su prima se había portado como la anfitriona perfecta; se había asegurado de que disfrutara de cada minuto.

—¿Crees que ese nuevo compromiso va en serio? —le preguntó su padre con gesto escéptico.

Christianna se echó a reír.

—No más en serio que los demás, supongo. Dice que está loca por él y ya está organizando la boda. Pero yo por el momento no me compraré ningún traje.

—Me lo figuraba. No me imagino a tu prima en el papel de reina de Dinamarca, y seguro que los padres del novio tampoco. Deben de estar horrorizados.

Christianna soltó una carcajada.

—Pues ya debe de estar preparándose para ceñir la corona, porque no se ha quitado la diadema de su madre en todo el tiempo que he estado allí. Creo que está poniéndola de moda.

—Debería haberte enviado a Londres con una de las nuestras —bromeó su padre.

Sabía que Christianna nunca se la habría puesto.

En ese momento los invitados comenzaron a hacer su entrada en la sala, y la noche adoptó un aire solemne y sumamente circunspecto. Christianna puso todo su empeño en la velada. Conversó con los dignatarios que la flanqueaban en la mesa; con uno en alemán y en español con el otro. Y al final descansó un rato mientras bailaba con su padre.

—Lamento que esto no sea tan divertido como Londres —dijo él, disculpándose, y Christianna le sonrió.

La velada fue mortalmente aburrida, como había temido. Pero no esperaba otra cosa, y no era la primera vez que asistía a celebraciones de esa índole para complacer a su padre. Él era consciente de ello y le conmovía el empeño que su hija ponía por mostrarse agradable. Christianna siempre asumía sus tareas y obligaciones oficiales con diligencia, por muy tediosas que fueran. Y nunca protestaba. Sabía que no merecía la pena; era su obligación en cualquier caso, y la aceptaba de buen talante.

—Con lo bien que lo he pasado en Londres con Victoria, soy capaz de aguantar lo que me echen —repuso generosamente.

A decir verdad, estaba agotada de tanto trasnochar. No entendía cómo su prima podía aguantar ese tren de vida. Victoria era una juerguista redomada, llevaba años viviendo la noche londinense. A diferencia de Christianna, Victoria no había hecho estudios universitarios. Siempre había dicho que no les veía sentido; según ella, en la universidad no iba a aprender nada útil. Aunque durante un tiempo asistió a clases de dibujo y pintura y, de hecho, demostró tener dotes artísticas. Su mayor pasión era pintar retratos de perros disfrazados de personas. Una galería de Knightsbridge vendía sus cuadros a precios astronómicos.

Los invitados del príncipe se marcharon del palacio de Vaduz mucho antes de medianoche; a continuación, Christianna siguió a su padre escalera arriba con paso cansino. Acababan de llegar a la puerta de las habitaciones de ella, cuando se presentó uno de los asesores del príncipe, que iba en su busca. Por su expresión parecía tratarse de algo urgente. El príncipe Hans Josef se volvió hacia él con semblante adusto, aguardando oír el recado.

—Alteza, acaban de informarnos de un ataque terrorista en Rusia. Al parecer se trata de una situación muy grave, similar a la que se vivió en Beslán hace unos años, con rehenes de por medio. A decir verdad, parece calcada a aquella. He pensado que desearía informarse a través de la CNN. Han asesinado ya a varios rehenes, niños todos ellos.

El príncipe entró a toda prisa en la salita de Christianna y encendió el televisor. Los tres tomaron asiento en silencio ante la pantalla. El panorama era aterrador: niños que sangraban por heridas de bala, otros a los que sacaban en brazos del edificio, ya cadáveres. Los terroristas tenían retenidos a cerca de un millar de niños y a más de dos centenares de adultos. Habían tomado una escuela y pretendían intercambiar a los alumnos por diversos prisioneros políticos. El ejército rodeaba el lugar y reinaba el caos; los padres lloraban a las puertas de la escuela, a la espera de noticias. El príncipe escuchaba el parte con abatimiento, y Christianna no podía despegar los ojos de la pantalla, horrorizada. El espectáculo era espeluznante. Tras dos largas horas pegados al televisor, el príncipe se levantó para ir a su habitación a acostarse. El portador de la noticia ya hacía rato que se había marchado.

—Qué atrocidad —dijo compasivo—. Todos esos padres esperando sin saber nada de sus hijos. No se me ocurre una pesadilla peor —añadió, abrazando a su hija.

—Ni a mí —convino Christianna en voz baja, aún con su vestido de seda blanco y sus sandalias plateadas. Se le habían saltado varias veces las lágrimas viendo las noticias, y también su padre parecía embargado por la emoción—. Me siento tan inútil, sentada aquí con este traje y sin poder hacer nada por ayudarlos —afirmó, como si se sintiera culpable, y él la estrechó de nuevo entre sus brazos.

—Mientras tengan retenidos a esos niños, no hay nada que se pueda hacer. Si el ejército irrumpe en el edificio por la fuerza, habrá un baño de sangre.

La posibilidad aún resultaba más estremecedora, y Christianna se enjugó unas lágrimas de nuevo. Los terroristas habían asesinado ya a decenas de niños. Al apagar el televisor, el número total de víctimas alcanzaba ya el centenar.

—Es la mayor barbarie de la que he sido testigo desde lo de Beslán —dijo el príncipe.

Padre e hija se dieron un beso de buenas noches, y Christianna fue a desvestirse y a ponerse el camisón. Poco más tarde, ya en la cama, sintió nuevamente la necesidad imperiosa de encender el televisor. La situación no había hecho sino empeorar, y el número de víctimas infantiles era aún mayor. Los padres estaban desesperados, había prensa por todas partes, y se veían corrillos de militares que aguardaban la orden de asalto. Christianna se sentía tan hipnotizada como horrorizada por aquellas imágenes. Todo hacía esperar que el número de víctimas aumentara conforme pasaran las horas.

Al final, se quedó toda la noche en vela pegada a la pantalla y amaneció ojerosa, debido a la falta de sueño y a la cantidad de lágrimas que había derramado. Se levantó por fin del asiento, tomó un baño, se puso unos vaqueros y un jersey grueso y se encaminó hacia el despacho de su padre, donde lo encontró desayunando. Antes de ir a su encuentro, Christianna había efectuado diversas llamadas telefónicas. Su padre parecía tan afectado como ella. El número de víctimas, niños en su mayoría, se había duplicado. Cuando entró en el despacho, se lo encontró con el televisor encendido, como medio mundo, viendo las noticias. Apenas había probado el desayuno. ¿Quién podía comer a la vista de semejantes atrocidades?

—¿Qué haces vestida ya a estas horas? —le preguntó él, con aire ausente.

Liechtenstein no tenía un papel oficial que desempeñar en aquella crisis, pero ser testigo del devenir de tan trágicos acontecimientos tenía al mundo entero conmocionado y desesperado. Las imágenes que se sucedían en las pantallas no eran una película, sino la realidad pura y dura.

—Quiero viajar hasta allí, papá —dijo Christianna en voz queda, mirando fijamente a su padre.

—No tenemos participación oficial ni postura que adoptar en esta crisis —explicó a su hija—. Somos un país neutral, no nos corresponde colaborar con Rusia en la resolución del conflicto, ni disponemos de brigada antiterrorista.

—Hablo de trasladarme allí a título personal, no como representante oficial del principado —replicó Christianna con toda claridad.

—¿Quién, tú? ¿Cómo ibas a ir allí sino como representante oficial? Además, no disponemos de representación consular en la zona.

—Yo solo quiero ir en calidad de ser humano que desea ayudar al prójimo. No tienen por qué saber quién soy.

El príncipe se quedó pensativo un rato, reflexionando sobre la cuestión. Consideraba muy noble la intención de su hija, pero no le parecía buena idea. Era demasiado expuesto. ¿Quién sabía cómo podían reaccionar los terroristas, especialmente si se enteraban de que una princesa joven y bonita merodeaba por las inmediaciones? No quería a su hija allí.

—Comprendo cómo te sientes, Christianna. También a mí me gustaría ayudarles. Esto es una atrocidad. Pero oficialmente no nos corresponde hacer nada, y a título personal, supondría exponerte demasiado —repuso con absoluta gravedad.

—Me voy, papá —afirmó Christianna en voz queda.

Esta vez ya no solicitaba su consentimiento, era una afirmación en toda regla. Así pudo detectarlo el príncipe, no solo por sus palabras, sino también por su tono de voz.

—Quiero estar allí y hacer todo lo que esté en mi mano, aunque solo sea repartir mantas, servir cafés o ayudar a cavar tumbas. La Cruz Roja ya ha enviado a sus efectivos, puedo ofrecerme como voluntaria.

Christianna hablaba completamente en serio. El príncipe era consciente de ello. De pronto intuyó que sería difícil retenerla, pero sabía que tenía que intentarlo, y con el mayor tacto posible.

—No quiero que vayas. —Eso fue todo lo que se le ocurrió

decir. La consternación de su hija era evidente—. Es una región demasiado peligrosa, Cricky.

—Tengo que ir, papá. No puedo permanecer por más tiempo aquí sentada, como una inútil, limitándome a ver las noticias por televisión. Si lo deseas, haré que alguien me acompañe.

La mirada y las palabras de Christianna ponían de manifiesto que no le quedaba otra alternativa.

—¿Y si me niego?

No podía atarla y hacer que se la llevaran a rastras a su habitación. Ya era mayor de edad, pero él estaba empeñado en que no emprendiera aquel viaje.

—Me voy, papá —repitió—. No puedes impedírmelo. Sé que, moralmente, es lo correcto.

Era lo correcto, efectivamente. Pero no para su hija. También a él le gustaría presentarse allí, pero la impetuosidad de la compasión juvenil le quedaba ya muy lejos, y se sentía demasiado viejo para exponerse a tales riesgos.

—Tienes razón, es lo correcto, Cricky —repuso con delicadeza—, pero no para ti. Es un riesgo tremendo. Si se enteran de quién eres, podrían tomarte a ti también como rehén. Dudo que los terroristas respeten la neutralidad de ciertos países, si ni siquiera respetan a las personas. No discutamos más sobre el asunto, te lo ruego.

Christianna sacudió la cabeza, visiblemente decepcionada por la reacción de su padre. Pero él se sentía en la obligación de protegerla de su propia inconsciencia.

—Te debes a tu pueblo, Christianna —replicó severamente, intentándolo por todos los medios—. Podrían matarte, podrías salir malherida. Además, no dispones de formación técnica ni médica que ofrecer. En ocasiones los civiles sin preparación solo consiguen empeorar las cosas, por bienintencionados que sean. Christianna, sé que tu propósito es bueno, pero no quiero que hagas ese viaje.

El príncipe la taladró con la mirada.

—¿Cómo puedes decir eso? —replicó ella, enfadada y con

CITY OF RANCHO MIRAGE

PUBLIC LIBRARY

RENEWAL

Date charged: 12/15/2012,15:
28
Date due: 1/9/2013,23:59
Item ID: 0380002049555
User name: Acevedo, Maria
Luisa
Title: La casa = [House]
User ID: 1380000788799

Date charged: 12/15/2012,15:
27
Date due: 1/9/2013,23:59
Item ID: 0380001908736
User name: Acevedo, Maria
Luisa
Title: Su alteza real = [H.R.H.]
User ID: 1380000788799

RANCHO MIRAGE PUBLIC LIBRARY
FOUNDATION

Please consider joining the Rancho Mirage Public Library Foundation.
For information, please call (760) 341-7323, extension 605.

www.ranchomiragelibrary.org

los ojos llenos de lágrimas—. Mira a esa gente, papá. Algunos ya se han quedado sin hijos, a otros se les están muriendo. Es probable que hoy acaben con muchos más. Tengo que ir. Intentaré ser útil de alguna manera. No pienso quedarme aquí sentada, viéndolo por televisión sin más. No es esa la clase de persona que me has enseñado a ser.

Estaba tocando su fibra sensible, más de lo que imaginaba. Siempre lo hacía.

—¡Por amor de Dios, tampoco te he enseñado a jugarte la vida tontamente! —saltó él, enfadado a su vez.

No pensaba dejarse coaccionar, por mucho tesón que ella pusiera en el empeño. La respuesta seguía siendo no. El problema era que Christianna ya no estaba pidiendo su consentimiento, la decisión estaba tomada. A su parecer, no cabía otra alternativa.

—Lo que me has enseñado, papá, es a velar por «el honor, valor y el bienestar» de la patria. A interesarme por los demás y a cuidar de ellos. A tender la mano a los necesitados y a hacer lo posible por ayudarles. ¿Qué ha sido de ese lema familiar del que siempre has hecho gala: «Honor, valor y bienestar»? Siempre has dicho que nuestra misión en la vida es asumir el deber y la responsabilidad para con todos los que nos necesitan, aunque ello exija que nos armemos de valor, y defender nuestras convicciones. Mira a esa gente, papá. Nos necesitan. Y yo estoy dispuesta a hacer todo lo que pueda por ellos. Esa es la persona que tú me has enseñado a ser desde que era una niña. No puedes cambiar tus principios de buenas a primeras solo porque te preocupe lo que pueda sucederme allí.

—Se trata de terroristas, Christianna, no es lo mismo. Esa gente no tiene reglas.

El príncipe la miró abatido, suplicándole con la mirada que desistiera. Cuando Christianna alzó el rostro para darle un beso en la mejilla, los ojos de su padre se anegaron en lágrimas.

—Te quiero, papá. No me pasará nada. Te lo prometo. Me pondré en contacto contigo en cuanto pueda.

El príncipe reparó entonces en los dos guardaespaldas de Christianna, apostados junto a la puerta de paisano. Su hija había organizado el viaje, ya antes de entrar en su despacho. Su intención era firme, y él sabía que a menos que la retuviera por la fuerza, cumpliría su propósito con o sin su consentimiento. Agachó la cabeza un instante y luego la alzó de nuevo para mirarla a los ojos.

—Ve con mucho cuidado —le advirtió con aspereza y luego miró amenazante a los dos guardaespaldas. El soberano era él, y pese al desacato de Christianna, ambos eran conscientes de que si algo le sucedía a la princesa, cargarían con las consecuencias—. No la perdáis de vista un instante. ¿Entendido?

—Sí, alteza —respondieron en el acto.

No era habitual ver enojado al príncipe, si bien su semblante hacía pensar que lo estaba. De hecho, no era enojo lo que sentía, sino preocupación. O mejor dicho, terror; terror por lo que pudiera sucederle a su hija. No soportaba la idea de perder a la niña de sus ojos. Ese mismo terror le hizo caer en la cuenta de la angustia que estarían sufriendo aquellos padres mientras veían cómo los terroristas mataban uno tras otro a sus hijos con la pretensión de liberar a sus compañeros. En definitiva se trataba de canjear terroristas por niños, un canje despiadado que colocaba a todos los implicados en una situación imposible. Y a medida que reflexionaba sobre aquel drama, comprendía que su hija tenía razón. No deseaba la marcha de Christianna, pero admiraba su valor y la firmeza de su propósito. Al fin y al cabo, con ello no hacía más que seguir sus enseñanzas al pie de la letra: entregar la vida si era preciso al servicio de los demás. Indirectamente, el deseo de su hija de realizar ese viaje era culpa suya y de nadie más.

Christianna regresó a su dormitorio para recoger el equipaje; a continuación, el príncipe los acompañó a ella y a los dos guardaespaldas, hasta el automóvil.

—Ve con Dios —le dijo, abrazándola con lágrimas en los ojos.

—Te quiero, papá —contestó ella serenamente—. No te preocupes por mí, no me pasará nada.

Christianna entró en el vehículo con sus dos acompañantes. Los tres se habían puesto botas y chaquetas de abrigo. Unas horas antes, Christianna había reservado los vuelos por teléfono. Su intención era localizar el campamento de la Cruz Roja una vez llegaran al país y ofrecerse como voluntaria. Gracias a las noticias transmitidas por la CNN, sabía que dicha organización se encontraba ya en el lugar de los hechos, aportando toda la ayuda que estaba en sus manos.

El príncipe siguió con la mirada la marcha del vehículo hasta que este cruzó la verja de palacio. Christianna asomó la cabeza por la ventanilla y le hizo gestos de adiós con la mano, sonriendo triunfal. Lanzó un beso al aire, movió los labios con un «te quiero» de despedida, y a continuación el vehículo dobló la esquina y desapareció. El príncipe volvió a palacio con la cabeza gacha. La marcha de Christianna lo dejaba consternado, pero era consciente de que nada habría podido retenerla. Se habría ido de todos modos. Solo le quedaba rezar para que nada malo le sucediera y regresara sana y salva. Christianna ignoraba hasta qué punto la admiraba su padre. Era una joven excepcional. Al entrar de nuevo en su despacho, el príncipe sintió el peso de los años que se desplomaban sobre sus espaldas.

4

Christianna y sus dos guardaespaldas hicieron el viaje a Zurich en automóvil y desde allí volaron a Viena, donde embarcaron en un vuelo con destino a Tbilisi, capital de Georgia, que duraría cinco horas y media.

Aterrizaron en Tbilisi a las siete de la tarde y, media hora después, embarcaron en otro avión, viejo y destartalado, que los conduciría a la ciudad rusa de Vladikavkaz, en Osetia del Norte. El avión iba abarrotado; la cabina ofrecía un aspecto raído y descuidado, y el aparato, un avión de hélice, despegó trepidando ostensiblemente. El viaje desde Zurich se había hecho muy largo, y cuando por fin tomaron tierra en Vladikavkaz, poco antes de las nueve de esa noche, los tres acusaban ya el cansancio.

Christianna se había hecho acompañar por sus dos guardaespaldas más jóvenes. Ambos habían sido formados por el ejército suizo, y uno de ellos había servido anteriormente como comando en Israel. No podía haber elegido a acompañantes más idóneos.

La princesa ignoraba con qué se encontrarían cuando llegaran a la ciudad rusa de Digora, situada a unos cincuenta kilómetros de Vladikavkaz y punto final del trayecto. A excepción de la reserva de pasajes, no había efectuado otros preparativos. Su intención era localizar el campamento de la Cruz Roja en cuanto llegaran al lugar del secuestro y ofrecer su ayuda para lo que fuera necesario. Daba por sentado que no les denegarían el acceso a la zona, en ello confiaba. No temía por lo que pudiera sucederle y tampoco se había molestado en buscar casa donde hospedarse o habitación en algún hotel. Su propósito era trabajar sobre el terreno, las veinticuatro horas del día si era preciso. Estaba dispuesta a pasar largas horas de pie y privarse del sueño, mientras atendía a los desesperados padres o a los niños heridos. Christianna había adquirido algunos conocimientos de primeros auxilios durante su etapa escolar, pero aparte de su juventud, bondad y buena disposición no disponía de más preparación que ofrecer. Y pese a las severas advertencias de su padre, no le preocupaba en absoluto el peligro que pudiera correr. Estaba dispuesta a afrontar los riesgos, convencida de que para quienes aguardaban frente a las puertas de aquella escuela estos serían ínfimos. En cualquier caso, su deseo era estar allí. Y sabiéndose protegida por sus guardaespaldas, se sentía segura.

El primer encontronazo con la realidad se produjo ya en el aeropuerto, al pasar por la aduana. Uno de sus guardaespaldas tendió al oficial de turno los tres pasaportes. Habían acordado que, una vez en Rusia, no revelarían la identidad de la princesa bajo ningún concepto. Christianna no había previsto topar con ningún impedimento antes de entrar en el país, por lo que le sorprendió que el oficial de aduanas se detuviera a examinar detenidamente su pasaporte y la escrutara con la mirada. La foto era un buen retrato, luego, evidentemente, no podía tratarse de eso.

—¿Esta es usted? —le preguntó el oficial, con cierta hostilidad.

Se dirigió a ella en alemán, pues había oído que hablaba en esa lengua con uno de los guardaespaldas y en francés con el otro. Christianna asintió con la cabeza, olvidando la manifiesta diferencia entre su pasaporte y los de sus acompañantes.

—¿Nombre?

Christianna cayó entonces en la cuenta del motivo que había inspirado los recelos de aquel policía.

—Christianna —respondió en voz baja.

En su pasaporte solo figuraba su nombre de pila, como era habitual para todos los miembros de la realeza. Elizabeth, en el caso de la reina Isabel de Inglaterra o Marie Christine, en el de la princesa de Kent. En los pasaportes expedidos a los miembros de todas las casas reales constaba únicamente el nombre de pila, sin títulos ni apellidos. El aduanero la miró malhumorado y confuso.

—¿No tiene apellido?

Christianna vaciló un instante y finalmente le tendió un breve documento, expedido por el gobierno de Liechtenstein, que justificaba las características especiales de su pasaporte y acreditaba su condición de alteza serenísima del Principado. El documento estaba en su poder desde que se trasladó a California para realizar sus estudios, por exigencias del servicio de aduanas estadounidense. Estaba escrito en inglés, alemán y francés, y Christianna lo llevaba siempre encima, junto con el pasaporte, pero solo lo presentaba si lo requerían las circunstancias. El oficial lo leyó detenidamente, la escrutó con la mirada un par de veces, miró después a sus guardaespaldas y luego a ella de nuevo.

—¿Adónde se dirige, señorita princesa? —preguntó.

Christianna disimuló una sonrisa. Era evidente que aquel oficial había crecido en un sistema comunista, puesto que no dominaba el protocolo, si bien parecía haber despertado cierto interés en él. Christianna le dijo adónde se dirigían, y él asintió de nuevo con la cabeza, selló los tres pasaportes y los hizo pasar con un ademán de la mano. Liechtenstein, al igual que Suiza, era un país neutral, lo cual a menudo franqueaba el paso a lugares que otros pasaportes tal vez limitaban. Su título, además, también solía abrirle bastantes puertas. El oficial no hizo más preguntas, y los tres se encaminaron hacia el mostrador de vehículos de alquiler, donde guardaron cola durante media hora con los demás allí presentes.

Los tres se morían de hambre, y Christianna ofreció a sus

compañeros un paquetito de galletas y un par de botellas de agua que llevaba en la mochila, tras lo cual abrió otra para ella. La espera se les hizo eterna. Cuando por fin les llegó su turno, descubrieron que el único automóvil que quedaba disponible era un Yugo con diez años de antigüedad, y a una tarifa desorbitada. Christianna no tuvo más remedio que aceptarlo, pues no había otra cosa, y tendió su tarjeta de crédito para efectuar el pago, pero en ella tampoco constaba su apellido. La mujer que atendía el mostrador les preguntó si podían pagar en efectivo. Christianna llevaba consigo dinero en metálico, pero no quería desprenderse de él nada más entrar en el país, y finalmente la señora se avino a aceptar la tarjeta, tras ofrecerles un descuento en la tarifa si pagaban en metálico, que Christianna rechazó.

Firmó el contrato reglamentario, cogió las llaves del vehículo y pidió un mapa. Diez minutos más tarde salía hacia el aparcamiento para localizar el Yugo, acompañada de Samuel y Max, sus dos guardaespaldas. Era un coche minúsculo, de aspecto destartalado. Samuel y Max apenas cabían en su interior; ella, en cambio, se deslizó grácilmente en el asiento trasero, agradeciendo ser menuda. Samuel puso en marcha el motor, mientras Max desplegaba el mapa. Según la información que les habían proporcionado en el mostrador, tenían por delante unos cincuenta kilómetros de trayecto, con lo que probablemente llegarían a su destino alrededor de las once de la noche. Ambos guardaespaldas iban provistos de armas, que habían extraído del equipaje una vez en el aparcamiento. Max se ocupó de cargarlas mientras salían de allí, bajo la atenta mirada de Christianna. Las armas no la incomodaban, pues había crecido rodeada de ellas. Poco servicio podían proporcionarle sus guardaespaldas si no iban armados. Ella misma había aprendido a disparar y gozaba, insólitamente, de buena puntería; mejor que su hermano, quien consideraba las armas ofensivas, si bien disfrutaba del ambiente de las cacerías de patos y urogallos y participaba en ellas a menudo.

Cuando por fin salieron del recinto del aeropuerto, empezaron a acusar vivamente el hambre y, a mitad de camino, hicieron un alto para cenar en un pequeño restaurante al pie de la carretera. Samuel sabía unas pocas palabras de ruso, pero se hicieron entender sobre todo señalando los platos de los demás comensales; dieron cuenta de una cena sencilla y tosca. Los demás clientes eran en su mayoría camioneros, que viajaban de noche, y la bonita joven rubia acompañada por aquellos dos corpulentos hombretones enseguida atrajo su atención. De haber sabido que se trataba de una princesa, aún habría despertado más curiosidad. Pero con vaqueros, jersey y parka, aquellos botines que solía llevar en Berkeley y la melena rubia recogida en una coleta, Christianna parecía una chica cualquiera. Sus guardaespaldas iban vestidos de similar guisa y ofrecían un aspecto vagamente militar. Tal vez en otro lugar habrían detectado a la primera que se trataba de escoltas de algún tipo, pero nadie de los allí presentes se planteó la posibilidad. Después de cenar, pagaron la cuenta y siguieron camino. Por la carretera se cruzaron con diversas pequeñas furgonetas Daewoo, que según supo Christianna más adelante recibían el nombre de «marshrutkas» y se utilizaban comúnmente como taxis compartidos. Eran el medio de transporte más popular en el país.

Dado que no entendían las señales y que el mapa que llevaban era confuso, se equivocaron de desvío varias veces y llegaron a su destino ya casi de madrugada. Nada más llegar les dieron el alto en un control vigilado por soldados rusos con uniforme antidisturbios. Los soldados, provistos de cascos con visera protectora y metralletas, interrogaron a Christianna y a sus acompañantes sobre el propósito de su visita. Desde el asiento trasero, Christianna se dirigió a ellos en alemán y les explicó que buscaban el campamento de la Cruz Roja para ofrecer su colaboración. El centinela vaciló y, en un precario alemán, les ordenó esperar mientras consultaba con sus superiores, que formaban corrillo cerca de allí. Uno de ellos habló con el centinela y luego se dirigió personalmente hacia el Yugo.

—¿Son miembros de la Cruz Roja? —preguntó, frunciendo el entrecejo y escrutándolos con ostensible recelo.

Ignoraba cuál sería su identidad, pero no parecían terroristas. De serlo, los habría reconocido a la legua, pues tenía un sexto sentido para ello, y algo le decía que los tres individuos que viajaban en aquel Yugo se encontraban allí por las razones manifestadas.

—Somos voluntarios —afirmó Christianna con firmeza.

El otro los miraba de arriba abajo, vacilando aún. Pero no detectó motivo alguno de alarma en su apariencia.

—¿De qué país?

Habida cuenta del problema que tenían entre manos, lo último que deseaba era a tres turistas merodeando por la zona. Al igual que el primer centinela que les había dado el alto, parecía cansado. Habían transcurrido ya cuarenta y ocho horas desde el inicio del asalto, y esa tarde los terroristas habían asesinado a otra docena de niños y habían dejado tirados sus cuerpos en el patio de la escuela, con la consiguiente desmoralización general. Dos chiquillos habían sido derribados a tiros mientras intentaban escapar. La situación era una réplica de la trágica crisis de los rehenes vivida unos años atrás en Beslán, ciudad situada en la misma región de Osetia del Norte. Si bien a escala un tanto más reducida, la situación era prácticamente la misma. Pero el número de víctimas iba en aumento a medida que pasaban las horas, y el desenlace no se había producido aún.

—Somos de Liechtenstein —declaró Christianna—. Bueno, yo. Mis dos acompañantes son suizos. Pertenecemos los tres a países neutrales —le recordó, y él asintió de nuevo con la cabeza.

Christianna no sabía si esa neutralidad le abriría alguna puerta, pero no estaba de más recordárselo a su interlocutor.

—¿Pasaportes?

El guardaespaldas que iba al volante se los entregó, y el oficial reaccionó de la misma manera que su colega en la aduana.

—En el suyo no consta ningún apellido —observó, desabrido, como si se hubiera cometido un error en la expedición del pasaporte.

Pero, esta vez, Christianna no quería recurrir a su documento oficial, por temor a que su presencia allí trascendiera o se armara revuelo.

—Sí, lo sé. En mi país suele ocurrir. Con las mujeres —añadió, pero el vigilante, nada convencido, adoptó un semblante escamado.

Era natural, dada la situación en la que se encontraban.

Al final, Christianna le tendió la carta a regañadientes. Él la leyó con detenimiento, miró fijamente a Christianna y a sus dos acompañantes, y después volvió a dirigir la mirada hacia ella, con asombro y admiración.

—¿Una princesa? —Parecía atónito—. ¿Aquí? ¿Para trabajar con la Cruz Roja?

—Esa es nuestra intención. A eso hemos venido —respondió Christianna.

Seguidamente, el oficial estrechó la mano del conductor y, tras indicarles la ubicación del campamento de la Cruz Roja, les entregó un salvoconducto y con un ademán les indicó que pasaran. Resultaba de todo punto inusual franquear la entrada al escenario de una crisis así como así, y Christianna sospechó que de no ser por su condición de miembro de la realeza, les habrían denegado el acceso. El tipo había actuado de ese modo por deferencia hacia ella, y hacia los dos caballeros que la habían acompañado a Rusia. Incluso les había proporcionado el nombre de la persona al mando del equipo de la Cruz Roja. Sin embargo, antes de continuar su camino, Christianna le rogó en voz baja que no divulgara su identidad; su silencio tenía una importancia capital para ella. El oficial asintió con la cabeza y siguió el avance del vehículo con la mirada, aún visiblemente impresionado. Christianna confió en que fuera discreto. Si se corría la voz, lo echaría todo a perder, o al menos entorpecería mucho las cosas. En esas circunstancias, lo más fácil para ella era mantener el anonimato. Si su presencia allí llegaba a oídos de la prensa, los periodistas la seguirían a todas partes y su acoso podía incluso obligarla a marcharse. Eso era lo último que deseaba. Su intención era ser útil, no convertirse en una atracción mediática.

Al aproximarse a la escuela, encontraron cordones policiales, barricadas militares, policías antidisturbios, brigadas de comandos y soldados apostados con metralletas por todas partes. Pero una vez franqueado el primer puesto de vigilancia, ya no tuvieron que someterse a controles tan exhaustivos. Si les pedían el pasaporte, le echaban un vistazo por encima sin detenerse a examinarlo con detenimiento. Miraban sus salvoconductos provisionales y asentían con la cabeza sin más. La mayoría de los civiles que encontraron a su paso, tanto padres como familiares de los niños o de los profesores que permanecían retenidos en el interior, estaban deshechos en lágrimas. La situación recordaba tan vivamente a la crisis vivida en la escuela de Beslán que parecía imposible creer que se pudiera vivir otra tragedia prácticamente idéntica, y en la misma república. Finalmente, tras una intensa búsqueda y después de pasar junto a una flota de ambulancias, divisaron cuatro camiones de la Cruz Roja, rodeados por un ejército de empleados de la organización, con los consabidos brazaletes blancos con una cruz que los identificaba entre la multitud. Algunos llevaban a niños en brazos, otros repartían cafés, atendían a los angustiados padres o permanecían a la espera del desarrollo de los acontecimientos, infundiendo serenidad con su presencia.

Christianna se apeó del coche en cuanto los vio, y Samuel, el guardaespaldas que en el pasado había formado parte de una unidad de comandos, le siguió los pasos a una distancia prudencial, mientras Max se encargaba de aparcar el automóvil en un descampado habilitado para la prensa y los familiares. El viaje en él no había resultado muy cómodo, pero al menos había conseguido llevarlos a su destino. Christianna preguntó por la persona al mando, cuyo nombre le había dado el oficial del puesto de control, y la condujeron hasta una serie de sillas dispuestas junto a uno de los camiones de la Cruz Roja. Sentada en una de ellas, vio a una señora de pelo cano que hablaba en ruso con un grupo de mujeres. Parecía intentar tranquilizarlas, en la medida de lo posible. Poco se podía saber de lo que en ese momento ocurría en el interior de la escuela, a excepción del constante ir y venir de soldados, apostados y en alerta para entrar en acción. Aquellas mujeres lloraban amargamente. Christianna se hizo a un lado para no interrumpir y aguardó hasta que la anciana mujer terminara de hablar con ellas. Sabía que podían transcurrir horas hasta que quedara libre. Esperó pacientemente al margen, hasta que la jefa del campamento de la Cruz Roja se percató de su presencia y le dirigió una mirada interrogante.

—¿Me espera a mí? —le preguntó en ruso, un tanto sorprendida.

—Sí —contestó Christianna en alemán, confiando en encontrar una lengua común en la que comunicarse. Por lo general, en situaciones así, las lenguas habituales eran el inglés o el francés, y Christianna dominaba ambas—. Pero no corre prisa.

No tenía un propósito fijo y tampoco deseaba interrumpir. La encargada de la Cruz Roja se disculpó un momento, palmeó a una madre en el brazo para consolarla y se dirigió a Christianna.

—Dígame.

Saltaba a la vista que Christianna no era del lugar, ni tampoco madre de alguno de los rehenes. Lucía un aspecto demasiado pulcro, habida cuenta de las circunstancias, con el pelo no lo bastante despeinado y la ropa aún limpia, y en su semblante no se traslucía la extenuación que reflejaban los rostros de los allí presentes. La tensión provocada por los acontecimientos había hecho mella en todos ellos. Incluso los soldados habían derramado lágrimas, al tener que transportar en sus brazos los cadáveres de los niños abatidos a disparos.

—Me gustaría ofrecerme como voluntaria —afirmó Christianna en voz baja, con aire tranquilo y sereno, segura de sí misma al dirigirse a aquella mujer, que ignoraba su condición.

—¿Dispone de acreditación de la Cruz Roja? —quiso saber.

Finalmente se habían decantado por el francés como lengua común.

La encargada de aquel destacamento parecía salida de una

guerra, como de hecho así era. Había ayudado a amortajar cadáveres de niños, estrechado entre sus brazos a padres que sollozaban y curado heridas hasta que los servicios médicos habían llegado a la zona. Desde su llegada, dos horas después del asalto a la escuela, había hecho todo lo humanamente posible por ayudar, incluso servir cafés a los soldados que se deshacían en lágrimas, extenuados.

—No, no trabajo para la Cruz Roja —aclaró Christianna—. Acabo de llegar de Liechtenstein con dos... amigos.

Miró de soslayo a sus dos acompañantes. Si era preciso, estaba dispuesta a ofrecerse en calidad de emisaria oficial en misión humanitaria, pero prefería con diferencia hacerlo a título personal, como persona anónima. No sabía a ciencia cierta si la aceptarían como tal.

La anciana señora vaciló un instante, mientras escrutaba a Christianna.

—¿Me permite ver su pasaporte? —dijo en voz baja.

Por su mirada, Christianna intuyó que la había reconocido. La anciana mujer abrió el pasaporte, se fijó en aquel único nombre de pila y enseguida lo cerró y se lo devolvió con una sonrisa. En efecto, la había reconocido.

—He trabajado con algunos de sus parientes británicos en África.

No mencionó a qué parientes se refería, pero Christianna asintió con la cabeza.

—¿Sabe alguien que se encuentra aquí?

La princesa negó con otro gesto.

—Y supongo que estos señores serán sus guardaespaldas.

Christianna asintió de nuevo.

—Cualquier ayuda será bien recibida. Hoy hemos perdido a otros veinte niños. Acaban de exigir nuevamente el canje por prisioneros, y es muy posible que en unas horas vuelvan a producirse víctimas.

Indicó a los tres que la siguieran, entró un momento en el camión de la Cruz Roja y salió con tres descoloridos brazaletes blancos con el emblema rojo. Estaban agotando las existencias. Les entregó uno a cada uno y los tres se lo ciñeron al brazo.

—Agradezco su ayuda, alteza. Supongo que estará aquí en calidad de emisaria oficial, ¿no es así? —preguntó con voz afable, si bien fatigada.

Había algo tan bondadoso y compasivo en aquella mujer que reconfortaba el simple hecho de hablar con ella. Christianna se alegró sobremanera de haber llegado hasta allí.

—No —respondió Christianna—. Y preferiría que no se sepa quién soy. Solo complicaría las cosas. Le agradecería que me llamara Christianna simplemente.

La anciana mujer hizo un gesto de asentimiento y se presentó: se llamaba Marque y era francesa de origen, pero dominaba el ruso. Christianna hablaba seis lenguas, incluido el dialecto propio de Liechtenstein, pero el ruso no se encontraba entre ellas.

—Entiendo —contestó Marque discretamente—. De todos modos, es posible que alguien la reconozca. Esto está abarrotado de periodistas. Su rostro me ha resultado familiar nada más verla.

—Confío en que los demás no sean tan avispados —repuso Christianna con una sonrisa compungida—. En cuanto me reconocen, todo se estropea.

—Comprendo lo difícil que debe de resultar.

Marque había sido testigo de muchos zoos mediáticos y convino con Christianna en que era mucho mejor para todos que nadie se enterara.

—Gracias por dejarnos colaborar con usted. ¿En qué podemos ayudar? Estará agotada —añadió comprensiva, y su interlocutora hizo una señal de asentimiento.

—Si se dirigen al segundo camión, necesitamos que alguien ayude a preparar cafés. Se está acabando. Y hay una pila de cajas que cargar, con medicamentos y botellas de agua. Tal vez sus hombres puedan echar una mano con eso.

—Por supuesto.

Christianna indicó a Max y a Samuel en qué podían ayudar,

y los dos desaparecieron enseguida hacia donde se encontraban las cajas, mientras ella se encaminaba hacia el segundo camión, dispuesta a seguir las instrucciones de Marque. Los guardaespaldas se resistieron en un principio a perderla de vista, pero Christianna insistió en que se las podía arreglar perfectamente. Había tantos hombres armados desplegados por la zona que no corría ningún peligro, tanto con escolta como sin ella.

Marque le agradeció de nuevo su colaboración y retomó su conversación con las mujeres a las que estaba atendiendo antes de la llegada de Christianna.

Christianna no volvió a verla hasta muchas horas después; entretanto, se dedicó primero a repartir cafés, después botellas de agua, y mantas para los que tenían frío. Había gente durmiendo en el suelo. Otros aguardaban sentados, paralizados o sollozando, a la espera de que alguien llegara con noticias sobre sus seres queridos, encerrados en el interior del edificio.

Como Marque había vaticinado, el incumplimiento de las exigencias de los terroristas desencadenó una violenta reacción prácticamente a las tres horas exactas. La emprendieron a tiros contra otros cincuenta niños; sus cadáveres fueron arrojados por las ventanas de la escuela por unos hombres cubiertos con pasamontañas. Los cuerpos salían volando por las ventanas y caían en el patio como fardos, entre los gritos de los presentes; finalmente, los soldados, cubiertos por las ráfagas de sus compañeros, consiguieron recuperar los cadáveres de los pequeños. Solo lograron traer con vida a una niña, pero falleció al poco en brazos de su madre, ante los sollozos de soldados, civiles y voluntarios. Fue una auténtica barbarie. Y aún no había tocado a su fin. El número de víctimas entre los niños se elevaba ya a un centenar, casi el mismo número que de adultos, y la situación continuaba controlada por los terroristas. Un virulento grupo religioso de Oriente Próximo, ligado a rebeldes chechenios, había asumido la autoría del atentado. El objetivo en común era conseguir la liberación de treinta terroristas encarcelados, pero el gobierno ruso se mantenía en sus trece, pese a la ira de los presentes. Estos preferían que se liberara a los treinta presos, y así salvar las vidas de sus pequeños. La desesperación y la impotencia se habían adueñado de las familias, como pudo percibir Christianna, mientras sollozaba junto con los representantes de la Cruz Roja. Era inimaginable que pudiera ocurrir algo semejante.

Christianna, que no había hecho gran cosa desde su llegada, salvo repartir agua y café, reparó de pronto en una joven rusa que lloraba desconsoladamente junto a ella. La chica, que estaba embarazada, llevaba de la mano a un niño de corta edad. Las miradas de ambas se cruzaron y, como si fueran parientes que no se hubieran visto en mucho tiempo, se arrojaron la una en brazos de la otra y se echaron a llorar. Christianna nunca llegó a saber cómo se llamaba aquella chica, y tampoco contaban con una lengua en común en la que comunicarse, aparte del inmenso dolor de ver cómo aquellas inocentes criaturas morían a su alrededor. Pero más tarde supo que la chica tenía en aquella escuela un hijo de seis años del que nada se sabía por el momento. Su marido, profesor en el centro, había sido una de las primeras víctimas mortales de la noche anterior. La joven rezaba por que el niño siguiera con vida.

Las dos permanecieron la una al lado de la otra durante horas, abrazándose y estrechándose las manos de vez en cuando. Christianna fue a buscar algo de comer para el pequeño y le llevó una silla a ella donde sentarse, sin dejar por ello de llorar. Había entre la muchedumbre tantos casos similares al de aquella chica que resultaba difícil distinguirlos.

Poco después del amanecer, unos soldados uniformados dieron la orden de despejar la zona. Era preciso que tanto familiares como voluntarios retrocedieran todo lo posible. Nadie sabía qué estaba ocurriendo, pero los terroristas acababan de lanzar lo que al parecer era un ultimátum. Si no se cumplía, aseguraban que harían volar el edificio, algo que a esas alturas parecía perfectamente posible. Se trataba de seres sin conciencia ni moral, con un desprecio absoluto por la vida humana, incluida la propia al parecer.

—Hay que meterse en los camiones —le dijo Marque con calma al pasar, mientras reunía a su tropa, de la que Christianna ya formaba parte—. No se nos ha informado, pero deduzco que pretenden tomar el edificio por la fuerza y quieren mantenernos lo más alejados posible.

Marque llevaba un rato deambulando entre las familias, transmitiendo esa misma información. La muchedumbre se desplazaba, unos andando, otros corriendo, hacia un campo situado tras las líneas recién formadas de los antidisturbios. Los padres recibían consternados la orden de distanciarse aún más de sus pequeños. Pero los soldados empezaban ya a desplazar a la muchedumbre a la fuerza, como si el tiempo se agotara.

Christianna aupó al pequeño con un brazo, rodeó a la joven embarazada con el otro y la ayudó a subir a uno de los camiones. No estaba en condiciones de dar un paso, ni de hacer frente a los acontecimientos. Parecía como si fuera a dar a luz en cualquier momento. Christianna no era consciente de ello, pero Sam y Max seguían sus movimientos de cerca. Sabían que los soldados tenían intención de asaltar el edificio y no querían perderla de vista, por si la situación se descontrolaba. Marque sí se había percatado de su presencia y comprendió que extremaran la vigilancia. Nadie deseaba añadir el cadáver de una princesa a los de todos aquellos niños inocentes. El número de víctimas ya era demasiado elevado. Para los terroristas hubiera supuesto un triunfo añadido matar a un miembro de la realeza, por mucho que esta perteneciera a un país neutral. Tanto la salvaguarda de su anonimato como de su persona eran primordiales. Por otra parte, Marque se había quedado admirada por el tesón demostrado por Christianna a lo largo de la noche. Había trabajado incansablemente, trajinando de acá para allá con el entusiasmo, la pasión, la energía y el espíritu propios de la juventud. Le habría gustado disponer de algo de tiempo para conocer un poco más a aquella joven, intuía que habrían hecho buenas migas. Parecía una persona muy llana y natural.

Todos los que aguardaban frente a la escuela retrocedieron

hasta el fondo del campo. Menos de media hora más tarde, soldados y antidisturbios asaltaron el edificio; comenzaron las detonaciones, el tableteo de las metralletas y el estallido de gases lacrimógenos y bombas a discreción. Era imposible determinar quién dominaba la situación; la multitud aguardaba en la distancia, llorando de impotencia. Dado el fragor del combate parecía imposible que al final quedara alguien con vida, en ninguno de los dos bandos.

Christianna dejó a la joven embarazada tumbada en un camastro dentro del camión y salió a indagar el estado de la situación, pero nadie supo decirle nada. Aún era pronto para hacer balance, pues la batalla no había terminado. Christianna se unió a los demás miembros de la Cruz Roja para ayudar a repartir mantas, café, agua y alimentos entre la muchedumbre. Se había distribuido a los niños de menor edad en dos de los camiones, para así protegerlos del intenso frío de la madrugada. Transcurrieron horas antes del cese total de los disparos. Y al producirse este, resultó aún más escalofriante que el fragor de la batalla. Nadie sabía cómo interpretar el repentino silencio, ni cuál de los dos bandos se habría hecho con el control de la situación. Aún se divisaban soldados moviéndose en la distancia, hasta que de pronto, por una de las ventanas de la planta superior del edificio, ondeó una bandera blanca. La multitud que aguardaba al fondo del campo tiritaba de frío a la espera de noticias.

Transcurrieron otras dos horas hasta que un grupo de soldados atravesó el campo para conducir a los familiares de vuelta a las puertas de la escuela. Trágicamente, había centenares de cadáveres de niños que identificar, y los intermitentes gritos de dolor, a medida que las familias identificaban a sus seres queridos y lloraban su pérdida, no dejaron de oírse hasta pasadas muchas horas. Todos los terroristas, a excepción de dos, se habían suicidado. Las bombas instaladas en el interior de la escuela no habían hecho explosión, y los artificieros procedieron a desactivarlas. Los dos terroristas que seguían con vida fueron apresados y, por temor a un linchamiento, fueron conducidos en vehículos blindados hasta el tribunal militar que los interrogaría. El número de víctimas mortales ascendía a quinientos niños, y prácticamente todos los adultos habían perecido. Nadie olvidaría en mucho tiempo aquella bárbara matanza. Pero en cuanto todo hubo terminado, de pronto aparecieron periodistas de todas partes. La policía intentaba en vano retenerlos.

Junto con los demás miembros de la Cruz Roja, Christianna acompañó a los familiares a identificar los cadáveres de sus hijos y ayudó también a amortajarlos y a instalarlos en los pequeños féretros de madera que alguien había hecho llegar hasta el lugar. Divisó entonces a su amiga embarazada, deshecha en llanto aferrándose a su hijo recién recuperado y, por enésima vez, se le hizo un nudo en la garganta. El niño estaba prácticamente desnudo y empapado de sangre que manaba de una brecha en la cabeza, pero vivo aún. Fue hacia ellos y los estrechó en un abrazo. Con un llanto incontenible, se desprendió de su abrigo y arropó al niño con él; la joven madre le sonrió, con los ojos arrasados en lágrimas, y le dio las gracias en ruso. Christianna se abrazó a ella de nuevo y la condujo hasta un enfermero para que este atendiera al niño. Pese al evidente trauma y a la brecha en la cabeza, sorprendentemente, se encontraba en buen estado. La escena no pasó inadvertida para Marque, que trabajaba codo con codo con los demás, ayudando a identificar cadáveres y a cerrar féretros. Fueron un día y una noche desoladores, incluso para los soldados y para los que habían sido testigos de escenas similares en el pasado. Pocas veces en la reciente historia del terrorismo se había vivido una barbarie semejante. Para Christianna la experiencia fue una prueba de fuego. Hubo un momento, al agacharse para ayudar a alguien, en el que advirtió que tenía la ropa manchada de sangre. Todos los que habían sostenido en sus brazos a algún niño, ya fuera vivo o muerto, habían quedado empapados de sangre.

A lo largo de la tarde y de la noche, fueron llegando un sinfín de ambulancias, coches fúnebres, camiones y otros vehículos, así como vecinos de localidades cercanas y de otros lugares lejanos. Se diría que toda Rusia había acudido a Digora para acompañar en su dolor a aquella pobre gente, para ayudarlos a enterrar y a llorar a sus muertos. A última hora de la noche al parecer, ya se disponía de datos fiables sobre la identidad de los fallecidos y de los que se habían salvado. Prácticamente todos los niños desaparecidos estaban localizados, aunque algunos de ellos habían sido trasladados urgentemente a otros hospitales antes de que pudieran ser identificados. Era medianoche cuando Christianna y sus dos guardaespaldas ayudaron a Marque y a su equipo a cargar los camiones. El trabajo de los voluntarios había concluido, del resto se encargarían los miembros oficiales de la Cruz Roja, que ayudarían a localizar a los niños diseminados por los hospitales de la comarca. Christianna aguantó a pie firme hasta el final. Frente al último camión de la comitiva, se abrazó a Marque y rompió a llorar de dolor y extenuación. La conmoción era general. Christianna llevaba allí solo desde la noche anterior, pero sabía con certeza que aquella tragedia cambiaría su vida para siempre. Después de eso, todo lo que sus ojos habían visto hasta la fecha, todas sus vivencias y experiencias se le antojaban irrelevantes.

Marque conocía mejor que nadie esa reacción. Sus dos únicos hijos habían sido asesinados durante una revuelta en África. En aquel momento residían allí y no abandonaron el lugar a tiempo pese a la agitación política reinante. Aquella decisión le costó la vida a sus hijos, algo que llevaba toda la vida intentando perdonarse, y al final también le costó su matrimonio. Después de lo ocurrido, permaneció en África y fundó una delegación de la Cruz Roja para ayudar a la gente del lugar. Aún solía visitar el continente a menudo; había trabajado también en Oriente Próximo, en escenarios de guerras y conflictos armados, así como en América Central. Iba allá donde hiciera falta. Ya no pertenecía a ningún país. Era ciudadana del mundo, su nacionalidad era la Cruz Roja, y su misión, ayudar a todo aquel que la necesitara, fueran cuales fuesen las circunstancias, sin reparar en incomodidades, cansancio o riesgos. Marque no temía a nada, repartía su amor por doquier. Allí estaba, sosteniendo a Christianna en sus brazos, mientras la joven lloraba como una niña. Aquello había sido un calvario para todos.

—Te comprendo —le dijo Marque con ternura, ajena como de costumbre a su propio agotamiento.

Entregaba su vida con alegría a todo el que la necesitara. No temía morir en acto de servicio. La Cruz Roja era ahora su familia, y todo lo que amaba.

—Sé lo duro que resulta la primera vez. Te felicito por tu trabajo —añadió a modo de cumplido, mientras Christianna seguía sepultada entre sus brazos.

Apenas abultaba más que una niña. También sus guardaespaldas habían derramado muchas lágrimas a lo largo de la noche, ya sin comedimiento ninguno. Lo chocante habría sido que no lo hicieran. Christianna aún los tenía en mayor estima por ello; igual que le sucedía a Marque con la princesa tras ver su entrega. Christianna tardó un buen rato en deshacerse de aquel abrazo y secarse las lágrimas. Había vivido gran parte de su vida sin el calor de una madre, y arropada por Marque, había vuelto a revivir aquella sensación, la calidez del abrazo que te da cobijo hasta que te sientes con fuerzas para enfrentarte de nuevo a la vida. Pero Christianna no tenía la certeza de sentirse aún con ánimos. Nunca olvidaría las tragedias que sus ojos habían visto esa noche, ni la inmensa dicha de los padres que habían encontrado a sus hijos con vida. También esa dicha la había emocionado hasta las lágrimas. La experiencia había sido desgarradora en todos los sentidos, más de lo que nunca podría haber imaginado. Había llegado a Digora dispuesta a arrimar el hombro, pero no a que le arrancaran el corazón y se lo hicieran pedazos.

—Si algún día deseas colaborar con nosotros, llámame. Intuyo que tienes un don especial para esto —afirmó Marque sinceramente.

Ella había descubierto su propia capacidad de entrega tras la muerte de sus hijos, cuando convirtió a los niños africanos en su familia. En los años que llevaba de servicio, había entregado su amor y su consuelo a niños de todo el mundo; había convertido su desoladora pérdida en una bendición para el prójimo.

—Ojalá pudiera —contestó Christianna, aún conmocionada.

Sabía perfectamente que no tenía ni la más remota posibilidad de trabajar para ellos. Su padre nunca se lo permitiría.

—Quizá solo una temporada. Piénsalo. Podrás localizarme sin problemas. Ponte en contacto con las oficinas de la Cruz Roja Internacional en Ginebra, ellos siempre están al tanto de mis movimientos. No suelo permanecer en ningún lugar mucho tiempo. Cuando quieras lo hablamos.

—Sería un placer —dijo Christianna con sinceridad.

Deseaba poder convencer a su padre, pero también sabía que no habría forma humana de conseguirlo. La sola pretensión le habría hecho poner el grito en el cielo. Pero esa labor era mucho más valiosa que ninguna de las que ella pudiera desempeñar en su país, ni siquiera a través de la fundación. Esa noche, por primera vez en su vida, se había sentido útil, viva, como si su existencia no fuera meramente accidental y hubiera en ella un propósito. Y sabía que aunque nunca volvieran a encontrarse, recordaría a Marque el resto de su vida. Como les ocurría a tantas otras personas repartidas por el mundo.

Las dos mujeres se abrazaron de nuevo y, al despuntar el alba, mientras los camiones de la Cruz Roja emprendían la marcha, Christianna, Max y Samuel regresaron al descampado donde habían dejado el vehículo. El Yugo había recibido varios impactos de bala en la carrocería, y el parabrisas estaba hecho añicos, desperdigados por el interior del automóvil. Max y Samuel los recogieron como pudieron. El frío de regreso al aeropuerto iba a ser intenso. Abandonaron el lugar no mucho más tarde de que lo hiciera la Cruz Roja, con el sol apuntando ya en el cielo. En la zona todavía quedaban soldados y fuerzas policiales. Todos los cadáveres ya habían sido retirados y las ambulancias se habían marchado. Pero los niños que allí habían perecido nunca serían olvidados.

El viaje de regreso a Vladikavkaz transcurrió en silencio.

Apenas intercambiaron unas palabras. Los tres se encontraban demasiado agotados y conmocionados por la tragedia. Esta vez era Max quien conducía; Samuel dormía en el asiento delantero, y Christianna, al lado de la ventanilla, tenía la mirada perdida. Habían pasado en Digora un día y dos noches tan solo, pero se les antojaba una eternidad. Christianna no pegó ojo en todo el viaje, pensando en aquella chica embarazada que quedaba viuda con tres hijos. Pensó en Marque y en la dulzura de su rostro, en su bondad y compasión sin límites. Meditó en lo que esta le había dicho al despedirse y deseó encontrar el modo de convencer a su padre para que le permitiera dedicarse a aquella labor. La perspectiva de obtener una licenciatura o un máster por la Sorbona no la atraía lo más mínimo. Le parecía inútil. Pero mientras circulaban por aquella carretera, pensó sobre todo en aquellos rostros, los de las víctimas y los de los supervivientes que deambulaban conmocionados entre familiares y padres... en las bendiciones, las pérdidas, las tragedias, los horrores, y en los seres inhumanos que habían provocado aquella matanza y su absoluta falta de conciencia. Cuando llegaron al aeropuerto, seguía aún muda y desvelada por completo. Devolvieron el automóvil a la empresa de alquiler y les aseguraron que correrían con los gastos de los desperfectos. Christianna les indicó que pasaran la factura a la tarjeta de crédito que había presentado en el momento de formalizar el alquiler. Mientras avanzaban por el aeropuerto advirtió con desconcierto que todo el mundo la miraba, hasta que uno de los guardaespaldas se desprendió de su chaqueta y se la colgó sobre los hombros.

—No te preocupes, no tengo frío —le aseguró, devolviéndosela, mientras él la miraba con tristeza en los ojos.

—Está empapada de sangre, alteza —repuso él en voz baja.

Christianna bajó la vista hacia su jersey y vio, efectivamente, que estaba cubierto de sangre. La sangre de centenares de niños, y de casi otros tantos adultos, tantos como habían pasado por sus manos. Se miró de soslayo en un espejo y vio sangre también en sus cabellos. Llevaba dos días sin pasarse un peine, pero ya todo le traía sin cuidado, excepto aquellas familias de Digora. Eso era lo único que le importaba ya.

Entró en los servicios de señoras e intentó adecentarse un poco, tarea prácticamente imposible: llevaba los zapatos enfangados de caminar por aquellos campos, y los vaqueros y el jersey cubiertos de sangre reseca. Tenía sangre en el pelo y bajo las uñas; aún podía olerla. Todo su ser se había impregnado. Al mostrar el pasaporte en el control de aduanas, el oficial de turno no hizo ningún comentario. A la salida carecía de importancia. Ese mismo día por la noche se encontraban ya de regreso en su país.

Sus guardaespaldas habían avisado por teléfono de la hora de la llegada, y el chófer de Christianna les aguardaba en el aeropuerto. Le habían pedido que cubriera los asientos del automóvil con toallas, cosa que el hombre no comprendió hasta que tuvo delante a la princesa. A primera vista no reparó en que fuera sangre. Al caer en la cuenta, mudó el semblante pero no hizo comentarios. Los cuatro viajaron hasta Vaduz en silencio. Cuando las verjas de palacio se abrieron y entraron en el recinto, Christianna contempló su casa, el lugar donde había nacido y donde probablemente moriría algún día, a ser posible de anciana. Pero en lo más profundo de su ser sintió que, aunque en palacio nada había cambiado en sus tres días de ausencia, ella ya no era la misma. La chica que había salido de Vaduz tres días atrás había dejado de existir. La que regresaba tras el asedio de Digora era una persona distinta por completo y para siempre.

5

Christianna no vio a su padre la noche de su regreso a Vaduz. El príncipe se encontraba en Viena, asistiendo a una cena diplomática en la embajada francesa, tras la cual se hospedaría en el palacio de Liechtenstein, como había hecho con ocasión de la salida al ballet en compañía de Christianna. No obstante, antes de partir hacia Viena se cercioró de que su hija hubiera llegado sana y salva. No habían podido establecer comunicación telefónica desde Rusia, pero los guardaespaldas llamaron a Vaduz desde el aeropuerto para tranquilizarlo. Hasta ese momento, tuvo el alma en vilo. Y en cuanto regresó a palacio, fue a su encuentro de inmediato. Habían transcurrido veinticuatro horas desde que Christianna había regresado de Rusia. Su hija lucía un aspecto impecable, con vaqueros, zapatillas deportivas, una sudadera de Berkeley, y el pelo recién lavado y peinado. A primera vista no observó rastro en ella de lo mucho que había sufrido, ni de la terrible angustia que había supuesto la experiencia. Pero fue mirarla a los ojos y estremecerse. La encontró más viva que nunca, pero también percibió en ella una madurez, una tristeza y una hondura antes inexistentes. Al igual que la propia Christianna había presentido a su regreso a casa, descubrió que la experiencia vivida aquellos tres días le había devuelto a una hija distinta. El príncipe se alarmó. Comprendió que todo había cambiado desde la última vez que la había visto.

—Hola, papá —lo saludó Christianna en voz queda, mientras él la estrechaba entre sus brazos y le daba un beso de bienvenida—. No sabes cuánto me alegro de verte.

Christianna parecía más madura que nunca, mucho más mujer. Deseó retenerla en sus brazos y, súbitamente, comprendió que ya no podía. La criatura que él conocía, a la que había criado, ya no estaba, había desaparecido de repente, y en su lugar se hallaba una mujer que había presenciado y aprendido cosas que nadie debería conocer nunca.

—Te he echado de menos —afirmó el príncipe, compungido—. Estaba preocupadísimo. Me pasaba el día viendo las noticias, por si aparecías en la pantalla. ¿Ha sido tan espantoso como los informativos daban a entender?

El príncipe tomó asiento junto a ella y le tomó la mano. Hubiera preferido que su hija no hiciera aquel viaje, pero nada en el mundo la habría detenido. Lo supo entonces y lo sabía ahora.

—Peor. Hubo muchas escenas que a la prensa no se les permitió filmar por respeto a las familias. —Las lágrimas resbalaron por sus mejillas y el corazón de su padre se encogió al imaginar su sufrimiento. Habría hecho cualquier cosa por ahorrarle ese dolor—. Mataron a tantos niños, papá... Centenares de ellos, como si fueran ovejas, cabras, simplemente ganado.

—Lo sé. Vi algunas imágenes en televisión. Había rostros desencajados por el horror. Yo no dejaba de pensar en cómo me habría sentido de ser tú una de ellas. Sería incapaz de soportarlo. No sé cómo podrán seguir viviendo después de semejante tragedia. Qué espanto.

Christianna recordó entonces a su amiga embarazada, con la que no había logrado comunicarse verbalmente, solo abrazarse y derramar lágrimas juntas... y en Marque... en todos los que se habían cruzado en su camino durante aquel breve espacio de tiempo.

—Menos mal que la prensa no te localizó. ¿Llegaron a saber de tu presencia allí?

Daba por sentado que no, pues de lo contrario ya le habría llegado la noticia.

—No, no se enteraron, y la encargada de la Cruz Roja actuó con la mayor discreción. Nada más echar una ojeada a mi pasaporte, se dio cuenta de quién era. Al parecer había trabajado en otras ocasiones con algunos miembros de nuestra familia.

—Me alegro de que fuera discreta. Temía que alguien pudiera irse de la lengua.

De haberse producido una indiscreción, ese habría sido el menor de los males de Christianna, aunque tampoco a ella le habría gustado y se alegraba de haber podido desempeñar su trabajo de incógnito, sin impedimentos. El acoso de los fotógrafos no solo habría supuesto un incordio para ella, sino una afrenta para las desgraciadas familias. Había tenido suerte de mantener el anonimato a lo largo de todo el viaje.

Christianna miró entonces fijamente a su padre, sosteniendo largo rato la mirada, y el príncipe intuyó que se avecinaba algo que no sería de su agrado. Ella le estrechó la mano y clavó la mirada en él. Los ojos de Christianna eran dos insondables pozos de un azul celeste y cristalino, muy parecidos a los suyos, salvo que los de él eran viejos y los de ella jóvenes. El príncipe percibió la esperanza y el dolor que en ellos se reflejaban. En aquellos tres días, Christianna había sido testigo de demasiados horrores para una joven de su edad, y el príncipe comprendió que tardaría mucho tiempo en borrar de su mente aquellas escenas.

—Quiero volver, papá —le dijo con voz serena, y él la miró sobresaltado, con estupor y aflicción—. No a Rusia, sino a trabajar con la Cruz Roja de nuevo. Quiero hacer algo de valor en la vida, y sé que con ellos lo lograría. Comprendo que no puedo dedicarme a esa labor para siempre, pero basta con que me concedas un año, seis meses... después haré lo que me pidas. Papá, déjame por una vez que haga algo de valor en la vida, algo importante, algo para los demás. Te lo ruego...

Su padre negaba con la cabeza y se removía incómodo en el asiento con lágrimas en los ojos.

—Esa labor puedes desempeñarla perfectamente a través de

la fundación de tu madre, Cricky. Acabas de vivir una experiencia traumática. Sé cómo te sientes.

El príncipe había visitado zonas catastróficas en el pasado y había sido testigo de la angustia y el dolor que dejaban tras de sí en las personas. No obstante, no podía dar su beneplácito.

—Aquí te sobran cosas en las que emplearte. Podrías trabajar con niños discapacitados, si quieres, o en Viena con los necesitados. Incluso ofrecerte como voluntaria en un hospital de quemados. Tu presencia aquí puede aliviar muchas penas, consolar muchos corazones destrozados. Pero si lo que me estás pidiendo es que dé mi consentimiento para que viajes a países convulsos y te expongas a situaciones de alto riesgo, con peligro de tu propia vida, sintiéndolo mucho, no puedo hacerlo. Sería incapaz de vivir con esa angustia. Me importas demasiado, te quiero demasiado. Además, le debo a tu madre esa responsabilidad. Es lo que ella habría esperado de mí, que te mantuviera apartada de todo peligro.

—Nada de todo eso que me propones me interesa —replicó enfurruñada, adoptando un tono infantil, pues así se sentía con él, de nuevo como una niña. No obstante, no pensaba dar su brazo a torcer, y tampoco él—. Mi deseo es salir y enfrentarme al mundo por una vez en la vida, ser como los demás, arrimar el hombro y pagar mi tributo a la sociedad, antes de instalarme para el resto de mis días en esta vida acomodada, como ha hecho Victoria, sin más ocupación que decidir qué diadema o qué traje me pongo, y pasar el resto de mi vida inaugurando hospitales o visitando orfanatos y residencias para ancianos.

El príncipe sabía lo frustrante que era esa vida y no argumentó lo contrario. Pero sobre todo como mujer, no podía recorrer el mundo poniendo en peligro su vida en conflictos bélicos o cavando zanjas para los pobres, para expiar el pecado de ser noble y rica. El príncipe sabía mejor que nadie que debía aceptar su condición antes de nada.

—Acabas de pasar cuatro años en Estados Unidos. Allí has disfrutado de todo tipo de libertades —de hecho, más de las que él imaginaba—, pero ahora debes aceptar tu identidad y todo lo que esta conlleva. Ha llegado la hora de volver a casa, no de escapar de ella. No podrás escapar de tu condición, Christianna. También yo lo intenté cuando era joven. Al fin y a la postre, esto es lo que somos, y nuestra obligación es cumplir con nuestro deber.

Esas palabras sonaron a oídos de Christianna como una condena a muerte y rompió a llorar; se lamentaba por la libertad que ya nunca le sería dado conocer ni probar y todas las cosas que nunca haría. Solo deseaba ser como los demás, aunque solo fuera por un año, y su padre le decía que era imposible. Era lo único que le pedía, que le concediera ese año antes de que fuera demasiado tarde. Era el momento, no podía desaprovechar la oportunidad.

—¿Entonces por qué Freddy sigue danto tumbos por el mundo haciendo lo que le viene en gana?

—Para empezar —su padre le sonrió—, tu hermano es un inmaduro —algo que ambos sabían, pero el príncipe enseguida mudó el semblante y adoptó una expresión seria de nuevo. Sabía que aquello era importante para ella—. Y por otro lado, porque Freddy no viaja a zonas de riesgo, al menos teórica o geográficamente, ni en circunstancias de crisis extrema como tú acabas de hacer en Rusia. Tu hermano se busca los peligros él mismo, y son mucho más inofensivos que los que podrían salir a tu encuentro si trabajaras para la Cruz Roja. Te pasarías el año, o el tiempo que fuera, sufriendo experiencias como la que acabas de vivir. A Dios gracias, no te ha ocurrido nada grave y has vuelto sana y salva, pero podría no haber sido así. Si hubieran asaltado el edificio sin previo aviso, también a ti podrían haberte herido, o algo peor. —Se estremeció solo de pensarlo—. Christianna, no pienso exponerte a que te maten, a que alguna fiera salvaje te ataque, o a que seas víctima de una enfermedad tropical, de una catástrofe natural, de una revuelta política o de cualquier tipo de situación violenta. Me niego en redondo.

El príncipe se mantenía inflexible, como Christianna había previsto, pero ella tampoco estaba dispuesta a dar su brazo a torcer tan pronto. Significaba demasiado. Además, era consciente de que aunque aceptara entrar a formar parte de la fundación de su difunta madre, su padre tampoco le permitiría viajar a zonas de riesgo, ni siquiera de visita. Su único propósito era protegerla, justo lo que ella no deseaba; estaba harta de tanta protección.

—Al menos dime que lo pensarás, ¿vale? —le suplicó.

—No, no me hace falta pensarlo —respondió y, acto seguido, se levantó—. Haré todo lo que esté en mi mano, todo lo que desees, para conseguir que la vida aquí te resulte más interesante, pero olvídate de la Cruz Roja, Christianna, y de cualquier empresa semejante.

La miró con severidad, se agachó para darle un beso y, antes de que Christianna pudiera replicar, salió con dos zancadas de la habitación. Daba por zanjada la discusión. Christianna se quedó allí sentada echando chispas durante horas; su ánimo iba del abatimiento a la rabia alternativamente. ¿Por qué era tan inflexible? ¿Y ella por qué demonios tenía que ser una princesa? Odiaba ser de la realeza. Estaba tan alterada que ni siquiera contestó a los mensajes de correo electrónico recibidos de Estados Unidos, algo en lo que siempre solía encontrar disfrute. Eran demasiadas las cosas que tenía en la cabeza y las experiencias vividas en los últimos días.

Los dos días siguientes evitó el encuentro con su padre. Salía a montar a caballo y correteaba con Charles. Inauguró un orfanato y una nueva residencia para ancianos. Grabó unas lecturas para ciegos y pasó tiempo en la fundación, sin encontrar placer alguno en nada de todo ello. Deseaba ser cualquiera menos quien era y estar donde fuera menos en Vaduz. Ni siquiera le apetecía ir a París. Detestaba su vida, aquel palacio donde vivía, a sus antepasados, y a su padre cuando se atrevía. No quería seguir siendo una princesa. El título pesaba sobre ella como una maldición, y en absoluto lo sentía como el regalo del destino que desde niña le decían que era. Llamó a Victoria para quejarse un poco, y su prima le dijo que fuera otra vez a Londres a hacerle una visita. Pero ¿para qué? Al final tendría que regresar a Vaduz y enfrentarse a todo lo que allí la aguardaba. Sus primos alemanes la invitaron a pasar con ellos una temporada, pero tampoco eso le apetecía. Y se negó a acompañar a su padre a Madrid, en una visita oficial al rey de España. Los odiaba a todos.

Llevaba dos semanas furiosa, viéndolo todo negro, cuando el príncipe acudió a su encuentro. Hacía días que lo evitaba por todos los medios. El príncipe, consciente de su desdicha, tomó asiento en una butaca de la habitación de Christianna con semblante a su vez profundamente abatido. Por deferencia a él, Christianna bajó el volumen de la música. El ruido acallaba sus pensamientos y ahogaba sus penas. Incluso Charles parecía aburrido; alzó la vista hacia ella y meneó la cola, pero ni siquiera se molestó en levantarse.

—Quiero hablar contigo —anunció su padre con voz serena.

—¿De qué? —preguntó Christianna, en tono hosco y malhumorado.

—De esa descabellada idea tuya de sumarte a la Cruz Roja. Quiero que sepas que me parece un disparate, y si tu madre viviera, ni siquiera se habría molestado en discutirlo contigo. De hecho, me habría matado por plantearte siquiera la cuestión.

Christianna lo escuchaba con el ceño fruncido. Estaba harta de sus intentos de persuadirla para que desistiera. Ya conocía sus argumentos, los había escuchado demasiadas veces, razón por la cual había optado finalmente por negarle la palabra.

—Sé qué piensas, papá —dijo con pesadumbre—. No es preciso que insistas. Sé lo que vas a decirme.

—Sí, ya sabes cómo pienso, y yo también sé cómo piensas tú. De modo que escúchame una vez más.

Un amago de sonrisa afloró en los labios del príncipe al parar mientes en que, aun siendo capaz de gobernar un país con treinta y tres mil súbditos, le resultara tan difícil gobernar a su propia hija. Dejó escapar un suspiro y prosiguió:

—Esta semana he hablado con el director de la Cruz Roja en

Ginebra. Mantuvimos una larga charla. Incluso, a petición mía, se acercó a Vaduz para verme en persona.

—No vas a comprarme ofreciéndome un trabajo de voluntaria en un despacho —saltó ella furiosa, fulminándolo con la mirada; su padre hizo un esfuerzo por no perder los estribos—. Y que sepas que no pienso organizar ningún baile en su honor, ni aquí ni en Viena. Odio esa clase de actos. Me asquean y me aburren —dijo, y cruzó los brazos sobre el pecho en señal de rechazo.

—A mí también, pero forman parte de mi trabajo. Como un día lo formarán del tuyo, dependiendo de con quién te cases. Yo tampoco disfruto con nada de eso, pero es lo que se espera de nosotros, y tú no puedes decidir por tu cuenta y riesgo que no deseas ser quien eres. Ya lo hicieron otros antes que tú y en ello les fue la vida. Christianna, no te queda más remedio que resignarte a aceptar tu destino aquí. Somos muy afortunados en muchos sentidos. —La miró a los ojos y su voz se suavizó un tanto—. Además, nos tenemos el uno al otro, y yo te quiero mucho. Y no deseo que seas desdichada.

—Pues lo soy —recalcó ella de nuevo—. Llevo una existencia completamente inútil, absurda, de niña mimada y consentida. La única vez en mi vida que he hecho algo digno y de provecho fue hace dos semanas, en Rusia.

—Lo sé. Y sé cómo te sientes. Lo comprendo. Gran parte de lo que todos hacemos, sea cual sea nuestro trabajo, puede considerarse inútil y banal. Es muy poco habitual vivir experiencias como la que tú acabas de vivir, en las que verdaderamente se ayude al prójimo cuando más lo necesita. Pero también es cierto que no puedes convertirlo en tu vida.

—Pues para la señora al mando de la operación de la Cruz Roja en Rusia bien que lo es. Se llama Marque, es un ser admirable.

—Ya he oído hablar de ella —afirmó su padre con voz serena.

Tras departir largo y tendido con el director de la Cruz Roja, que se había desplazado desde Ginebra para entrevistarse con él en persona, el príncipe finalmente había llegado a un acuerdo satisfactorio con él, si bien mantenía serias reservas.

—Cricky, haz el favor de escucharme. No quiero que te sientas desgraciada, ni descontenta siquiera. Pero insisto en que debes aceptar tu condición y asumir de una vez por todas que no puedes escapar de ella. Es tu destino, tu misión en la vida y tu deber. Y también una bendición en muchos sentidos, aunque en este momento de tu vida aún no te lo parezca. Porque parte de tu deber consiste en ser una bendición para el prójimo siendo quien eres, viviendo donde vives, y no obcecarte en rechazar el papel que te ha tocado representar en la vida. También para mí eres una bendición y, algún día, lo serás también para tu hermano. Conoces este país mucho más a fondo que él. Y algún día lo ayudarás a gobernarlo, desde un segundo plano. De hecho, cuento contigo para que así sea. Freddy regirá el país como príncipe soberano, pero tú deberás ser su mentora y consejera. Él sería incapaz de gobernar sin tu ayuda.

Sus palabras la desconcertaron, era la primera vez que su padre la hacía partícipe de esos propósitos.

—El modo en que asumas tus responsabilidades, tu vida y tu condición, y lo desgraciada que te sientas dependerán de ti en última instancia. Quiero que reflexiones sobre todo esto. No podrás escapar a tu condición, ni ahora, ni más adelante, ni nunca. Tengo grandes esperanzas puestas en ti, hija mía. Te necesito. Eres una alteza serenísima. El título forma parte de tu identidad, es tu legado en la vida y tu misión. ¿Me entiendes?

Nunca antes se había expresado con tanta claridad, pero aquella declaración asustó hasta tal punto a Christianna que sintió deseos de echar a correr.

Deseaba hacer oídos sordos a las palabras de su padre pero no se atrevía, era su padre al fin y al cabo, tanto si era príncipe soberano como si no. A Christianna no le gustaba lo que le estaba diciendo, porque era la verdad pura y dura, y detestaba que se la recordaran. Nada conseguiría aliviar nunca el peso de aquella losa, ni liberarla de ella, y tampoco podía salir huyendo. Nunca.

Para colmo de males ahora pretendía que encima asumiera las obligaciones de Freddy.

—Te entiendo, padre.

Lo llamaba «padre», y no papá, únicamente cuando estaba muy enfadada con él. Al igual que él la llamaba por su título, si bien raras veces, cuando estaba furioso con ella, lo cual era aún menos frecuente.

—Bien. Pues si me entiendes, prosigamos —dijo impasible—. Porque, al fin y a la postre, no vas a tener escapatoria. Discutiremos la cuestión solo si estás dispuesta a aceptar tu condición y te resignas al papel que te ha tocado desempeñar. Si en este momento no estás dispuesta a hacerlo, te concederé un tiempo para que vayas haciéndote a la idea, pero tarde o temprano tendrás que regresar a Vaduz y asumir la responsabilidad que te corresponde. Volverás para cumplir con tus deberes y obligaciones, y para ayudar a tu hermano con las suyas.

Al oír lo que su padre esperaba de ella, Christianna sintió que el peso abrumador de aquella carga se desplomaba sobre sus espaldas. La aguardaba un destino aún peor del que había temido.

—No quiero ir a París —repuso, cerrándose en banda.

—No estaba refiriéndome a París. Y no creas que me gusta lo que voy a proponerte. Pero el director de la Cruz Roja ha aceptado hacerse totalmente responsable de ti. Me ha asegurado, de hecho me ha prometido incluso, que no sufrirás ningún daño estando a su cargo, y es mi intención exigirle cuentas. En caso de que surja el menor contratiempo o se complique la situación política, regresarás de inmediato a casa en el primer avión. Pero entretanto, tienes mi permiso para participar en uno de los proyectos de esa organización durante los próximos seis meses. A lo sumo un año, si todo va sobre ruedas. Pero al término de ese plazo, suceda lo que suceda, tendrás que volver a casa. Por el momento, me comprometo solo a seis meses. Veremos qué sucede después. Están desarrollando un proyecto en África que creen que podría interesarte. Lo inició tu amiga Marque. Se trata de un centro destinado principalmente a mujeres y a niños víctimas del sida, ubicado en una de las pocas regiones del continente donde en este momento reina la paz. Si esa situación se alterara por cualquier motivo, vuelves a casa y asunto concluido. ¿Está claro?

Cuando terminó de hablar, las lágrimas asomaban a sus ojos. Christianna lo miraba de hito en hito. Nunca, ni por lo más remoto, habría imaginado que su padre cambiara de opinión.

—¿Hablas en serio? ¿Lo dices de verdad?

Christianna se levantó y le arrojó los brazos al cuello, sin dar crédito aún a lo que acababa de oír. Con los ojos humedecidos a su vez, se abrazó a él y lo cubrió de besos. Estaba eufórica.

—¡Oh, papá! —exclamó, muda por la emoción, y él la estrechó con fuerza.

—Debo de haber perdido la cabeza para consentírtelo. Estaré senil —dijo con voz entrecortada.

El príncipe había meditado largamente la cuestión y había recordado la desazón que él mismo sentía a la edad de su hija, el anhelo de hacer algo valioso con su vida y la angustia que le embargó durante unos años. A él, sin embargo, como príncipe heredero, no se le permitió desligarse lo más mínimo de sus responsabilidades y tuvo que resignarse a vivir con aquella frustración. Después conoció a la que sería la madre de Christianna, se casó con ella, y todo cambió. Su padre falleció poco después, y él heredó el trono. Desde entonces nunca había tenido ocasión de volver la vista atrás, pero al hacer memoria, rememoró con toda claridad la desdicha de sus primeros tiempos, y eso fue lo que finalmente lo convenció. Por otra parte, la carga que conllevaba el papel de soberano nunca recaería sobre Christianna. Sería su hermano quien asumiría esa función, dado que en Liechtenstein las mujeres tenían vedado el acceso al trono. Todo ello lo había conducido finalmente a tomar su decisión, si bien a regañadientes y preso de una gran inquietud, impulsado por el profundo cariño que sentía hacia su hija, cariño que ella siempre había tenido presente, incluso estando enfadada con él. Pero el enfado quedaba ya olvidado. Ahora se sentía más feliz y agradecida que nunca en su vida.

—Oh, papá —exclamó, con la voz embargada por la emoción—. ¿Cuándo puedo partir?

—Quiero tenerte aquí en navidades. No pienso pasar las vacaciones sin ti, por egoísta que te parezca. Ya sé que lo es. Acordé con el director de la Cruz Roja que podrías empezar en enero, o más adelante si lo prefieres, pero no antes. De todos modos, necesitan tiempo para ultimar los preparativos. Están desarrollando varios proyectos nuevos en la zona y no desean más voluntarios hasta enero como muy pronto.

Christianna asintió con la cabeza. Podría resistirlo. Al fin y al cabo, faltaban menos de cuatro meses. Esperaría.

—Te prometo que, de aquí a que me vaya, haré todo lo que me pidas.

—Más te vale —contestó él, sonriendo compungido a su amada hija—, porque podría cambiar de opinión.

—¡No, por favor! —exclamó ella, adoptando otra vez una actitud de niña—. Prometo portarme bien.

Lo único que Christianna lamentaba era no estar en Vaduz cuando su hermano regresara. Pero lo vería a la vuelta, o quizá él la visitaría, pues en Vaduz no tenía gran cosa que hacer y le encantaba viajar. Él ya había estado en África en varias ocasiones. Christianna ardía en deseos de emprender su aventura. Nunca se había sentido tan feliz. Y más adelante, cuando tuviera que regresar, ya encontraría el modo de reconciliarse con su condición. Como bien decía su padre, ese era su destino, su misión en la vida. Entonces tal vez podría trabajar para la fundación, e incluso llegar a dirigirla algún día, puesto que a Friedrich no le interesaba en lo más mínimo y, cuando sucediera a su padre, no dispondría de tiempo para ello. Sin embargo, la perspectiva de tener que actuar como consejera de su hermano la asustaba. Aun así, no le quedaría más remedio que enfrentarse a ese papel algún día, era consciente de ello. Pero antes tendría que pensar en su estancia a África. De hecho, no pensaría en otra cosa.

—Antes de tu marcha, tendrás que pasar un par de semanas en Ginebra recibiendo la formación correspondiente. Te daré el teléfono del director para que tu secretaria se ponga en contacto con él y organice la visita. O podrían mandar a alguien a Vaduz para que se encargara de formarte.

Christianna no quería favores especiales de la Cruz Roja, su mayor deseo era ser como los demás. Al menos por espacio de aquel año que tanto anhelaba. Era su última oportunidad.

—Mejor que vaya yo a Ginebra personalmente —dijo en voz queda, sin desvelar sus motivos.

—Está bien —contestó él, levantándose—. Tienes mucho en que pensar y mucho que celebrar.

Al llegar a la puerta, se detuvo para volverse hacia ella; por un instante, a Christianna le pareció un anciano.

—Te voy a echar muchísimo de menos.

Y no dejaría de angustiarse por ella, pero eso no se lo dijo. De pie en el umbral, parecía cansado y triste.

—Te quiero, papá... gracias... de todo corazón.

El príncipe sabía que su agradecimiento era sincero, como también que aquella decisión era lo mejor para su hija, por dura que resultara para él. Pero ya se ocuparía de mandar al personal necesario para protegerla y garantizar su seguridad, contra eso no valdrían pretextos.

—Yo también te quiero, Cricky —respondió con voz queda.

Y tras hacer una inclinación con la cabeza, le sonrió y abandonó la habitación con lágrimas en los ojos.

6

Después de que su padre accediera a dejarla trabajar para la Cruz Roja, Christianna se entregó a sus tareas oficiales en Vaduz con renovada energía; inauguró centros, visitó hospitales, hogares de ancianos y orfanatos y acompañó al príncipe a todo tipo de actos diplomáticos e institucionales sin la menor protesta. Sus esfuerzos enternecieron a su padre, que abrigaba la esperanza de que, a su regreso, su hija se mostrara más dispuesta a asumir sus obligaciones para con la vida real. Christianna, que estaba ansiosa por que llegara enero y partir hacia África, recibió una nota de Marque, que se había enterado de que la joven princesa iba a trabajar para la organización en el continente africano. En ella le agradecía nuevamente la entrega mostrada en Rusia y le deseaba lo mejor en su nueva aventura. La idea le parecía estupenda y estaba convencida de que constituiría una experiencia inolvidable para ella. Marque iba a África a menudo, siempre que encontraba una oportunidad, y decía que quizá le hiciera una visita durante su estancia allí.

La reacción de Freddy, en cambio, cogió completamente por sorpresa tanto a Christianna como a su padre. Cuando esta le envió un e-mail para informarle de sus planes, montó en cólera, convencido de que la idea era un total disparate. Llamó por teléfono a su padre e hizo todo lo posible por disuadirlo. Afortunadamente para Christianna, el príncipe se mostró firme. Y tras discutir en vano con su padre, decidió encararse con ella directamente.

—¿Te has vuelto loca? —exclamó alterado—. Pero ¿en qué estás pensando, Cricky? África está llena de peligros, no sabes en lo que te metes. Acabarán matándote en alguna revuelta tribal o enfermarás a causa de alguna epidemia. Sé lo que me digo, no es lugar para ti. Papá debe de haber perdido la cabeza.

Por suerte, Freddy no había logrado persuadir a su padre, aunque no por falta de empeño.

—No seas tonto —respondió con desenfado, aunque le molestaba un tanto que su hermano se mostrara tan alterado—. Estuviste allí un mes entero el año pasado y lo pasaste de maravilla.

—Yo soy un hombre —replicó él, obcecado.

Christianna alzó los ojos al cielo; detestaba oírle decir esas cosas.

—Tonterías. ¿Qué diferencia hay?

—Yo no tengo miedo a los leones ni a las serpientes —replicó con chulería. Estaba convencido de que ese temor la arredraría.

—Ni yo —replicó Christianna, haciéndose la valiente, aunque las serpientes, decididamente, no eran santo de su devoción.

—No es cierto. Si casi te dio un infarto aquella vez que metí una serpiente en tu cama —le recordó.

Christianna se echó a reír.

—Tenía nueve años.

—No muchos menos de los que tienes ahora. Deberías quedarte en casa, que es donde mejor estás.

—¿Y qué quieres que haga aquí? Esto es un aburrimiento, y lo sabes bien.

—Puedes acompañar a papá a sus cenas o buscarte marido. Lo que sea que corresponda al papel de princesa.

Christianna aún no había logrado desentrañar en qué consistía dicho papel.

—Por cierto, me he enterado de que Victoria se ha prometido de nuevo. El príncipe heredero de Dinamarca, ¿no? No creo que dure.

Christianna no se lo rebatió, ambos la conocían demasiado bien. De hecho, acababa de saber por una prima alemana que Victoria empezaba a cansarse de aquel novio, y eso que todos lo tenían por una persona encantadora. A decir verdad, no la imaginaba casada con nadie, al menos en mucho tiempo.

—Qué tonta —masculló Freddy—. Vaya obsesión absurda que le ha dado por casarse. No sé quién podría aguantarla como esposa, aunque tengo que admitir que es muy divertida.

—¿Y qué me dices de ti? —preguntó Christianna en tono quejumbroso—. ¿Cuándo piensas volver a casa? ¿No te has cansado ya de tanto viaje?

—No —respondió él con desfachatez—. Me lo estoy pasando demasiado bien.

—Pues yo aquí sin ti, no. Me aburro mortalmente.

—Ese no es pretexto para salir huyendo a África y que te maten.

Parecía sinceramente preocupado por ella. Aunque siempre la hacía rabiar, y de pequeña la martirizaba a todas horas, Freddy adoraba a su hermana, y sentía mucho no poder verla a su regreso a Vaduz. Si Christianna no desistía finalmente de su descabellado propósito, incluso se planteaba seriamente ir a África a verla.

—Nadie va a matarme —lo tranquilizó—. Cualquiera diría que me voy a la guerra. Voy a trabajar de voluntaria de la Cruz Roja en un centro para mujeres y niños.

—Sigo pensando que deberías quedarte en casa. ¿Qué tal papá? —preguntó como de pasada.

Freddy sentía vagos remordimientos por haberse ausentado tanto tiempo, pero no los suficientes como para regresar.

—Bien. Trabajando demasiado, como de costumbre. ¿Por qué no intentas venir para Navidad, antes de que yo me vaya?

—Aún me queda mucho que ver en China. Hong Kong, Pekín, Singapur, Shangai, y a la vuelta me gustaría hacer un alto en Myanmar para ver a unos amigos.

—Te echaremos mucho en falta, ya te echamos de menos.

—¡Qué va! —exclamó y se echó a reír—. Estaréis demasiado ocupados divirtiéndoos en Gstaad.

Siempre solían pasar la Navidad y la Nochevieja allí, pero sin Freddy tampoco aquella escapada sería tan divertida. Aunque allí se encontrarían con amigos y familiares, como cada año, a Christianna le encantaba esquiar con su hermano. La estancia en Gstaad siempre era muy agradable. Además, poco más tarde emprendería su aventura.

—Te echo mucho de menos, ¿sabes? —le dijo Christianna, súbitamente nostálgica.

Le gustaba hablar con él, a pesar de que desaprobara sus planes. Freddy siempre se había mostrado muy protector con ella, desde que había dejado atrás la infancia. Sin embargo, a Christianna aún se le hacía difícil imaginárselo como príncipe soberano. Prefería no pensarlo; de todos modos, era muy probable que eso no ocurriera hasta que su padre faltara, y por suerte aún le quedaba mucha vida por delante. Entretanto, Freddy se dedicaba a pasarlo bien y punto. Tampoco a él le apetecía quedarse a vivir en el minúsculo Vaduz. En casa se aburría incluso más que Christianna y dedicaba mucho menos tiempo que ella a los actos oficiales. Nunca había mostrado interés por esas tareas prosaicas. Freddy se sacudía alegremente de encima las responsabilidades y aprovechaba la menor oportunidad para escurrir el bulto.

—Yo también te echo de menos —dijo cariñoso—. ¿Y qué me dices de ese viaje tuyo a Rusia? Papá me ha comentado algo, pero no lo he acabado de entender. ¿Qué fuiste a hacer allí?

Christianna lo puso al corriente sobre el atentado terrorista contra la escuela de Digora, sobre la toma de rehenes, el trágico número de víctimas y las dramáticas escenas de las que había sido testigo durante su estancia. Freddy la escuchó consternado y por fin comprendió el motivo que había llevado a su hermana a ofrecerse como voluntaria para la Cruz Roja.

—Oye, Cricky, no pensarás meterte a monja o algo por el estilo, ¿verdad?

Freddy no entendía cómo se le podía haber ocurrido plantarse de pronto en Rusia y pasar tres días trabajando para la Cruz Roja en circunstancias como aquellas. Él estaba al corriente del atentado gracias a la prensa, pero lo último que se le habría pasado por la cabeza era meterse en un avión y ofrecerse a echar una mano. Ni en sueños. Christianna, por su parte, aunque quería a su hermano con locura, también sabía que era un niño consentido y un calavera.

—No, no pienso meterme monja —respondió divertida.

—¿Algún granuja al que tenga que dar un escarmiento cuando vuelva a casa?

—Ni uno —respondió ella risueña.

Desde que había regresado de Berkeley en junio, no había vuelto a salir con chicos. Tras cuatro años de ausencia, había perdido contacto con las pocas amistades con las que contaba en Vaduz. Siempre había llevado una vida muy retirada.

—Tú eres el único auténtico granuja que conozco.

—Sí —afirmó él, ufano—. Supongo que lo soy, ¿verdad?

Siempre le divertía oírselo decir. Eso era lo único que deseaba ser, y quizá por mucho tiempo. En Tokio no había atraído la atención de la prensa, al menos hasta la fecha. No se había visto envuelto en escándalos ni en tórridas aventuras desde hacía al menos dos meses.

—Y no creas que te has salido con la tuya y que te irás a África —recordó de pronto y la reprendió de nuevo—. No pienso desistir tan fácilmente. ¡Llamaré a papá otra vez a ver si lo convenzo!

—¡Ni se te ocurra!

—Lo digo en serio. Me parece un completo disparate.

—Pues a mí, no. No pienso quedarme aquí inaugurando bibliotecas, mientras tú das vueltas por el mundo pegándote la gran vida. ¿Cuántas geishas piensas traer a casa? —se burló Christianna a su vez.

—Ninguna. Y además, aún no he hecho escala en China. Dicen que las mujeres de Shangai quitan el hipo. Y acabo de recibir una invitación para visitar Vietnam.

—No tienes remedio, Freddy —repuso ella, adoptando el papel de hermana mayor.

En ocasiones así se sentía. Freddy era adorable, irresistible, pero también un completo irresponsable. Christianna dudaba de que llegara a casarse. A decir verdad, no se lo imaginaba en ese papel. En los últimos años había cosechado una notoria reputación de playboy por toda Europa con la que su padre no estaba nada satisfecho. El príncipe daba por sentado que algún día su hijo contraería matrimonio con alguien de su misma cuna y dejaría de correr tras las faldas de modelos y jóvenes aspirantes al estrellato. La única princesa con la que había mantenido una relación ya estaba casada. Freddy era un libertino redomado. El marido de la princesa con quien había mantenido relaciones lo tildó en la prensa de sinvergüenza, a lo que Freddy respondió que se sentía halagado por el cumplido. En cierto modo, mejor que estuviera ausente, pensó Christianna. Si pensaba seguir comportándose de ese modo, no conseguiría más que causarle disgustos a su padre. Estando en Tokio, al menos no se enteraban de sus correrías.

—A ver si puedes venir para navidades —le recordó Christianna antes de colgar.

—Y tú a ver si entras en razón y te quedas en casa. Olvídate de África, Cricky. Lo pasarás fatal. No olvides que hay serpientes y bichos de todo tipo.

—Gracias por darme ánimos. Y tú a ver si vuelves por aquí antes de que me vaya. O no te veré hasta dentro de ocho meses como poco.

—Quizá deberías pensar en meterte monja —añadió a modo de despedida.

Christianna le pidió que se portara bien, le mandó un beso y colgó. Su hermano a veces la preocupaba. Le interesaba tan poco aquella labor que tan magníficamente realizaba su padre y él habría de heredar algún día... Solo cabía esperar que sentara la cabeza antes de que llegara ese momento. El príncipe albergaba la misma esperanza, pero a medida que pasaban los años, aumentaba su inquietud.

Esa noche, cuando Christianna mencionó que había hablado por teléfono con Freddy, el príncipe dejó escapar un suspiro y sacudió la cabeza.

—Me preocupa lo que pueda ser de este país el día en que tu hermano coja las riendas.

Pese a sus reducidas dimensiones, Liechtenstein gozaba de una economía boyante, y esa prosperidad no había surgido de la nada. Christianna conocía más a fondo la política y la economía del país que su hermano. A veces el príncipe pensaba que era una lástima no poder intercambiar las edades, sexos y personalidades de sus hijos. Habría detestado tener una hija casquivana, pero también detestaba la idea de tener a un playboy irresponsable como príncipe soberano. Ese problema era su asignatura pendiente. No obstante, el tiempo estaba aún de su lado y, pese a haber cumplido ya los sesenta y siete, afortunadamente gozaba de buena salud. Daba por supuesto que Freddy no tendría que gobernar el país próximamente.

Christianna se entregó a sus tareas oficiales con renovado entusiasmo y los dos meses siguientes pasaron en un soplo. Antes de irse a África, quería desempeñar su trabajo con el mayor esmero posible, para demostrarle a su padre lo agradecida que estaba por que le hubiera concedido permiso para emprender aquella aventura. Pasó dos semanas en Ginebra, recibiendo el cursillo de formación de la Cruz Roja. Christianna contaba de antemano con un diploma en primeros auxilios. Allí la pusieron al día principalmente sobre las características del país al que viajaría, las tribus locales, sus costumbres, los riesgos derivados de la situación política en la zona, y cómo evitar posibles meteduras de pata que ofendieran a la gente del lugar. Recibió asimismo un cursillo intensivo sobre el sida, dado que el centro donde trabajaría acogía específicamente a víctimas de dicha enfermedad. Y también le explicaron con qué insectos tener cuidado, contra qué enfermedades debía vacunarse y cómo identificar una amplia variedad de reptiles venenosos. Fue solo durante esa parte del cursillo, si bien por un instante nada más, cuando Christianna se preguntó si su hermano no llevaría razón. Odiaba las serpientes. La informaron también del equipo que necesitaba, de cuáles serían sus responsabilidades y de la vestimenta apropiada que llevar. Regresó a Vaduz medio mareada de tanta información como había recibido. El médico de palacio ya había empezado a inyectarle las vacunas de rigor. Serían un total de nueve y, al parecer, algunas podían provocar algún tipo de reacción. Iba a vacunarse contra la hepatitis A y B, la fiebre tifoidea, la fiebre amarilla, la meningitis, la rabia, y también ponerse inyecciones de recuerdo contra el tétanos, el sarampión y la polio. Además, una vez en África y también cuando regresara a Vaduz, convenía tomar medicación contra la malaria. Aun así merecía la pena. Lo único que la amedrentaba eran las serpientes. Había encargado ya dos pares de botas, fuertes y recias, que según le dijeron debía sacudir enérgicamente cada día al levantarse, antes de ponérselas, por si algún bicho indeseable se deslizaba en su interior durante la noche. La sola idea le daba pavor. El resto de información, sin embargo, la recibió con agrado, sobre todo la relacionada con el trabajo. Su cometido en África consistiría en ayudar al personal médico y demás empleados de la organización, a modo de auxiliar para todo. No quedaba muy claro cuáles eran exactamente sus funciones, pero ya iría enterándose sobre la marcha cuando llegara allí. El trabajo no la asustaba, se sentía capaz, y dispuesta a realizar cualquier tarea que le fuera encomendada. De hecho, estaba deseando verse allí.

Dos semanas antes de Navidad, justo después del cursillo en Ginebra, viajó a París con su padre para asistir a una boda. Una de sus primas, princesa por la rama borbónica materna, contraía matrimonio con un duque. La ceremonia, oficiada en la catedral de Notre-Dame, fue espectacular, y el banquete se celebró en un hermoso *hôtel particulier* situado en la rue de Varenne. Las flores eran de un gusto exquisito, y no faltaba ningún detalle. La novia lucía un magnífico traje de encaje, diseño especial de Chanel, con un velo que le cubría el rostro. Al enlace acudieron cuatrocientos invitados, entre ellos miembros de la realeza europea y la flor y nata de *le tout Paris*. La ceremonia se celebró a las ocho de la tarde, y el novio, así como todos los caballeros invitados, asistieron vestidos con frac y pajarita. Las mujeres llevaban espectaculares trajes de gala. Christianna lució un vestido de terciopelo azul oscuro con ribetes de marta cibelina, adornado con los zafiros de su madre. En la boda se encontró con Victoria, que acababa de romper su compromiso con el príncipe danés. Su prima estaba más loca que nunca. Y soltera de nuevo: un alivio, según dijo.

—¿Cuándo vuelve el golfo de tu hermano? —le preguntó a Christianna, con mirada picarona y maliciosa.

—A este paso, nunca —respondió Christianna—. Dice que en primavera como muy pronto.

—¡Vaya, qué lástima! Había pensado invitarlo a pasar la Nochevieja en Tahití conmigo.

Lo dijo en un tono que Christianna se preguntó si su prima no le tendría echado el ojo a Freddy como futura conquista.

—Quizá pueda encontrarse contigo allí —dijo Christianna, mirando a su alrededor.

Era una de las bodas más bonitas a las que había asistido. La novia se había hecho acompañar por un séquito de niños, que llevaban cestitas de satén llenas de pétalos de flores, como era costumbre en Francia.

—Creo que está en China —añadió, distraída.

Acababa de reparar en una amiga a la que no veía desde hacía años, al otro lado de la sala. El padre de Christianna había abandonado la reunión a las dos de la madrugada, cuando la fiesta estaba en pleno apogeo. Sin embargo Christianna, así como la mayoría de chicos y chicas de su edad, continuó la celebración hasta casi las cinco. Junto con los novios, que seguían bailando desenfrenados. Salió a la calle, donde la aguardaba el vehículo oficial con el chófer y los guardaespaldas; eran casi las seis cuando regresó al Ritz, donde ella y su padre estaban hospedados. Fue una boda fabulosa; hacía años que Christianna no lo pasaba tan bien.

Mientras se desprendía de los zafiros y del vestido, que dejó tendido sobre una butaca, Christianna no pudo evitar pensar que su vida en Europa no podía ser más distinta de la que le aguardaba en África, al servicio de la Cruz Roja. Sin embargo, por mucho que de vez en cuando se divirtiera a lo grande, lo que de verdad deseaba era vivir como estaba a punto de hacer en esa etapa de su vida. Con ese pensamiento, se deslizó feliz entre las sábanas.

El resto del fin de semana lo pasó en París con su padre. Mientras atravesaban la plaza Vendôme, de regreso al hotel, el príncipe, un tanto abatido, le recordó que aún estaba a tiempo de cambiar de idea. Podía renunciar a irse a África con la Cruz Roja y estudiar en la Sorbona. Christianna aguardó a que terminara de hablar, alzó la vista hacia él y le dijo con una sonrisa:

—Papá, no estaré fuera mucho tiempo.

A decir verdad, confiaba en prolongar su estancia otros seis meses, si él daba su consentimiento.

—Voy a echarte mucho de menos —dijo compungido.

—Y yo. Pero va a ser una experiencia emocionante. Además, si no me fuera ahora, ¿cuándo iba a hacerlo?

Era el momento oportuno, mientras aún era joven. En el futuro, cuando asumiera más responsabilidades, le resultaría aún más complicado; ambos eran conscientes de ello. El príncipe ya había dado su palabra y no tenía intención de faltar a ella, pero no soportaba la idea de verla partir.

Animó a su hija para que se quedara en París otro día, o más si lo deseaba. Pero, con el viaje a África en puertas, Christianna se sentía culpable dejándolo solo. Su padre estaba muy apegado a ella y la echaba mucho en falta cuando se iba. Los años pasados en Berkeley se le habían hecho muy cuesta arriba. Estaba mucho más unido a Christianna que a su hijo y disfrutaba comentando con ella los asuntos económicos del principado, además de tener en gran estima su opinión.

El lunes, Christianna salió de compras con su prima Victoria por el Faubourg St. Honoré y la avenue Montaigne. Después comieron en L'Avenue, donde Freddy solía hacer sus conquistas entre las modelos. Los locales favoritos de su hermano eran Costes, Bain Douche, Man Ray y Buddha Bar. Su hermano sentía una particular predilección por París, y también ella. Al final del día, la princesa y su prima llegaron al Ritz agotadas y pidieron que les subieran la cena a la habitación de Christianna. Aún no se habían recuperado del jolgorio de la boda. El martes por la mañana, en el aeropuerto, y tras prometerse mutuamente que no tardarían en verse, cada una se fue por su lado: Christianna tomó un vuelo a Zurich y Victoria a Londres. Victoria ya le había advertido que si no iba finalmente a Tahití, le haría una visita en Gstaad. Una vez roto su compromiso, andaba un poco perdida. Christianna confiaba en verla de nuevo antes de su marcha.

Aún le quedaban muchas cosas que hacer en Vaduz. La casa real había emitido un comunicado oficial en el que anunciaba que la princesa se ausentaría del país durante los próximos meses, sin especificar el propósito ni el destino del viaje. De ese modo se simplificaban los problemas de seguridad; además, Christianna estaba empeñada en mantener el anonimato durante su estancia en África. En cuanto difundieron la noticia de su marcha, su presencia fue requerida en todo tipo de actos, inauguraciones, fiestas y ceremonias. Christianna intentó prodigarse al máximo y, cuando a la semana siguiente emprendió el viaje a Gstaad con su padre, estaba agotada. En Gstaad solían pasarlo de maravilla. La popularísima estación de esquí se llenaba de americanos y europeos, playboys, gente guapa, estrellas de cine y miembros de la realeza. Era uno de los pocos destinos vacacionales para gente adinerada donde Christianna verdaderamente disfrutaba. Tanto su padre como ella eran muy aficionados al esquí y disfrutaban de lo lindo de aquella escapada anual.

Celebraron la Nochebuena en la intimidad, y tras la cena asistieron a la Misa del gallo. Después, Christianna intentó llamar por teléfono a Freddy a Hong Kong, pero no lo encontró en casa; se hacía extraño celebrar aquel día sin él. Freddy los llamó a la mañana siguiente. Se interesó por la boda de los Borbones en París, y Christianna le comentó que Victoria quería invitarlo a pasar la Nochevieja en Tahití. Freddy dijo que lamentaba no poder ir, que tal vez se fuera unos días con ella en Semana Santa y, tras suplicarle a su hermana de nuevo que reconsiderara sus planes, les deseó a ambos felices navidades y colgó.

Christianna y su padre se quedaron en Gstaad hasta después de Año Nuevo, como de costumbre, y a su regreso a Vaduz, la princesa reparó con estupor en que solo faltaban cuatro días para su marcha. A su padre, esos cuatro días se le fueron en un soplo. Habría querido aprovechar al máximo aquellos últimos días con su hija, pero sus responsabilidades se lo impedían casi siempre. El último día, se acercó a la habitación de Christianna con semblante afligido. Christianna estaba ocupada haciendo el equipaje y, al oírlo entrar, alzó la vista. Incluso Charles, tumbado junto a la maleta de su dueña, parecía alicaído.

—Vamos a echarte mucho de menos, tanto Charles como yo —afirmó el príncipe con voz quejumbrosa.

—¿Cuidarás de él por mí? —le pidió Christianna, dándole un abrazo.

También ella los echaría de menos a los dos. Pero ardía en deseos de emprender su gran aventura.

—Lo haré. Pero, y de mí ¿quién cuidará?

Hablaba solo medio en broma. La compañía de su hija le era más necesaria de lo que habría sido de seguir viva su mujer, o de poder contar más con la presencia y la complicidad de Freddy. Su hijo nunca estaba en casa, y cuando estaba, le acarreaba más trastornos y preocupaciones que compañía y apoyo. Era con su hija con quien conversaba, y con quien compartía sus sentimientos más íntimos.

—Enseguida me tendrás aquí otra vez, papá. Y Freddy volverá dentro de uno o dos meses.

El príncipe alzó los ojos al cielo, y los dos se echaron a reír.

—No creo que tu hermano cuide de mí nunca, ni de mí ni de nadie. Creo que me echaría a temblar si le diera por ahí. Más bien nos tocará a los demás cuidar de él.

Ambos sabían que llevaba razón, y Christianna se echó a reír de nuevo, aunque compartían la misma preocupación por lo que sería del país el día en el que Freddy tomara las riendas. El príncipe Hans Josef abrigaba la esperanza de que, el día en el que eso sucediera, Christianna actuaría como principal consejera de su hermano, por ello procuraba tenerla al corriente de todo. Christianna era una alumna diligente y una hija afectuosa, que no eludía sus deberes ni le fallaba nunca. Todo ello haría su ausencia aún más penosa, aunque incluso él mismo reconocía que en ocasiones cargaba demasiada responsabilidad sobre ella.

—Algún día sentará la cabeza, papá —dijo Christianna, procurando infundirle seguridad y confianza, aunque Freddy no lo mereciera.

—Ojalá pudiera compartir tu optimismo. Le echo en falta a él, pero no el desbarajuste que provoca cuando está en casa. Sin él vivimos muy tranquilos.

El príncipe siempre era franco con su hija, y ella también con su padre.

—Lo sé. Pero ¿verdad que no existe otro igual? —repuso Christianna, con fraternal y sincera adoración. De niña, Freddy era su héroe, aunque siempre la hacía rabiar, y aún seguía haciéndolo—. Te llamaré siempre que pueda, papá. Por lo visto en la oficina de correos hay cabinas telefónicas, aunque no siempre funcionan, y a veces pasan semanas sin línea. Entonces la única opción es comunicarse por radio. Sea como sea, te mantendré informado, lo prometo.

Christianna sabía que sus guardaespaldas encontrarían el modo de ponerse en contacto con el príncipe para hacerle llegar sus noticias y no tenerlo con el alma en vilo. Más les valía, porque si se angustiaba demasiado, era capaz de obligarla a regresar a Vaduz. Ya se encargaría ella de tenerlo informado en todo momento. Además, aún abrigaba la esperanza de que le permitiera prolongar el viaje. Su deseo era quedarse allí el resto del año.

La última noche que pasaron juntos resultó un tanto agridulce. Durante la cena en el comedor familiar, comentaron los planes de Christianna. Ella se interesó por ciertas medidas económicas que su padre acababa de implantar y por la reacción del parlamento al respecto. Al príncipe le complació que sacara a relucir esa cuestión y disfrutó discutiéndola con ella. Por otra parte, eso no hizo más que recordarle qué solo se sentiría en su ausencia. Aún no se había ido y ya estaba ansiando su vuelta. Habría querido que los meses siguientes pasaran volando, pero sabía que no sería así. Las horas se le harían eternas sin la alegre y jovial compañía de su hija. Egoístamente, pensó en insistir para que regresara al término de los seis meses pero, al mencionárselo, Christianna le pidió que aguardara un tiempo antes de tomar una decisión definitiva. Quién sabía si no sería ella misma quien deseara regresar para entonces o si se vería obligada a prolongar su estancia a fin de terminar la labor iniciada. Le pidió que dejara abierta esa puerta, y el príncipe se mostró conforme. Siempre que discutían solían hacerlo de forma sensata y afectuosa, como personas adultas. En gran medida, ella era una de las principales razones por las cuales el príncipe no se había casado en segundas nupcias. Gracias a la compañía de Christianna, así como a sus charlas con ella, ni necesitaba esposa, ni la deseaba. Además, ya se sentía mayor para volver a empezar. Y anteriormente había estado demasiado ocupado para pensar en devaneos amorosos. Se sentía a gusto en su viudez, aunque tal vez eso cambiara con la marcha de su hija. Le dio un beso de buenas noches, pesaroso por su inminente ausencia, y a la mañana siguiente desayunaron juntos. Christianna se había enfundado unos vaqueros para el vuelo, que sabía que sería muy largo, y probablemente no se pondría otra cosa en todo el año. Llevaba un único vestido en la maleta, por si acaso, dos faldas largas de aire campestre que se había traído de California, varios pantalones cortos, vaqueros y camisetas a discreción, gorras, y la mosquitera, el repelente contra insectos, la medicación contra la malaria y calzado bien recio con el que protegerse de las temidas serpientes.

—No va a ser peor que cuando regresaba a California después de las vacaciones, papá. Míralo así —dijo intentando consolarlo. Parecía muy triste y alicaído ante su marcha.

—Preferiría tenerte aquí.

Al despedirse apenas fue capaz de articular palabra. Le dio un largo abrazo, y ella lo besó en la mejilla cariñosamente, como siempre solía hacer.

—Sabes lo mucho que confío en ti, ¿verdad, Cricky? Cuídate.

—Lo haré. Te llamaré, papá, te lo prometo. Cuídate mucho tú también.

La despedida resultó más dura de lo que Christianna había imaginado, y se le hizo un nudo en la garganta. Sabía lo mucho que su padre la necesitaba y odiaba dejarlo allí. Iba a sentirse muy solo. Pero por única y última vez, necesitaba vivir su propia vida antes de asumir sus obligaciones como princesa.

—Te quiero, Cricky —dijo él en voz queda. Seguidamente, se volvió hacia los dos guardaespaldas que la acompañaban y los miró con severidad—. Vigiladla en todo momento.

Sus órdenes eran claras. Quienes la acompañaban eran Samuel y Max, los mismos escoltas que habían viajado con ella a Rusia. Ambos estaban tan ilusionados como su jefa con aquella aventura, y Christianna, resignada a su presencia, se sentía a gusto con ellos. Su padre se había mostrado intransigente en ese aspecto. Era la única condición que imponía, y al final Christianna tuvo que ceder. Se sentía un tanto ridícula acompañada por aquellos dos hombres, pero el director del campamento de la Cruz Roja había dicho que lo entendía perfectamente. Era consciente de lo delicado de su situación y le había asegurado por correo electrónico que no revelaría su identidad. Solo él sabría que en el pasaporte de Christianna no figuraba ningún apellido, dato que de trascender podría delatarla, si bien no muchos tenían conocimiento de lo que eso significaba. Únicamente Marque se había percatado al instante, puesto que había trabajado con miembros de la realeza en anteriores ocasiones, pero no todo el mundo estaba al corriente. En cualquier caso, Christianna no deseaba correr ningún riesgo. Ante todo debía mantener el anonimato. Deseaba ser tratada como cualquier otra persona, no quería que la llamaran alteza serenísima, ni siquiera señora, y eso, por supuesto, atañía también a sus guardaespaldas, que se harían pasar por unos amigos que eran voluntarios de la organización y que hacían el viaje con ella. Christianna lo había planeado todo al milímetro y había contemplado cualquier eventualidad. Y hasta la fecha, el director del campamento le había ofrecido toda su colaboración en ese sentido.

—Te quiero, papá —dijo entrando ya en el automóvil.

Su padre cerró la portezuela. Había querido acompañarla al aeropuerto, pero esa mañana debía reunirse con el consejo de ministros para discutir las medidas políticas comentadas con Christianna la noche anterior, y se vio obligado a despedirse de ella en palacio.

—Yo también te quiero, Cricky. No lo olvides. Cuídate mucho. Y ten cuidado —le advirtió de nuevo. Ella sonrió y se asomó a la ventanilla para besarle la mano. Nada podría romper el estrechísimo vínculo que se había creado entre ellos desde el fallecimiento de su madre.

—¡Adiós! —le dijo Christianna, agitando la mano mientras el coche comenzaba a alejarse.

El príncipe se quedó allí de pie, agitando la mano a su vez, hasta que el automóvil atravesó la verja de palacio, giró y desapareció de su vista. Luego volvió sus pasos hacia palacio, cabizbajo y meditabundo. Lo había hecho por ella, permitirle ir a África, para hacerla feliz. Pero a él le quedaban por delante seis meses o quizá un año de pesadumbre. Charles avanzaba alicaído a sus espaldas. Sin la jovial presencia de Christianna, ambos ofrecían el aspecto de una pareja triste y solitaria.

7

Esa misma mañana, Christianna tomó el avión que partía de Zurich con destino a Frankfurt. Sus guardaespaldas volaban en clase turista, y ella en primera. Desde palacio habían comunicado discretamente a la compañía aérea que la princesa embarcaría en dicho vuelo, y Christianna, que había dado instrucciones precisas de que se preservara su anonimato, se molestó al enterarse. Pero le consoló pensar que al menos el resto del año dejaría de ser una persona «especial». No quería favoritismos. Aquella estancia en África, al servicio de la Cruz Roja, le brindaba la última oportunidad de ser una persona normal y corriente, sin ninguna de las cargas que comportaba su condición. En los siguientes meses, no deseaba para sí ninguno de los privilegios de la realeza. Quería vivir aquella experiencia como una persona más, tanto para lo bueno como para lo malo.

Una vez en el aeropuerto de Frankfurt, se alegró de que nadie pareciera reconocerla. Nadie salió a recibirla ni a hacerle los honores, nadie se prestó a agilizar su conexión con el vuelo siguiente ni le dispensó un trato preferente. Cargó personalmente con su bolso y su mochila, y entre Max y Sam se repartieron el resto del equipaje. Mientras aguardaban la salida del vuelo, conversaron amigablemente los tres, haciendo conjeturas sobre lo que les depararía el continente africano. Sam, que había estado en África con anterioridad, opinaba que la estancia iba a ser dura. El director de la organización en Ginebra había puesto en antecedentes a Christianna sobre la precariedad de las comodidades en el campamento. Ella insistió en que eso le traía sin cuidado; y era sincera. Si había que pasar penalidades, estaba dispuesta a pasarlas como todos los demás. Contaba con que el director mantuviera su promesa de guardar su secreto y así preservar el anonimato. De lo contrario, su experiencia se iría al traste. Christianna veía aquella como su última oportunidad de llevar una vida auténtica, antes de entregarse para siempre a la pesada carga y a las limitaciones que conllevaban sus tareas reales.

Las semanas anteriores, Samuel se había dedicado a recabar información del Departamento de Estado estadounidense sobre la situación política en Eritrea, país de África oriental al que se dirigían. La frontera con Etiopía era fuente de conflictos desde hacía años. Ambos países habían firmado una tregua unos años atrás, y ahora reinaba la paz en la zona. Las hostilidades entre ambos países ya eran cosa del pasado. Samuel prometió informar al príncipe de cualquier alteración o incidente sospechoso que se produjera y le aseguró que, en caso de necesidad, sacaría a la princesa del país de inmediato. Pero, tal como había asegurado a su vez el director de la Cruz Roja, por el momento no parecía que hubiera motivos de alarma. Eritrea sería un destino interesante a la vez que seguro. Christianna no tendría más que ocuparse del trabajo en cuestión. Sus dos guardaespaldas se encargarían de protegerla, y ella confiaba en que desempeñaran su trabajo con la mayor discreción. Los tres se harían pasar por amigos de Liechtenstein, que habían decidido ofrecerse voluntarios el mismo año. La historia sonaba verosímil, no tendría por qué despertar recelos. Y Christianna estaba convencida de la discreción de sus acompañantes.

Tras diez horas de vuelo desde Frankfurt, con escala en El Cairo, llegaron a Asmara. Los oficiales de aduanas apenas echaron un vistazo a su documentación. Para gran alivio de Christianna, ni siquiera advirtieron que en su pasaporte no constaba ningún apellido. Ella no deseaba que se pusiera sobre aviso a la prensa en ningún momento del recorrido, pues si se difundía la noticia de su presencia en el país, temía que pudieran seguirle el rastro hasta su destino final, algo que debía evitar a toda costa.

Tras catorce horas de viaje, empezaba a acusar el cansancio. Sus dos guardaespaldas habían conseguido dormir un poco durante el largo vuelo. Al salir del aeropuerto, echaron una ojeada alrededor. Antes de salir de Liechtenstein, Max había recibido un mensaje de correo electrónico en el que le confirmaban que alguien pasaría a recogerlos. Por el momento no sabían quién se encargaría de hacerlo ni en qué tipo de vehículo. Sin embargo, al salir a la calle, no vieron a nadie esperándoles.

Entraron en una pequeña choza de paja y pidieron unos refrescos de naranja. Las bebidas eran de fabricación nacional y, aunque sabían empalagosamente dulces, dieron cuenta de ellas, pues estaban sedientos y acalorados. En el nordeste de África era invierno, pero hacía calor. Les rodeaba una hermosa planicie, el aire era seco, y la ligera calima que parecía impregnarlo todo con su luz le recordó a Christianna la cálida luminosidad de las perlas de su madre. En aquel paraje se respiraba una gran calma, observaron mientras aguardaban a que fueran a recogerlos. Finalmente se instalaron los tres frente a la choza, sentados sobre el equipaje, hasta que media hora más tarde un desvencijado autocar escolar amarillo se detuvo frente a ellos. El vehículo llevaba el emblema de la Cruz Roja en ambos laterales, pero ofrecía un aspecto lamentable, como si fuera incapaz de dar un paso. No obstante, acababa de llegar de Senafe, un trayecto en el que se empleaban cinco horas.

La portezuela se abrió y del autocar salió un hombre alto y moreno, con el pelo alborotado. Miró hacia las tres personas allí sentadas, sonrió y corrió a ayudarlos con las maletas, disculpándose por la tardanza. Dado el lamentable estado del vehículo, esa tardanza parecía más que comprensible.

—Lo siento mucho. Me llamo Geoffrey MacDonald. Se me pinchó una rueda por el camino y me ha costado mucho trabajo cambiarla. ¿No está muy cansada, alteza? —preguntó, optimista.

La reconoció enseguida, pues hacía poco había visto una foto suya en un ejemplar de la revista *Majesty* que alguien había dejado tirada por ahí, aunque la encontró más joven de lo que esperaba, y fresca y lozana pese al largo viaje.

—No me llame así, se lo ruego —saltó Christianna de inmediato—. Espero que su director lo haya llamado desde Ginebra para ponerle en antecedentes. Preferiría que usara mi nombre de pila y me tuteara.

—Desde luego —respondió él, compungido, mientras le cogía la mochila y estrechaba la mano de los dos guardaespaldas.

Como británico, estaba al corriente del protocolo de rigor y sabía que no debía tenderle la mano a la princesa a menos que ella se la ofreciera primero, cosa que Christianna hizo enseguida. Geoffrey se la estrechó con tiento y le sonrió cohibido. Parecía el típico profesor despistado, y a los tres les cayó bien al instante.

—Espero que nadie sepa nada de mí en el campamento —añadió Christianna con semblante preocupado.

—No, por supuesto que no —respondió él, tranquilizándola—. A decir verdad, ya estaba advertido. Ha sido un descuido. Es emocionante saber que contaremos con una princesa entre nosotros, aunque sea de incógnito. Mi madre se va a quedar de una pieza cuando lo sepa, pero descuida, no pienso decir nada hasta que os hayáis ido.

El aspecto juvenil y apocado de Geoff hacía de él una persona entrañable. Christianna enseguida se sintió a gusto en su compañía. Era un tipo simpático y cariñoso.

—No quiero que los demás sepan nada —insistió Christianna, mientras se dirigía al autocar.

Max y Sam iban detrás, cargando con el equipaje de los tres.

—Lo comprendo. Estamos todos muy ilusionados con vuestra llegada. Cualquier ayuda es bien recibida. Dos de nuestros cooperantes enfermaron de fiebre tifoidea y han tenido que regresar a casa. Desde hace ocho meses que estamos faltos de personal.

Geoffrey tenía un aire un tanto despistado, vestía con desaliño y debía de rondar los cuarenta y tantos. Al parecer era oriundo de Inglaterra, pero llevaba toda su vida en África; había crecido en la localidad sudafricana de Ciudad del Cabo y desde hacía cuatro años dirigía el centro de la Cruz Roja en Senafe. Según dijo, las instalaciones habían mejorado mucho en el tiempo que él llevaba allí.

—La gente del lugar se ha ido acostumbrando poco a poco a nosotros. Al principio desconfiaban, aunque son de natural muy amistosos. Además del centro contra el sida, les ofrecemos asistencia médica general. Dos veces al mes llega un avión con un equipo médico para echarme una mano. —Añadió que el centro de lucha contra el sida había sido un éxito. Su propósito consistía no solo en curar a los afectados, sino también en prevenir la propagación de la enfermedad—. Estamos desbordados. Ya lo veréis cuando lleguemos. Naturalmente, también atendemos todo tipo de enfermedades y dolencias propias de la zona.

Antes de emprender el viaje, Geoff bajó un momento del autocar y compró un refresco. Su ropa estaba llena de polvo y parecía cansado y ojeroso, como si trabajara demasiado. Christianna consideró todo un detalle que el director del centro en persona hubiera ido a recogerles.

Estaba emocionada solo de verse allí; intentaba asimilar todas aquellas sensaciones nuevas que asaltaban sus sentidos, aunque el largo viaje los había dejado a todos un tanto aturdidos. Samuel y Max guardaban silencio, vigilaban el entorno, ojo avizor como de costumbre, siempre conscientes de su misión de protegerla. Por el momento, podían respirar tranquilos.

Geoff regresó con su refresco, arrancó el motor y este emitió una serie de horribles detonaciones y petardeos, hasta que finalmente se puso en marcha con una súbita y alarmante sacudida.

—Espero que alguno de los dos sepa de mecánica —dijo, volviéndose hacia Samuel y Max—. En el campamento necesitamos urgentemente un mecánico. Nadie de nuestro personal médico es capaz de arreglar un vehículo. Todos tienen estudios de sobra, pero necesitamos fontaneros, electricistas y mecánicos.

El autocar traqueteó carretera adelante, se caló y volvió a arrancar, como si quisiera demostrar lo dicho.

—Se hará lo que se pueda —contestó Max con una sonrisa.

Lo suyo eran las armas, pero ese dato se lo calló. Estaba dispuesto a echar una mano en lo que pudiera. El autocar estuvo a punto de calarse de nuevo mientras subía traqueteando una cuesta. Geoff continuó su charla impertérrito. La presencia de Christianna parecía turbarle un tanto, le sonreía, pero sus miradas eran cohibidas. No podía olvidar ante quién se encontraba.

Christianna se interesó por el centro, por la crisis del sida en África y por el resto de servicios médicos que la Cruz Roja prestaba en Senafe. Geoff les dijo que era médico. Era su especialidad en medicina tropical lo que le había llevado hasta allí. Christianna contemplaba el paisaje. Los lugareños, ataviados con vistosos colores, avanzaban a pie por ambos lados de la carretera. El autocar se detuvo ante un rebaño de cabras que se cruzó en su camino. Un hombre con un turbante que tiraba de un camello intentó ayudar al joven pastor con sus cabras; luego, no hubo forma de que el autocar arrancara de nuevo. El motor se ahogó y no quedó más remedio que aguardar a que las cabras salieran de la carretera. Los cuatro aprovecharon la oportunidad para seguir charlando.

Geoff los puso al corriente de la situación del centro, con todo lujo de detalles. Dijo que no solo trataban a mujeres, sino incluso a niñas, muchas de ellas víctimas de violaciones, que una vez perdida la virginidad, eran repudiadas por la tribu. Y todavía era peor si se quedaban embarazadas, pues en ese caso la familia no las podía casar, ni vender a cambio de ganado, tierras o dinero. Cuando caían enfermas, lo habitual era abandonarlas. El número de afectados por el sida, en ambos sexos, era alarmante, pero lo era aún más el hecho de que las cifras fueran en aumento. Entre los pacientes se contaban también casos de tuberculosis, malaria, kala azar (una afección parasitaria conocida también como leishmaniasis o fiebre negra) y encefalitis letárgica.

—Es como intentar vaciar el océano con un dedal —afirmó, exponiendo la situación con brutal franqueza.

Muchos de sus pacientes eran refugiados, procedentes de los conflictos fronterizos librados con Etiopía en los años previos a la tregua. Geoff señaló también la precariedad de la paz reinante en la zona, dado que Etiopía seguía ambicionando Massawa, el puerto eritreo del mar Rojo.

—Lo único que podemos hacer es atender a los enfermos, procurarles la mayor comodidad posible y ayudar a los que podamos antes de que mueran. E intentar educar a los demás en la prevención de la enfermedad.

La perspectiva no parecía alentadora, pensó Christianna mientras le escuchaba. Max y Samuel se interesaron también por la situación y le hicieron diversas preguntas. No estaban ante una situación peligrosa, pero sí deprimente. El índice de mortalidad era elevado, del cien por cien entre los afectados por el sida. La mayoría de mujeres y niños que llegaba allí lo hacían en un estado tan avanzado de la enfermedad que ellos ya no podían detenerla, ni siquiera controlarla o al menos conseguir que remitiera un poco. Uno de los principales objetivos del centro, prosiguió Geoff, era prevenir que las madres transmitieran la enfermedad a sus recién nacidos, para lo cual el centro les suministraba gratuitamente los medicamentos necesarios e intentaba convencer a las madres de que no amamantaran a sus crías. Tarea ardua en la práctica, y no solo por razones culturales, sino porque muchas de ellas se encontraban en una penuria tal que preferían vender las medicinas que el centro les proporcionaba y continuar amamantando a sus bebés, que era más barato. Y de resultas de ello, terminaban contagiándoles la enfermedad. Era una batalla continua, según dijo Geoff, tanto para tratar la enfermedad como para educar a la población a prevenirla.

—Hacemos todo lo que podemos por ellos, pero a veces no es gran cosa y no queda más que resignarse.

Mencionó también que Médicos sin Fronteras solía pasar por el campamento a menudo a echarles una mano. Toda aportación era bien recibida, no solo la de la Cruz Roja, aunque esta organización corría con la financiación total del centro. El gobierno local no disponía de medios con los que ayudar. Dijo también que su intención era recaudar fondos de diversas fundaciones, pero aún no habían tenido tiempo de tramitar formalmente las peticiones de ayuda. Christianna pensó en su propia fundación, que contribuía generosamente en casos similares, y decidió informarse detalladamente sobre las necesidades del centro y exponerles el caso a su regreso a Vaduz.

Durante las cinco horas que duró el viaje hasta el campamento, no dejaron prácticamente de hablar. Geoff parecía una persona agradable, bueno y compasivo a todas luces, además de interesante y muy bien documentado sobre el continente en el que vivía y los males que lo aquejaban, la mayoría de ellos imposibles de solucionar, por el momento, y probablemente en mucho tiempo. Aun así, tanto él como sus cooperantes hacían todo lo que estaba en sus manos por remediar la situación.

Christianna finalmente se quedó dormida en los últimos minutos del trayecto, pese al constante traqueteo del vehículo, a los ruidos, las sacudidas y los pestilentes humos que despedía el motor. Estaba tan cansada que se habría dormido en mitad de un bombardeo. Despertó sobresaltada cuando Max la tocó en el brazo. Habían llegado al campamento, y el autocar quedó rodeado por miembros de la Cruz Roja, que aguardaban con curiosidad por ver a los tres nuevos cooperantes. Todos llevaban semanas hablando de ellos. Lo único que sabían era que se trataba de dos hombres y una mujer, y que venían de algún lugar de Europa. Al principio había circulado el vago rumor de que eran suizos; después se dijo que alemanes, dos alemanes y una suiza al parecer. En ningún momento se mencionó Liechtenstein. Tal vez la confusión se debía a que las gestiones relativas tanto al viaje como a la estancia se habían formalizado desde la oficina de Ginebra. En cualquier caso, y habida cuenta de la perentoria necesidad de refuerzos que padecía el centro, su llegada era bien recibida. Aunque no se tratara de médicos ni enfermeros, al menos debían de ser personas con buen corazón y voluntad de ayudar.

Christianna echó una ojeada al exterior y se encontró con las miradas curiosas de una docena de personas. Todos iban vestidos de manera informal: pantalones cortos, vaqueros, botas, las mujeres con el pelo corto o recogido bajo un pañuelo, y algunos con batas de médico. Se fijó en una señora de mediana edad y rostro curtido, con un estetoscopio colgado del cuello, que le dirigió una afable sonrisa. Y también en una chica morena, alta y muy guapa, que llevaba a un niño en brazos y parecía buscar algo con la mirada en el autocar. A primera vista, el número de mujeres y hombres parecía bastante repartido. En cuanto a las edades, comprendían aproximadamente desde la de Christianna hasta los que, por su aspecto, se diría que la doblaban. Junto al personal de la Cruz Roja también había diversos cooperantes autóctonos, con la alegre vestimenta propia de la zona, algunos de los cuales llevaban a niños de la mano. El centro en sí, situado en mitad del recinto, consistía en una serie de cabañas blancas recién pintadas. Y a ambos lados de estas, unos barracones con aspecto vagamente militar.

Christianna bajó del autocar y Geoff, al ver que se tambaleaba al poner el pie sobre el escabroso terreno, se apresuró a tenderle la mano saltándose el protocolo. Ella le sonrió y luego alzó la vista, cohibida, hacia los demás. Detrás de ella bajaban Samuel y Max con el equipaje. Christianna llegó lo bastante desaliñada y arrugada tras el largo viaje como para no llamar la atención de ninguno de los componentes de aquel comité de recepción.

Geoff les presentó en primer lugar a la señora de mayor edad. Se llamaba Mary Walker y, como su estetoscopio daba a entender, era médico. Procedía de Gran Bretaña y estaba a cargo del programa contra el sida. Tenía unos ojos azules y penetrantes y una larga melena canosa recogida en una trenza a la espalda. A Christianna enseguida le recordó a Marque. Se estrecharon la mano con energía y la señora Walker le dio la bienvenida al campamento calurosamente. Junto a ella se encontraban otras dos chicas, una irlandesa muy bonita, con el pelo rizado y los ojos verdes, que trabajaba allí como comadrona y recorría toda la región de Debub con su coche, asistiendo partos y trasladando al campamento a las madres y a los recién nacidos en casos de urgencia. Al lado de esta, una joven estadounidense que, al igual que Geoff, se había criado en Ciudad del Cabo. Después estudió en Estados Unidos, pero al terminar la carrera universitaria, se dio cuenta de que añoraba demasiado África. Como les sucedía a todos cuando abandonaban el continente.

Maggie, que así se llamaba la joven, se había trasladado al campamento después de conocer a Geoff y de que este le hablara de su labor en Senafe. Mientras Maggie se acercaba a ella, Geoff la rodeó con el brazo y Christianna comprendió enseguida que eran pareja. Maggie, que era enfermera, le dio un caluroso abrazo de bienvenida. La joven irlandesa dijo llamarse Fiona y le estrechó la mano amistosamente, con una abierta y pícara sonrisa.

Los cuatro chicos que se encontraban entre el grupo se presentaron uno tras otro. Dos de ellos eran alemanes, otro francés y el cuarto, suizo. A simple vista, treintañeros todos ellos: Klaus, Ernst, Didier y Karl. Por último, la chica alta y morena que llevaba a un niño en brazos dio un paso adelante y estrechó la mano de Christianna y de sus dos acompañantes. Tenía unos ojos preciosos y el semblante serio. Se llamaba Laure y era francesa. Parecía mucho más reservada que los demás. «Quizá sea tímida», pensó Christianna. Pese a dirigirse a ella en francés, Laure no se mostró muy afectuosa. Casi parecía hostil. Geoff les contó que había trabajado durante un tiempo para UNICEF y estaba en Senafe con ellos desde hacía unos meses. Los únicos médicos del grupo eran Geoff y Mary, Fiona la única comadrona y Maggie la única enfermera. Los demás eran personas bienintencionadas, trabajadoras y responsables, que habían acudido a Senafe con la intención de ofrecer su ayuda en lo que fuera necesario y hacer algo de valor en la vida, como la propia Christianna.

El campamento se hallaba ubicado en las afueras de Senafe, dentro de la región de Debub y no muy lejos de la frontera con Etiopía, una zona conflictiva en el pasado, pero que había dejado de serlo tras la tregua. En aquel remoto lugar ahora reinaba la paz. Christianna observaba todo a su alrededor, admirada ante la belleza de las mujeres africanas que sonreían tímidamente, vestidas con vistosos colores y engalanadas con todo tipo de abalorios en el pelo, las orejas y el cuello. En el campamento trabajaban otras seis personas más, cuatro mujeres y dos hombres, que no habían podido salir de las cabañas a saludar por estar ocupados en ese momento asistiendo a mujeres y a niños del lugar. Sin embargo, el corrillo de risueñas mujeres africanas con sus vistosos atavíos que observaba al trío recién bajado del autocar no hacía más que crecer.

Aquellas mujeres lucían la vestimenta más exótica que Christianna había visto nunca. Llevaban el pelo recogido en trenzas muy prietas y adornado con cuentas y abalorios que les colgaban sobre la cara. Iban muy engalanadas y envueltas en vistosas telas, algunas bordadas con hilos dorados o metálicos. Pero no todas iban vestidas, algunas llevaban los pechos al descubierto. Lo abigarrado de aquella vestimenta y sus ostentosas galas contrastaban radicalmente con la sencillez y descuido de la indumentaria que vestían los cooperantes occidentales, que ofrecían un aspecto de todo menos sexy o siquiera atractivo con sus camisetas, pantalones cortos, vaqueros y botas de montaña. Geoff explicó a Christianna que existían nueve grupos étnicos en Eritrea: los tigrinya, rashaida, afar, tigre, kunama, saho, nara, bilen y hedareb. Christianna se quedó al instante cautivada por la calidez de la sonrisa de aquellas mujeres. Una de ellas se acercó a darle un abrazo; esta al parecer era de Ghana, se llamaba Akuba y dijo, con orgullo, que era voluntaria de la Cruz Roja. Le presentaron también a otro joven africano que ayudaba en el centro y se llamaba Yaw. Era mucha información que asimilar de una vez: tantas caras diferentes, un entorno completamente nuevo, una cultura completamente distinta, una vida nueva por completo y un trabajo con el que no estaba familiarizada. Christianna miró alrededor abrumada, procurando absorberlo todo. No habría alcanzado a expresar con palabras el festín para los sentidos que se desplegaba ante ella, la ilusión que la embargaba y lo amable y dulce que parecía aquel pueblo africano. Físicamente guardaban bastante parecido con los etíopes; decididamente, existía cierto parentesco entre ambos pueblos, pese al odio mutuo que se profesaban y a las rencillas que históricamente los enfrentaban. Una quinta parte de la población eritrea había abandonado el país antes de la tregua, durante el conflicto bélico con Etiopía vivido cinco años atrás. Sin embargo, Christianna no percibió en aquellos rostros muestra alguna de resentimiento. Antes al contrario, eran hermosos y se diría que irradiaban calidez.

—Estaréis agotados —observó Geoff, interrumpiendo el sinfín de presentaciones.

Notó que Christianna estaba cansada; habían pasado cinco horas metidos en aquel autocar. Había cruzado el planeta para llegar hasta allí y, sin embargo, nunca se había sentido tan feliz. Como una niña en una fiesta de cumpleaños, deseaba saborear al máximo la experiencia.

—Estoy bien —contestó animosa.

Después de charlar un momento primero con Akuba y después con las mujeres eritreas, finalmente conversó con algunos de sus futuros compañeros de trabajo. Estaba deseando conocerlos a fondo y poner manos a la obra cuanto antes.

—Ven —le dijo Fiona con una sonrisa afable—. Permíteme que te acompañe al Ritz.

Señaló hacia uno de los barracones que flanqueaban las cabañas donde trabajaban. En ellos se alojaba el personal del campamento, separado por sexos; las mujeres en uno y los hombres en otro. Quienes como Maggie y Geoff deseaban hacer vida en común, disponían de tiendas independientes, de menor tamaño. Al barracón donde se alojaban los hombres lo denominaban el George V, en alusión al ilustre hotel parisino, y al de las mujeres el Ritz.

Christianna se abalanzó sobre su maleta, que sostenía Samuel, y el escolta torció el gesto. No quería que se marchara sola sin que él y su compañero hubieran antes inspeccionado el recinto, algo de lo que aún no habían tenido tiempo. Christianna le hizo un gesto con la cabeza y sonrió; le arrebató enérgicamente la maleta y fue tras los pasos de Fiona. La vida real había dado comienzo.

El barracón al que Fiona la condujo resultó ser más grande de lo que Christianna imaginaba y mucho más espacioso de lo que desde fuera pudiera parecer. Consistía en una gran tienda de loneta, comprada al ejército, bajo la cual habían instalado un suelo de madera, y en cuyo interior se hallaban ocho camastros, uno de los cuales había quedado libre al trasladarse Maggie a una tienda aparte con Geoff. El barracón de hombres albergaría a ocho hombres, contando a los recién llegados. Los lugareños que trabajaban en el centro se alojaban en cabañas aparte, construidas por ellos mismos. Y Maggie y Geoff disponían de una tienda propia, que Geoff había adquirido de su propio bolsillo.

Fiona acompañó a Christianna hasta el fondo del barracón. Junto al que sería su camastro, había una mesita de noche con una lamparilla a pilas, y al pie de la cama, un pequeño baúl, desecho del ejército, donde guardar sus enseres.

—Ahí tienes tu armario —señaló Fiona y se echó a reír divertida—. No me preguntes por qué, pero llegué aquí hace seis meses con un guardarropa completo y acabé enviándolo todo de vuelta a casa. No he vuelto a ponerme más que vaqueros y pantalones cortos. E incluso cuando vamos a Senafe a cenar, que no es muy a menudo, ninguno de nosotros se arregla.

Christianna vestía vaqueros, camiseta de manga larga, una vieja cazadora vaquera adquirida en un mercadillo de Berkeley y zapatillas deportivas, atuendo muy cómodo para el viaje. Aun así, se la veía elegante. No llevaba más joyas que la sortija con el sello de la familia y unos zarcillos de plata. Las africanas a las que acababa de conocer iban mucho más enjoyadas. Christianna había intentado aparentar la máxima sencillez. Al cabo de unos minutos se enteró de que Fiona, que no parecía tener más de quince años, tenía ya treinta. Había supuesto que la irlandesa era de su edad. También supo por ella que Laure, la chica alta y morena, tenía veintitrés. Los demás, a excepción de Klaus y Didier, eran todos treintañeros. Y según Fiona, formaban un equipo estupendo.

Christianna la escuchaba sentada en su camastro; al cabo de un rato, la irlandesa se lanzó también sobre el lecho, como una alumna experimentada que da la bienvenida a la recién llegada al internado. Christianna al principio se sintió un tanto abrumada, y pese a sus vivos deseos de emprender aquella aventura, reconoció a su pesar que, aunque solo fuera por el choque cultural, la experiencia resultaba apabullante.

—¿Y tus dos amiguitos qué tal? —le preguntó Fiona con mirada picarona.

Le confesó que ella y Ernst habían salido a cenar juntos en un par de ocasiones, pero al final decidieron no llevar las cosas más lejos y seguir como amigos. Estando allí, era mejor no complicarse la vida. Geoff y Maggie eran la excepción. Los demás miembros del equipo preferían, por lo general, disfrutar de la camaradería que proporcionaba el trabajo en equipo en lugar de complicarse con devaneos amorosos, aunque de vez en cuando surgía alguna aventura. Además, sabían que, tarde o temprano, terminarían marchándose de allí. Los cooperantes raras veces permanecían en el mismo lugar más de un año, y las cosas cambiaban cuando regresabas a tu país.

—Háblame de Sam y Max —insistió Fiona, y Christianna se echó a reír.

Teóricamente, durante los seis meses o el año que durara su estancia en África oriental, sus dos guardaespaldas estaban de servicio y no podían entregarse a tales devaneos. No obstante, tanto si les surgía una aventura como si decidían vivir un romance en toda regla, no sería ella quien les leyera la cartilla o fuera con el cuento a nadie. Al fin y al cabo, eran jóvenes y sería injusto obligarlos a tan prolongada abstinencia. Además, no por divertirse un poco incumplirían sus tareas de vigilancia. Christianna estaba más que dispuesta a hacer la vista gorda si se daba el caso.

—Son los dos muy buenas personas. Formales, serios, responsables, honrados, trabajadores y de toda confianza.

Al oír aquella ristra de virtudes, Fiona se echó a reír. Parecía un duendecillo de ojos verdes y cabellos oscuros, allí sentada sobre el camastro de Christianna. Ambas tenían aspecto de chiquillas y se sentían como tales; Christianna pensó que ojalá se hicieran amigas, pese a la diferencia de edad. Laure, que contaba los mismos años que ella, no se había mostrado tan simpática y apenas le había dirigido la palabra. De hecho, la había mirado con malos ojos desde el primer momento, nada más bajar del autocar. Christianna no entendía por qué. Todos los demás se habían mostrado encantadores con ella.

—Dicho así, suena a referencia laboral —se burló Fiona, dando en el clavo sin saberlo—. Lo que pregunto es qué tal son. Están los dos como un tren... ¿son buena gente?

—Mucho. Samuel antes formaba parte de un comando israelí. Sabe muchísimo de armas.

Christianna cayó en la cuenta de que había metido de nuevo la pata y decidió ser más precavida en el futuro. El viaje la había fatigado.

—Uy, qué miedo. Aunque si volvemos a entrar en guerra con Etiopía, nos irá de perlas. Supongo que no estarán casados, si no no estarían aquí.

Aunque Fiona sabía que cuando Mary Walker llegó al campamento sí estaba casada. En un principio, estaba destinada al campamento durante tres meses, pero nunca regresó a su casa; terminó divorciándose. Se enamoró de aquella región de África y de sus gentes hasta tal punto que fue incapaz de abandonarlos. Aparte de Geoff, ella era la única profesional de la medicina con la que contaban en el campamento, y estaba especializada en el sida. Sus enfermos consiguieron despertarle mayor pasión que su matrimonio, el cual, según pudo comprobar cuando llegó a África, llevaba ya muchos años muerto, razón por la que ya no salió de allí.

—¿Tienen novia? —preguntó Fiona. Christianna negó con la cabeza en un primer momento y luego vaciló.

—No creo. No se me ha ocurrido preguntárselo.

Ella misma reparó en lo extraño de su respuesta, habida cuenta de que se les suponía amigos. Tenía que continuar representando aquella farsa y no sabía cómo salir del atolladero.

—¿De qué los conoces? —le preguntó Fiona, saltando como un elfo a su propio camastro, contiguo al de Christianna. Por las noches compartirían secretos entre susurros como dos adolescentes.

—Pues la verdad es que los conozco desde hace un montón de tiempo. Trabajan para mi padre. —Por fin daba una respuesta sincera, al menos ya era algo—. Cuando les dije que me venía a África, se ofrecieron a acompañarme. —Y les adjudicaron una misión que cumplir; pero eso, obviamente, no podía decirlo—. Estuvimos los tres en Rusia juntos, durante la crisis de los rehenes de Digora. La mujer que estaba al mando de la unidad de la Cruz Roja allí me dejó impresionada. Qué encanto de persona, y qué gran labor la suya. Aquel viaje fue lo que me decidió a venir a África, y también a Samuel y a Max. —Christianna mudó el semblante, de pronto seria y triste—. Creo que aquella noche nos cambió la vida a los tres. En fin, que aquí nos tienes.

Sonrió a su nueva amiga. Le caía muy bien Fiona. Todos en el campamento la querían. Era cariñosa, natural, abierta, además de una trabajadora incansable que, al parecer, adoraba la labor que desempeñaba. Como muchos de los que allí se encontraban, se había quedado prendada de África. Era un continente mágico, que una vez te entraba en la sangre provocaba adicción.

—¿Cómo se llamaba esa mujer? —preguntó Fiona con interés.

—Marque.

—Ah, Marque. Ya la conozco. La conoce todo el mundo. Viene por aquí de vez en cuando. Es tía de Laure, a ella se debe que esté aquí. Parece que Laure iba a casarse y la boda se fue al traste o estaba ya casada y se separó o no sé qué. Laure nunca habla de ello. El caso es que por lo visto vino a África para olvidar sus penas. Me da la impresión de que el trabajo no la seduce mucho, o quizá simplemente esté deprimida. Tiene que ser duro pasar por ese mal trago. Yo también estuve prometida una vez —Fiona rió de nuevo—, diez minutos nada más. Un horror de hombre. Huí a España para quitármelo de encima y al final terminó casándose con otra. Qué horror de tío. Bebía.

Christianna sonrió, esforzándose por mostrarse interesada. Se le hacía difícil procesar aquel repentino aluvión de datos, y estaba tan cansada y tan afectada por el *jet lag* que temía meter la pata y decir alguna inconveniencia que la delatara, como que era una princesa y vivía en un palacio. Se estremeció solo de pensarlo. No quería que nada de aquello se inmiscuyera en su nueva vida, así lo esperaba. Si actuaba con cautela no tenía por qué ocurrir. Solo debía medir sus palabras al principio, ya iría acostumbrándose a su nueva vida con el tiempo.

—¿Has dejado algún novio atrás en tu país? —le preguntó a continuación Fiona, con curiosidad.

—No. Acabo de regresar de estudiar en Estados Unidos. Volví a mi país en junio y después me he venido aquí.

—¿A qué quieres dedicarte a la vuelta? ¿Vas a ser médico? A mí me encanta ser comadrona... ¿Quieres acompañarme en una de mis salidas y verme en directo? Traer un niño al mundo es algo maravilloso, cada vez que asisto un parto lo pienso. Es un auténtico milagro, algo que siempre te llena de emoción, por muchas veces que lo veas, aunque a veces, si sale mal, te puedes llevar un gran disgusto. Ocurre de vez en cuando. Pero la mayoría de las veces es un acontecimiento feliz.

Christianna vaciló antes de contestar.

—Había pensado dedicarme a las relaciones públicas. Es a lo que se dedica mi padre; bueno, de hecho, también está metido en asuntos políticos y económicos. Me interesa mucho el mundo de los negocios. En la universidad me especialicé en Económicas.

Era todo verdad, hasta cierto punto, según se mirara.

—A mí se me dan fatal los números. Apenas sé contar —dijo Fiona, exagerando.

Christianna sabía que durante siete años se había preparado para ser comadrona, incluido el período de prácticas, luego debía de ser buena estudiante, o cuando menos perseverante. Y saltaba a la vista que la apasionaba su trabajo.

—Yo creo que los negocios me aburrirían —añadió con franqueza—. Tanto número... A mí me encanta trabajar con la gente. Nunca sabes por dónde te van a salir, sobre todo en África.

Se tumbó en la cama con un suspiro. Esa noche salía a hacer una ronda de visitas a domicilio y, normalmente, solía descansar un poco antes, para estar fresca y despejada. Diversas pacientes suyas estaban a punto de dar a luz. Habían quedado en mandar a buscarla si por fin se ponían de parto y requerían su presencia, en ese caso, Fiona saldría a toda prisa hacia allí en el Volkswagen escarabajo que había en el campamento desde hacía años. Ayudar a traer un niño al mundo era una gran dicha para ella. Y en África su presencia suponía muchas veces la salvación de la vida de la madre o del bebé. Trabajaba en condiciones sumamente precarias, pero se le daba muy bien su trabajo.

Christianna, tumbada en el catre, guardó silencio unos minutos. Quería levantarse, deshacer la maleta y salir a echar un vistazo por el recinto. La emoción le impedía conciliar el sueño, pero llegó un momento en que sintió que el cuerpo le pesaba y se le cerraban los párpados. Fiona miró hacia su compañera con una sonrisa. La encontraba muy dulce, y admiraba que hubiera decidido embarcarse en una aventura como aquella a su edad. Demostraba mucho valor por su parte. Justo cuando dirigió la vista hacia Christianna, esta abrió de nuevo los ojos de par en par y la pilló mirándola desde el camastro contiguo.

—¿Y las serpientes qué? —preguntó con alarma.

Fiona soltó una risotada.

—Todo el mundo pregunta lo mismo el primer día. Dan miedo, pero por aquí no vemos muchas. —No le contó que, pese a no ser habitual, dos semanas atrás una víbora bufadora se había colado en el comedor—. Ya te enseñaremos fotos de las especies con las que debes tener cuidado. Con el tiempo te acostumbras.

Fiona solía toparse con serpientes más a menudo que la mayoría de sus compañeros, dadas sus frecuentes salidas para visitar pacientes a domicilio.

Las dos jóvenes permanecieron tumbadas en silencio un rato, y Christianna, a su pesar, acabó quedándose dormida; estaba exhausta. Cuando despertó, descubrió que Fiona ya no estaba en su cama y salió fuera en busca de los demás. Varias personas deambulaban por el recinto.

Se cruzó con Akuba, que le dirigió una sonrisa. Iba camino de una de las cabañas con un niño de la mano. Y con Yaw, absorto dando martillazos en algo. Christianna miró a su alrededor y percibió una belleza en la noche africana como nunca había visto; era aquella luz de la que tanto había oído hablar, y la suave brisa acariciaba sus mejillas. Reparó entonces en un tercer barracón, situado por detrás de las cabañas. Siguió los ruidos que de allí procedían y al entrar se encontró con el personal de la Cruz Roja al completo: estaban cenando, sentados a unas largas mesas de refectorio sobre toscos bancos de madera. La notaron al instante azorada, si bien más descansada que horas antes. La cabezada le había sentado muy bien, pero temía que la tildaran de holgazana por ello, lo cual no era la mejor forma de empezar.

—Lo siento mucho —se disculpó nada más ver a Geoff y a Maggie.

Se encontraban todos en el comedor, a excepción de Fiona, que llevaba horas fuera del campamento, asistiendo un parto. Incluidos Christianna y sus dos guardaespaldas, el personal de la Cruz Roja sumaba un total de diecisiete personas. A estas había que añadir al menos doce eritreos de la zona que colaboraban con ellos y a Akuba y Yaw, ambos de Ghana.

—Me he quedado dormida —dijo compungida.

Samuel y Max se alegraron visiblemente de su aparición, como también los demás. Acababan de empezar a comer. La cena se componía de pollo con verduras, un gran cuenco de arroz y fruta. Trabajaban todos con tesón y necesitaban raciones generosas para seguir adelante.

—Necesitabas ese descanso —dijo Geoff comprensivo—. Ya te enseñaremos todo lo que hace falta saber mañana. A Samuel y a Max ya les he hecho el tour.

Los dos guardaespaldas le habían pedido discretamente que les mostrara el conjunto de instalaciones, pues el reconocimiento del terreno formaba parte de su misión de vigilancia. Pero se habían quedado fascinados con lo visto y cautivados con los niños del lugar, que parecían rondar por todo el campamento; montones de niños que reían y jugaban felices, como algunos de sus mayores. La desbordante alegría de aquellas gentes, siempre con la sonrisa pronta y de buen humor, llamaba la atención. Incluso los enfermos ingresados en el centro parecían simpáticos y de buen talante.

Mary le señaló un lugar vacío junto a Laure donde podía sentarse, y Christianna saltó por encima del banco para ocupar el sitio. Al otro lado de Laure estaba Didier, que hablaba con ella en francés, y al otro lado de Christianna, Ernst. Ernst había estado conversando en suizo alemán con Max y Sam, dado que los tres eran de nacionalidad suiza, si bien Samuel tenía sangre israelí y había servido en los ejércitos de ambos países. Christianna entendía su idioma y rió con ellos un par de veces. Luego se volvió hacia Laure y le dijo algo en francés. No recibió respuesta. Laure hizo descaradamente como si no la oyera y continuó charlando con Didier. Era evidente que aquella chica estaba dolida por algo, pero Christianna no comprendía su actitud. No había hecho nada que pudiera ofenderla.

Así las cosas, empezó a hablar tranquilamente con Mary Walker, sentada frente a ella. Esta la puso en antecedentes sobre la epidemia de sida a la que hacían frente y le habló también del kala azar o fiebre negra, que sonaba casi como a la peste, pero que al parecer recibía dicho nombre porque, entre otros síntomas, provocaba en los afectados la coloración negra de pies, manos y abdomen. Christianna sintió una repentina aprensión, sobre todo porque tenía la cena delante. Geoff aportó a la conversación otros truculentos pormenores. Pese a todo, Christianna estaba fascinada, en particular por la labor contra el sida que se realizaba en el campamento. Mary mencionó que dentro de unas semanas recibirían una nueva visita de Médicos sin Fronteras. Dicha organización solía enviarles mensualmente a un equipo médico con más efectivos de los que disponía el campamento de Senafe. Y cuando era preciso se hacían acompañar de cirujanos para realizar las intervenciones necesarias. También se recurría a ellos en casos de emergencia, aunque normalmente entre Mary y Geoff hacían frente a todo lo que iba llegando, incluidas apendicectomías de urgencia y cesáreas. Ofrecían el servicio completo, dijo el director bromeando. Geoff alabó efusivamente la labor de Médicos sin Fronteras, que recorrían toda África con sus pequeñas avionetas llevando asistencia médica hasta las zonas en guerra o a las más remotas.

—Son una gente admirable —afirmó, mientras se servía una enorme ración de postre.

Era evidente que Geoff, delgado como un espárrago, consumía todo lo que engullía. Tanto él como el resto de sus compañeros cenaron copiosamente. Las chicas quizá no con tanta avidez, pero tampoco se quedaron atrás. Todos trabajaban arduamente y aprovechaban la cena para disfrutar de charlas y bromas. A mediodía, muchos se conformaban picando algo sobre la marcha; Mary informó a Christianna de que el desayuno se servía en aquel mismo barracón, a las seis y media de la mañana. Comenzaban muy temprano la jornada. La comida la preparaban cocineras autóctonas, que habían aprendido algunos platos al estilo europeo que a todos ellos gustaban. Maggie era la única estadounidense del grupo y, según dijo, lo único que echaba de menos allí eran los helados. A veces incluso soñaba con ellos. A pesar de la enorme distancia que la separaba de los suyos, parecía inmensamente feliz. Todos parecían felices, excepto Laure, a la que Christianna observó durante la cena. En ningún momento alteró su triste semblante y apenas habló. Solo se comunicó con Didier, en francés y por lo bajo. Apenas se dirigió al resto del personal, y ni a sus guardaespaldas ni a Christianna les dirigió una sola palabra a lo largo de toda la velada. Los demás hacían un evidente esfuerzo por entablar conversación y mostrarse amables con los recién llegados. Geoff le sirvió a Christianna dos copas de un vino que habían sacado especialmente para agasajarlos. Max y Sam charlaban con los demás compañeros, a simple vista ya muy integrados en el grupo. La velada fue muy animada, estuvo salpicada de bromas y chistes malos en francés, inglés y alemán, idiomas los tres que Christianna dominaba. Era fantástico compartir mesa con un grupo tan cosmopolita.

Ya era tarde cuando finalmente dieron por terminada la tertulia y salieron a la cálida noche africana, charlando y riendo aún. Los chicos invitaron a Max y a Sam a echar una partida de cartas, y los dos aceptaron pero dijeron que se reunirían con ellos un poco más tarde. No podían explicarles por qué, evidentemente, pero antes debían asegurarse de que la princesa regresaba a salvo a su barracón, pues al fin y al cabo no era otro su cometido allí. Geoff y Maggie se encaminaron hacia su tienda cogidos del brazo, y las chicas se dirigieron tranquilamente hacia la suya sin dejar de hablar. Fiona aún no había regresado, y supusieron que algún parto la habría retenido. En África oriental la tasa de mortalidad entre recién nacidos era alarmante, sobre todo en las veinticuatro horas posteriores o anteriores al alumbramiento. Fiona se había propuesto, por su cuenta y riesgo, que esas estadísticas no continuaran creciendo; y además de asistir todos los partos posibles, había logrado persuadir a muchas africanas de la necesidad de recibir atención prenatal.

Christianna preguntó si no les preocupaba saberla deambulando sola por ahí a altas horas de la madrugada. Mary Walker dijo que Fiona no tenía miedo a nada; además, los alrededores del campamento eran bastante seguros. La proximidad con la frontera etíope siempre era fuente de preocupación, pero desde hacía años no se habían producido incidentes ni violaciones de la tregua, aunque eso no significaba que no pudieran ocurrir. La tregua entre ambos países seguía siendo precaria, según afirmó Mary, y los etíopes estaban convencidos de que habían salido perdiendo con el acuerdo. Ansiaban aún los puertos de Eritrea, pero en Senafe no habían surgido problemas, y la joven comadrona irlandesa era una persona muy querida en la zona. Una de las chicas a las que Christianna había conocido esa noche, Ushi, una maestra alemana que daba clase a los niños en el campamento, le comentó que Fiona siempre llevaba consigo una pistola cuando salía por la noche y, aunque aún no se había visto obligada a utilizarla, no le daba miedo hacerlo. Las armas no estaban bien vistas en el campamento, pero Fiona la llevaba de todos modos y, dadas las circunstancias, seguramente hacía muy bien. Ushi, diminutivo de Ursula, se había mostrado muy cordial y cariñosa con Christianna y sus dos acompañantes. En general todos los habían acogido muy bien, excepto Laure, que en ese momento se encaminaba hacia el barracón por delante de las demás, en silencio. Parecía muy desdichada, y era evidente que, por alguna razón inexplicable, Christianna no era santo de su devoción.

Una vez en el barracón, continuaron la cháchara mientras se ponían el pijama. A Christianna le habría encantado darse un baño o una ducha al menos, pero ya le habían advertido que no sería posible. Disponían de una única ducha, a la intemperie, que todos utilizaban por la mañana o a media tarde, y que consistía en que unas chicas del lugar —o chicos, cuando los que se lavaban eran hombres— les echaran cubos de agua encima. El rudimentario sistema no pilló por sorpresa a Christianna, que ya estaba avisada de antemano. Las incomodidades que pudieran surgir a su encuentro no la arredraban lo más mínimo. Las demás compañeras se burlaron de su pavor a las serpientes y los leones y, para asustarla, le dijeron que era muy probable que se colaran en el barracón mientras dormían. A todas las recién llegadas les gastaban la misma broma el primer día. Se comportaban como si fueran crías en una acampada escolar; a Christianna le encantó ese ambiente. Aquello cumplía con creces todas sus expectativas, y las encantadoras mujeres de Senafe que se habían cruzado en su camino la habían dejado prendada. Eran tan hermosas, tan exóticas y tan risueñas...

Christianna se quedó traspuesta nada más dejar caer la cabeza sobre la almohada. Algunas compañeras estuvieron leyendo un rato antes de acostarse, a la luz de las lamparillas de pilas. Otras se pusieron a dormir enseguida. Antes la habían acompañado al servicio, que también se encontraba en el exterior, y dado su pavor a las serpientes, una de ellas se prestó a hacer guardia apostada en la puerta, pero no pasó nada. El rudimentario servicio consistía en un simple agujero en el suelo con una tapa encima, una pala y un gran saco de cal. No sería fácil habituarse a tan tosco sistema, se dijo Christianna con un ligero estremecimiento, pero qué se le iba a hacer. Ya se acostumbraría con el tiempo. Se quedó profundamente dormida antes que las demás, y algunas se pusieron a cuchichear y a comentar lo simpática que la encontraban. Parecía una chica muy dulce, seguro que se integraba bien en el equipo. Tenían la impresión de que procedía de buena familia, gente adinerada seguramente. Se expresaba con mucha propiedad, era discreta, educada y dominaba varios idiomas, pero no mostraba afectación ni pretensiones y parecía muy directa y natural, lo cual todas veían con agrado.

Laure escuchó displicente, pero se reservó la opinión. Mary se dijo que tal vez actuaba así por envidia, dado que Christianna y ella eran de la misma edad; aunque, a decir verdad, tampoco con los demás parecía haber hecho migas. Laure era el único elemento discordante del equipo y casi siempre daba la impresión de sentirse muy desdichada. Tenía previsto abandonar el campamento al cabo de dos meses, pues a diferencia de la mayoría, no se había quedado prendada de África, ni del continente ni de sus gentes, y apenas había disfrutado de su estancia allí, si es que había disfrutado algo. Había traído consigo sus problemas y preocupaciones. Mary sabía por Marque, la tía de Laure, que su prometido la había dejado plantada por su mejor amiga prácticamente al pie del altar, dos días antes de la boda, y luego se había casado con la otra. Desde entonces Laure no había levantado cabeza, y ni siquiera la labor desempeñada en el campamento le había servido de distracción. Regresaba a Ginebra para trabajar en UNICEF sin que a simple vista hubiera sacado demasiado provecho de aquella extraordinaria experiencia en África. Sorprendía que una chica tan joven pudiera ser tan desconfiada, incluso amargada.

Fiona regresó a las cuatro de la mañana, cuando ya todas dormían. Había atendido dos partos esa noche, ambos sin complicaciones, y cayó rendida nada más acostarse. A las seis de la mañana los despertadores empezaron a sonar, y las chicas se desperezaron lentamente. Se levantaron todas de buen talante y se encaminaron juntas hacia la ducha, con el albornoz puesto y sus respectivas toallas colgando del brazo. Fiona se levantó al mismo tiempo que las demás y, pese a haber dormido tan solo dos horas, estaba tan animosa como cualquiera de ellas. Estaba acostumbrada a trasnochar, lo hacía a menudo, y salvo cuando la noche había sido particularmente ardua, no solía quedarse remoloneando en la cama, pero incluso tras esas noches, se levantaba de buen humor. En la ducha le divertía cantar en gaélico a todo pulmón, solo para incordiar a las demás, que enseguida protestaban quejándose porque desafinaba. A Fiona le gustaba hacerlas rabiar. Era la payasa del campamento.

A las seis y media en punto, Christianna ya estaba en el comedor, vestida y lista para la jornada. Allí dio cuenta de un opíparo desayuno a base de gachas, huevos y un cuenco de bayas que se cultivaban en el mismo campamento. Bebió un gran vaso de zumo de naranja y recibió risueña a Sam y a Max cuando estos hicieron entrada en el comedor. El desayuno solía despacharse con celeridad, pues todos tenían ocupaciones, y a las siete en punto ya estaban todos metidos en faena. Poco más tarde, Christianna divisó a Max saliendo del campamento en un destartalado vehículo, y Samuel le comunicó por lo bajo que su compañero se dirigía a la oficina de correos de Senafe con el propósito de llamar por teléfono al príncipe y dar el parte. Christianna hizo un gesto dándose por enterada y, tras una indicación de Mary, la siguió hasta la cabaña principal, donde las mujeres y los niños enfermos de sida estaban hospitalizados y recibían la atención médica necesaria.

Mary puso en su conocimiento, como ya había hecho anteriormente Geoff durante el trayecto en autocar desde el aeropuerto, que a las embarazadas que padecían la enfermedad se les suministraba una dosis única de nevirapina cuatro horas antes del parto, y una dosis reducida al bebé en los primeros días de vida. Según los estudios, en la mayoría de los casos la medicación reducía en un cincuenta por ciento el riesgo de contagio de la enfermedad. El verdadero problema surgía después del parto, cuando intentaban convencer a las madres de no amamantar al recién nacido y alimentarlo con leche en polvo. Si le daban el pecho era prácticamente inevitable que le transmitieran la enfermedad, pero la leche en polvo resultaba tan ajena a su cultura que les inspiraba recelo. Aun cuando dicha leche se la proporcionaran gratis en el centro, a menudo ni siquiera hacían uso de ella; la vendían o la intercambiaban por otros productos que consideraban de mayor necesidad. Era una batalla continua, según observó Mary. Un aspecto fundamental de la labor que allí desempeñaban consistía precisamente en prevenir la enfermedad. Mary había pensado que tal vez a Christianna se le diera bien esa función. Su delicadeza y la amabilidad de su trato parecían ser del agrado de las pacientes con las que ese día se detuvo a charlar, según pudo observar Mary al pasar consulta y ofrecerse a hacer la interpretación necesaria hasta que Christianna aprendiera las lenguas vernáculas. Por su manera de detenerse discretamente cama tras cama, de charlar con ellas y ofrecerles consuelo, y a tenor del trato cálido, bondadoso y comprensivo que les dispensaba, parecía toda una profesional.

—¿Has trabajado anteriormente en algún hospital? —le preguntó con curiosidad.

Mary ignoraba la ingente cantidad de hospitales que Christianna había visitado a lo largo de su principesca vida. Aquella era una tarea rutinaria para ella. Sabía el tiempo exacto que debía permanecer conversando con cada paciente para no fatigarlo, y a la vez darle la impresión de que se interesaba por su vida y hacerle sentir que en ese momento merecía toda su atención.

—Oficialmente, no, pero en alguna ocasión he trabajado como voluntaria —respondió Christianna vagamente.

—Se te da muy bien tratar a los enfermos —la alabó Mary—. Tal vez deberías considerar la idea de ser médico o enfermera.

—Ya me gustaría —contestó Christianna con una sonrisa, sabiendo demasiado bien que esa posibilidad no podía ser más que una quimera.

A Mary la había admirado también que la joven no hiciera remilgos ante las llagas supurantes o las heridas más aparatosas. En todo momento mantenía el mismo trato elegante y cordial, en apariencia impasible.

—Pero mi padre da por sentado que, al volver, me haré cargo de los negocios de la familia.

—Lástima. Algo me dice que tienes un don especial para esto.

Intercambiaron una sonrisa. Seguidamente, Mary la presentó a diversas pacientes y luego la condujo a otra cabaña, donde en ese momento Geoff pasaba consulta y ponía las vacunas. La minúscula sala de espera estaba atestada de pacientes y niños que jugueteaban. Una vez más, Christianna se detuvo a intercambiar unas breves palabras con cada uno de ellos, como si tuviera experiencia en esas lides.

A continuación, Fiona se la llevó para presentarle a algunas de sus pacientes embarazadas. Cuando las dos jóvenes salieron de la consulta, Mary se detuvo unos minutos a hablar con Geoff.

—Tiene muy buena mano —le comentó—. Y don de gentes. Nadie diría que es la primera vez que lo hace. Es encantadora con los pacientes. Creo que me gustaría encargarle las clases de prevención contra el sida. Y también podría echar una mano a Ushi con los niños.

—Como tú veas —dijo Geoff, levantando la voz para hacerse oír entre los berridos de un chiquillo a quien acababa de inyectarle su vacuna.

Geoff, que, a diferencia de los demás, estaba al corriente de la identidad de Christianna, supuso acertadamente que la princesa debía de llevar toda su vida visitando hospitales. No era preciso que recurriera a su título nobiliario, se notaba a la legua su buena cuna y la amabilidad y gentileza de sus maneras. La chica hacía que todos a su alrededor se sintieran a gusto y, al mismo tiempo, no temía divertirse, gastar bromas y reír como la primera. Geoff se alegraba mucho de contar con su presencia allí, pese a sus reservas iniciales. Visto lo visto, era evidente que todos salían ganando con su incorporación al equipo, en el que se la diría ya perfectamente integrada; además, toda ayuda era bien recibida, no solo la de Christianna, sino también la de sus dos acompañantes. Y para gran sorpresa suya, no parecía una persona difícil, exigente ni consentida, sino más bien abierta, curiosa y humilde.

Christianna pasó el resto de la mañana en compañía de Fiona, charlando con las pacientes embarazadas. A la hora de comer fue a por algo de picar al comedor, y se lo comió sobre la marcha, sin sentarse siquiera. El resto del día lo pasó con Ushi, dando clase a los niños. Christianna disfrutó muchísimo con aquella tarea, y antes de que los críos dejaran el aula, ya había conseguido que se aprendieran dos canciones francesas nuevas. Luego, al salir fuera para tomar un poco el aire con Ushi, esta la miró sonriente y la felicitó con efusión, como habían hecho los demás.

—¿Sabes que tienes un don? —le dijo Ushi mientras encendía un cigarrillo.

—No —replicó Christianna en voz queda—, el don es poder estar aquí en África.

Lo dijo con tan manifiesta gratitud, que Ushi no pudo por más que inclinarse hacia ella y darle un abrazo.

—Bienvenida a África —le dijo, estrechándola—. Creo que esto te va encantar; te vas a sentir como pez en el agua, ya lo estoy viendo.

—También a mí me lo parece —convino Christianna, casi compungida.

No había hecho más que llegar y ya se había enamorado de aquello. Pero saber que algún día tendría que marcharse la llenaba de tristeza. Había encontrado la vida que deseaba, pero sabía con idéntica certeza que algún día llegaría el momento de devolver aquel don que se le concedía. Silenciosa y meditabunda, regresó al barracón femenino.

—¿Por qué estás tan alicaída? —le preguntó Fiona al verla.

Acababa de entrar a su vez, y esa noche tendría que volver a salir a hacer su ronda de visitas.

—No quiero irme nunca de aquí —le contestó Christianna con mirada lastimera.

Fiona sonrió divertida.

—¡Eh, chicas, oídme todas, la nueva ya ha caído! —exclamó a voz en grito en tono de guasa.

La mayoría acababan de poner término a su jornada y estaban descansando un rato antes de la cena.

—¡Ha pillado la fiebre africana! El caso más rápido que he visto en mi vida.

Christianna le rió la broma y tomó asiento en su camastro. Llevaba diez horas seguidas trabajando, disfrutando de cada minuto.

—Espera a encontrarte con una serpiente y verás.

Las demás compañeras rieron, y Christianna con ellas. Luego estuvo jugando al Scrabble con Ushi en alemán, mientras Fiona se arreglaba las uñas. Solía pintárselas de rojo brillante, incluso en el campamento. Era el único capricho del que se sentía incapaz de prescindir, según decía. Christianna observó a las demás compañeras del barracón y se sintió más feliz de lo que había sido nunca.

8

A las seis y media de la mañana siguiente, cuando Christianna se dirigía hacia el comedor, se topó con Max, que la aguardaba disimuladamente en la puerta del barracón dormitorio. Christianna se sorprendió al verlo.

—Alteza —la saludó en un susurro, y ella lo cortó al instante y torció el gesto.

La palabra había salido de la boca de Max como en un acto reflejo.

—No me llames así —lo reprendió Christianna, susurrando a su vez—. Llámame Cricky, como hacen los demás.

El día anterior les había dado a conocer a todos su apodo.

—Es que no puedo, alt..., perdón. —Max se sonrojó.

—Tendrás que poder —replicó ella y, susurrando en voz aún más baja, añadió—: Es una orden real. —Max sonrió—. ¿Querías decirme algo?

Maggie y Fiona pasaron por delante de ellos camino del desayuno; daba la impresión de que ellos dos estuvieran tramando alguna intriga.

—Ayer hablé por teléfono con su padre. Por la noche no encontré la oportunidad de informarla. —Habían estado rodeados de gente en todo momento.

—¿Está bien? —preguntó Christianna, visiblemente preocupada hasta que Max hizo un gesto de asentimiento con la cabeza.

—Sí, sí, está perfectamente. Le manda recuerdos. Si quiere hablar con él, podría acercarla en un momento a la oficina de correos en coche. No queda muy lejos.

—Tal vez dentro de unos días. Ahora mismo no tengo tiempo. Aquí hay demasiadas cosas que hacer.

—Seguro que lo entenderá. Le dije que se encontraba usted bien.

—Bien. ¿Eso era todo?

Max asintió.

—Gracias, Max —respondió ella con una sonrisa.

—No hay de qué, alt... —Se interrumpió antes de terminar la palabra, y Christianna se echó a reír.

—Ya puedes practicar, Max. Cricky, me llamo Cricky. O te despido.

Los dos se echaron a reír, y Max la siguió al comedor. Cuando llegaron ya estaban todos allí, desayunando.

—Por tortugas no os hemos dejado ni las migas —bromeó Fiona.

A Christianna le divertía ver cómo su amiga coqueteaba con su guardaespaldas. A Max parecía hacerle gracia. Y Samuel también encontraba divertido aquel juego. Ambos se habían adaptado al grupo a la perfección.

Christianna disfrutó del desayuno con sus compañeros y media hora más tarde ya estaba enfrascada en su trabajo. Mary le había dado una pila de libros que leer sobre el sida y una serie de pautas para las clases. Quería que Christianna las preparara a su manera e introdujera mejoras en el material del que disponían. A Christianna le halagó que depositara tanta confianza en ella. La clase se daría en tigrinya, con la ayuda de una intérprete que se encargaría de la traducción simultánea. Christianna se enfrascó en la lectura desde buena mañana, después visitó a diversos pacientes con Mary y se saltó la comida para volver con sus libros. A continuación, se dirigió hacia el aula donde debía encontrarse con Ushi para dar la clase. Los niños la tenían encandilada. Eran tan guapos y cariñosos, y parecían disfrutar comunicándose con ella. Al terminar la clase, Christianna leyó un cuento para los más pequeños y luego salió al exterior para hacer un poco de ejercicio. Llevaba todo el día encerrada entre cuatro paredes.

Al salir reparó en Laure, sentada sola en un rincón. Akuba pasó por delante, con uno de sus niños de la mano, y Christianna lo saludó con un gesto, sonriente. Apenas llevaba allí dos días y ya se sentía como en casa. Todo era nuevo y emocionante, pero estaba tan a gusto en aquel lugar, tan cautivada por el país y sus gentes, que tenía la impresión de haber estado allí antes. Se disponía ya a salir del recinto para dar un paseo, cuando en el último momento decidió dar media vuelta y dirigirse a Laure. Con los demás compañeros ya había empezado a hacer amistad y quiso al menos tender una mano amiga a la huraña francesita. Desde que había llegado la veía siempre deprimida y, naturalmente, sentía curiosidad por los motivos de aquella desdicha. Solo la había visto sonreír en una ocasión, mientras charlaba con un niño. Laure se encargaba de las tareas administrativas del campamento, de cumplimentar y archivar informes médicos. Una tarea aburrida, pero que al parecer se le daba bien. Según Geoff, era concienzuda y meticulosa en su trabajo.

—Hola —la saludó Christianna, con tiento—. ¿Te apetece dar un paseo? Necesito airearme un poco.

Allí siempre soplaba una brisa deliciosa, por mucho calor que hiciera. Y el aire olía a flores. La alta y morena Laure pareció vacilar un instante. Christianna suponía que le diría que no y, al ver que inclinaba la cabeza en señal de asentimiento, se sorprendió. Laure se puso en pie y miró a Christianna desde arriba. Juntas emprendieron el paseo, en silencio.

Por el camino se cruzaron con unas mujeres africanas, ataviadas con sus vistosos atuendos, y tomaron por un sendero que Laure parecía conocer y que discurría a orillas de un riachuelo. De pronto, Christianna sintió miedo.

—No habrá serpientes por aquí, ¿verdad? Me dan pavor —confesó.

—No creo —respondió Laure, esbozando una sonrisa—. He pasado por aquí otras veces y nunca he visto ninguna.

Parecía menos tensa con ella que en ocasiones anteriores.

Al cabo de un trecho, Christianna vislumbró un jabalí a lo lejos y dio un respingo. La visión de aquel animal le recordó que no se encontraban en la amable campiña de algún país europeo. En África todo era emocionante y distinto. Costaba creer que solo llevara allí dos días. Tras caminar un rato, tomaron asiento en un tronco y se quedaron contemplando el fluir de la corriente. Se respiraba una gran paz en aquel lugar y el ambiente era un tanto irreal. Christianna solo temía que en el momento menos pensado asomara una serpiente reptando entre sus pies.

—Conocí a tu tía Marque en Rusia —dijo Christianna finalmente, para romper el silencio.

Laure parecía pensativa y meditabunda, incluso atormentada. Era evidente que algo la reconcomía por dentro, y posiblemente desde hacía largo tiempo.

—Es increíble la cantidad de gente que la conoce —contestó Laure con voz apagada.

—Es una mujer encantadora —dijo Christianna con admiración, recordando el día en el que la había conocido.

—Yo diría más, es casi una santa. ¿Sabes que perdió a su marido y a sus dos hijos? Les pilló la guerra en Sudán, no consiguieron salir a tiempo del país. Y aun así, sigue enamorada de África. Lleva este continente en la sangre. Y ahora vive dedicada por entero al prójimo. Ya quisiera yo parecerme a ella y tener su altruismo. Yo odio esto.

Aquella confesión sorprendió a Christianna. Nunca había oído a Laure pronunciar tantas palabras seguidas, ni con tanta franqueza.

—No hay mucha gente capacitada para hacer lo que ella hace —repuso Christianna, amablemente. La halagó que Laure, tan circunspecta en apariencia, le hubiera abierto su corazón—. Yo lo veo como un don.

—Un don que también tienes tú, en mi opinión —afirmó Laure en voz queda, ante el asombro de Christianna.

—¿Qué te hace pensar eso? Ni siquiera me conoces.

Christianna se sintió nuevamente halagada. Su declaración era todo un cumplido, sobre todo viniendo de alguien como Laure.

—Estuve observándote ayer, cuando salías de dar la clase con Ushi. Hablabas con todo el mundo y tenías a todos los niños pendientes de ti. Y cuando fui a recoger los informes médicos del despacho de Mary, todas sus pacientes de sida no hacían más que hablar de ti. Eso es lo que yo considero tener un don.

—Tú también te llevas bien con los niños. Siempre te veo sonriente cuando te diriges a ellos.

—Los niños siempre son sinceros —repuso Laure con pesadumbre—. A diferencia de los adultos, que no saben más que mentir, engañar y herir a sus semejantes. Yo no encuentro más que maldad en la mayoría de la gente.

A Christianna la entristeció oírla decir eso, sus palabras constituían una triste declaración sobre lo que había sido su vida y las experiencias por las que debía de haber pasado. Pero al escucharla y ver lo que su mirada reflejaba, decidió correr el riesgo de ser franca.

—Es horrible que te traicionen, sobre todo cuando quienes lo hacen son seres queridos.

A continuación se produjo un largo silencio; Laure tenía la mirada fija en Christianna, como calibrando si depositar en ella su confianza; finalmente optó por sincerarse.

—Ya veo que estás al tanto de los motivos que me trajeron aquí. Supongo que no es ningún secreto. Todo el mundo en Ginebra lo sabe... en París... en todas partes, también aquí. El hombre con quien iba a casarme me humilló hasta lo más hondo; se largó con quien se suponía que era mi mejor amiga.

En sus palabras no solo había rencor, sino también desengaño y tristeza.

—No le des la satisfacción de permitir que eso te hunda. No

se lo merece, y tampoco esa supuesta amiga que se largó con él. Ya verás como tarde o temprano reciben su merecido. Esas cosas siempre acaban pasando factura. La felicidad no se alcanza a costa de los demás.

La serena réplica de Christianna, que deseaba con todas sus fuerzas dar con las palabras que consolaran a su humillada compañera, reconfortó a Laure.

—Van a tener un niño. Ella ya estaba embarazada cuando se largaron juntos. La dejó preñada estando aún conmigo, aunque eso no lo supe hasta más tarde. Encima de cornuda, apaleada.

Mientras la escuchaba, a Christianna le vino a la memoria una expresión que se usaba a todas horas en Berkeley para la que no existía traducción al francés. Le preguntó a Laure, con mucho tiento, si hablaba inglés. Ella asintió con gesto adusto y Christianna la miró sonriente.

—En ese caso, lo único que se me ocurre decir de esa gente es «¡que se coman una mierda!», porque fue una canallada hacerte eso.

Laure sonrió a su vez al oír la expresión, y su sonrisa fue ampliándose hasta convertirse en una sonora carcajada.

—¡Qué tontería acabas de decir! —exclamó entre risas.

Cuando reía, aún parecía más guapa. Laure era muy atractiva, y costaba creer que alguien pudiera dejarla plantada. Aquel novio suyo debía de ser tonto de remate, sobre todo para dejarla del modo en el que lo hizo.

—¿Verdad que sí? —convino Christianna con la risa floja—. Pero ¿a que lo dice todo? «¡Que se coman una mierda!» —repitió con vehemencia.

De pronto, no eran más que dos crías sentadas a la orilla de un riachuelo, y la vida súbitamente ya no parecía tan complicada. Eran como dos chiquillas adolescentes, recién salidas del colegio.

—Ese novio tuyo debía de ser tonto de remate. Cuando llegamos al campamento hace dos días y te vi desde el autocar, me pareciste la chica más guapa que había visto en mi vida.

Christianna era sincera, Laure tenía un físico imponente.

—No seas tonta —repuso cohibida—. Soy muy espigada, siempre he odiado ser tan alta. Toda la vida he deseado ser menudita como tú. De hecho, la chica con la que mi novio se largó, mi supuesta mejor amiga, se te parece mucho. Me la recordaste en cuanto te vi, y sentí un gran resquemor por dentro. Pero hace un momento, cuando te has acercado a preguntarme si quería dar un paseo contigo, me he dicho a mí misma que no erais la misma persona. Siento haber sido tan grosera. Al principio, cuando te miraba la veía a ella, me molestaba tu presencia.

—A mí no me has parecido grosera —mintió piadosamente Christianna—, quizá triste, nada más.

—No —insistió Laure—. He sido muy grosera contigo. Pero no podía evitarlo, me la recordabas tanto...

—Que me coma una mierda entonces —exclamó Christianna, recurriendo al inglés de nuevo.

En sus años de estudiante en Berkeley, esa había sido su expresión favorita. Las dos se dejaron caer la una sobre la otra, desternillándose de risa.

—¡No, que me coma una mierda yo! —replicó Laure, con pronunciado acento francés.

Las dos lloraban de risa cuando Yaw pasó por el sendero, montado en su bicicleta. Al oír el jolgorio, aflojó la marcha y, cuando ya pasaba de largo frente a ellas, alzó la vista hacia el árbol que se alzaba sobre sus cabezas y empezó a dar gritos, intentando atraer su atención. Laure y Christianna le hicieron adiós con la mano; creían que los gritos de Yaw eran un simple saludo.

—¡Fuera! ¡Fuera de ahí! —les gritaba, haciendo aspavientos con los brazos.

Laure y Christianna se miraron la una a la otra y, entre risas aún, se levantaron del tronco en el que estaban apoyadas. Yaw les indicaba con gestos que salieran corriendo de allí. Ellas no entendían qué pretendía decirles, pero Yaw no dejaba de dar gritos en su dirección. Con la risa floja aún, regresaron al sendero y Yaw señaló hacia el árbol. Una enorme mamba negra que descansaba al sol enroscada en una rama, justo por encima de donde ellas habían estado sentadas segundos antes, se dejó caer en ese preciso instante sobre el tronco y avanzó serpenteando hacia el riachuelo. En cuanto la vieron, ambas echaron a correr dando chillidos y haciendo aspavientos en dirección a Yaw, que se alejaba ya entre risas.

—*Merde!* —exclamó Christianna.

Entre gritos, continuaron su alocada carrera hasta prácticamente la entrada al recinto del campamento, donde por fin hicieron un alto y se echaron a reír de nuevo.

A Christianna le dolía el costado de tanto correr.

—¡Dios mío de mi vida! ¿Has visto el bicho ese? ¿No decías que nunca habías visto una serpiente por ahí?

—Será que nunca alcé la vista —respondió Laure con guasa—. En mi vida había visto un bicho de ese tamaño.

—¡Que se coma una mierda! —soltaron ambas al unísono y se echaron a reír de nuevo.

—Menos mal que dentro de nada vuelvo a casa —dijo Laure mientras avanzaban hacia el campamento. Aflojó un poco el paso en deferencia a Christianna y a su punzada en el costado después de la espantada. Nunca en su vida había corrido tan rápido. Su mayor pesadilla se había hecho realidad. O había estado a punto, de no ser por Yaw. Mientras caminaban, la una al lado de la otra, Laure sintió de pronto una repentina pena por tener que irse. Era la primera amiga que hacía allí. Los demás habían sido amables con ella, buenos compañeros de trabajo, pero Christianna era la primera persona que le había tendido una mano. Aunque guardara aquel asombroso parecido con su traicionera amiga, era buena persona. Se le notaba a la legua.

—¿Tienes novio? —le preguntó con interés, cuando ya se adentraban en el recinto.

—No, tengo hermano, padre y perro. Eso es todo, por el momento. En Berkeley sí tuve una historia, pero nada serio. De vez en cuando nos comunicamos por correo electrónico, o nos comunicábamos, antes de que viniera a África.

—Esos amigos tuyos parecen simpáticos; esos con los que llegaste.

Christianna asintió con la cabeza, sin saber qué añadir. A veces no sabía cómo explicar la presencia de sus dos acompañantes, aparte de decir que eran simplemente dos amigos que habían decidido ir con ella a África.

—Estuvieron en Rusia conmigo y también conocieron a Marque.

Laure hizo un gesto de asentimiento y, mientras se dirigían hacia el barracón dormitorio, se detuvo un momento y miró a Christianna a los ojos.

—Gracias por invitarme a dar ese paseo. Lo he pasado bien, Cricky.

Había oído que sus compañeros la llamaban así y en ese momento consideró apropiado hacer uso de aquel apodo a su vez.

—Yo también. —Christianna le dirigió una cálida sonrisa. Consideraba casi un triunfo haber hecho amistad con Laure, un favor imprevisto. Aunque se la había ganado a pulso—. Salvando la serpiente, claro —añadió, y las dos se echaron a reír mientras entraban en el barracón que todas conocían por el nombre de «el Ritz».

Las demás estaban de vuelta de sus respectivas tareas y descansaban tras la larga jornada, algunas medio desvestidas.

—¿Dónde habéis estado? —quiso saber Mary, sorprendida al verlas llegar juntas. Todos habían notado la tirantez entre ambas y lo desagradable que Laure se mostraba con Christianna.

—Salimos en busca de serpientes y hemos topado con una bien grande, escondida en un árbol —respondió Christianna burlona, ante la tímida sonrisa de Laure.

—En África nunca hay que sentarse bajo los árboles —la reprendió Mary con mirada severa y luego, de soslayo, dirigió a Laure la misma mirada de desaprobación—. ¡A quién se le ocurre! No se os puede dejar solas, ¿eh? Voy a tener que mandaros a vuestra habitación, castigadas.

Las dos se echaron a reír, y Laure anunció que iba a darse

una ducha antes de cenar, lo cual, como bien sabían todas, no era tan sencillo como pudiera parecer. Estaba convencida de que encontraría a alguna lugareña rezagada que se prestara a echarle el agua. Se puso el albornoz y salió del dormitorio, mientras Christianna se tumbaba en su camastro, intentando borrar de su memoria la enorme mamba que acababan de ver. Nunca había corrido tan rápido ni chillado con tanta potencia de voz. Gracias a Dios que Yaw pasaba por allí en aquel momento.

—¿Se puede saber qué demonios has hecho con Laure? —le preguntó Fiona, perpleja.

Parecía cansada. Esa tarde había atendido tres partos seguidos, y uno de los bebés había fallecido durante el alumbramiento. Fiona siempre se venía abajo cuando sucedían tragedias así. Había hecho todo lo posible por salvar a la criatura, pero ni siquiera con la ayuda de Geoff habían podido evitar el trágico desenlace. No era la primera vez que sucedía, pero siempre le provocaba una profunda pesadumbre.

—Hemos salido a dar un paseo juntas, eso es todo —respondió Christianna como si tal cosa—. Creo que necesitaba hablar con alguien.

—Pues antes de que tú llegaras nunca hablaba con nadie. Debes de tener poderes especiales.

—No, simplemente estaba dispuesta a hablar.

Así lo había intuido Christianna, si bien no había imaginado que saliera todo tan a pedir de boca. Su única intención era no tener que compartir techo con una enemiga.

—Sabes tratar a la gente, Cricky —afirmó Fiona con admiración.

Todos en el campamento se habían percatado de ello y lo habían comentado. A pesar del poco tiempo que Christianna llevaba con ellos, se había hecho evidente. Tenía una gracia especial, un «don», como Laure le había dicho esa tarde.

Laure regresó de la ducha al poco. Parecía contenta y tranquila, y esa noche, cuando salieron a cenar, ella y Cricky continuaron bromeando sobre el encuentro con la serpiente. Por primera vez desde su llegada al campamento, Laure entabló conversación con los demás compañeros durante la cena. Su sentido del humor los cogió a todos por sorpresa. Se dedicó a gastar bromas a Cricky; se reía de su alocada carrera y de sus gritos al ver al animal.

—¡Ni que tú te quedaras tan campante! —replicó Christianna.

Las dos se echaron a reír de nuevo, temblando solo de pensar en lo que podría haber ocurrido si la serpiente hubiera dado el salto mientras aún estaban allí sentadas. Daba miedo pensarlo.

Esa noche, mientras regresaban al barracón dormitorio las dos juntas, Christianna le preguntó discretamente por qué odiaba tanto África. Le había sorprendido mucho su declaración de esa tarde.

—Bueno, quizá no odie África tanto como creo —respondió Laure, pensativa—. Me he sentido muy desdichada aquí. Supongo que vine con ello a cuestas, con todas las desgracias que me habían ocurrido. No sé... tal vez a quien odie sea a mí misma.

—¿Y por qué ibas a odiarte? —le preguntó Christianna amablemente.

—No lo sé... quizá porque él no llegó a quererme lo bastante como para continuar conmigo y serme fiel. Quizá pensé que si él no me quería, por qué iba yo a... No dejaba de buscar fallos en mí que justificaran que me hubieran hecho algo así. Es difícil explicarlo, no sé.

—Tenían que ser mala gente para hacerte algo así, no le des más vueltas —repuso Christianna—. Alguien con buen corazón nunca se habría comportado de ese modo. Ya sé que ahora te parecerá imposible, pero el día que encuentres a otro, te alegrarás de lo ocurrido. La próxima vez será una buena persona. Estoy convencida. Desgracias así no ocurren dos veces en la vida. Con una es bastante.

—Dudo que pueda confiar otra vez en un hombre —replicó Laure, cuando ya entraban en el barracón.

Las demás compañeras aún no habían regresado, estaban solas las dos.

—Lo harás. Verás como sí.

—¿Cuándo? —dijo Laure, con semblante triste de nuevo.

El dolor del desengaño se reflejaba aún en sus ojos, pero ahora contaba con una amiga.

—Cuando estés preparada. Seguro que la estancia aquí y haber puesto tierra de por medio te habrá hecho mucho bien.

—Así pensaba yo, pero no he podido dejar atrás el pasado. No he dejado de pensar en otra cosa.

—Pues ¿sabes qué tienes que hacer cada vez que vuelvas a acordarte? —dijo Christianna en voz baja.

—¿Qué? —Laure aguardó expectante a los sabios consejos de su nueva amiga. Estaba impresionada por la sensatez y los certeros que habían sido sus juicios hasta el momento.

—Acuérdate simplemente de la mamba que casi se nos echa encima hoy y alégrate de seguir viva. Ya te has librado de dos bichos: el tipejo ese y el de esta tarde.

Laure soltó una carcajada. Aún reía a mandíbula batiente cuando llegaron las demás y se quedaron mirándolas estupefactas. No concebían qué podía haber hecho Christianna con aquella arisca jovencita que nunca abría la boca. Pero fuera lo que fuese, había surtido efecto. En eso estaban todas de acuerdo. No cabía duda: Christianna tenía un don especial. Se consideraban todas muy afortunadas de contar con ella. Y Christianna aún más de estar allí con ellas.

9

El día anterior a la visita de Médicos sin Fronteras, siempre había un gran ajetreo en el campamento. Geoff preparó los historiales de los casos que precisaban una segunda opinión. Daba por sentado que tendrían que realizar varias intervenciones menores in situ. Había dos casos graves de tuberculosis que le preocupaban y un ligero brote de fiebre negra que aún no era alarmante; en cualquier caso, siempre agradecía contar con la presencia y el criterio del equipo médico visitante, particularmente en septiembre, cuando la malaria estaba en su apogeo, aunque eso, por suerte, aún quedaba lejos. Cuatro médicos y dos enfermeras se unirían al personal del campamento durante el resto de la semana, y su ayuda siempre proporcionaba cierto desahogo a Geoff y a Mary. Por otra parte, estaban los casos de sida, que siempre requerían una segunda opinión. Médicos sin Fronteras aportaría nuevos medicamentos con los que tratarlos. Además, siempre era agradable reencontrarse con rostros familiares y conocer a personas nuevas. Unas semanas antes habían avisado por radio de que en esta ocasión les acompañaba un médico nuevo, interesado en quedarse un mes o tal vez más en el campamento. Se trataba de un joven estadounidense que estaba realizando un trabajo de investigación sobre el sida para la Universidad de Harvard. Geoff había contestado diciendo que lo recibirían con placer. El personal del campamento sumaría entonces dieciocho personas, y dado que el barracón masculino estaba al completo, Geoff se comprometió a instalar otro camastro en el George V.

Para entonces, Christianna se había comunicado telefónicamente con Liechtenstein en dos ocasiones; su padre decía que la echaba muchísimo de menos. Febrero aún no había concluido, pero el príncipe Hans Josef no se imaginaba otros cinco meses sin ella, y más no digamos. Insistió en que tenía que estar de vuelta al término de esos cinco meses, nada de quedarse el año entero. Christianna no replicó. Aún no era momento de discutirlo con él. Ya lo haría más adelante. No tenía intención de abandonar África ni un minuto antes de lo necesario. Al príncipe le consoló al menos saber que estaba bien de salud y contenta, aunque tampoco él albergaba grandes esperanzas de verla en casa antes de tiempo. A Christianna le remordía la conciencia por haberlo dejado solo en Liechtenstein, pero era la oportunidad de su vida. Sabía perfectamente que nunca volvería a repetirse.

Antes de concluir el mes, Christianna ya había terminado de preparar sus clases sobre prevención contra el sida y había empezado a impartirlas a grupos reducidos de mujeres, siempre en compañía de una intérprete, una joven muy dulce que, gracias a unos misioneros, había adquirido ciertas nociones de inglés. Sus traducciones solían divertir de lo lindo a Christianna y a sus pupilas. Las alumnas reían por lo bajo cuando Christianna hacía bromas, pero daban la impresión de tomarse muy en serio el resto de sus enseñanzas. Mary consideraba que Christianna estaba haciendo un gran trabajo y así se lo decía a menudo a Geoff, y a la propia Christianna, aunque esta pensaba que Mary lo decía por gentileza.

Por las tardes seguía dando sus clases con Ushi, y los chiquillos la adoraban. En un par de ocasiones le había pedido a Laure que participara en la clase con ella y así le echaba una mano, y esta había quedado encantada con la experiencia. Con una amiga en quien confiar y con quien dar paseos vespertinos, la adusta francesita no parecía la misma. Cuando los demás le comentaban a Christianna aquella milagrosa transformación, esta insistía en que ella simplemente había aprovechado el momento oportuno, cuando Laure estaba dispuesta a sincerarse; había sido algo puramente fortuito. Pero no les convencía. Comprendían lo que había ocurrido, tal vez mejor que ella, y la delicadeza con la que Christianna había logrado sacar a aquella chica de su ensimismamiento. De la hosca y taciturna Laure de unos meses atrás ya no quedaba ni rastro. Ahora charlaba, reía y gastaba bromas como los demás. Incluso jugaba a cartas con los chicos después de la cena, y regresaba encantada al barracón femenino cuando lograba sacarles unos *nafkas*, la moneda local.

Pero quien irradiaba aún más felicidad que Laure era aquella joven a la que todos se referían ya por el nombre de Cricky. Incluso Geoff había olvidado ya su título de alteza serenísima, lo que hacía más fácil mantener el secreto. En apenas un mes se había convertido en una más del equipo. Sus compañeros ya no concebían la vida sin ella, ni Christianna sin ellos. Sentía que en África se había encontrado plenamente a sí misma y habría deseado quedarse allí para siempre. No soportaba pensar en el regreso, quería saborear cada momento y disfrutar al máximo de la experiencia.

La mañana en la que llegaron los miembros de Médicos sin Fronteras, Christianna se encontraba pasando visita con Mary, como solía hacer antes de dar su clase sobre prevención del sida. Geoff entró en la consulta con el jefe del equipo médico visitante y se lo presentó. Como ya era costumbre, se refirió a ella simplemente con el apodo de Cricky. El jefe de Médicos sin Fronteras, oriundo de Holanda, se dirigió a ella en alemán. Parecía un hombre interesante y trabajaba para dicha organización desde hacía años. Primero en Sudán, luego en Sierra Leona, Zaire, Tanzania y finalmente en Eritrea. Durante el conflicto fronterizo con Etiopía, atendió a infinidad de heridos de guerra de ambos bandos y celebró la llegada de la tregua tanto como los implicados. Muchos de los desplazados por el conflicto bélico que emigraron a otras regiones africanas habían regresado de nuevo a Eritrea.

Él y Geoff eran viejos amigos y siempre se alegraban de verse, aunque el jefe de Médicos sin Fronteras era bastante mayor que Geoff. Decía ser ya demasiado viejo para aquel trabajo, pero nadie lo tomaba en serio. Era un hombre vital, de aspecto juvenil, que disfrutaba pilotando él mismo la avioneta que el equipo utilizaba para sus desplazamientos. Al final de la Segunda Guerra Mundial, tras salir huyendo de Holanda, había sido piloto de las fuerzas aéreas británicas. Era un hombre muy interesante, y a Christianna le encantó conocerle. Había oído hablar mucho de él desde su llegada al campamento.

Esa noche, ambos grupos cenaron juntos muy animadamente. El jefe de Médicos sin Fronteras los hizo reír con sus anécdotas, y los más jóvenes entablaron conversación, aprovechando unos la oportunidad de conocerse más a fondo y otros de retomar viejas amistades. Siempre alegraba ver caras nuevas en el campamento, como había ocurrido con la llegada de Cricky y sus dos acompañantes. El joven médico estadounidense, sentado junto a Mary durante la cena, se enfrascó en una conversación con ella sobre los nuevos protocolos en la lucha contra el sida que Harvard investigaba en ese momento. Pese a su juventud, dominaba la materia, y Mary disfrutó sobremanera escuchando los últimos avances y contrastando opiniones con él respecto a los casos que la ocupaban en ese momento. Esa tarde, había pasado visita con ella a todos sus pacientes y había aportado excelentes observaciones. Christianna se sentía como si se hallara en un congreso médico, mientras escuchaba todas aquellas conversaciones a su alrededor, pero estaba fascinada. Durante la cena se habló de muchas cosas más. Las risas parecían salpicar constantemente las conversaciones, incluso cuando se trataban temas serios.

A Christianna le complació también ver que Laure charlaba muy animadamente con uno de los jóvenes médicos franceses. Se enzarzaron en una seria conversación que los ocupó gran parte de la cena, y tras los postres Laure inició una animada partida de póquer. Se había convertido en la mejor jugadora del campamento y la que más partidas ganaba, y esa noche no fue una excepción. Un par de veces miró de soslayo hacia Christianna, y esta, disimuladamente, le hizo la señal de victoria con el pulgar aludiendo al joven médico francés; Laure se echó a reír. Parecía más feliz de lo que había estado en mucho tiempo, y Christianna se alegró.

Fue al final de la velada, con la partida de póquer aún en su apogeo, cuando a Christianna le presentaron al médico estadounidense que tenía previsto quedarse un tiempo en el campamento. Se llamaba Parker Williams, y según había oído Christianna que comentaba otro compañero, era de San Francisco. Mientras charlaban tomando un café, Christianna le mencionó que había estudiado en Berkeley. Él respondió, muy educado, que era una gran universidad, aunque ella sabía que él había estudiado en Harvard.

—¿Y qué te ha traído hasta aquí? —le preguntó Parker con curiosidad.

Christianna le habló del sitio de Digora, cuando conoció a Marque y se dio cuenta de que deseaba pasar un año de su vida entregada a una labor similar antes de incorporarse a la empresa familiar. Respondiendo a las preguntas de Christianna, Parker dijo que no era miembro oficial de Médicos sin Fronteras; su colaboración con ellos formaba parte del trabajo de investigación sobre el sida que llevaba a cabo en Harvard, pero estaba disfrutando mucho con la experiencia y deseaba pasar un tiempo en el campamento de Senafe.

—Yo adoro este lugar —afirmó Christianna en voz baja, y Parker percibió en su mirada que lo decía de corazón.

Laure había comentado antes lo atractivo que era aquel médico y lo mucho que se parecía a Christianna. Era rubio como ella y tenía los ojos del mismo azul intenso, si bien él era alto y ella diminuta. Pero su espíritu no tenía nada de pequeño, como bien habían descubierto ya sus compañeros.

Estuvieron charlando un rato, sobre el campamento, las gentes de Senafe y el trabajo que allí se llevaba a cabo. Christianna le habló de las clases de prevención contra el sida que había preparado con la ayuda de Mary y los distintos aspectos que cubría. Parker alabó su labor y dijo estar impresionado con los evidentes progresos que había alcanzado en tan corto espacio de tiempo.

Tras la conversación con ella, Parker se unió a la partida de póquer de Laure y se quedó en el comedor, como la mayoría de los hombres, mientras Christianna y sus compañeras regresaban al barracón femenino.

—Es una monada —le dijo Fiona con guasa de camino al Ritz.

—¿Quién? —preguntó Christianna inocentemente, distraída por un momento.

Estaba pensando que llevaba días sin hablar por teléfono con su padre y debería ir a Senafe al día siguiente para hablar con él. Si no lo llamaba, se preocupaba.

—¡No me vengas con esas! —saltó Fiona—. Te he visto hablando con él. Ya sabes a quién me refiero. Al joven doctor de Harvard. Pero, oye, si no te interesa, tú déjame a mí, que ya le echo yo los tejos, ¿eh?

Fiona siempre le tenía el ojo echado a algún hombre, aunque las más de las veces hablaba de boquilla. Allí nadie andaba sobrado de tiempo para amoríos. Y exceptuando a Maggie y a Geoff, la mayoría evitaba a toda costa las aventuras sentimentales. A la larga todo se complicaba, y allí vivían como hermanos. La llegada de Médicos sin Fronteras, sin embargo, siempre se recibía con interés.

—Te lo cedo —contestó Christianna, siguiendo la broma, aunque Fiona continuaba coqueteando con Max, sin que la cosa hubiera pasado a mayores. Era simplemente un juego que a ambos les divertía.

—¿No te gusta? —le preguntó Fiona, aludiendo de nuevo a Parker Williams.

—Parece simpático. Pero desde que estoy aquí no pienso en esas cosas. Hay demasiado trabajo que hacer para preocuparse de eso.

Allí eran otros los asuntos los que la ocupaban; buscar ligue era lo último que se le pasaba por la cabeza. Sabía perfectamente que solo conseguiría complicarse la vida. En Berkeley, de estudiante, era distinto. Pero allí, en el otro extremo del mundo, no le interesaba, sobre todo habida cuenta de las cargas que conllevaba su vida en la realidad. Si empezaba una relación, tendría que ponerle fin antes de marcharse. Y esta vez podía salir perjudicada. De la última había salido indemne.

Todas las chicas se desvistieron y se acostaron; Laure llegó una hora más tarde. Lo había pasado en grande, y por la mañana todos le tomaron el pelo y le preguntaron cuánto había ganado; los había desplumado a todos.

—Eres la única persona que conozco que saldrá rica de Senafe —afirmó Geoff.

Laure sonrió de oreja a oreja; se había divertido mucho la noche anterior, y el doctor francés había sido muy simpático.

Como de costumbre, antes de la siete de la mañana ya estaban todos metidos en faena. Parker Williams pasaba consulta con Mary, el jefe de Médicos sin Fronteras hacía la ronda de pacientes con Geoff, y los demás médicos de su equipo los ayudaban con las consultas y la reposición de suministros. Christianna estaba en el minúsculo despacho donde solía dar sus clases de prevención contra el sida, cuando Mary pasó a pedirle si quería acompañarles. Christianna la miró sorprendida. A fin de cuentas ella no formaba parte del personal médico; era un cumplido que desearan incluirla en sus discusiones de diagnóstico, aunque fueran un galimatías incomprensible para ella. Siempre sacaba algo de provecho de ellas, y en el poco tiempo que llevaba en el campamento, había aprendido montones de cosas.

Christianna había llegado a conocer bastante bien a todos los pacientes de sida ingresados en el centro, sobre todo a los niños. Cada día pasaba por el hospital de campaña a verlos y les llevaba algún detalle: fruta para las mujeres, juegos para los niños. Y les adornaba la sala con hermosos ramos de flores frescas. Sabía hacerles la vida más agradable a todos, como Mary no dejaba de observar. Sin embargo, mientras acompañaba a Mary y a Parker en su ronda, Christianna guardó silencio. No quería interrumpirlos. Solo lo hizo en una ocasión, para preguntar a Parker sobre cierto medicamento que había oído mencionar a los demás y cuyo uso desconocía. Parker se lo explicó detenidamente y luego se puso a hablar con los pacientes. Christianna hizo las veces de intérprete en dos ocasiones: con dos mujeres mozambiqueñas ingresadas en el centro que solo hablaban francés.

—Gracias por la ayuda —le dijo Parker con naturalidad, cuando Christianna se marchaba ya a dar su clase.

—De nada. —Christianna sonrió y salió a cumplir con su trabajo.

Ese día se saltó la comida y fue directamente al aula para ayudar a Ushi; desde allí pasó después un momento a ver a Laure en su despacho. Casualmente, allí estaba el joven médico francés, charlando con ella. Cricky miró a su amiga con una sonrisa y se escabulló a toda prisa. Luego salió del campamento para ir a dar un paseo sola. Fiona llevaba fuera todo el día, por lo que no tenía a nadie con quien charlar o dar un paseo. Las demás estaban ya de vuelta en el barracón, descansando.

—Gracias de nuevo por tu ayuda esta mañana —oyó que alguien decía a sus espaldas.

Al volverse, se encontró con Parker. Llevaba el día entero trabajando sin desmayo, y ambos habían puesto fin a su jornada al mismo tiempo.

—No hice gran cosa.

Le sonrió cordialmente; luego, por cortesía y para no quedarse allí como un pasmarote, lo invitó a dar un paseo y él aceptó la invitación. Parker comentó lo hermosos que eran aquellos parajes, desconocidos por completo para él. Dijo que solo llevaba un mes en África.

—También yo. Bueno, un poco más de un mes —dijo Christianna cortésmente, mientras tomaban por el sendero que ella solía recorrer con Laure.

—¿De dónde eres? —le preguntó Parker con curiosidad. En un principio pensó que era francesa, pero Mary lo había sacado del error.

—De un país europeo minúsculo —respondió Christianna con una sonrisa—. Liechtenstein.

—¿Y eso dónde queda exactamente? Lo conozco de oídas, pero si te digo la verdad, no sabría ubicarlo en el mapa.

Parker era afable y tenía una cálida sonrisa.

—Suele pasar. Está encajado entre Austria y Suiza, sin salida al mar. Apenas ocupa ciento sesenta kilómetros cuadrados. Es minúsculo de verdad, por lo que es comprensible que no supieras ubicarlo.

Christianna le devolvió la sonrisa. No estaban coqueteando, nada más lejos de su intención, simplemente charlaban mientras paseaban. Parker le recordaba ligeramente a su hermano Freddy, pero seguro que su vida, como la del común de los mortales, no era tan licenciosa.

—¿Y allí qué idioma se habla? —Parecía absorber información como una esponja—. ¿Alemán?

—Principalmente, y un dialecto derivado del alemán que es muy difícil de entender.

—¿Y francés?

Esa misma mañana Parker había constatado lo bien que Christianna hablaba esa lengua. Para no ser su lengua nativa, tenía un dominio impresionante de ella.

—Se habla bastante, pero predomina el alemán. En mi casa siempre se ha hablado francés; por mi madre, que era francesa.

—¿Era? —preguntó Parker, con gesto comprensivo.

—Murió cuando yo tenía cinco años.

—La mía cuando yo tenía quince. —Tenían algo en común, pero Christianna no hizo más indagaciones. No quería ser maleducada o entremetida, ni hurgar en sus heridas—. Mi hermano y yo nos criamos solo con mi padre.

Christianna sonrió.

—Igual que mi hermano y yo.

—¿A qué se dedica tu hermano, si es que tiene edad para dedicarse a algo?

Parker rió; Christianna parecía muy joven, sobre todo por su menuda constitución. Apenas abultaba más que una niña, aunque si trabajaba para la Cruz Roja en África no podía ser tan joven. Debía de tener veintiún años como poco.

—Ya tiene edad suficiente, sí —respondió compungida—. Treinta y tres años. Pero a decir verdad la mayor parte del tiempo se lo pasa viajando, persiguiendo mujeres y conduciendo sus bólidos.

—Qué suerte de trabajo —bromeó Parker—. Mi hermano es médico, como mi padre. Pediatra, en Nueva York, y mi padre, cirujano en San Francisco. Yo vivo en Boston.

No tenía inconveniente en hablar de sí mismo, como era habitual entre los estadounidenses, a diferencia de los europeos, mucho más reacios a revelar datos personales. Pero eso a Christianna no le parecía mal. Le gustaba el carácter abierto y amistoso del que solían hacer gala los compatriotas de Parker. No había vuelto a encontrar ese trato desde sus añorados tiempos en Berkeley.

—Ya sé que vives en Boston. —Christianna le sonrió cordialmente. Parecía simpático—. Y que te dedicas a la investigación en Harvard.

Parker pareció complacido de que estuviera al corriente de su vida.

—¿Y tú a qué te dedicas en Liechtenstein? Por cierto, ¿en qué ciudad vives?

—En Vaduz, la capital. Cuando vuelva, trabajaré para mi padre. Pero espero poder quedarme aquí el año entero. Si él me deja. Se angustia un poco cuando no estoy. Aunque mi hermano volverá pronto de China... y al menos estará un poco más distraído, espero. O se pondrá de los nervios, según se porte mi hermano.

Se echaron los dos a reír.

—¿Es piloto de carreras? Antes hablabas de bólidos.

—No. —Christianna esa vez soltó una sonora carcajada. Caminaban por un sendero bordeado de arbustos, flores y árboles. El aire llegaba impregnado de un penetrante olor dulzón, que ya para siempre asociaría con África—. Se dedica a hacer el tarambana, nada más.

—¿No trabaja en nada? —preguntó Parker, asombrado.

No concebía que alguien pudiera vivir sin trabajar, algo nada nuevo para Christianna. Los príncipes no solían trabajar, sobre todo los príncipes herederos como su hermano, aunque la mayoría llevaba una vida mucho más respetable y ocupaba su tiempo en menesteres menos licenciosos.

—Bueno, de vez en cuando trabaja para mi padre también, pero a regañadientes. Lo suyo es viajar. Ahora mismo está en Asia, de gira por el continente. Primero estuvo en Japón, y ahora en China. Tiene previsto hacer escala en Myamnar en el viaje de regreso a Europa.

Una familia interesante, pensó Parker.

—¿Y tu padre a qué se dedica?

—Está metido en política y relaciones públicas. —Lo había dicho tantas veces que le salía automáticamente. Casi se había convencido a sí misma—. Cuando vuelva a casa, trabajaré para él en el mundo de las relaciones públicas.

—Suena divertido —afirmó él generosamente, mientras Christianna rezongaba.

—Pues a mí no se me ocurre nada peor. Preferiría quedarme aquí.

—¿Y él qué opina de eso? —preguntó Parker, mirándola cautelosamente. Aquella chica empezaba a intrigarle. Parecía inteligente.

—Pues no le hace mucha gracia. Pero he venido aquí con su consentimiento. En principio tenía que ser para seis meses, pero quiero convencerlo de que me deje quedarme todo el año.

Parker dedujo que estaba obligada por su corta edad a obedecer a su padre y que en cierto modo dependía de él. No imaginaba hasta qué punto Christianna se debía a su padre ni la carga que conllevaba su condición de princesa. Se habría quedado estupefacto de haberlo sabido.

—Yo tengo que estar de regreso en Harvard en junio, pero también a mí me tiene encandilada esta tierra. Es la más interesante que he conocido en mi vida; me refiero a África en general. Hace unos años estuve en América Central, haciendo un trabajo de investigación. Estoy especializado en el sida en países en vías de desarrollo. Este viaje me ha brindado una oportunidad excepcional.

—Médicos sin Fronteras es una organización admirable. Todo el mundo siente un enorme respeto por ellos.

—Senafe también será una experiencia interesante, y un placer poder gozar de residencia fija durante un tiempo. A lo largo de este mes hemos hecho visitas relámpago, aunque agradezco mucho a la organización que me dejaran acompañarlos.

Christianna hizo un gesto de asentimiento, y emprendieron tranquilamente el camino de regreso. El paseo con él había resultado muy agradable. Parker le preguntó si le había gustado Berkeley, a lo que ella respondió que sí, y mucho.

—Fue una lástima tener que volver a casa en junio.

—Parece que ni a ti ni a tu hermano os gusta demasiado estar en casa —observó Parker con una sonrisa pícara.

—Tú lo has dicho. Liechtenstein es un país muy pequeño. No hay gran cosa que hacer. Aquí en cambio estoy muy ocupada.

Christianna estaba disfrutando con sus clases de prevención contra el sida, así como con las que daba por las tardes a los niños. En África se sentía útil, y eso era muy importante para ella.

—Tendré que visitar tu país algún día —dijo cortésmente—. Conozco Viena, Lausana y Zurich, pero en Liechtenstein no he estado nunca.

—Es muy bonito —dijo Christianna, por lealtad a su país más que por auténtica convicción.

—Y muy aburrido —añadió él, leyéndole el pensamiento.

—Exacto, aburridísimo —admitió risueña.

—Entonces, ¿por qué volver? —le preguntó él, perplejo.

En Estados Unidos, si no te gustaba donde vivías, te ibas a otro sitio y en paz. Así lo habían hecho tanto él como su hermano. A Parker le gustaba San Francisco, pero era una ciudad demasiado tranquila para él.

—No tengo alternativa —respondió Christianna compungida, pero no podía darle más explicaciones.

Parker dedujo que había aceptado entrar en la empresa familiar por presión paterna, sobre todo dada la irresponsabilidad del hermano. La pareció injusto que así fuera. Nunca habría podido imaginar cuál era su verdadera situación. Ni en sueños.

—Qué le vamos a hacer. Por el momento disfruto de un año de libertad, luego me tocará volver allí para siempre.

—Quizá puedas replanteártelo mientras estás aquí.

Christianna soltó una carcajada e hizo un gesto negativo con la cabeza.

—Desgraciadamente, eso va a ser imposible. A veces no tienes más remedio que aceptar tus responsabilidades y hacer lo que se espera de ti, por tedioso que sea.

—Eres libre de hacer lo que desees en la vida —insistió Parker—, o de no hacer lo que no deseas. Yo nunca he pensado que tuviera que seguir los designios de nadie. Eso es algo que mi padre me enseñó desde muy joven.

—Ojalá pudiera decir lo mismo de mi padre, pero no es el caso. Antes al contrario. Él está convencido de que el deber es lo primero. Y la tradición.

A Parker le pareció muy estricto aquel hombre, incluso tal vez injusto, pero se guardó de hacer comentarios. Se la veía tan feliz allí.

Ya habían llegado al campamento, y Parker dijo que quería ducharse antes de la cena, como si regresara a la habitación de su hotel.

—Mejor que te des prisa antes de que los chicos de los cubos se vayan a su casa —advirtió y le explicó el rudimentario sistema que empleaban para bañarse.

Parker ya había tenido oportunidad de probarlo esa mañana, pero ignoraba que una vez los chicos de los cubos se iban, era imposible tomar una ducha. Dio las gracias a Christianna por la advertencia y la agradable caminata y se encaminó a toda prisa hacia el barracón. Mientras ella regresaba tranquilamente al suyo, pensó en qué agradable y ameno había sido aquel paseo en compañía de Parker. Ignoraba cuántos años tendría, pero lo suponía poco más o menos de la edad de Freddy. Christianna entró en el barracón aún pensando en él y se tumbó en su camastro para descansar un poco antes de la cena.

Allí tendida, con la mirada perdida y Parker en el pensamiento, la embargó tal sensación de paz que se quedó dormida.

10

El equipo de Médicos sin Fronteras se quedó en el campamento una semana. Trabajaron todos codo con codo, y los pacientes, sobre todo los de la unidad contra el sida, se beneficiaron del esfuerzo conjunto y de la colaboración de Parker. Cada noche, el personal de ambos equipos se reunía en el comedor para cenar y disfrutar de una amena tertulia. Lo pasaron en grande juntos. En particular, Laure y el joven médico francés. Antes de que el equipo de Médicos sin Fronteras se marchara, ya saltaba a la vista la atracción existente entre ambos. Cuando Laure le habló a Christianna de él, sonreía radiante.

—Vamos, cuenta —la instó Cricky curiosa, mientras daban su habitual paseo juntas por el sendero que discurría junto al riachuelo. Ya nunca más habían vuelto a sentarse bajo un árbol. Ninguna de las dos había olvidado aquella serpiente de la que se habían librado gracias a Yaw.

—Me gusta —confesó Laure con timidez, pero enseguida mudó el semblante, con una mezcla de temor e inquietud—. Pero vete a saber, igual resulta ser un mentiroso y un farsante como todos los demás hombres.

A Christianna la entristeció oír aquellas palabras y, sobre todo, comprobar por su mirada que la herida seguía abierta. Su prometido le había dejado un feo regalo en prenda: la desconfianza ante cualquier avance de otro hombre.

—No todos los hombres son unos mentirosos y unos farsantes —replicó Christianna con mesura.

Las dos jóvenes habían hecho muy buenas migas en poco tiempo, y se confiaban muchas cosas la una a la otra, sobre todo esperanzas, ilusiones y temores que abrigaban respecto al futuro. A Christianna le habría gustado poder hacer partícipe a Laure de otras muchas más cosas sobre su particular situación, pero no se atrevía. El suyo era un gran secreto, y no podía compartirlo con nadie, ni siquiera con Laure, por muy bien que se llevara con ella. Temiendo que eso cambiara por completo su relación, decidió continuar guardando para sí lo que consideraba un oscuro secreto: su condición de princesa.

—Hay hombres buenos y honrados, Laure. Mira la vida que lleva tu amigo y la labor que hace por los demás. Eso dice mucho sobre su persona, ¿no te parece?

—No lo sé —respondió Laure con voz triste y, con lágrimas en los ojos, añadió—: No me atrevo a confiar en él. No quiero que vuelvan a hacerme daño otra vez.

—Entonces, ¿qué quieres? —replicó Christianna con pragmatismo, en su tono amable y mesurado de siempre—. ¿Meterte a monja? ¿No volver a salir con un hombre? ¿Renunciar a la vida? ¿Mantener el celibato eternamente por temor a salir con un hombre o confiar en él? Pues te espera una vida muy solitaria, Laure. No todo el mundo es tan canalla como el hombre que te dejó.

—O la supuesta mejor amiga que se largó con él—. Puede que ese chico no sea tu príncipe azul o que aún sea demasiado pronto para volver a depositar tu confianza en alguien, pero me dolería mucho ver que cierras esa puerta para siempre. No puedes hacer eso. Una persona tan maravillosa como tú, y con un físico tan despampanante como el tuyo, no puede permitir que eso suceda.

—Eso dice él —repuso Laure, enjugándose las lágrimas—. Le he contado lo que sucedió. Le ha parecido horrible.

—Es que fue horrible. Una absoluta canallada. Aquel tipo era un miserable con todas las de la ley —añadió Christianna con vehemencia.

Laure la miró sonriendo, sentía un gran aprecio por su nueva amiga.

—Estaba en su derecho a cambiar de opinión y a no casarse conmigo —repuso Laure, intentado ser benevolente—. Incluso a enamorarse de otra.

—Sí, pero no en el orden en el que lo hizo, y no con tu mejor amiga. Esas dudas no se te presentan dos días antes de la boda; lo sabía antes, y además, es obvio que ya llevaba tiempo viéndose con ella. Lo mires por donde lo mires, fue una canallada. Pero eso no significa que la próxima vez tenga que ocurrirte lo mismo.

Christianna se esforzaba por demostrarle a Laure que una cosa no tenía que ver con la otra.

—Antoine ha pasado por una historia muy parecida —afirmó Laure con voz queda. Antoine era el médico francés en cuestión—. Ellos no tenían boda a la vista, pero llevaban cinco años saliendo, lo que duró la carrera de medicina e incluso después de terminarla. Su novia también lo dejó plantado por su mejor amigo. Y luego encima se casó con el hermano de Antoine, así que se ve obligado a verla de vez en cuando. Por eso vino a África y se puso a trabajar con Médicos sin Fronteras, para no tener que enfrentarse a ellos. No le dirige la palabra a su hermano desde que se casaron; tiene que ser muy duro para él.

—Menudo bicho de mujer. Pues os habéis librado de una buena los dos, aunque ahora cueste verlo así. Laure, de verdad creo que deberías darle una oportunidad a ese chico. Después de que se marche, ¿cuándo podréis veros otra vez?

Laure no sabía exactamente en qué fecha tenía previsto Médicos sin Fronteras regresar a Senafe, pero sí que solían visitar el campamento mensualmente; ella por su parte tenía dispuesta su marcha para dentro de un mes más o menos, por lo que quizá no volverían a coincidir. Era una lástima que perdieran la oportunidad de conocerse un poco más, pensó Christianna. Saltaba a la vista que había algo entre ambos, de lo contrario Laure no estaría tan atribulada. Era evidente que el chico la atraía, pero a la vez se sentía vulnerable y llena de miedos.

—Él quiere que nos veamos en Ginebra. Se irá de África dentro de unos meses. Ha aceptado un puesto en un hospital de Bruselas especializado en medicina tropical. Dice que está dispuesto a ir a verme cuando regrese. Yo llegaré dos meses antes que él.

—El tiempo suficiente para que te vayas haciendo a la idea. ¿Por qué no esperas a ver cómo te sientes una vez allí? Entretanto podríais escribiros o comunicaros de algún modo.

Laure rió, y Christianna tuvo que reconocer que no les sería fácil mantener el contacto desde África, habida cuenta del emplazamiento y de las características del trabajo de ambos. Pero tres meses no suponía una larga espera, y Laure necesitaba ese tiempo para restañar sus heridas.

—Creo que deberías intentarlo o al menos dejar la puerta abierta y ver qué pasa. No tienes gran cosa que perder, aún no has invertido nada en la relación. Déjale que te demuestre que es buena persona. Ve con tiento, pero al menos dale una oportunidad al pobre, también él lo ha pasado muy mal.

—No quiero que me rompan el corazón otra vez —repuso Laure, sin olvidar sus recelos. Pero era inútil engañarse; se sentía tentada, y los consejos de Christianna le parecían muy sensatos.

—Todo lo que está entero, antes ha sido desgarrado —acertó a decir Christianna—. Es una cita un tanto tergiversada, de Yeats, creo. Todos sufrimos desengaños alguna vez en la vida, pero eso acaba dándonos más fuerza.

—¿A ti también te han roto el corazón? —le preguntó Laure con una sonrisa.

—No, mi corazón está intacto —respondió Christianna—. Me han gustado algunos hombres, algunos mucho incluso, pero no creo haber estado nunca enamorada. No, a decir verdad, nunca me he enamorado.

Sus oportunidades eran tan escasas, a excepción de aquel paréntesis en Berkeley, y ya no solo por lo reducido de su mundo, sino porque las opciones, de tan limitadas, podían considerarse prácticamente inexistentes. Si quería complacer a su padre, solo podía tratarse de un príncipe o cuando menos de alguien de abolengo, que perteneciera a su mundo. De lo contrario, se armaría un escándalo. Pese a que en la actualidad muchos jóvenes de la realeza habían contraído matrimonio con plebeyos, su padre se empecinaba en que ella debía hacerlo con alguien de sangre real. Así se lo había prometido a la madre de Christianna en su lecho de muerte; la tradición pesaba mucho para él, y siempre recalcaba que pocos matrimonios entre personas de distinta cuna funcionaban. No se trataba de una simple cuestión de sangre para él, creía firmemente que era fundamental no casarse con alguien demasiado distinto. Y siempre le había dejado muy claro a Christianna que a menos que contrajera matrimonio con alguien de su linaje, no contaría con su consentimiento. Christianna tenía la certeza de que así sería. Y no podía concebir un matrimonio sin la bendición de su padre. Pero eso no podía contárselo a Laure.

—Pues no te lo recomiendo, enamorarse quiero decir. Nunca me he sentido tan desdichada como cuando mi novio me dejó plantada al pie del altar. Creí morirme.

—Pero no te moriste. Conviene que lo recuerdes. Y si este chico, o el que sea, demuestra ser mejor persona, deberías considerar aquello una bendición.

—Supongo que tienes razón —dijo Laure, ya más tranquila y animosa.

Los acertados consejos de Christianna no habían caído en saco roto. Pese a sus temores, Laure estaba dispuesta a prestarles atención. Aquel chico le gustaba, esa era la verdad, le gustaba mucho. Entre ellos había existido una atracción y un entendimiento mutuos desde el instante en el que se habían conocido, como si fueran almas gemelas, aunque Laure no estaba convencida de creer todavía en flechazos. También había tenido la certeza de que su ex novio era su alma gemela, y al final resultó ser el de otra. Sin embargo, Antoine era distinto, además parecía vulnerable y precavido, y no sin motivos. En muchos sentidos parecían hechos el uno para el otro, y se respetaban mutuamente.

—Quizá quede con él cuando regrese a Europa —añadió con una azorada sonrisa.

—Así me gusta —afirmó Christianna y se abrazó a ella.

Habían emprendido ya el camino de regreso al campamento y se cruzaron con unas mujeres africanas, que iban caminando con sus niños. Ambas comentaron lo amistoso que era el trato de aquellas gentes, incluso para con sus semejantes. En Eritrea se hablaban nueve lenguas distintas, pero hablaran en la que hablasen, siempre lo hacían con una sonrisa en los labios y se mostraban serviciales en todo momento. Se desvivían por acogerte y ser hospitalarios. Cada encuentro con aquellas gentes era motivo de dicha.

Lo único que apenaba a Christianna era ver a aquellos niños desnutridos que procedían generalmente de zonas rurales alejadas, pero en ocasiones del propio Senafe. La tripa hinchada de aquellos niños famélicos, que habían padecido años de sequías y hambrunas y llegaban al campamento para recibir atención médica, siempre provocaba su llanto, no podía evitarlo. Era muy poco lo que se podía hacer para paliar los padecimientos y la miseria que habían soportado y afrontado con tanto coraje. La Cruz Roja, al igual que otras organizaciones, hacía todo lo que estaba en sus manos, pero el país precisaba algo más que la bondad de un puñado de personas voluntariosas. Necesitaban soluciones políticas y económicas que escapaban al control de dichas organizaciones. Estar allí comportaba cierta sensación de desesperanza, a la vez que un sentimiento de gratitud y dicha por el simple hecho de compartir su realidad. A su regreso a Liechtenstein, Christianna se había propuesto hablar con la fundación de la casa real de su país para que se asignara una cuantiosa suma al campamento de Senafe. Entretanto, se entregaba a ellos en cuerpo y alma. El simple hecho de estar allí era como un regalo del cielo para ella; estaría eternamente agradecida a aquel pueblo por la generosidad con la que la había acogido, a la Cruz Roja por permitirle vivir aquella experiencia y a su padre por haber dado su consentimiento para llevarla a cabo. De vez en cuando, solo de pensar en ello la emoción la desbordaba.

Llegaron al campamento con tiempo aún para tomar una ducha antes de la cena. Las chicas que normalmente se prestaban a ayudarlas vertiendo los cubos de agua ya se habían marchado, por lo que tuvieron que echárselos la una a la otra; Fiona se reunió con ellas al oír las risas que salían de la rudimentaria ducha situada fuera del barracón.

—Pero ¿qué está pasando aquí? —preguntó con su pícara mirada de siempre.

Últimamente se debatía en un mar de dudas: no sabía si echarle los tejos a Max o a uno de los médicos visitantes del que se había quedado prendada. Pero el equipo de Médicos sin Fronteras partía al día siguiente, de modo que no le quedaba mucho tiempo. A largo plazo era mejor inversión Max, pues aún faltaba mucho para que se marchara. Christianna y sus dos acompañantes no tenían previsto abandonar el campamento hasta al cabo de bastantes meses, con un poco de suerte incluso hasta finales de año. Mejor optar por lo seguro que por una noche loca con el otro, aunque fuera una monada. Así se lo hizo saber a Christianna y a Laure, y estas se echaron a reír ante el dilema.

Sin ayuda de nadie, Fiona estaba consiguiendo cambiar la situación de la obstetricia en la región de Debub, particularmente en Senafe. Antes de su llegada, las embarazadas se veían obligadas a viajar a lomos de un burro durante tres días para dar a luz en un hospital lejos de casa, y muchas de ellas terminaban pariendo en una cuneta. Gracias a Fiona, había disminuido el índice de mortalidad entre los bebés en los días anteriores y posteriores al parto. Además, siempre que detectaba posibles complicaciones que pudieran requerir la presencia de un médico en el momento del alumbramiento, las convencía para que se trasladaran al centro. Su generosidad, su competencia, su energía y el hecho de que los bebés vinieran al mundo en mucho mejores condiciones que en el pasado le habían granjeado la admiración de la gente del lugar. La presencia de Fiona en el parto beneficiaba tanto a las madres como a sus bebés. Y ella, muy querida por todos, empezaba a ser una leyenda en la zona.

—¿Qué habéis estado tramando? —preguntó Fiona con curiosidad, mientras se secaba tras compartir la ducha con Cricky y Laure.

—Solo hemos estado charlando —respondió Laure tímidamente.

Se la veía más simpática con todos. Desde que su amistad con Christianna se había afianzado, se mostraba más abierta. Una transformación milagrosa, al decir de Fiona, aunque no le sorprendía: Christianna tenía don de gentes.

—Sobre Antoine —confesó Laure, sonrojándose—. Es muy simpático.

Fiona se echó a reír.

—Yo diría mucho más —replicó—. Es un chico muy apuesto, y para mí que está loquito por ti.

Y Laure por él.

—Puede que nos veamos en Europa, a mi vuelta —añadió Laure en voz baja, mirando de soslayo a Christianna.

Desde que había hablado con ella esa tarde, estaba convencida. Al menos dejaría la puerta abierta, después ya se vería. La decisión suponía un gran paso adelante para Laure.

Esa noche la cena en el comedor fue toda una fiesta. El personal del campamento de Senafe lamentaba la marcha de Médicos sin Fronteras. Su estancia allí había animado mucho la vida en el campamento. Charlaron y rieron todos con ganas, mientras disfrutaban de una cena excepcionalmente buena, regada con varias botellas de un buen vino sudafricano que Geoff aportó para agasajar a los que se marchaban. Lo pasaron muy bien, y al término de la velada, Laure y Antoine se quedaron charlando frente al barracón del comedor. Tras su conversación con Christianna, Laure parecía mucho más dispuesta a abrirse a él. Cuando al rato salieron Christianna y Fiona, los pillaron besándose en un rincón apartado. No dijeron nada, pues no deseaban interrumpir a los tortolitos, y se dirigieron en silencio hacia el Ritz, emocionadas por la escena. Reconfortaba saber que tras meses de duelo por aquel casamiento fallido, las heridas de Laure comenzaban a sanar. Ambas deseaban que la pareja se reencontrara una vez en Europa. Parecían locos el uno por el otro.

—Me alegro de que alguien se bese en este campamento —dijo Fiona burlona, y Christianna se echó a reír—. Por lo que a mí respecta... ¡no caerá esa breva! —se lamentó de broma mientras entraban en el barracón.

Vivían en un espacio tan reducido y se conocían todos tanto que la relación entre ellos era más bien fraternal, por lo que las aventuras no prosperaban, ni tan siquiera surgían. Parecía más fácil así. Fiona incluso empezaba a perder el interés por coquetear con Max y en su lugar afianzaba su amistad con él. Max y Samuel se habían adaptado a las mil maravillas y hacían buenas migas con todos. Trabajaban con tanto ahínco como los demás; principalmente cargaban y descargaban provisiones, hacían reparaciones diversas, rellenaban pedidos para reponer los suministros que escaseaban y se abastecían de provisiones urgentes en el mercado. Todos apreciaban su ayuda y su denodado esfuerzo. A Christianna procuraban echarle un ojo varias veces a lo largo del día y nunca se alejaban demasiado de ella, pero tampoco la agobiaban con su presencia ni se inmiscuían en sus asuntos. Habían alcanzado un equilibrio perfecto. No habían cometido ningún desliz que pudiera delatar a la princesa; ni ellos ni Geoff.

—¿Y qué tal tú con tu doctor americano? —le preguntó Fiona a Christianna, cuando ya estaban acostándose—. Me parece que le has caído en gracia —observó.

A Fiona le encantaba fantasear con aventuras sexuales y amorosas, aunque en el campamento apenas se daban. Muy a pesar de Fiona, todos tenían otras cosas en la cabeza y descartaban los devaneos durante su estancia allí.

—Es simpático con todos. —Christianna la miró con una sonrisa y dejó escapar un bostezo. También a ella le apenaba la marcha de Médicos sin Fronteras. Había disfrutado con su compañía, y la labor desempeñada le parecía admirable—. Como buen americano. Yo estaba encantada cuando estudiaba en Estados Unidos. Me lo pasé de maravilla allí.

—Yo nunca he estado —dijo Fiona—. Me encantaría ir algún día, si alguna vez tengo dinero.

Fiona tenía un sueldo mísero como comadrona en Irlanda, y en África aún era peor, pero al menos era por una buena causa. Se necesitaba auténtica vocación para desempeñar con tanto éxito aquella labor entre las lugareñas, y ya eran muchas las vidas que había conseguido salvar.

—Seguramente seré pobre toda la vida —añadió.

Fiona había intuido desde el primer momento que ese no era el caso de su amiga. Christianna vestía con sencillez y sin alhajas, pero evidentemente tenía cultura y maneras elegantes, y con todo el mundo se mostraba amable. Saltaba a la vista que procedía de buena familia. Y venía observando desde hacía tiempo que la generosidad de Christianna parecía la propia de una persona que se encuentra cómoda con su vida y con su persona. No daba muestras de envidia ni de rencor. Parecía solícita con todos y nunca hablaba de dinero ni mencionaba si en su casa disfrutaban o no de comodidades. De hecho, casi nunca mencionaba a los suyos, salvo alguna que otra vez a su padre, a quien parecía profesar una gran admiración. Todo ello le hacía sospechar, aunque no tenía modo de saberlo, que procedía de una familia acomodada. Mary solía emplear un término al referirse a ella que, al decir de todos, la describía a la perfección: gracia. Christianna tenía gracia, eso era lo que despedía su persona, como aquella sonrisa dibujada en su rostro.

—Quizá algún día podamos ir a Estados Unidos juntas, si es que salgo de África, cosa que empiezo a dudar. A veces pienso que me quedaré aquí toda la vida; tal vez incluso muera aquí —dijo Fiona con aire pensativo.

Christianna, con la cabeza apoyada en la almohada y los brazos cruzados bajo la nuca, la miró sonriendo.

—Ojalá yo también pudiera quedarme. Me encanta África. Aquí la vida por fin tiene sentido. Siento como si este fuera el lugar donde me corresponde estar. Al menos por el momento.

—Es bueno que sientas eso —observó Fiona mientras apagaba su lamparilla.

Las demás aún no estaban de vuelta. Mary se había quedado charlando con sus compañeros de profesión, disfrutando de la última noche en su compañía. Laure estaría fuera con Antoine, tal vez besándose aún o conociendo un poco más su vida antes de que se marchara. Desde fuera llegaba el eco de las risas, y cuando las demás compañeras entraron en el barracón, las dos estaban ya profundamente dormidas.

A la mañana siguiente todos salieron a despedir al equipo de Médicos sin Fronteras. Hacía un día maravilloso, una de esas mañanas luminosas tan propias de África y que a todos encandilaban. Estaban todos muy apenados por la marcha de sus visitantes. Su presencia había animado mucho la vida allí. Mientras se despedía de ellos, Christianna advirtió que Antoine le apretaba la mano a Laure y ella lo miraba feliz y risueña. Fuera lo que fuese lo que hubiera sucedido entre ellos la noche anterior, parecía haber sido para bien. A Laure casi se le saltaron las lágrimas en el momento del adiós.

—Lo verás dentro de nada —dijo Christianna, animándola, mientras ambas se encaminaban a sus respectivas labores: Laure a su despacho y Christianna, al hospital de campaña, donde todas las mañanas visitaba a los enfermos de sida.

—Eso me asegura él —masculló Laure, y Christianna sonrió de oreja a oreja.

Al entrar en el hospital, encontró a Mary haciendo la ronda de visitas con Parker. Este acababa de explorar a una joven madre cuyo bebé había contraído el sida. Al indagar un poco, habían descubierto que en lugar de alimentar al bebé con la leche en polvo suministrada por el centro, la madre se había empeñado en amamantarlo. Al parecer, el padre de la criatura, que recelaba del preparado y temía que el bebé enfermara, lo había tirado. Mary vivía ese drama a diario. El sida y la malnutrición eran las dos maldiciones con las que tenía que batallar constantemente.

Christianna pasó sigilosamente junto a los dos médicos, dispuesta a visitar a las mujeres y a los niños ingresados por los que se interesaba a diario. Para no interrumpir a Mary y a Parker, acometió su tarea discretamente, susurrando las pocas palabras en tigrinya y tigre que conocía. El noventa por ciento de la población de Eritrea hablaba una de esas dos lenguas. Otros se comunicaban en árabe, idioma que ella por el momento desconocía. Había puesto todo su empeño en aprender las dos lenguas más comunes, ayudada por Fiona, que dominaba ambas gracias al amplio radio de acción de sus desplazamientos a domicilio. Las enfermas de sida a las que Christianna solía visitar a diario tenían nombres como: Mwanaiuma, que quería decir «viernes», Wekesa, que al parecer significaba «tiempo de cosecha», Nsonowa (séptima en nacer), Abeni, Monifa, Chiumbo, Dada o Ife, que significaba «amor». Aquellos nombres sonaban preciosos a sus oídos. Las pacientes se reían al oírla hacer sus pinitos en tigre, lengua a la que aún no le había cogido el tranquillo, y asentían con la cabeza en señal de aprobación cuando empleaba sus rudimentarios conocimientos de tigrinya. Sin duda eran lenguas que no utilizaría cuando regresara a Europa. No obstante, le eran de gran utilidad para su trabajo en el campamento y para moverse por Senafe. Y aunque a veces cometiera errores garrafales, las lugareñas estaban encantadas con ella por el empeño que ponía en aprender. Cuando metía la pata, todo el hospital reía por lo bajo. Tras entregar a cada una de las pacientes su respectiva cestita con fruta y adornar la sala con las flores que ella misma había recogido dispuestas en dos jarrones, salió hacia el despacho que hacía las veces de aula, donde tenía cita con media docena de jóvenes a las que debía instruir sobre cómo prevenir el sida, según el programa que había preparado.

Estaba terminando de dar la clase cuando irrumpió Parker, justo a tiempo de ver cómo Christianna tendía un bolígrafo y varios lápices a cada una de las jovencitas.

—¿Y eso? ¿Para qué les das esos bolígrafos?

Parker la miraba admirado. Estaba conmovido por el amable y atento trato que le había visto dispensar a las pacientes un rato antes. Además, aquel curso que ella había creado sobre prevención contra el sida le parecía formidable.

Christianna esbozó una sonrisa antes de contestar. Parker llevaba unos pantalones cortos muy holgados que le llegaban hasta las rodillas, y sobre la camiseta, una bata blanca.

—No sé por qué, pero aquí los bolígrafos y lápices entusiasman a todo el mundo. Los compro por cajas en Senafe.

En realidad, eran Samuel y Max quienes los compraban y luego se los daban a ella para que los repartiera, algo que Christianna solía hacer prácticamente en todas sus visitas a la sala del sida y al término de todas y cada una de sus clases.

—Prefieren un bolígrafo a cualquier otra cosa, comida aparte.

En todo el país se libraba una dura batalla contra el hambre. Los alimentos eran el bien más preciado, y el campamento los repartía en grandes cantidades. Eran sus suministros más importantes.

—Tomo nota —dijo Parker, observándola.

Aquella joven parecía haber aprendido mucho en el escaso tiempo que llevaba allí. Sus esfuerzos por comunicarse con las pacientes en su lengua materna le habían impresionado particularmente. A él se le antojaban lenguas imposibles de aprender; se veía incapaz de defenderse con tanta soltura tras poco más de un mes allí. Con la ayuda de su intérprete, Christianna había hecho un esfuerzo encomiable por aprender términos y expresiones esenciales en los dialectos más comunes de la zona.

—¿Vas hacia el comedor? —le interrogó con una sonrisa afable.

Christianna pensó que tal vez se sentía solo ahora que sus compañeros se habían ido.

—Doy clase en unos minutos —se disculpó—, con Ushi. Esos críos son una monería.

—¿También a ellos les hablas en su idioma?

—Eso intento, pero se ríen de mí, y con más descaro que las mujeres incluso.

Christianna sonrió al evocar sus risas. Siempre que metía la pata, algo que sucedía a menudo, los chiquillos se desternillaban de risa. Pero ella estaba empeñada en aprender su idioma y así poder dirigirse a ellos sin necesidad de intérpretes.

—¿También les regalas bolígrafos? —Parker sentía crecer su interés por aquella joven.

La elegancia y serenidad de su porte lo atraían más de lo que desearía. Lo último que necesitaba era enamorarse durante su estancia allí. Mucho mejor ser amigos simplemente, y presentía que Christianna era capaz de ser buena amiga. Sabía escuchar y mostraba interés por sus semejantes.

—Sí, también a los niños —respondió Christianna—. Max y Samuel me los compran por cajas. Los lápices de colores les chiflan.

—Tendré que comprar yo también y regalárselos a mis pacientes. Es curioso que sea eso lo que les apasione y no cosas de más utilidad.

—Aquí un bolígrafo se considera un símbolo de estatus. Es sinónimo de cultura, y de que se tienen cosas importantes que anotar. Me lo dijo Mary cuando llegué.

—¿Comemos juntos?

Hacía seis horas que no probaban bocado, y Parker estaba hambriento. Esa tarde daba una clase práctica sobre nutrición con Geoff, durante la cual harían reparto de víveres.

—No tengo tiempo —respondió Christianna con franqueza—. Pensaba picar algo de camino a clase. A mediodía solo suelo tomar un poco de fruta. Pero en el comedor siempre hay bocadillos, no solo cuando viene el equipo médico visitante.

Parker no se había hecho aún a las costumbres del campamento.

—Menos mal. Aquí me entra un hambre... será por el aire.

O por lo mucho que trabajaba, tanto él como todos los demás. También a Christianna le había agradado el trato que Parker dispensaba a sus pacientes. Era amable, competente y se interesaba a fondo por cada caso particular. Parecía acoger con naturalidad la calidez de sus pacientes. Saltaba a la vista que era un gran profesional. Desprendía serenidad y aplomo, y sus maneras infundían seguridad.

Se acercaron juntos al barracón comedor, y allí Christianna escogió varias piezas de fruta de una gran cesta. También había yogures, que el cocinero del campamento traía de Senafe, aunque Christianna no había vuelto a probar los lácteos desde que estaba en África. Eran muchos los que caían gravemente enfermos, y no solo a causa de las grandes epidemias que asolaban la región, sino por culpa de simples disenterías. Christianna se había salvado por el momento, pero no quería correr riesgos innecesarios. Parker se sirvió un par de bocadillos, que envolvió en una servilleta, y un plátano.

—Ya que no quieres comer conmigo, Cricky —le dijo en broma—, tendré que llevarme la comida al trabajo yo también.

Los demás ya habían abandonado el comedor. Los almuerzos solían ser rápidos y frugales. Parker acompañó a Christianna al aula donde impartía clase con Ushi y luego regresó a la otra cabaña, para comentar varios casos con Mary.

—Hasta luego —dijo con cordialidad y se marchó feliz y contento.

Christianna vio claramente que buscaba su amistad. Ushi, sin embargo, opinaba de otro modo. Intuía que Parker abrigaba intenciones más personales.

—¿Qué, comida juntos? —bromeó Ushi.

—No. Yo no tenía tiempo. Creo que se siente solo sin sus compañeros.

—Para mí que hay algo más.

Ushi llevaba observando a Parker desde hacía unos días y, a decir verdad, lo encontraba muy atractivo, aunque al igual que Christianna y la mayoría de sus compañeros, no quería complicarse la vida con devaneos amorosos mientras estuviera en el campamento. Además, Parker parecía mucho más interesado en Cricky, saltaba a la vista. A ella apenas le había dirigido palabra, en cambio sus intentos de acercamiento a Cricky habían quedado muy claros.

—Pues yo no tengo tiempo para nada más, ni interés —repuso Christianna con firmeza—. Además, los americanos son así. Simpáticos con todo el mundo. Por mucho que aquí se intrigue, te apuesto lo que quieras a que Parker no le interesa lo más mínimo vivir ningún romance. Ha venido aquí para trabajar, como todos nosotros.

—Eso no significa que no podamos pasarlo bien —replicó Ushi con una sonrisa.

A Ushi le gustaba salir con chicos, pero no había encontrado ningún candidato idóneo en el campamento. Parker era el primer soltero verdaderamente atractivo que se presentaba, aparte del equipo médico que los visitaba cada mes, aunque lo encontraba demasiado joven para ella. Tenía la misma edad que Max y Samuel, a quienes había descartado por idéntica razón. Ushi había echado una ojeada a su currículo en el despacho y sabía que tenía treinta y dos años. Ella había cumplido ya cuarenta y dos. La edad no contaba en el campamento, puesto que solían hacer vida social en grupo. Sin embargo, intuía que a Parker le atraía Christianna, aunque no contaba aún con pruebas definitivas, aparte de aquellos solapados intentos de ganarse su amistad. Había notado cómo Parker observaba de soslayo a Christianna en el comedor, sin que ella se percatara. Al parecer el amor no entraba en los planes de su compañera, solo le interesaba el trabajo, y se mostraba siempre educada, si bien un tanto reservada y cautelosa, sobre todo con los hombres, casi como si no deseara exponerse en ningún sentido. Con las mujeres en cambio se la veía más abierta y relajada.

—Yo creo que lo tienes enamorado —dijo finalmente Ushi con franqueza, y Christianna lo negó enérgicamente con la cabeza.

—No seas tonta —replicó, tomándolo a broma. Momentos

después las dos retomaron su trabajo. Pero Ushi estaba convencida de que sus impresiones eran acertadas.

Unos días más tarde, mientras charlaba con Fiona, lo comentaron de pasada. Parker aprovechaba la menor oportunidad para entablar conversación con Christianna y últimamente le había dado por pedirle libros y consultar su opinión acerca de varios pacientes de sida con cuyos casos Christianna parecía estar muy familiarizada. Siempre tenía algo que preguntarle, algo que decirle, que prestarle o pedirle prestado. Y, siguiendo su ejemplo, le había dado por repartir bolígrafos a todo el que se cruzaba en su camino. Los pacientes estaban encantados con él, y a las pocas semanas de llegar se los había metido a todos en el bolsillo con su agradable trato. Por las noches se quedaba levantado hasta altas horas, tomando notas para su trabajo de investigación. Fiona más de una vez había visto luz en la zona del barracón donde él dormía, al regresar de madrugada al campamento después de atender partos a domicilio. Cuando la oía llegar, Parker salía a saludarla y charlaban unos minutos, aun cuando fueran las tres o las cuatro de la mañana. Y sorprendentemente, a la mañana siguiente siempre se levantaba fresco y de buen humor.

A menudo invitaba a Christianna a dar un paseo al final de sus respectivas jornadas. Christianna no veía ningún mal en aceptar sus invitaciones, disfrutaba con su compañía, y juntos descubrían senderos nuevos y zonas sin explorar. Ambos estaban de acuerdo en que adoraban África y a sus gentes, así como el ambiente que allí reinaba, y compartían la ilusión de mejorar las condiciones de vida de aquel pueblo siempre amable y abierto con ellos, que con tanta desesperación necesitaba su ayuda.

—Siento que mi vida por fin tiene sentido —le dijo Christianna un día, mientras descansaban sentados en un tronco antes de emprender el camino de regreso al campamento.

Sobre ellos no se alzaba ningún árbol; Christianna le había contado su aventura con Laure de unos meses atrás, cuando la serpiente cayó del árbol. Abril estaba a la vuelta de la esquina, y Laure partiría en breve. Entretanto se había carteado a menudo con Antoine y estaba deseando verse con él en Ginebra. Tenían planes de verse en junio.

—Antes nunca tenía esa sensación —prosiguió Christianna—. Me parecía estar perdiendo el tiempo, sin hacer nunca nada de provecho para los demás... hasta aquella noche en Rusia... y al venir aquí.

—No seas tan dura contigo misma —repuso Parker con generosidad—. Acabas de terminar tus estudios, Cricky. A tu edad nadie ha logrado salvar el mundo ni curar todos sus males. Yo te llevo casi diez años y no he hecho más que empezar. Ayudar al prójimo es una labor que requiere toda una vida, y trabajando aquí vas por muy buen camino, creo yo. ¿Tienes posibilidad de dedicarte a alguna tarea parecida cuando regreses a Liechtenstein?

Ambos sabían, sin embargo, que la vida brindaba pocas experiencias como la que allí estaban viviendo.

Christianna rió con sorna ante la pregunta, olvidando por un instante que él ignoraba su condición. Hablaba con Parker como con un hermano, un hermano muy distinto al suyo sin embargo.

—¿Bromeas? Allí mi función consiste en cortar cintas y acompañar a mi padre a cenas. Antes de venir aquí mi vida era de lo más absurda. Me estaba volviendo loca —repuso, embargada por una súbita frustración solo de recordarlo.

—¿Qué tipo de cintas? —preguntó el, con expresión perpleja.

No entendía a qué se refería. Nunca habría podido imaginar que se encontraba ante una princesa que cortaba cintas en la inauguración de hospitales y orfanatos, la idea era inconcebible.

—¿Tu padre fabrica cintas? Creía que se dedicaba a asuntos de política y relaciones públicas. —Aunque también esa profesión le había sonado un tanto indefinida.

Christianna no pudo reprimir una risotada.

—Perdona... no sé lo que digo. Olvídalo. Me refería a que

no hago más que cumplir con las funciones que él me encarga... ya sabes, inaugurar centros comerciales y esas cosas. Suele enviarme en su lugar cuando está muy ocupado. Eso en cuanto a las relaciones públicas. El asunto de la política es algo más difícil de explicar.

Christianna, consternada por un instante, se dio cuenta de que había estado a punto de meter la pata.

—No parece una ocupación muy interesante —dijo comprensivo.

Él había experimentado un sentimiento parecido ante la perspectiva de incorporarse a la consulta de su padre en San Francisco. Prefería mil veces sus investigaciones en Harvard y su estancia en aquel campamento, sin lugar a dudas. Christianna le había explicado muchas cosas sobre el lugar y le había ofrecido desinteresadamente su ayuda para ponerlo al corriente sobre los pormenores de la vida en Senafe, al igual que los demás compañeros, serviciales y hospitalarios en todo momento.

—No, interesante desde luego no lo es —contestó ella con franqueza, ensimismada por un instante, mientras recordaba a su padre y el sinfín de responsabilidades que conllevaba su vida en Vaduz.

El día anterior había hablado con él por teléfono. Freddy por fin estaba de vuelta de China, llevaba allí desde marzo, apenas unas semanas y, según le dijo su padre, ya deseaba levantar el vuelo otra vez. Se había instalado en el palacio de Liechtenstein, en Viena, y se dedicaba a dar fiestas. Decía que si tenía que quedarse en Vaduz, se volvería loco. Christianna presentía, como también su padre, que una vez su hermano heredara el trono, seguramente terminaría trasladando la residencia oficial de la casa real a Viena, donde había estado ubicada originariamente, muchas generaciones atrás. Aquel palacio era mucho más accesible y elegante, y allí Freddy lo pasaba mucho mejor. Aunque una vez heredara el trono, tendría que ser mucho más responsable que ahora. Parker observaba a Christianna, absorta en sus pensamientos con el ceño fruncido.

—¿En qué estabas pensando? —le preguntó en voz baja.

Christianna llevaba varios minutos sin abrir la boca.

—Pensaba en mi hermano, nada más. A veces es incorregible y siempre está haciendo sufrir a mi padre. Lo quiero mucho, pero tengo que reconocer que es un irresponsable. Apenas hace unas semanas que llegó de China y ya se ha ido a Viena, a divertirse y a organizar juergas. No hace más que darnos preocupaciones a todos. Se resiste a sentar la cabeza, y por el momento está en su derecho. Pero llegará un día en que tenga que hacerlo por obligación, y esperemos que lo consiga, porque si no será una tragedia... —Iba añadir «para el país», pero se mordió la lengua.

—Deduzco que por eso se espera tanto de ti, y por eso te sientes obligada a volver a tu país y ayudar a tu padre en la empresa. Pero ¿y si no volvieras y por una vez dejaras de facilitarle las cosas a tu hermano? Tal vez así se vería obligado a madurar y te descargaría de ciertas responsabilidades.

A Parker aquella se le antojaba una solución sensata. Él nunca se había enfrentado a problemas de este tipo; su hermano había sido un estudiante de provecho y ahora era un médico muy respetado, casado y con tres hijos. Le costaba identificarse con las historias que Christianna contaba del suyo.

—No conoces a mi hermano —repuso, sonriendo apesadumbrada—. Dudo que siente cabeza nunca. Yo tenía solo cinco años cuando murió mi madre; él, quince, y creo que aquello lo dejó muy marcado. Tengo la impresión de que huye de sus propios sentimientos. Se niega a ser una persona formal y se sacude toda responsabilidad.

—Yo también tenía quince años cuando murió la mía. Fue trágico para los tres, y puede que tengas razón. Mi hermano se descarrió durante un tiempo, pero sentó la cabeza cuando llegó a la universidad. Algunas personas tardan mucho en madurar, quizá tu hermano sea una de ellas. Pero eso no significa que tengas que sacrificar tu vida por él.

—Se lo debo a mi padre —repuso ella sin más, y Parker

comprendió que el vínculo y el sentido del deber que la unían a aquel hombre eran muy fuertes.

La admiraba por ello, y a la vez le sorprendía que hubiera podido emprender aquella aventura africana. Al preguntarle al respecto, Christianna le explicó que su padre finalmente había dado su brazo a torcer tras una enconada lucha, y le había concedido de seis meses a un año de plazo, pero con la condición de que al final regresara a Vaduz.

—Aún no tienes edad para que te atosiguen con tantas obligaciones —repuso él, preocupado al cruzar su mirada con la de Christianna.

Sus ojos encerraban un misterio que él era incapaz de desentrañar y la tristeza que percibió en ellos le llegó al alma. Sin pensarlo, tendió el brazo y le estrechó la mano. De pronto sintió el deseo de liberarla de las abrumadoras responsabilidades que habían cargado sobre sus espaldas, de protegerla de todo aquel que pudiera hacerle daño. Los dos se miraron a los ojos, sin desviar por un instante la mirada, y casi como si estuviera predestinado que sucediera desde el principio de los tiempos, Parker se inclinó hacia ella y la besó. Christianna sintió como si otra persona actuara por ella. No hubo decisión, elección, ni temor alguno por su parte. Simplemente se perdió en sus brazos y los dos se besaron hasta quedar sin aliento. Se abandonaron el uno al otro en una mezcla tal de deseo y pasión que los dejó a ambos completamente aturdidos. Después se miraron a los ojos, bajo el tórrido sol africano, como si se vieran por primera vez.

—Esto sí que no me lo esperaba —murmuró Christianna, con la mano de Parker todavía en la suya, mientras él la miraba aun con mayor ternura que antes.

Había algo en Christianna que le llegaba a lo más hondo del alma, así lo había sentido prácticamente desde el primer día.

—Ni yo tampoco —afirmó él con franqueza—. Desde que te conozco que siento una gran admiración por ti. Me encanta oírte hablar con la gente y verte jugar con los niños. Y el modo en que te interesas por todos y el respeto con que los tratas.

Christianna era la gracia y la gentileza personificadas.

Aquellas lisonjeras palabras de Parker conmovieron a Christianna, pero aunque daban inicio a lo que tal vez llegaría a convertirse en algo hermoso, no dejó de ser consciente en ningún momento de que aquello estaba destinado a tener un fin. Lo que pudiera existir entre ellos quedaría restringido a África. Sus vidas eran demasiado dispares, y lo serían aún más cuando regresaran a sus respectivos países. A Christianna jamás le consentirían mantener una relación con él. A su edad ya estaba sometida a un escrutinio permanente, tanto por parte de la casa real como de la prensa. Y un joven médico americano, por muy inteligente y respetable que fuera, nunca encajaría en los rígidos criterios que el príncipe soberano le había impuesto. Su padre deseaba verla casada cuando menos con un príncipe. Cuando llegara el momento de contraer matrimonio, si Christianna decidía seguir los deseos de su padre y la tradición familiar, se vería obligada a hacerlo con una persona de su abolengo. Conociendo las anticuadas y rígidas ideas de su padre, nunca toleraría a un plebeyo como yerno. De modo que si surgía algo entre ellos, solo podría existir mientras estuvieran en Senafe. Continuar con una relación así supondría entrar en confrontación directa con su padre, y eso era lo último que Christianna deseaba. La aprobación paterna significaba mucho para ella, y no era su intención herirle. De ello ya se encargaba Freddy, y su padre no merecía eso después de lo mucho que había sacrificado por ellos. Christianna estaba convencida desde hacía tiempo de que su padre no se había vuelto a casar por ellos, debía de haber supuesto un gran sacrificio para él, quizá incluso mayor de lo que ella imaginaba. Conociendo el parecer de su padre, una vez regresara a su país su relación con Parker se convertiría en fruto prohibido para ella. No se trataba solo de seguir los rígidos esquemas que él le había impuesto. Christianna se sentía asimismo obligada a mantener una tradición centenaria, por anticuada que fuera, de respetar el país que tanto amaba e incluso la promesa hecha por su padre a su madre moribunda.

Miró a Parker, sin saber cómo decirle todo aquello, ni si debía hacerlo. Pero como si fuera una mujer casada, creyó su deber ponerlo en antecedentes sobre sus circunstancias, de la mejor forma posible. En cierto modo, Christianna estaba casada con el trono de Liechtenstein, y aun cuando el acceso a este le estuviera vedado, se debía a él, así como a lo que su padre y sus súbditos esperaban de ella.

—Te veo triste. ¿Te he molestado? —le preguntó Parker, con semblante preocupado.

Tampoco él deseaba hacer nada que no fuera del agrado de Christianna. Llevaba semanas prendado de ella, pero si no estaba dispuesta, por grande que fuera su decepción, lo entendería. Le gustaba demasiado para hacer nada que pudiera causarle desdicha o incomodidad.

—No, claro que no —respondió Christianna con una sonrisa y la mano aún en la suya—. Me has hecho muy feliz —añadió simplemente, y era cierto. Lo que venía a continuación no era tan simple—. Es difícil de explicar. Solo quiero decirte que sea lo que sea lo que pase entre nosotros tendrá que terminar aquí. —No se le ocurrió otro modo de explicarlo—. Prefiero ser justa y hacértelo saber ahora. La persona que soy aquí tendrá que dejar de existir cuando me marche. De vuelta en mi país, no hay lugar para ella. Cuando regrese a Liechtenstein, no podrá haber nada entre nosotros.

Parker la escuchó con semblante preocupado. Era demasiado pronto para angustiarse por el futuro cuando no habían hecho más que darse un beso, pero presintió que aquella declaración tenía un significado mucho más profundo para ella.

—Suena como si a tu regreso fueras a entrar en presidio o en un convento —observó atribulado.

Christianna asintió con la cabeza y se aferró a él, como si quisiera ocultarse entre sus brazos. Parker la rodeó con ellos y la miró fijamente a los ojos para ver qué dejaban traslucir. Eran como dos pozos profundos, tan azules como los suyos.

—Tú lo has dicho, vuelvo a presidio —repuso ella con aflicción. Así lo sentía exactamente—. Y tendré que hacerlo sola. Nadie podrá venir conmigo.

—Tonterías —replicó él, mofándose—. Nadie puede encarcelarte, Cricky. A no ser que tú lo permitas. No dejes que eso suceda.

—Ya ha sucedido.

El mismo día de su nacimiento. Y cinco años más tarde, el día en el que su madre, en su lecho de muerte, obligó a su padre a prometerle que no permitiría que su hija contrajera matrimonio con nadie que no fuera de estirpe real.

—Vamos, olvidemos todo eso por el momento, ¿de acuerdo? Ya tendremos tiempo de hablarlo más adelante.

Parker estaba empeñado en no dejarla escapar si se enamoraba de ella, como empezaba a hacer; no pensaba permitir que se le fuera de las manos. Era demasiado encantadora, demasiado especial, para plantearse una simple aventura con ella. No pretendía pedir su mano, pero estaba seguro de que no iba a dejarla escapar, fueran cuales fuesen esas obligaciones debidas a su padre y a la empresa familiar. Todo eso le parecía absurdo. Y como no quería discutir de ello, la atrajo hacia sí para estrecharla entre sus brazos y besarla de nuevo. Christianna sintió como si cayera en un sueño. Se decía a sí misma que ya estaba advertido, había procurado ser justa con él o al menos ponerlo sobre aviso. Una vez hecho esto, se abandonó a aquel beso, sin el menor deseo de oponer resistencia.

11

El idilio entre Parker y Christianna, en un principio impercep-
tible, fue creciendo y también la necesidad de discreción por
parte de ambos, pues su relación era cada vez más estrecha y
apasionada. Para ninguno de los dos se trataba de una simple
aventura sexual. Estaban enamorándose. De hecho, apenas entrado mayo, ya estaban los dos enamorados. Perdidamente.
Todo el tiempo libre del que disponían lo pasaban juntos, se hacían visitas varias veces al día, se sentaban juntos en todas las
comidas. Y dada la estrecha convivencia en el campamento de
Senafe, era inevitable que a las pocas semanas, días incluso, los
demás compañeros se percataran de aquel cambio en su relación.

Como era de esperar, la primera en advertirlo fue Fiona.
Para entonces, la joven irlandesa conocía a fondo a Christianna, o al menos eso creía; además, tenía buen olfato para las relaciones humanas. Notaba a su amiga mucho más reservada
últimamente, menos comunicativa. Al principio temió que estuviera incubando alguna enfermedad. A veces así se manifes-
taban los primeros síntomas. Preocupada por ella, llevaba observándola de cerca desde hacía unos días —la pareja había
iniciado su relación semanas atrás— cuando vio a los dos tortolitos, caminando de regreso al campamento tras uno de sus paseos vespertinos, felices los dos y con una sonrisa culpable en el

rostro. Fiona rió para sus adentros y, esa noche, no pudo resistir tomarle el pelo a Christianna al respecto.

—Yo, que estaba tan preocupada pensando si habrías pillado la malaria o la fiebre negra... y resulta que la niña se nos ha enamorado. ¡Vaya con la pequeña Cricky, así me gusta! ¡Enhorabuena!

Christianna se sonrojó y al principio pensó en negarlo todo, pero al percibir la complicidad con que Fiona la miraba, no pudo por más que sonreír.

—Bueno, bueno... no exageremos. Por el momento no es más que una bonita amistad.

—¡No me vengas con cuentos, guapa! He visto cómo os mirabais. He conocido a parejas que se iban de luna miel menos acarameladas que vosotros. Si hoy durante el paseo os hubiera asaltado un león, no creo que os hubierais dado cuenta siquiera... ¡ni aunque hubiera sido una serpiente! —bromeó y no iba tan desencaminada.

Christianna no se había sentido tan feliz en su vida, pese a que diariamente se recordaba a sí misma que aquello tendría que terminar algún día. Por otra parte, Parker tenía que regresar a Harvard en junio. Disponían de dos meses para gozar de su idílico romance en el mágico entorno donde había dado comienzo; luego, todo habría terminado. Christianna, sin embargo, procuraba olvidarse de ello cuando estaba en su compañía.

—Es tan maravilloso —le confesó, mirándola como una niña enamorada.

Fiona se alegró. Disfrutaba viendo felices a los demás y estaba encantada por su amiga.

—Si hay que fiarse de las miradas, y mi intuición en este caso me dice que no me equivoco, yo diría que está loquito por ti. ¿Cuándo empezó todo?

—Hace unas semanas.

La noche anterior a la marcha de Laure lo habían pasado particularmente bien juntos. El campamento celebró una fiesta en su honor, y Laure se despidió de ellos transformada en una mujer completamente distinta. Los abrazó a todos con lágrimas en los ojos y prometió que seguiría en contacto, sobre todo con Cricky, a quien, sin lugar a dudas, debía el haberse armado de valor para abrir su corazón a Antoine.

—No sé decirte en qué momento exactamente. Pasó y ya está —acertó a decir Christianna.

Ni siquiera era capaz de explicárselo a sí misma. Por primera vez en su vida, estaba de verdad enamorada.

Y Parker también aseguraba estarlo. Al parecer había mantenido una única relación seria anteriormente, mientras hacía las prácticas de medicina. Ella era médico residente y él interino. Vivieron juntos un tiempo, pero a los pocos meses ambos comprendieron que se habían equivocado y quedaron como amigos. Según él, y Christianna confiaba en su palabra, no había habido ninguna otra relación seria en su vida, ni antes ni después de aquello. El trabajo que llevaba a cabo en Harvard lo absorbía por completo. Y ahora, en Senafe, descubría el amor por vez primera, al igual que ella. Christianna no podía disimularlo; su rostro la delataba.

—¡Oh, cielos, pero si esto va en serio! —exclamó Fiona, estupefacta.

Ya se lo había imaginado esa tarde, al ver las miraditas que intercambiaban los dos cuando volvían del paseo.

—No —replicó Christianna con firmeza y repentina pesadumbre—, no va en serio. Es imposible. Ya le advertí desde un principio, antes de que empezáramos la relación, que debo volver a mi país para asumir mis responsabilidades. Yo nunca podría vivir en Boston, y él tampoco podría venir conmigo a Liechtenstein. Mi padre nunca aprobaría la relación.

El rostro de Christianna no dejaba traslucir la más mínima duda.

—¿Con un médico? —Fiona la miró de hito en hito. Sus padres habrían estado encantados—. Pues me parece que tiene unas aspiraciones un tanto exageradas.

—Quizá sí —dijo Christianna en voz queda, respondiendo

con la misma vaguedad que había empleado al hablar con Parker de la cuestión—. Pero él es así. Tiene sus motivos. Es complicado —añadió con pesadumbre.

—No puedes sacrificar tu vida por tu padre —la reprendió Fiona, preocupada por aquella declaración y por la estoica resignación de su amiga—. ¡Por Dios, ni que estuviéramos en la Edad Media! Es un chico maravilloso, con una posición excelente. Está intentando salvar a la humanidad del azote del sida, y desde una de las instituciones académicas y médicas más prestigiosas del mundo. ¿Qué más se puede pedir?

—No es solo eso —afirmó Christianna con una sonrisa y el semblante repentinamente alegre—. Además es increíblemente bueno, una excelente persona, y lo quiero... y él a mí.

Se la veía locamente enamorada.

—Entonces, ¿a qué viene esa bobada de que la relación tiene que terminar aquí?

—Esa es otra cuestión —respondió Christianna.

Tras dejarse caer en su camastro con un suspiro, se quitó las botas. De vez en cuando, lamentaba no poder lucir zapatos bonitos. Le habría encantado ponerse unos zapatos de tacón para Parker, pero el campamento no era el lugar más apropiado.

—Es difícil de explicar —insistió Christianna y siguió enumerando las bondades de Parker ante la divertida mirada de Fiona.

—Por lo que oigo, creo que más te vale salir huyendo de casa en cuanto vuelvas. Dicen que Boston es una ciudad muy bonita. Tengo familia allí. —Ese dato no sorprendió a Christianna pues, como todo el mundo sabía, la gran mayoría de habitantes de Boston era de origen irlandés—. Yo que tú, me iría a vivir con él.

—Aún no me ha propuesto que lo haga —repuso Christianna, haciendo remilgos.

Luego pasaron a hablar de otras cuestiones, incluidos sus respectivos planes para cuando regresaran a su país. Parker no soportaba oír a Christianna hablar de ese asunto. Seguía pensando que sonaba a condena.

—Ya te lo propondrá, ya —dijo Fiona, convencida—. Hoy, cuando os he visto juntos, me ha parecido como ido, embobado contigo. Y ahora que lo pienso, hace tiempo que veo que te mira de ese modo. Yo creía que estaba abrumado por el entorno y por la saturación de trabajo. Ahora comprendo que eras tú la culpable de ese embobamiento. —Las dos se echaron a reír—. ¿Y entonces qué piensas hacer, Cricky? —le preguntó con mirada inquisitiva.

—Aún es pronto para preocuparse de esas cosas.

Pero ambas eran conscientes de que Christianna estaba levantando una muralla, no entre ella y el joven médico americano, sino entre ellos y su posible futuro en pareja. Fiona no podía comprender el motivo, pero era evidente que su amiga estaba convencida de que la relación no podía ir más allá de Senafe. La idea la entristeció. Sentía un gran aprecio por ambos.

El idilio entre Parker y Christianna continuó viento en popa. Todas las noches, después de cenar con los demás compañeros, pasaban largos ratos juntos. Daban paseos, charlaban, se contaban anécdotas de sus respectivas infancias, de su pasado. Christianna, evidentemente, se veía obligada a retocar un poco las suyas, pero en esencia compartía con él sus sentimientos más íntimos y todos sus pensamientos. Se veían por la mañana temprano para desayunar y a mediodía iban juntos al comedor a buscar algo para picar. Para mayo, cuando la primavera africana daba ya paso al verano, el romance estaba en su pleno apogeo, aunque por muy profundo que fuera el amor que ambos se profesaban, ni el uno ni el otro permitían que interfiriera en su trabajo. Es más, podía decirse que aún trabajaban con más ahínco, más felices de lo que nunca habían estado en su vida. Era innegable que juntos aglutinaban mayor fuerza incluso que por separado. Su presencia, ya fuera en pareja o en solitario, hacía felices a los demás, y todos convenían en que ambos eran individuos excepcionales, que habían aportado algo muy especial al campamento. Si Christianna encarnaba la bondad, la gracia, la compasión y el don de gentes, Parker representaba la gentileza, la inteligencia y una extraordinaria competencia profesional. Brillantes ambos, divertidos por igual, sabían aportar gracia y chispa a cualquier reunión. Como decía Fiona, hacían una pareja perfecta, aunque cada vez que así se lo mencionaba a Cricky, le parecía detectar tristeza en su mirada. Por alguna razón, algo le impedía plantearse un futuro con él o siquiera hablar de la cuestión. Con Parker, Christianna solo podía o quería hablar del presente. Él se había acostumbrado ya a eludir la cuestión de un posible futuro en común o de un reencuentro una vez regresaran a sus respectivos países. Vivían el día a día, simplemente, cada vez más enamorados, y felices de compartir su trabajo y su vida en aquel extraordinario entorno, rodeados de gente a la que tanto amaban.

La relación se mantuvo casta a lo largo del primer mes, hasta que finalmente solicitaron permiso para ausentarse un fin de semana juntos. Nadie solía abandonar el campamento en su día libre, aun cuando había parajes maravillosos que visitar en la zona. Generalmente, el personal del campamento dedicaba sus horas de ocio a ayudar a los lugareños en todo lo que estuviera en su mano. Geoff dijo no tener inconveniente en que se tomaran un par de días libres, dado que, desde el punto de vista de la asistencia médica, ni el uno ni el otro eran imprescindibles en el campamento. Christianna era una trabajadora incansable, siempre dispuesta a aportar su granito de arena con entrega y dedicación. Y aunque Parker pasaba consulta con Mary y Geoff y les ayudaba con los diagnósticos, su trabajo se centraba principalmente en la investigación. De Fiona habría sido mucho más difícil prescindir, puesto que era la única comadrona con la que contaban. O de Mary o Geoff, los únicos médicos del campamento, o de Maggie, como única enfermera.

Tras hablar con los demás y recabar información sobre los alrededores, decidieron visitar Metera y Qohaito, ambas localidades situadas en un radio de cincuenta kilómetros del campamento. Metera era conocida por sus extraordinarias ruinas, que databan de dos mil años atrás, y las de Qohaito, también de singular belleza, se remontaban al reinado aksumita. Una vez en Qohaito tenían previsto visitar también la presa de Aspira, a su vez con dos mil años de antigüedad. Bajo Eritrea yacían restos de un sinfín de civilizaciones antiguas, muchas de ellas aún en proceso de excavación, y otras que apenas empezaban a ver la luz. Los dos estaban entusiasmados con el viaje. Como primera aventura juntos, sonaba maravillosa, casi como una luna de miel. Alguien les dio referencias de un par de pequeños hostales donde alojarse que sonaban muy románticos. Klaus y Ernst, al principio de llegar a Senafe, habían hecho algunas escapadas por la zona, que recomendaron encarecidamente a la pareja. Tenían previstas también otras dos visitas: una a Keren, al norte de la capital, y otra a la ciudad portuaria de Massawa, donde podrían practicar el esquí acuático en aguas del mar Rojo.

Pero antes de partir, Christianna tenía que lidiar con un único obstáculo: un furtivo conciliábulo con Samuel y Max. Sabía que se opondrían frontalmente a dejarla ir de viaje sola con Parker. Tras más de dos horas de discusión, ninguno de los dos había cedido un ápice.

—¿Por qué no le dice simplemente que nos gustaría acompañarles? —propuso Samuel, mirándola resuelto.

Habían peleado ambos con uñas y dientes, pero Christianna comprendía que era su deber, pues respondían de ella ante su padre. Era injusto pedirles que le guardaran el secreto, pero lo hizo de todos modos. Tanto Samuel como Max sabían perfectamente que si algo le ocurría a la princesa, aunque fuese fortuito, cargarían con toda la culpa, tal vez incluso acabarían en la cárcel. Era mucho lo que les estaba pidiendo, aunque aún no habían informado a su padre del romance que mantenía con Parker. Habían decidido de común acuerdo no mencionarle nada sobre el asunto. Como concesión a la princesa.

—¡No! —exclamó Christianna empecinada—. No quiero compañía, ni Parker tampoco. Eso lo estropearía todo.

Además, Metera y Qohaito estaban muy cerca del campamento. Los ojos de Christianna se llenaron de lágrimas por tercera vez en el transcurso de la discusión, pero Sam y Max siguieron en sus trece. Les iba la cabeza en ello.

—Mire, alteza —saltó Max por fin, comprendiendo que había llegado la hora de expresarse con franqueza. Hasta el momento, ningún razonamiento había surtido efecto—. No nos importa con quién vaya, ni qué haga, ni las razones por las que desea emprender este viaje. Eso es de su incumbencia, y de la de Parker; a nosotros no nos atañe.

Por suerte, ambos tenían al joven médico en gran estima, pero ella les estaba pidiendo que arriesgaran su trabajo y, lo que aún era peor, tal vez la vida de la princesa.

—No informaremos al príncipe de los pormenores del viaje, diremos solo que se trata de una visita turística. No es necesario que sepa nada más. Pero si no la acompañáramos y algo le sucediera...

No fue preciso que terminara la frase, Christianna lo entendía perfectamente. Y sus razones parecían justas. Pero no para una chica de veintitrés años enamorada.

—¿Para qué comunicarle que voy a ninguna parte o que salgo del campamento siquiera? Y no vuelvas a llamarme alteza —le recordó—. Hace años que Eritrea vive en paz. Tal vez la tregua con Etiopía sea precaria, pero no se ha producido ningún hecho desagradable ni remotamente peligroso desde que estamos aquí, ni desde hace muchos años. No va a ocurrir nada, os lo prometo. No nos pasará nada. Os llamaré por teléfono en cuanto tenga oportunidad, y si surge algún motivo de inquietud, siempre podéis desplazaros hasta allí. Pero por favor, os lo suplico, dejadme unos días, por una vez en la vida. Max... Sam... de verdad, es mi última oportunidad. Una vez en casa, nunca podré disfrutar de nada parecido... Os lo suplico... por favor...

Christianna los miraba suplicante; las lágrimas caían por sus mejillas. Max y Sam no sabían cómo salir del aprieto. Querían ayudarla, pero tenían miedo.

—Lo pensaremos —dijo Samuel por fin, incapaz de reflexionar viendo su congoja.

Ambos sentían un gran aprecio y respeto por la princesa, pero les estaba pidiendo que violaran las condiciones de su trabajo y el motivo fundamental que los había llevado a acompañarla a Senafe.

Christianna se alejó en silencio, visiblemente perturbada. Fiona la vio ir hacia el dormitorio, llorando sin recato.

—¿Qué ocurre? —preguntó y la rodeó con el brazo, ofreciendo de inmediato su apoyo y comprensión—. ¿Te has peleado con Parker? ¿Habéis cancelado el viaje?

Christianna no podía contarle lo ocurrido y se limitó a sacudir la cabeza ante las bienintencionadas preguntas de su amiga. Tampoco a Parker le mencionó nada sobre el asunto, pero este la notó tan visiblemente apagada durante la cena que se preocupó.

—¿Estás bien? —le preguntó con delicadeza.

Christianna tuvo que hacer un esfuerzo para no echarse a llorar de nuevo. Pero no podía contarle el motivo de su aflicción, ni tampoco advertirle que era muy probable que Max y Sam les acompañaran en el viaje, y con ello lo fastidiaran todo. No se veía con ánimos para decírselo hasta que fuera un hecho consumado. Pero estaba casi segura de que ninguno de sus guardaespaldas daría su brazo a torcer. Se jugaban demasiado en ello, y tal vez también ella.

—Sí, no es nada... perdona... es que me ha entrado dolor de cabeza en la cena.

La respuesta no convenció a Parker. La conocía muy bien. Se le ocurrió que tal vez estuviera incubando alguna enfermedad tropical, aunque no tenía mal aspecto. Acostumbrado a la natural jovialidad de Christianna, aquel abatimiento le hizo recelar al instante.

—¿Te preocupa nuestra escapada? —preguntó con mucho tacto.

Pensó que quizá de pronto había cambiado de parecer respecto a aquel viaje en pareja. Quizás incluso era virgen y la sola idea de acostarse con él la inquietaba profundamente. Antes de que Christianna respondiera a su pregunta, le dio un beso y la rodeó con sus brazos.

—Sea lo que sea lo que te preocupa, Cricky, estoy seguro de que juntos podremos encontrarle solución. ¿Quieres probar a ver? —Parker bajó la vista hacia ella con el amor y la ternura con los que un padre habría mirado a su hija, lo cual desgarró aún más el corazón de Christianna. Lo único que ella deseaba era hacer aquel viaje con él a solas.

Estaba a punto de contárselo, cuando Max le hizo una señal a espaldas de Parker; había una urgencia evidente en su ademán. Abrazada a Parker, sin moverse, asintió con la cabeza en dirección a su guardaespaldas, y le indicó que se reuniría con él enseguida. Luego se deshizo lentamente del abrazo de Parker y, para gran pesar de este, le dijo que regresaría en un instante: había olvidado comunicarle algo urgente a Max. Algo sobre unos medicamentos que estaban intentando localizar en Senafe. Parker no hizo más indagaciones; fue a sentarse a la espera. Al poco llegó Ushi, acompañada de Ernst, y los tres se pusieron a charlar amigablemente, mientras Cricky entraba en el desierto comedor con Max y Sam.

—¿Qué? —Christianna parecía impaciente, y sus dos escoltas, nerviosos.

Max habló en nombre de ambos.

—Es probable que acabemos en la cárcel por esto, pero hemos decidido que puede salir de viaje sola.

Habían tomado esa determinación teniendo en cuenta que la pareja se movería por zonas pacíficas; además, ambos eran conscientes de que se trataba de una oportunidad única para la princesa. Cuando regresara a Liechtenstein, ya nunca más podría ir sola a ninguna parte. Nunca. Dejarla salir de viaje con Parker era un regalo que le hacían. Y teniendo en cuenta las circunstancias y el itinerario de la excursión, ambos creían que en compañía de Parker no correría peligro; él se encargaría de protegerla. Era un hombre muy responsable, sabían que estaría en buenas manos.

—Solo hay una condición, bueno, dos —añadió Max con una sonrisa; también su compañero sonreía—. La primera, condición imprescindible, es que lleve en su equipaje un transmisor y una pistola.

Cabía la posibilidad de que la comunicación por radio no fuera fiable en la zona y tuviera dificultades para ponerse en contacto con ellos, pero la pistola era infalible, y sabían que Christianna era perfectamente capaz de hacer uso de ella en caso necesario. La princesa era una excelente tiradora y sabía bastante de armas.

—La segunda condición es que queremos que sea consciente de que si algo le sucediera en este viaje, antes nos quitaríamos la vida que enfrentarnos a su padre. Así que piense que no tiene una vida en sus manos, sino tres.

Ambos sabían que aquello era una absoluta locura, que iba en contra del propósito que los había llevado hasta allí, pero decidieron correr el riesgo por ella, para brindarle la oportunidad de un fin de semana a solas con su pareja. Christianna, plenamente consciente de lo que aquella decisión suponía para ambos, se arrojó al cuello de Max primero y después al de Sam, con lágrimas que nuevamente caían por sus mejillas. Lágrimas de alegría en esa ocasión.

—Gracias, gracias... gracias... —dijo embargada por la emoción y la dicha.

Luego salió corriendo de allí para regresar con Parker, que aguardaba sentado con los demás compañeros. Al instante percibió la alegría en los ojos de Christianna.

—Vaya, Cricky, se te ve contenta —dijo, alegrándose. La angustia de hacía unos momentos parecía haberse esfumado, aunque ignoraba el motivo—. ¿Qué te ha dicho Max para cambiar así de pronto?

—Nada. Le localicé los medicamentos que andaba buscando, y me ha pagado lo que me debía de las partidas de póquer. ¡Ahora soy rica!

—Al cambio actual, dudo que esos *nafkas* sean como para

echar cohetes, pero no quisiera ser aguafiestas, si tan feliz te hace.

Fuera por lo que fuese, Parker estaba encantado de verla contenta de nuevo. Christianna estuvo flotando en una nube hasta el día de su marcha. Dos días más tarde, emprendieron camino hacia Qohaito. Tal como Fiona había anticipado, la escapada fue para Christianna como una luna de miel, y también para Parker.

Habían tomado prestada una de las destartaladas tartanas del campamento, con la que lentamente fueron abriéndose camino por aquellos parajes como dos niños en pos de una aventura. Christianna nunca había disfrutado de un viaje tan romántico, y a medida que pasaban las horas, conocía mejor a Parker y sentía crecer su cariño hacia él. Hicieron el amor la primera noche en una modesta pensión, entregándose por completo el uno al otro, con todo el amor acumulado desde el comienzo de su arrollador idilio.

Fue como una luna de miel; iban de un enclave a otro, a cual más hermoso, acumulando recuerdos como quien recoge flores. Lo estaban pasando de maravilla. Planeaban pasar tres días fuera, y fue en la segunda noche del viaje cuando Parker descubrió la pistola, guardada en un pequeño estuche, dentro de la maleta de Christianna. Ella le había pedido que le pasara el camisón, olvidando lo que había oculto entre sus pliegues. Parker se quedó inmóvil con la pistola en la mano, sin saber qué pensar.

—¿Siempre vas armada? —le preguntó, devolviendo la pistola a la maleta con mucho cuidado.

Ignoraba si estaba cargada, aunque tampoco habría sabido detectarlo; las armas no eran lo suyo. Su misión era curar a la gente, no matarla. Pero tampoco imaginaba a Christianna manejando un arma. Estaba verdaderamente sorprendido.

—No —respondió Christianna divertida y tomó el camisón que él le tendió mientras salía de la bañera. A decir verdad, no sabía por qué se molestaba en ponérselo, porque, de todos modos, a los cinco minutos de meterse en la cama acabaría tirado en el suelo para el resto de la noche—. Qué va. Me la dio Max, por si surgía algún problema.

—No creo que yo fuera capaz de disparar contra nadie —repuso él con aprensión—. ¿Tú sí?

Christianna no mencionó que tenía una excelente puntería, aunque tampoco ella era amante de las armas. Su padre la había obligado a aprender a manejarlas.

—Lo dudo. Pero Max me la dio con la mejor intención. La metí en la maleta sin pensarlo y no había vuelto a acordarme de ella —añadió, restándole importancia, y se le colgó del cuello para besarlo.

—¿Está cargada?

La explicación de Christianna no había convencido a Parker. Lo decía como si tal cosa, y su explicación se le antojaba demasiado precipitada.

—Probablemente.

Christianna sabía que estaba cargada, pero no quería asustarlo.

Parker la atrajo hacia sí y, estrechándola en sus brazos, la miró fijamente a los ojos. Sabía que ocultaba algún secreto. La conocía ya muy bien.

—Cricky, hay algo que no me estás contando, ¿verdad? —le preguntó con voz serena. Christianna no apartó la mirada y, tras vacilar un largo rato, finalmente asintió con la cabeza—. ¿Quieres decírmelo ahora?

Parker seguía asido a su cuerpo, a su corazón y, en ese momento, a sus ojos.

—No, ahora, no —respondió en un susurro, aferrándose a él.

Sabía que si se sinceraba con Parker en ese momento, estropearía el viaje. Era inevitable. Algún día no tendría más remedio que contarle que regresaba a su vida de princesa, para servir a su pueblo y a su padre, el príncipe soberano, y que en esa vida no había lugar par él. Pero en ese momento no se sentía con ánimos.

—Aún no.

—¿Cuándo piensas hacerlo?

—Antes de que nos marchemos de Senafe, sea quien sea el que se vaya antes.

En principio el primero en partir debía ser él. Parker asintió con la cabeza. Había decidido no presionarla. Intuía que se trataba de algo importante y doloroso que la angustiaba. Así parecía insinuarlo la tristeza que de vez en cuando veía reflejada en sus ojos. Aquella expresión de dolor, de pena y resignación. Parker no deseaba que Christianna le revelara su secreto a la fuerza, quería que se lo ofreciera voluntariamente, cuando estuviera preparada. Y ella agradeció de todo corazón su comprensión. Verdaderamente era un hombre singular; en ese momento lo quiso más que nunca, agradecida por tan benevolente manifestación de amor.

El resto del viaje fue todavía más hermoso de lo que esperaban o imaginaban. Emprendieron el regreso de mala gana, cargados con millones de fotografías, y entraron tranquilamente en el campamento el lunes, a última hora de la tarde, con la sensación de llevar meses ausentes. Parecía verdaderamente que regresaran de su luna de miel. Christianna se sentía casada con él en lo más íntimo de su ser. Al bajarse del coche, Parker la besó y le llevó el equipaje hasta el barracón. Christianna no soportaba saber que esa noche no podría dormir con él ni despertar a su lado a la mañana siguiente. Aquello se le antojaba un castigo.

Fiona fue la primera en verlos entrar de nuevo en el campamento y los recibió con una sonrisa. Acababa de regresar de un parto complicado, que había terminado felizmente, pero se había prolongado todo el día. Parecía cansada, pero contenta de verlos, como siempre.

—¿Qué tal ese viaje? —les preguntó con una sonrisa fatigada.

Envidiaba su situación, pero los apreciaba demasiado a ambos para que su sentimiento fuese algo más que una sana envidia. Y era tan bonito verlos felices, porque eso saltaba a la vista, habían entrado en el campamento radiantes.

—Perfecto —respondió Christianna, mirando de soslayo a Parker, como para que él así lo corroborara.

—Sí, ha sido maravilloso —afirmó él, mirando con orgullo a Christianna.

—¡Qué suerte tenéis, granujas! —bromeó Fiona, y seguidamente Christianna y Parker le relataron los pormenores de su escapada, aunque evitando ciertos aspectos, naturalmente.

Esa noche, durante la cena, todos hicieron broma a costa de la joven pareja. Sam y Max por fin parecían respirar tranquilos. Nada más llegar, Christianna había ido a darles las gracias efusivamente y a devolverle la pistola a Max. Los dos la abrazaron cariñosamente, dichosos de volver a verla sana y salva. El fin de semana había sido un suplicio para ellos, y Christianna les expresó nuevamente su reconocimiento por el gran detalle que habían tenido con ella permitiéndole realizar aquel viaje a solas con Parker.

—Sí, pero que no se repita cada fin de semana —contestó Max con una sonrisa lánguida mientras guardaba la pistola en el bolsillo.

—Prometido —contestó Christianna.

Sin embargo, en el camino de vuelta, Parker y ella habían hablado de hacer una segunda excursión juntos. La próxima vez irían a Massawa, para así poder practicar algún deporte acuático. Ese era el puerto codiciado por Etiopía desde hacía años.

La cena esa noche fue muy animada; estaban todos muy contentos. Parker y Christianna parecían más unidos que nunca. Los tres días juntos, durmiendo en la misma cama, habían afianzado su amor. Cuando llegó el momento de retirarse a sus respectivos barracones, a Christianna le costó un trabajo ímprobo despedirse de él y durmió mal toda la noche. A las seis de la mañana del día siguiente, ellos fueron los primeros en ir a desayunar y los dos se fundieron en un abrazo, como amantes que llevaran largo tiempo sin verse. Parker le confesó que ya no podía imaginar la vida sin ella. Pero lo peor era que tampoco Christianna, y para ella era peligroso tener ese sentimiento. A la larga, ese apego hacia él le rompería el corazón. Pero ya era tarde para preocuparse por eso.

A últimos de mayo, Parker fue a la oficina de correos de Senafe con Samuel y Max, que tenían previsto ponerse en contacto con el príncipe. Parker llamó por teléfono al catedrático que dirigía sus investigaciones en Harvard y consiguió prorrogar la estancia en África hasta finales de julio. Alegó que su trabajo allí y la información que estaba recabando así lo requerían, que sería un error precipitar las cosas y marcharse en junio como en principio estaba previsto. El catedrático confió en su palabra y dio su permiso para que se quedara hasta últimos de julio, o incluso agosto si lo consideraba conveniente. Parker colgó el auricular y dio un grito de júbilo. Lo único que deseaba era seguir en Senafe con Christianna. Sam lo acompañó a la calle para que diera rienda suelta a su alegría y así Max pudiera hablar tranquilamente. No quería que lo oyera llamar a palacio ni preguntar por «Su Alteza Serenísima». Parker siguió a Sam feliz y contento, y Max efectuó la llamada pertinente al príncipe, en la que le comunicó que todo iba bien y que su hija se encontraba perfectamente. Christianna solía ir una vez por semana a Senafe para hablar directamente con él, y su padre siempre le hacía saber lo mucho que la echaba de menos y las ganas que tenía de que regresara. Cuando oía su voz a Christianna siempre le entraban remordimientos, pero nunca hasta el punto de desear abandonar África. Ni mucho menos. Además, estaba tan feliz con Parker que no habría podido ir a ninguna parte sin él. Procuraba por todos los medios aferrarse a aquel mundo idílico el mayor tiempo posible. Inevitablemente, lo suyo con Parker tendría que terminar algún día, pero aún no estaba preparada para ello, no podía concebirlo siquiera. Sin embargo, en algún momento tendrían que enfrentarse a la situación, y sabía que no tendría más remedio que contarle la verdad a Parker. Solo rezaba por que ese día tardara mucho en llegar.

Parker hizo el camino de vuelta al campamento de un humor excelente. Nada más llegar corrió a contarle la buena noticia a Christianna, que se mostró tan ilusionada como él. Le arrojó los brazos al cuello, y Parker la alzó del suelo como si fuera una pluma y la hizo girar en el aire. Ese día había llegado el correo al campamento y todos estaban de buen humor. Christianna salió a dar un paseo con Parker al terminar la jornada, y hablaron de ir a Massawa, excursión que no les había dado tiempo a hacer, pero que aún tenían en mente.

Al regresar del paseo, cada uno regresó a su respectivo barracón, inconveniente que ambos encontraban igualmente fastidioso. Christianna se moría por pasar de nuevo la noche con él y hacer otra escapada. Hablaron también de la posibilidad de instalarse en una tienda aparte juntos. Aun con todo, Christianna estaba entusiasmada con la buena nueva y la prórroga concedida por Harvard. Iba a contárselo a Fiona, que encontró tumbada en su camastro leyendo una revista, cuando advirtió que su amiga estaba terriblemente pálida. Por un momento le preocupó que pudiera haber caído enferma. Fiona alzó los ojos hacia ella, pero no le dirigió la palabra durante un buen rato. La piel lechosa de su querida amiga se volvía casi translúcida fácilmente, en cuanto se sentía mal o estaba molesta o encorajinada por algo. Todo el campamento solía burlarse de su irascible temperamento. En cierta ocasión, presa de un ataque de rabia, le dio por patalear como una posesa, aunque luego no pudo evitar reírse de sí misma. Esta vez estaba tan pálida como en aquella ocasión.

—¿Te encuentras bien? —le preguntó Christianna, preocupada. Saltaba a la vista que no. Fiona dejó a un lado la revista y la fulminó con la mirada—. ¿Qué pasa?

—Dímelo tú —respondió enigmática y le tendió la revista que sostenía en las manos para que ella misma lo viera.

Christianna, ignorando el motivo de su alteración, agarró la revista y le echó una ojeada. El motivo saltaba a la vista: una imagen de Christianna y su padre, tomada cinco meses atrás durante la boda a la que habían asistido en París antes de que ella emprendiera su viaje a África en enero. Christianna lucía el traje de fiesta de terciopelo azul y los zafiros de su madre. El pie de foto rezaba simplemente: «Su alteza serenísima, la princesa Christianna de Liechtenstein, con su padre el príncipe soberano Hans Josef». Se quedó muda. Aquellas palabras lo decían todo.

El rostro de Christianna adoptó instantáneamente la misma palidez que el de Fiona. No había nadie más en el dormitorio en ese momento. Menos mal, pensó Christianna. No era una noticia que deseara compartir con nadie, ni siquiera con su amiga. En *Majesty*, que así se llamaba la revista que Fiona estaba leyendo, se narraban todas las idas y venidas de las casas reales europeas; Christianna había salido en ella a menudo. El descubrimiento de su amiga la dejó consternada. Al parecer su madre se la mandaba regularmente desde Irlanda. Era imposible que la imagen de Christianna saliera publicada en ejemplares recientes, pero aquella foto se remontaba a cinco meses atrás. Christianna no había contado con esa posibilidad.

—¿Harás el favor de explicármelo? —saltó Fiona furiosa—. Creía que éramos amigas. Y resulta que ni siquiera sabía quién eras. Con que tu padre se dedicaba a las relaciones públicas... ¡tiene narices!

Fiona no concebía que existieran secretos entre amigas. Estaba furiosa y, evidentemente, se sentía traicionada. Christianna, viendo la reacción de Fiona, temió aún más cómo recibiría Parker la noticia.

—Bueno, hasta cierto punto son relaciones públicas —repuso Christianna con voz apagada y todavía pálida—. Pero por supuesto que somos amigas, Fiona... cuando la gente sabe quién soy, todo cambia. No quería que eso ocurriera aquí. Por una vez en la vida, pretendía ser una más.

—Me has mentido —replicó Fiona, arrojando la revista al suelo.

—No te he mentido. Te lo he ocultado. No es lo mismo.

—¡Y una porra! —exclamó rabiosa, mirando a Christianna, furibunda. No solo se sentía traicionada, sino encima tonta—. ¿Lo sabe Parker? —preguntó, con más rabia aún. Tal vez los dos se habían burlado de ella a sus espaldas.

—No, no lo sabe —respondió Christianna con lágrimas en los ojos—. Mira, yo te quiero, Fiona. Claro que somos amigas, pero mi relación contigo y con los demás no habría sido la misma si se hubiera sabido quién soy. Mírate a ti misma ahora. Me lo estás demostrando en este instante.

—¡Y una mierda! —saltó Fiona rabiosa—. Si estoy cabreada es porque me has mentido.

—No tenía otra opción, de lo contrario no habría servido de nada venir a África. ¿Crees que me apetecía que todo el campamento me lamiera el culo, que estuvieran pendientes de mí a todas horas, alteza serenísima por aquí, alteza serenísima por allá, sin dejarme hacer nada de provecho y ni siquiera poder comer un bocadillo sin antes ponerme un mantelito? Esta es la única oportunidad que se me ha brindado en la vida, la primera y la única, de vivir como una persona normal y corriente. Tuve que suplicarle a mi padre casi de rodillas que me dejara venir. Y cuando me vaya de aquí, todo habrá terminado para mí. Tendré que ser esa otra persona el resto de mi vida, me guste o no. Y no me gusta. Pero es mi deber. Ya nunca más volveré a vivir como una persona «de verdad». ¿No podrías hacer al menos un esfuerzo por comprenderme? No sabes lo que se siente. Es como vivir en una cárcel. De por vida. Como estar condenada a cadena perpetua, hasta que muera.

Así lo sentía Christianna sinceramente, y era triste oírla. Las lágrimas caían por sus mejillas. Fiona la miró fijamente, en silencio durante un buen rato, hasta que por fin el color fue regresando poco a poco a su rostro. Había escuchado las palabras de su amiga, pero ni siquiera cuando oyó que sofocaba un sollozo había dicho nada. Christianna no volvió a intentar convencerla, se quedó llorando, con todo el peso de la corona, visible o no, desplomándose nuevamente sobre ella, incluso en África.

—¿Y quiénes son esos dos exactamente, Max y Sam? —le preguntó Fiona con mirada recelosa, enfadada aún, pero no tanto como antes.

Costaba comprender que para su amiga aquello fuera una desgracia. A ella le parecía una suerte, pero viendo la angustia en los ojos de Christianna, empezaba a vislumbrar que tal vez no fuera tan divertido como lo pintaban las revistas. Hasta entonces, Fiona siempre había envidiado a los personajes que figuraban en sus páginas.

—Son mis escoltas —respondió Christianna en voz baja, como si confesara un terrible delito.

—Mierda. Y yo intentando llevarme a Max a la cama todos estos meses. Sin éxito ninguno, por cierto —añadió, retomando por un instante, aunque no por completo, el sentido del humor que la caracterizaba—. Si llego a echarle el valor de ligármelo en toda regla, igual me hubiera descerrajado un tiro.

—Qué va, mujer.

Y entonces Cricky sonrió a su vez, recordando la noche en la que Parker había descubierto la pistola envuelta en su camisón. Le contó la anécdota a Fiona, y las dos se echaron a reír.

—Qué cabrona —exclamó irreverente, sin el menor respeto por el título ni el supuesto abolengo de su amiga—. ¡Mira que ocultármelo todo este tiempo!

—No podía decírtelo. Piénsalo. ¿Luego qué? Si te lo hubiera contado, tarde o temprano se habrían enterado todos.

—Te habría guardado el secreto si hubieras querido. ¿Acaso no me crees capaz de guardar un secreto o qué? —replicó Fiona, sintiéndose insultada. Pero de pronto se le ocurrió otra cosa—. ¿Qué piensas hacer con Parker? ¿Se lo vas a decir?

Christianna asintió con pesadumbre.

—Tengo que hacerlo. Se lo diré antes de que se vaya, o de que me vaya yo. Tiene derecho a saberlo. Pero por el momento no quiero. Lo estropearía todo.

—¿Por qué? —le preguntó Fiona, mirándola con cierta perplejidad.

A ella le parecía fascinante pese a todo, aunque Christianna actuaba como si se tratara de una enfermedad mortal, contraída al nacer, genéticamente. Y así lo sentía ni más ni menos.

—A lo mejor le hace gracia saberse enamorado de una alteza serenísima. A mí me gusta cómo suena, queda chulo; igual a él también se lo parece. La princesa de los cuentos de hadas y el apuesto médico bostoniano.

—Tú lo has dicho —repuso Christianna compungida—. Cuando nos marchemos de aquí, todo habrá terminado. No hay vuelta de hoja. Mi padre nunca daría su consentimiento para que me casara con él. Nunca. Estoy obligada a casarme con un príncipe, alguien de estirpe real. Un duque o un conde como poco. Nunca me daría permiso para que siguiera viendo a Parker. Nunca.

Y Christianna tampoco deseaba distanciarse de su padre para siempre.

—¿Y necesitas su consentimiento? —le preguntó Fiona asombrada.

—Para todo. Como también el de sus diputados, para cualquier cosa que se aparte lo más mínimo de lo corriente. Son veinticinco. Y a estos hay que añadir el centenar de miembros del Consejo de Familia, todos ellos parientes míos en mayor o menor grado. Estoy obligada a cumplir órdenes. No puedo hacer lo que se me antoje, en ningún terreno. La palabra de mi padre es ley, literalmente —afirmó con desconsuelo—. Desobedeciéndolo provocaría un escándalo y le rompería el corazón. Y bastante ha sufrido ya con mi hermano. Tiene puestas sus esperanzas en mí.

—Así que será él quien acabe rompiéndote el corazón a ti.

Poco a poco Fiona empezaba a percatarse del conflicto al que Christianna se enfrentaba, y que la acompañaría el resto de sus días. Si acataba las normas, su futuro quedaba en manos de ciento veintiséis personas.

—Tal vez no sea tan divertido como parece —admitió.

Christianna asintió con la cabeza.

—Te aseguro que no lo es. —Entonces apoyó su mano en el brazo de Fiona—. Perdona que te mintiera. No veía otra opción. Geoff es el único que está al corriente y lo ha llevado muy bien. Bueno, también el director de la organización en Ginebra, naturalmente.

—¡Guau! ¡Parece el servicio secreto! —Fiona se acercó a Christianna y la abrazó—. Lamento haberme enfadado tanto.

Estaba muy dolida. Menuda papeleta te queda por resolver con Parker. ¿Estás segura de que no te permitirán verte con él cuando vuelvas a Liechtenstein?

—Segurísima. Quizá una vez, para tomar el té, como antiguos colegas de trabajo, pero nada más. Mi padre me encerraría a cal y canto en cuanto se enterara.

—¿En serio? ¿En una mazmorra o algo así? —dijo Fiona, mirándola con horror, y Christianna se echó a reír.

—Bueno, no tanto. Pero quién sabe. Me obligaría a cortar con él inmediatamente, y yo tendría que hacerle caso. De lo contrario, la prensa terminaría por hacerse eco del escándalo, le partiría el corazón a mi padre y rompería la promesa hecha a mi madre antes de morir. Él no comulga con las ideas de las monarquías modernas que consienten los matrimonios con plebeyos. Según él, es imprescindible mantener la inviolabilidad y la pureza del linaje real. Es absurdo, pero vivimos en un país retrógrado. La mujer solo tiene derecho al voto desde hace veintitrés años. Mi padre tardaría una vida entera en ver las cosas de otro modo —dijo Christianna, desolada.

Amaba con locura a Parker, y él a ella. Su relación estaba condenada al fracaso desde el principio, y él ni siquiera era consciente de ello. A Fiona se le antojó una historia trágica, como de opereta.

—¿Y qué pasa con todos esos que se ven en las revistas, esos príncipes y princesas díscolos que van por ahí saltando de cama en cama y haciendo de las suyas?

—Como mi hermano, sin ir más lejos. A mi padre lo vuelve loco, y de mí nunca toleraría un comportamiento así. Por otra parte, Freddy no pretende casarse con esas mujeres, solo acostarse con ellas. Creo que mi padre lo desheredaría si decidiera casarse con alguna de ellas.

—Y yo sin sospechar nada, no me lo explico —dijo Fiona, incrédula, cuando Christianna le preguntó si le importaba arrancar aquella hoja de la revista y hacerla desaparecer antes de que alguien más la descubriera, particularmente Parker. Fiona se la dio y la hicieron pedazos—. Se quedará destrozado cuando se lo cuentes —advirtió Fiona, sintiendo de pronto pena por los dos.

—Lo sé —dijo Christianna en tono trágico—. Yo ya lo estoy. Supongo que nunca debería haber dado pie a que esto sucediera. No es justo para él. Pero no pude evitarlo. Nos enamoramos.

—Yo diría que tenéis todo el derecho del mundo.

A Fiona le parecía tan injusto todo aquello, ahora que lo pensaba... y el dolor que reflejaba la mirada de Christianna era evidente. Lo sentía también por Parker, cuando se enterara de que su idilio estaba destinado a terminar en Senafe.

—Yo no lo tengo —repuso Christianna.

Fiona se acercó a abrazarla.

—Perdona que me haya puesto hecha una furia. ¿Y si hablaras con tu padre a la vuelta?

—No serviría de nada. Nunca me dejaría tener una relación con un plebeyo, y menos con un americano. Es un retrógrado para esas cosas, se siente muy orgulloso de la gran pureza de nuestro linaje, y de que se haya mantenido así desde hace casi mil años. Tiene otras aspiraciones para su hija que un médico americano.

Incluso a Christianna le sonaba absurdo, medieval casi; sin embargo, esa era la realidad en la que vivía.

—¡Usted perdone! —exclamó Fiona, retomando su habitual sentido del humor.

El descubrimiento había sido todo un bombazo. Para ambas. Christianna seguía conmocionada por el desenmascaramiento, aunque solo lo supiera su amiga Fiona, en quien confiaba. ¿Y si otro ejemplar de la revista llegaba a manos de algún compañero y se lo enseñaba a Parker? Siempre cabía ese riesgo. Christianna se estremeció solo de pensarlo, aun cuando sabía que tarde o temprano Parker tendría que enterarse. Pero prefería que fuese a través de ella. ¿Y si reaccionaba como había hecho Fiona al principio? Puede que le volviera la cara y ya no le dirigiera la palabra nunca más. Aunque quién sabía si al final no sería mejor así, más fácil para ambos despedirse de ese modo, en vez de destrozados por la pena.

—Por cierto —dijo Fiona, arrugando el entrecejo—, y ahora que lo sé, ¿cómo se supone que debo llamarte?

A Christianna le hizo gracia la pregunta.

—¿Qué tal ese «cabrona» de antes? No sonaba mal.

—¿Serenísima cabrona por ejemplo? ¿Cabrona serenísima? ¡No, ya lo tengo, su real cabronaza!

Pese a la gravedad de las circunstancias, las dos cayeron desplomadas sobre sus respectivas camas, desternillándose de risa como dos chiquillas traviesas. Rieron hasta que las lágrimas —de risa, que no de pena en esta ocasión— resbalaron por sus mejillas. Y seguían riendo cuando Mary Walker y Ushi entraron en el barracón. Al preguntarles qué era aquello que les hacía tanta gracia, las dos volvieron a descoyuntarse, incapaces de dar una respuesta coherente.

—Nada, que le decía a Cricky que es una caprichosa insufrible. Le dejo una revista y ella va y arranca una hoja. A veces se comporta como una princesita consentida —dijo Fiona, alzando los ojos al cielo.

Christianna la miró horrorizada.

—¡Serás cabrona! —exclamó, y volvieron a descoyuntarse de risa, ante la mirada perpleja de las otras dos, que salían ya fuera para tomar una ducha.

—Será el calor, que las ha trastornado —dijo Ushi a Mary en broma al salir del barracón.

Christianna y Fiona se sostuvieron la mirada un largo rato. Al final, el hallazgo había logrado afianzar su amistad. Ahora quien preocupaba a Fiona era Parker. Y a Cricky, naturalmente. La noticia iba a suponer un terrible golpe para él.

12

En junio, Christianna y Parker vieron cumplido su deseo de escapar juntos a Massawa un fin de semana. Samuel y Max dieron su permiso una vez más para que emprendiera el viaje sin ellos. Y la pareja lo pasó mejor si cabe que la vez anterior. Disfrutaron intensamente de cada momento, y esa vez, al regresar de su idílico fin de semana, Parker empezó a hablar vagamente de casarse. Ese habría sido el sueño de Christianna, de ser otras sus circunstancias, pero su relación con Parker no podía continuar. Intentó eludir la cuestión, hasta que finalmente tuvo que reconocer ante Parker que le era imposible abandonar a su padre, pues él daba por hecho que regresaría para quedarse y hacerse cargo de los negocios de la familia. Así se lo había hecho saber a Parker en otras ocasiones, pero esta vez él se lo tomó muy mal; estaba visiblemente dolido y enfadado. Le parecía absurdo, y ella también empezaba a verlo así. Pero se debía tanto a su padre como a la historia y a la tradición de su país. Desde la cuna le habían inculcado que debía sacrificarse por su país y por su pueblo y obedecer los designios del soberano en todo momento. Christianna sabía que su padre, e incluso ella, interpretaría su desacato como una traición. No había sido educada para terminar de esposa de un entrenador o un camarero como otras jóvenes de la realeza; ni siquiera de un respetable médico como Parker. Para continuar con aquella relación, Christianna necesitaba y deseaba el consentimiento de su padre, pero sabía que este jamás se lo concedería. Pensarlo era una quimera.

—Por Dios, Cricky, esto es absurdo. ¿Qué pretende, encerrarte y hacer de ti una solterona que trabaje para él?

Christianna sonrió con pesadumbre ante la pregunta. De hecho, su padre sí esperaba que se casara, pero con alguien que mereciera su aprobación, alguien elegido por él incluso. Una persona de rango comparable al suyo. Parker procedía de muy buena familia, era un hombre culto y educado. Tanto su hermano como su padre eran médicos. La madre, al parecer, había celebrado su entrada en sociedad con una fiesta por todo lo alto. Así se lo había contado él en una ocasión, mofándose de todo aquello, pues lo consideraba una solemne tontería. Christianna ostentaba el título de alteza serenísima, tontería aún mayor. Pero seguro que a Parker no le parecería tonto cuando se lo contara, sino más bien trágico, como a ella.

—Es lo que espera de mí —afirmó Christianna—. Y no voy a poder casarme hasta dentro de mucho tiempo. Además, soy demasiado joven —añadió, intentando dar con pretextos plausibles que pudieran disuadirlo.

Christianna iba a cumplir veinticuatro años en unas semanas; no era una edad tan prematura para contraer matrimonio. Por otra parte, su padre empezaba a dejar caer que había llegado la hora de volver a casa. Hacía casi seis meses que estaba fuera, tiempo más que suficiente a su entender. Parker tenía previsto marcharse en julio. Y Christianna, a ser posible, quería terminar el año en Senafe. En la última conversación telefónica mantenida con el príncipe, había intentado convencerlo por todos los medios de que la dejara quedarse, pero no habían llegado a ninguna conclusión. Al menos por parte de él. Pero Parker empezaba a presionarla.

—Cricky, ¿me quieres? —le preguntó por fin, con una mirada angustiada.

Nunca había amado tanto a nadie en su vida, y tampoco ella.

—Sí, te quiero —respondió Christianna, muy seria—. Te quiero mucho.

—No pretendo que nos casemos ahora, ni la semana que viene. Pero pronto me marcharé de aquí, y antes de hacerlo, quiero que sepas que mis intenciones son muy serias. Decías que te habías planteado la posibilidad de volver a estudiar. ¿Por qué no vienes conmigo a Boston? Allí tenemos universidades de sobra donde escoger: Harvard, Boston University, Tufts, Boston College. Si tu padre dio su consentimiento para que estudiaras la carrera en Estados Unidos, no veo por qué iba a impedirte que hicieras un posgrado allí también.

—Creo que he quemado todos mis cartuchos viniendo aquí. Él quiere que estudie en París, porque está mucho más cerca de casa, o que me establezca en Vaduz.

—Boston solo queda a seis horas de Europa.

Parker daba por sentado que la familia de Christianna no tenía problemas económicos. Ella nunca había alardeado al respecto, pero era obvio. También su padre disfrutaba de una posición desahogada. Parker sabía lo que significaba la buena vida y el bienestar económico. Su padre era un profesional de renombre, como también su hermano, y su madre le había legado una sustanciosa cantidad de dinero al morir. Gozaba de buena posición económica. Nunca había tenido problemas para costearse los estudios. Incluso disponía de una casita en propiedad, en Cambridge, y si se casaban, estaba en posición de ofrecer a Christianna una vida cómoda y desahogada. Eso si ella no se empeñaba en ser la sierva de su padre y dejar que él dominara su vida. Le dolía que aceptara esa situación.

—Tienes derecho a vivir tu propia vida.

—No, no lo tengo —repuso tajante—. No lo entiendes.

—Tienes razón, no lo entiendo, maldita sea. Quizá si me conociera se daría cuenta de que soy una persona respetable. Cricky, te quiero... quiero saber antes de marcharme de África que algún día serás mi esposa.

Los ojos de Christianna se llenaron de lágrimas al oírlo. Qué situación tan horrible... Entonces tuvo la absoluta certeza de que nunca debió permitir que las cosas llegaran tan lejos. Estaba escrito desde un principio que ese sería el triste e inevitable colofón de su relación. Le respondió con un nudo en la garganta.

—No puedo.

—¿Por qué? ¿Qué es eso que tenías que decirme? No sé qué oscuro y terrible secreto me has ocultado desde el principio, pero no importa. Seguro que tan terrible no es. Te quiero, Cricky. Sea lo que sea, ya le encontraremos solución entre los dos. —Christianna solo pudo mirarle y sacudir la cabeza—. Quiero que me lo cuentes ahora mismo.

—Da igual lo que sea. Créeme, Parker, yo deseo lo mismo que tú. Pero mi padre nunca lo consentirá.

Parecía absolutamente convencida, y Parker cada vez estaba más disgustado.

—¿Acaso odia a los americanos? ¿A los médicos? ¿Qué te hace estar tan segura de que no podemos solucionarlo?

Entonces se produjo un silencio interminable. Christianna miraba a Parker, desolada. Sabía que había llegado el momento de contárselo, no tenía alternativa, pero le llevó una eternidad abrir la boca y dejar que las palabras salieran de sus labios.

—No odia a nadie. Y tampoco te odiaría a ti. Estoy convencida de que le gustarías mucho. Pero no para mí. —Sus palabras sonaron crueles, como cruel era la realidad de su situación. De la situación de ambos—. Mi padre es el príncipe soberano de Liechtenstein.

Un silencio interminable siguió a su confesión. Parker la miraba de hito en hito, intentando asimilar lo que acababa de oír. La afirmación resultaba tan inconcebible para él, que se quedó allí sentado muy quieto durante un largo rato, con la mirada perdida.

—¿Cómo has dicho? —preguntó finalmente en voz baja.

Pero Christianna hizo un gesto de negación con la cabeza.

—Ya me has oído. Seguramente no sabes lo que eso conlleva. Estoy totalmente supeditada a él, así como a la Constitución y a las tradiciones de mi país. Y cuando llegue el momento de casarme, no consentirá que lo haga con nadie que no tenga sangre real. Hay países más flexibles en ese sentido, pero mi padre es un hombre chapado a la antigua, y ni él ni el Consejo de Familia, que es quien decide en Liechtenstein las cuestiones sucesorias, darán jamás su beneplácito para que me case contigo, por mucho que yo te quiera. Y ya sabes cómo te quiero.

Cuando terminó de hablar, su voz apenas era un susurro. Parker la miraba atónito.

—¿El Consejo de Familia? ¿No eres tú quien debe tomar esa decisión?

Christianna negó con la cabeza.

—Yo no puedo decidir nada por mi cuenta. Es él quien toma la decisión. Junto con los demás —añadió con expresión trágica.

Parker la miraba estupefacto; empezaba a calibrar el verdadero alcance de aquella declaración.

—Según nuestra Constitución, todo matrimonio debe contar con la aprobación del monarca y de todos los miembros de la casa principesca, y ese matrimonio no puede de ningún modo perjudicar la reputación, el bienestar ni la estima del Principado. Y estoy convencida de que tanto el Consejo de Familia como mi padre considerarían nuestro matrimonio perjudicial para el país.

Incluso a ella le sonaba absurdo, y aún más citarle la Constitución de su país.

—¿Eres una princesa, Cricky? —dijo con voz quebrada y mirada totalmente estupefacta. Apenas podía articular palabra. Y Christianna se sintió embargada por la tristeza y el dolor—. ¿Una alteza real?

La miró con estupor, confiando en que lo negara, pero no lo hizo.

Christianna sonrió abatida al hombre que tanto amaba y aclaró:

—Soy alteza serenísima. El nuestro es un país pequeño. El título de alteza real lo tenía mi madre, que era francesa, una Borbón. Supongo que yo podría escoger uno u otro, pero siempre he preferido el de serenísima. Mi padre y mi hermano también tienen título de alteza serenísima.

En ese momento, Christianna se sentía de todo menos serena; deseaba con toda el alma no pertenecer a la realeza, pero de poco servía ese deseo.

—¡Dios santo, y por qué no me lo habías dicho!

Eso mismo había exclamado Fiona al enterarse. Pero Parker tenía motivos para reaccionar así. Debería habérselo contado mucho antes. Lo había engañado; lo había privado del conocimiento de que su relación no podría ir a ninguna parte y terminaría rompiéndoles el corazón a ambos. Mirándolo, comprendió lo egoísta que había sido, y las lágrimas cayeron lentamente por sus mejillas.

—Lo siento... no quería que lo supieras... quería ser yo misma, eso es todo. Ahora comprendo que hice mal. No tenía ningún derecho a hacerte esto.

Parker se levantó y empezó a andar de un lado a otro de la habitación, de vez en cuando le lanzaba miradas de reojo. Christianna lo miraba compungida. Finalmente regresó a su lado, se sentó y tomó las manos de ella entre las suyas.

—No entiendo de estos asuntos, pero sé que hay gente que ha logrado escapar de todo ello. El duque de Windsor, por ejemplo, abdicó para poder casarse con Wallis Simpson. —De pronto, Parker pareció aún más preocupado—. ¿No me digas que algún día tendrás que ser reina y acceder al trono? ¿Por eso tu padre es tan exigente contigo?

Christianna sonrió y negó con la cabeza.

—No, en mi país las mujeres no pueden acceder al trono. Imagínate si son retrógrados que el voto femenino solo existe desde hace veintitrés años. Será mi hermano quien gobierne el país, siente o no la cabeza finalmente. Pero dada su irresponsabilidad, mi padre tiene depositadas grandes esperanzas en mí. No puedo defraudarle, Parker. No puedo salir huyendo sin más. No estamos hablando de un trabajo cualquiera, de algo a lo que se pueda renunciar así como así. Se trata de una familia, una tradición, un linaje, un honor, y miles de años de historia. No es algo que uno pueda quitarse como si fuera un sombrero, ni siquiera una corona. Es tu identidad, la misión para la que has nacido, además de un país y un pueblo para quienes sirves de ejemplo. Se trata de deber, no de amor. El amor siempre queda relegado a un segundo plano. Es una cuestión de deber, de honor y valor. No de amor.

—Dios, qué espanto —exclamó Parker, indignado—. ¿Y tu padre espera que vivas así, que renuncies a tu propio ser y a la persona que amas?

—No me queda otra opción —respondió Christianna, como emitiendo su propia sentencia de muerte. Y para ambos—. Para colmo de males, le prometió a mi madre en su lecho de muerte que me casaría con alguien de la realeza. Ambos eran muy retrógrados, bueno, mi padre sigue siéndolo. Él siempre antepone el trabajo al amor. Incluso en su propia vida. Y cuenta con que yo cumpla con mi deber y sea garante de la tradición, dado que es poco probable que mi hermano lo haga. No puedo defraudarle, Parker. Él esperará, y me exigirá, que haga ese sacrificio por el país, por mi madre y por él mismo.

—¿Volverás a verme cuando nos marchemos de aquí? —preguntó con desazón.

La declaración de Christianna lo dejaba consternado. Por el modo en que lo decía, parecía imposible albergar esperanza alguna. Parker comprendió súbitamente a lo que se enfrentaban, lo que significaba para los dos, y todo por culpa de su condición. Christianna estaba totalmente dispuesta a sacrificarse y a renunciar a él por su país y por los deseos de su príncipe soberano. A Parker le traía al fresco que fuera una princesa. Lo único que le importaba era estar con la mujer a la que amaba. Le había entregado su amor, y ahora ella se lo devolvía calladamente, a causa de su ilustre cuna y de todo lo que ello conllevaba. Para ella se trataba de honor, deber, sacrificio y valor.

—No lo sé —respondió, absolutamente franca con él—. No sé si podré verte de nuevo, ni cuántas veces.

Christianna presentía que Max y Sam le echarían una mano para que pudiera verse con él, al menos una vez, pero más sería muy difícil. Si lo hacían, seguramente terminarían provocando un escándalo. Y con una oveja negra en la familia era más que suficiente. Ese papel ya lo desempeñaba Freddy. Otra oveja descarriada partiría el corazón a su padre. No podía hacerle eso.

—Tal vez consigamos vernos una vez más. No creo que mi padre me dejara ir a Estados Unidos. Acabo de regresar de allí, el año pasado, y después de tanto tiempo en África, querrá tenerme en casa, o en París o Londres como muy lejos.

—¿Y si fuera a verte a París?

Parker parecía triste, tanto como ella. Christianna sentía como si acabara de clavar una daga en el corazón de Parker, y en el suyo propio.

—No puedo prometer nada, pero lo intentaré.

Sonaba preocupada y confusa. Intuía que su padre querría tenerla cerca de casa a su vuelta. Un fin de semana en París tal vez no fuera tan complicado. O tal vez podría ir a Londres, a casa de Victoria, y verse con él allí. Aunque los buitres de la prensa del corazón siempre andaban revoloteando en torno a su prima y podrían echarlo todo a perder. Mucho mejor en París, sin duda.

—Haré todo lo que esté en mis manos.

—¿Y después?

Parker tenía lágrimas en los ojos. Todo aquello suponía un gran golpe para él. También para Christianna, aunque ella ya lo sabía de antemano. A él en cambio lo cogía completamente por sorpresa.

—Después, amor mío, tú regresarás a tu vida y yo a la mía. Y guardaremos como oro en paño el recuerdo de lo que aquí compartimos, de estos días felices... una parte de mi corazón, una gran parte, siempre será tuya.

Christianna no se imaginaba casada con alguien que no fuera Parker.

—Es lo peor que me han dicho en mi vida.

Ni siquiera estaba enfadado con ella. ¿Para qué? Estaba completamente deshecho, eso era todo.

—Cricky, te quiero. Habla con tu padre al menos, dime que lo harás.

Christianna meditó detenidamente su respuesta y al final asintió con la cabeza. Se podía intentar, pero en cuanto su padre supiera de la existencia de Parker, le impediría volver a verlo. Mientras no lo supiera, al menos tenían la oportunidad de un encuentro furtivo. Algo a lo que ella aún no estaba dispuesta a renunciar. Por el momento la única alternativa era guardar el secreto, y así se lo dijo a Parker. Esa vez no discutió. Daba por sentado que Christianna conocía el terreno en el que se movía. Aquel era un mundo completamente ajeno a él. El inesperado giro que habían tomado los acontecimientos se le antojaba como el de una mala película.

Después, se quedó allí sentado, abrazado a ella, reflexionando sobre sus palabras, procurando comprender y asimilar el alcance que tenían para ambos. Cruel destino el que la vida les deparaba. Christianna, destinada a ser la princesa solitaria para siempre. Y él, el joven médico con el corazón destrozado. No le gustaba nada el modo en el que iba a terminar aquella historia. Era evidente que ellos no serían felices ni comerían perdices.

Volvieron al campamento, cabizbajos y meditabundos. Apenas cruzaron palabra. Parker la estrechó contra sí y le rodeó la cintura con el brazo. Fiona se topó con ellos a su vuelta; daba la impresión de que regresaran de un funeral. Parker ni siquiera la saludó, algo nada habitual en él. Dio un beso a Cricky y se dirigió hacia su barracón sin abrir la boca.

—¿Qué ha pasado? —preguntó Fiona, preocupada.

—Se lo he dicho —respondió Christianna, compungida.

—¿Lo tuyo? —susurró Fiona, y Cricky asintió con la cabeza—. Buf, qué palo. ¿Cómo se lo ha tomado?

—Ha estado encantador, es encantador. Pero qué mierda de situación.

Fiona sonrió al oírla hablar de ese modo.

—Ni que lo digas. ¿Se ha enfadado? —No le había parecido enfadado, sino destrozado, que era aún peor.

—No. Está triste, eso es todo. Como yo.

—A lo mejor encontraréis una solución.

—Vamos a intentar vernos en París a mi regreso. Pero no servirá de nada, solo prolongará las cosas. Al final, él tendrá que regresar a Boston y hacer su vida, y yo me quedaré en Vaduz con mi padre, cumpliendo con mi deber el resto de mis días.

—Tiene que haber una solución —insistió Fiona.

—No la hay. No conoces a mi padre.

—Pero te dejó venir a África.

—No es lo mismo. Sabía que después regresaría. Además, no iba a casarme con nadie mientras estuviera aquí. Se suponía que iba a ser una especie de año sabático. Le he prometido que a la vuelta asumiré mis responsabilidades. No consentirá que me case con un médico americano, con un plebeyo, y viva en Boston. Sería como pedir la luna —añadió abatida.

Fiona reconoció que la situación no se presentaba muy halagüeña, ni siquiera para una optimista como ella.

—Háblalo con tu padre. Quizá acabe entrando en razón. Dile que has encontrado el amor de tu vida y esas cosas.

Fiona nunca había visto una pareja más enamorada y feliz que Cricky y Parker. Saltaba a la vista, y era trágico pensar que su relación tuviera que terminar de un modo tan absurdo.

—Algún día tendré que hablar con él, sí. Aunque no creo que consiga nada con ello.

Fiona asintió con un gesto y se encaminaron en silencio hacia el barracón. No se le ocurrió qué más decir; además, estaba muy apenada por ambos. Su historia no parecía que fuera a tener un final feliz.

Esa noche Parker y Cricky se sentaron muy pegados el uno al otro en el comedor, y en las semanas siguientes se les vio más juntos que nunca. A fin de cuentas, la confesión de Christianna no había hecho más que afianzar su amor. Hasta finales de julio fueron prácticamente inseparables. Pero entonces tuvieron que enfrentarse al primero de los penosos obstáculos que les aguardaban en el camino: el regreso de Parker a Harvard. Le era imposible posponer su marcha por más tiempo; le habían dado de plazo hasta el uno de agosto. Los últimos días tuvieron un regusto agridulce para la pareja, y la última noche se les antojó casi irreal. Para Christianna fue la noche más triste de su vida. Parker la estrechó entre sus brazos y pasaron la noche entera sentados juntos al raso, frente al barracón de mujeres. Esa noche habían celebrado una cena para despedirlo, y parecía que tanto Christianna como Parker fueran a echarse a llorar en cualquier momento. Sus compañeros no podían saber a qué venía tanto dramatismo, pero intuían que habían surgido impedimentos y que el momento era particularmente duro para la pareja.

Muchos de los pacientes que Parker había tratado durante su estancia se acercaron ese día al campamento con obsequios de despedida para él: tallas, figuritas, vasijas, abalorios y otros bonitos objetos creados con sus propias manos en prueba de afecto. Parker dio las gracias a todos, visiblemente emocionado. Los enfermos de sida a los que había tenido oportunidad de conocer y tratar le habían llegado al alma.

Parker y Cricky se quedaron sentados fuera toda la noche y vieron juntos el amanecer. Cuando despuntó el alba, salieron a dar un paseo bajo el esplendoroso cielo africano. Mientras caminaba con él, Christianna supo que nunca olvidaría ese momento, ni aquella época de su vida. Deseaba detener el tiempo y quedarse allí para siempre con él.

—¿Tienes idea de lo mucho que te quiero? —le dijo Parker antes de emprender el camino de regreso.

—Tal vez la mitad de lo que yo te quiero a ti —dijo ella con sorna, pero la situación no se prestaba a bromas.

Cuando llegaron al campamento, encontraron a los demás ya levantados, deambulando por el recinto. Akuba y Yaw estaban metidos ya en faena. Y los demás, desayunando. Cricky y Parker se unieron a ellos, pero no probaron bocado. Tomaron un café cogidos de la mano, sin decir palabra. Incluso Max y Sam parecían tristes. Sabían mejor que nadie lo que aguardaba a su princesa: la separación definitiva de aquel hombre encantador al que amaba. Y Parker era en verdad una gran persona, aunque tampoco eso serviría de nada a la pareja. No era el marido que el príncipe deseaba para su hija, ni podía albergar esperanza alguna de llegar a serlo. Con la marcha de Parker, el amor que existía entre ambos quedaba sentenciado a muerte. Eso nadie lo sabía mejor que Sam y Max.

Geoff se había ofrecido a llevar en coche a Parker hasta Asmara y había invitado a Cricky a acompañarles. Su idilio no era un secreto para nadie y todos lo veían con muy buenos ojos. Desconocían el trasfondo de la situación, pero parecía que intuyeran que a Cricky le iba a ser imposible continuar con la relación a su regreso a Europa. Daban por sentado que su padre era un tirano que jamás daría su consentimiento, pues la quería supeditada a su capricho. No pensaban que la relación fuera imposible, pero sí difícil, evidentemente. Aparte de los dos implicados, solo Fiona, Geoff, Max y Sam estaban al corriente de la situación. Los demás daban por hecho que aún había esperanza. Quienes conocían la identidad de Christianna sabían que la realidad era muy distinta y que, a decir verdad, no existía esperanza alguna, a menos que Christianna estuviera dispuesta a plantar cara a su padre y a desentenderse de todo lo que su condición conllevaba, algo que quienes la conocían bien sabían poco probable.

Cuando llegó el momento de la despedida, todos los compañeros abrazaron efusivamente a Parker. Mary le dio las gracias por su valiosa ayuda, y él a ella por lo mucho que había aportado a su trabajo de investigación. Antes Parker había visitado el hospital de campaña para despedirse de sus pacientes. Se iba de allí triste y alicaído. Entró con Cricky en el coche y emprendieron el largo trayecto hasta Asmara con Geoff al volante. Cricky era consciente de que el camino de regreso sin él aún se le haría más largo. Al menos en ese momento podía tocarlo, hablar con él, verlo, sentir su presencia. Jamás en la vida se había sentido tan abatida. Y al final, el resto del viaje, se quedaron los dos en silencio cogidos de la mano. Geoff había intuido, por retazos de la conversación anterior de la pareja, que Parker estaba enterado de su situación, pero no hizo más indagaciones. Había prometido a Christianna guardar su secreto mientras durara su estancia allí y sería fiel a su promesa. Si ella decidía contárselo a alguien, era asunto suyo. Él sería discreto hasta el último momento.

Llegaron a Asmara una hora antes de la salida del vuelo de Parker. Tenía tiempo suficiente, y se quedaron esperando allí de pie, al igual que Christianna hizo a su llegada con Max y Sam, aunque esta vez a la espera de que el avión aterrizara. Cuando por fin tomó tierra, el desconsuelo de Christianna fue en aumento. Había albergado la esperanza de que sufriera algún retraso. Cada minuto contaba, cada partícula de su ser ansiaba subir a aquel avión con él, desaparecer para siempre en su compañía. Nunca se había sentido tan tentada de salir huyendo, aunque con ello le rompiera el corazón a su padre. Estaba escindida entre dos hombres que amaba, entre lo que ambos exigían de ella y lo que ella en su fuero interno deseaba.

Faltaba aún media hora para que el avión despegara. Los pasajeros formaron cola, cargados con paquetes y bolsas. Christianna y Parker se hicieron a un lado y esperaron en silencio, cogidos de la mano. Geoff se mantuvo a una distancia prudencial, apenado por ambos. Sabiendo quién era Christianna en realidad, comprendía perfectamente lo que aquellos instantes significaban para la pareja.

Hasta que por fin llegó el momento. El momento de decirse adiós, de tocarse, besarse y abrazarse por última vez.

—Te quiero tanto —susurró Christianna.

Los dos contenían las lágrimas.

—Ya verás como todo tiene arreglo —dijo él, deseando que así fuera. Christianna, que sabía a lo que se enfrentaba, no dijo nada—. Iré a verte a París en cuanto regreses. Cuídate.

Parker bajó la vista hacia ella con una sonrisa. Al menos en ese instante era suya, quizá por última vez. El adiós estaba resultando intolerable para ambos.

—¡Y cuidado con las serpientes! —añadió, burlón.

Tras un último beso, Parker avanzó por la pista en dirección al avión, ya listo para el despegue. Christianna se quedó inmóvil en el sitio, los ojos fijos en Parker; él subió por la escalerilla del avión, se detuvo y volvió la vista atrás hacia ella durante un instante eterno. Christianna lo miraba sin pestañear. Le lanzó un beso y agitó la mano en señal de despedida. Parker se llevó la mano al corazón, señaló hacia ella con una triste sonrisa y desapareció. Christianna se quedó inmóvil, con las lágrimas resbalando por su rostro. Entretanto, Geoff aguardaba en un discreto segundo plano; dejó que llorara a solas la dolorosa realidad que a ambos les iba a tocar vivir.

Aguardaron hasta que el avión despegó y se perdió en las alturas, camino de El Cairo, Roma y, por fin, Boston. Después Christianna siguió a Geoff hasta el coche sin abrir la boca. Ninguno de los dos cruzó palabra durante largo rato.

—¿Estás bien? —le preguntó Geoff en voz baja.

Christianna asintió con la cabeza, pero se sentía como si le hubieran arrancado el corazón a tiras. Apenas dijo una palabra en todo el trayecto y ni siquiera echó una cabezada. Se limitó a dejar vagar la vista por el paisaje africano que discurría ante sus ojos. Sin Parker nada era lo mismo. Nada sería nunca lo mismo. Él ya no estaba en su vida. Nunca más volverían a disfrutar de una relación como la que habían compartido a lo largo de aquellos seis meses. Había sido un maravilloso regalo del cielo, y Christianna sabía que guardaría para siempre en el corazón ese recuerdo. Los días pasados juntos en Senafe tenían un valor incalculable para ella.

Cuando regresó al campamento, Fiona la estaba esperando. Al ver la mirada perdida de Christianna, no hizo comentarios. La rodeó con el brazo, la condujo hacia el barracón y la hizo tumbarse en la cama. Christianna alzó la vista hacia ella como una chiquilla con el corazón destrozado. Las miradas de ambas se cruzaron, y Fiona le acarició el pelo y le dijo que cerrara los ojos y descansara un poco. Christianna le hizo caso, y su amiga se quedó sentada a su lado por si la necesitaba. Al rato, entró Mary y se dirigió a Fiona en un susurro.

—¿Se encuentra bien?

—No —respondió Fiona con sinceridad—, y la cosa va para largo.

Mary hizo un gesto de asentimiento con la cabeza y fue a tumbarse en su cama. Nadie acababa de comprenderlo, pero sabían que algo triste había sucedido, aparte de la marcha de Parker. Christianna había empezado a cumplir su cadena perpetua sin él, como si se hallara ya de regreso en Liechtenstein.

13

Las dos semanas siguientes Christianna las vivió como ausente. A los diez días de la marcha de Parker, recibió carta de él. En ella no hacía más que hablar de su próximo encuentro en París. Decía que nunca había odiado tanto Boston. La echaba muchísimo de menos, como también Christianna a él. Ella le había escrito dos cartas, pero no quería hacérselo pasar peor de lo que ya lo estaba pasando. Bastante injusticia era de por sí, y bastante dolor le había causado con su imposible situación. En ellas le decía lo mucho que lo quería, pero no le daba esperanzas.

Una mañana, a la tercera semana de la marcha de Parker, Christianna percibió cierto malestar en el ambiente nada más salir del dormitorio. No estaba segura de qué se trataba, pero se respiraba en el aire. De camino al comedor, no se cruzó con Akuba ni con Yaw, y cuando entró en el barracón se los encontró a todos desayunando con cara seria. Miró a Fiona de soslayo, pero tampoco ella parecía saber qué estaba pasando. Geoff puso a todos al corriente de la situación antes de que emprendieran sus tareas: la noche anterior se había producido un ataque en la frontera con Etiopía. Una emboscada. La primera violación flagrante de la tregua tras muchos años de paz. Confiaba en que se tratara de un incidente aislado, pero quería que todos estuvieran sobre aviso. Si Etiopía y Eritrea entraban en guerra, incluso ellos correrían peligro. Pero no había que adelantarse a los acontecimientos. No se trataba de una declaración de guerra, sino de una simple escaramuza, un desafortunado incidente nada más. O eso esperaban. Al parecer había tropas de Naciones Unidas apostadas en la frontera, que se habían sumado a las de la Unión Africana con el propósito de salvaguardar la paz. Aun así, todos emprendieron la jornada preocupados, no tanto por temor de su propia vida, sino por aquellas gentes a las que tanto querían. Habían sufrido tanto con la última guerra, que todos confiaban en que la ruptura de la tregua no avivara nuevamente los odios. Ese era el ferviente deseo de todos los que allí trabajaban.

Los pacientes estaban muy alterados esa mañana, hacían corrillos y en el ambiente se percibía una sensación rayana en el pánico. Todos sabían por experiencia qué era un guerra. Para colmo de males, el personal del campamento estaba preocupado por la malaria, que durante el mes siguiente alcanzaría la temporada álgida. Como si eso no supusiera ya bastantes quebraderos de cabeza.

Decidieron, de común acuerdo, que lo único que podían hacer era mantenerse ojo avizor y andarse con cuidado. Por el momento, la emboscada no suponía una amenaza directa para nadie en el campamento. No obstante, la proximidad de la frontera justificaba cierta prevención. Terminado el desayuno, Max y Sam se acercaron a hablar con Christianna.

—Esto no le va a hacer ninguna gracia a su padre, alteza. Es nuestro deber informarle.

Ese era uno de los requisitos fundamentales de su presencia allí, y así lo había acordado con su padre ella misma: si en algún momento la situación política en la zona se complicaba, abandonaría el país de inmediato.

—Ha sido una simple escaramuza —replicó ella—. No estamos en guerra.

Christianna no tenía intención alguna de marcharse, sobre todo con la temporada álgida de malaria a la vuelta de la esquina, que sería cuando más la necesitarían a ella. Además, acababa de llegar un comunicado informando de un nuevo brote de kala azar.

—La situación podría empeorar de la noche a la mañana —advirtieron alarmados—, y si eso sucede, tal vez se desmande rápidamente.

Ninguno de los dos deseaba arriesgarse a no poder sacarla del país a tiempo.

—Bueno, no saquemos las cosas de quicio —repuso ella con sequedad, dicho lo cual, se fue a trabajar.

En las dos semanas siguientes no hubo incidentes. Ya era uno de septiembre y empezaban a entrar los primeros casos de malaria. Eran días muy duros para todos, y para colmo de males iban acompañados de copiosas lluvias. Reinaba un ambiente sombrío, incluso cuando después de abrirse camino por el lodazal entraban en los barracones. Christianna llevaba ya ocho meses en África, y el continente había calado hasta lo más hondo de su ser. Con la carga suplementaria de trabajo y las inclemencias del tiempo, por la noche todos caían exhaustos en la cama. El padre de Christianna, alarmado tras conocer la refriega fronteriza, no dejaba de hostigar a Samuel y a Max para que la convencieran de regresar a Vaduz. Pero Christianna se negaba en redondo a ir a ninguna parte. Su presencia era necesaria en el campamento y no pensaba moverse de allí. Así se lo hizo saber a su padre por medio de sus guardaespaldas, puesto que ni siquiera disponía de tiempo para desplazarse a Senafe y telefonearlo personalmente. Y mejor así, porque no quería discutir con él. Seguía muy disgustada aún por lo de Parker y tenía demasiadas cosas en la cabeza.

—¡Dios, qué asco de tiempo! —saltó Fiona una noche cuando regresaban al barracón.

Había pasado el día fuera atendiendo diversos partos. Y Christianna, entretanto, ayudaba con los enfermos de sida y malaria, a los que había que añadir otros dos casos de kala azar que acababan de entrar. Geoff estaba muy preocupado. Ya solo les faltaba enfrentarse a una epidemia de fiebre negra.

Fiona llevaba en el campamento algo menos de una hora, cuando requirieron de nuevo sus servicios. Una embarazada que vivía no muy lejos del campamento traía gemelos al mundo. Con la ropa empapada aún, se puso en camino de nuevo, rezando para que aquella tartana de coche no la dejara tirada en el lodazal, como ya había sucedido en otras ocasiones. Una noche se había visto obligada a hacer cuatro kilómetros a pie, bajo una lluvia torrencial, y desde entonces no se había quitado de encima aquella tos perruna.

Christianna la vio salir y le hizo un gesto de adiós con la mano, sonriendo fatigada.

—¡Que te diviertas!

—¡Vete a la porra! —exclamó Fiona, bromeando—. Al menos aquí no te mojas.

La vida en el campamento podía ser muy dura en según qué temporadas, y esta era una de ellas. Christianna trabajaba con tanto ahínco como los demás, a menudo incluso más. Nunca protestaba, lo hacía con gusto y sabía que su presencia allí era muy necesaria.

Oyó que el motor del coche de Fiona se alejaba y al rato se quedó dormida. Entre el mal tiempo y la sobrecarga de trabajo, estaban todos exhaustos. A la mañana siguiente, no le sorprendió no ver a su amiga en la cama. Fiona pasaba muchas noches fuera, sobre todo cuando el parto se preveía complicado o la salud del recién nacido corría peligro. Y tratándose de gemelos, era de esperar que no fuera un alumbramiento fácil.

Christianna salió a desayunar con las demás compañeras; al verlas entrar, Geoff miró a su alrededor con semblante repentinamente preocupado.

—¿Dónde está Fiona? ¿Sigue dormida o aún está fuera?

—Fuera —respondió Christianna, sirviéndose una taza de café.

—Espero que no se haya quedado atascada en el barro.

Geoff le dijo algo a Maggie y decidió ir a dar una vuelta en coche por los alrededores para ver si la encontraba. Había llovido persistentemente a lo largo de toda la noche, y la lluvia no cesaba. Max se ofreció a acompañarle, por si tenían que sacar el vehículo del barro a empujones. Minutos más tarde, salieron los dos juntos del campamento. Christianna y Maggie se dirigieron hacia el hospital de campaña; Ushi a su clase, y los demás a sus respectivas tareas. Era una mañana como otra cualquiera en temporada de lluvias, salvo que la lluvia era más persistente y el cielo estaba más encapotado que de costumbre.

Christianna se encontraba en su despacho, enfrascada en el papeleo, cuando Max y Geoff regresaron. Habían localizado el coche de Fiona, pero no a ella. Y en la casa donde había atendido a los gemelos, les dijeron que ya hacía horas que había salido de allí.

Era la primera vez que ocurría algo así. Cuando Max se lo comunicó a Christianna, esta pensó que tal vez Fiona había intentado volver a pie y se había perdido o había pedido cobijo en casa de alguien. Su amiga conocía prácticamente a todos los vecinos de los alrededores, pues hacía años que ayudaba a traer a sus hijos al mundo.

Con semblante grave, Geoff dispuso inmediatamente una partida de rescate y distribuyó los vehículos: Max iría en uno, Sam en otro, y él rastrearía la zona con Ernst y Klaus en el autocar escolar. Didier consiguió poner en marcha la tartana más desvencijada del campamento. Dos de las chicas fueron con ellos, y en el último minuto, Christianna saltó al coche de Max. Habían acordado rastrear la zona, peinar los alrededores y detenerse en cada casa por si estaba allí refugiada. Conociendo a Fiona, Christianna estaba casi segura de que habría optado por pedir cobijo. Era una chica sensata, independiente, y no se le habría ocurrido pasar la noche dentro de un coche empantanado en el barro. Se habría acercado a alguna casa y habría llamado a su puerta para que la dejaran pasar allí la noche. Estaba convencida de que no tardarían en dar con ella. La gente del lugar era muy hospitalaria. Seguramente estaría cómodamente instalada frente a alguna chimenea, esperando a que la lluvia amainara o alguien la llevara de vuelta al campamento.

Max recorrió un camino tras otro sin abrir la boca en todo el trayecto. Al cabo de un rato se cruzaron con el autocar escolar y preguntaron a sus ocupantes. Ninguno había visto nada, y los vecinos de las casas donde se habían detenido, tampoco, aunque todos sabían perfectamente quién era.

Rastrearon la zona durante más de dos horas. Max seguía incansable al volante, mientras Christianna acechaba por la ventanilla, sin apartar la vista de la cuneta. De pronto, detuvo el vehículo: algo había llamado su atención. No dijo nada a Christianna para no preocuparla en vano. Bajó del coche, echó a correr bajo la lluvia y se paró en seco al momento. Allí estaba, tumbada junto a la cuneta como una muñeca de trapo, desnuda, con el pelo chorreando, la cara medio enterrada en el barro y los ojos abiertos de par en par. Christianna salió corriendo tras Max y, al ver a Fiona, se quedó paralizada por el horror. Era evidente que su amiga había sido violada y asesinada a cuchilladas. Nunca había visto nada tan espantoso. Max intentó apartar a Christianna de allí y le pidió que regresara al coche.

—¡No! —gritó ella—. ¡No!

Acuclillada en el lodazal junto a su amiga, se quitó la chaqueta para taparla, le levantó la cara del barro con sumo cuidado y acunó su cabeza. Empapada por la lluvia y medio tumbada en el barro, sollozaba y gritaba con su amiga en brazos, mientras Max intentaba en vano apartarla de allí. Minutos más tarde pasó el autocar escolar y Max les dio el alto. Todos salieron corriendo y vieron lo que había ocurrido. Entre Klaus y Ernst ayudaron a Max a apartar de allí a Christianna. Enviaron mensaje por radio a los demás, y alguien trajo una loneta. A Christianna se la llevaron de allí llorando amargamente, y tras envolver el cadáver de Fiona en la loneta con mucho cuidado, lo metieron en el autocar y regresaron al campamento.

Del resto de la jornada, todos guardarían después un recuerdo borroso. Las autoridades no se movieron del campamento en todo el día. Rastrearon la zona, pero nadie dijo haber visto nada ni a nadie. No se sabía nada, pero la policía local se empeñó en que aquello era obra de una incursión etíope, algo improbable según el personal del campamento. Saltaba a la vista que se trataba de un psicópata desconocido. Era el primer acto sangriento que se registraba en el campamento. Geoff se acercó a la oficina de correos de Senafe para comunicar la noticia a la familia personalmente. Como era de esperar, la recibieron consternados. Y Max y Samuel, pese a las súplicas de Christianna, fueron con Geoff a la oficina de correos, para a su vez informar de lo ocurrido a su padre.

El príncipe reaccionó tal como preveían.

—Tráiganla de vuelta. Enseguida. Mañana. Hoy mismo. Sáquenla de ahí cuanto antes.

A su regreso, informaron a Christianna, pero la princesa no estaba en condiciones de ir a ninguna parte: la muerte de su amiga, y las espantosas circunstancias en que esta se había producido, la habían dejado completamente deshecha. Dada las situación africana, la familia de Fiona optó a su pesar por que se la enterrara allí. Seguían conmocionados, pero trasladar el cadáver a su país habría sido complicado y costoso. Además, dado el amor que Fiona sentía por África, parecía más apropiado que se le diera sepultura allí.

Christianna habría querido hablar con Parker, pero no se sentía con ánimos para acercarse a la oficina de correos con Sam y Max. Además, no deseaba conversar con su padre. Le traía sin cuidado lo que este tuviera que decirle. No pensaba regresar a casa, al menos hasta que se le hubiera dado sepultura a Fiona. El desbarajuste y la confusión de pronto se apoderaron del campamento. Estaban todos muy sobrecogidos por los acontecimientos.

Enterraron a Fiona al día siguiente, todos aún en estado de conmoción. La indignación y el horror cundían entre los lugareños, y no solo entre el personal del campamento. Tras la breve ceremonia fúnebre y el entierro, todos los residentes se congregaron en el comedor y lloraron amargamente su muerte. No era el ambiente del tradicional funeral irlandés que a Fiona le habría gustado. Allí solo había llanto, ira, miedo e incredulidad ante la pérdida de aquel ser tan querido. Christianna y Mary sollozaban abrazadas. Ushi estaba inconsolable. Geoff y Maggie, consternados. Fueron momentos muy tristes para todos. Y de pronto, el mundo entero se les vino encima.

A los dos días del entierro de Fiona, se produjo una nueva escaramuza en la frontera, y tres días más tarde Etiopía y Eritrea entraron en guerra de nuevo. Esa vez no medió conversación alguna: Sam y Max no fueron a la oficina de correos para consultar con el príncipe ni lo discutieron con Christianna. Sam se encargó personalmente de hacer el equipaje de la princesa, y Max aguardó a las puertas del barracón mientras esta se vestía. No le dieron opción. Si era preciso, la sacarían de allí a rastras. Ella se empeñó en que no quería dejar allí a sus amigos. Se había encariñado con el lugar y con sus gentes. Todas se congregaron a su alrededor y derramaron lágrimas. Geoff coincidía plenamente con Max y Sam. El resto del campamento ya decidiría por su cuenta y riesgo si optaba por irse o quedarse, pero Geoff se encargó personalmente de ordenar a Christianna que abandonara el lugar. Les había ayudado mucho, se había entregado generosamente y todos le tenían gran estima por ello. Pero él estaba tan interesado en alejarla de allí como su padre y sus guardaespaldas. Aquel no era su trabajo, era su bondad la que la había llevado hasta allí y no quería que eso le costara la vida. Los demás compañeros asumían los riesgos como parte de su misión. Pero la de Christianna era muy distinta. Su estancia en África podía considerarse un regalo del cielo para todos, incluida la propia Christianna.

Se despidieron todos con lágrimas en los ojos; Christianna hizo un último recorrido por la sala de los enfermos de sida y Geoff los acompañó en coche hasta Asmara. Allí, bajo una lluvia torrencial, Christianna se aferró a él, llorando como una niña. Eran tantas las cosas que habían ocurrido, y tan grande su temor por lo que les pudiera suceder... Sentía como si los traicionara marchándose en ese momento. Desde hacía días no dejaban de llegar tropas de Naciones Unidas y Unión Africana a la zona.

—Tiene que salir de aquí, alteza —insistió, recordándole su condición—. Si ocurriera algo, su padre nunca nos perdonaría.

Christianna había pasado nueve meses en África, pero aún no se sentía preparada para volver a casa, ni lo estaría nunca como bien sabía. Su corazón estaba allí, además de una parte de su vida que nunca podría olvidar.

—¿Y vosotros qué haréis? —preguntó mientras su avión entraba en la pista.

—Dependerá de cómo se desarrollen los acontecimientos en los próximos días. Aún es pronto para saberlo. Veremos qué deciden en Ginebra y lo que quieren hacer los demás. Pero usted tiene que regresar, alteza, decididamente.

Al fin y al cabo, ese era su hogar, pero no el de Christianna. Antes de irse, se abrazó a él con fuerza y le dio las gracias por lo que habían sido los mejores meses de su vida. Geoff a su vez le agradeció la dedicación y entrega que había mostrado. Le dijo que era una joven extraordinaria y que le deseaba lo mejor. Sabía que ninguno de ellos la olvidaría nunca, ni tampoco aquella gracia suya, tan altruista y bondadosa.

Seguidamente embarcó en el avión con Max y Sam. Al mirar por la ventanilla, vio que Geoff los observaba. Se despidió con un gesto de la mano y luego corrió hacia el autocar bajo la lluvia. Momentos más tarde, el avión despegaba. Les aguardaba un interminable vuelo hasta Zurich, previa escala en Frankfurt, y luego el viaje por carretera hasta casa.

En el avión, Christianna pasó un buen rato mirando al vacío, pensando en Fiona, en Parker, en Laure, en Ushi y en todos sus alumnos, en Mary y en las mujeres y los niños enfermos de sida. Dejaba atrás a montones de seres queridos. La pobre Fiona se marchaba con ella, para siempre en su corazón. Por una vez, apenas intercambió una palabra con Sam y Max. Se sentó en un extremo del pasillo, y ellos en el otro. Sus guardaespaldas habían cumplido estrictamente su cometido en esa ocasión. Si hubiera sido necesario, la habrían sacado de allí a rastras. Con una guerra en ciernes, ni ellos ni su padre albergaban la menor duda del lugar donde le correspondía estar. Ni siquiera Christianna había opuesto resistencia en esa ocasión. Sabía que no tenía alternativa.

Gran parte del vuelo hasta Frankfurt lo pasó durmiendo, y el resto del trayecto mirando por la ventanilla en silencio, pensando en Fiona... en Parker... Nada más aterrizar, lo llamó por teléfono a Boston y le contó todo lo ocurrido; lo de Fiona, las escaramuzas en la frontera y el estallido de la guerra. Parker recibió la noticia estupefacto, mientras ella sollozaba sin parar.

—¡Dios mío, Cricky! ¿Tú estás bien?

Parker no daba crédito. Christianna le explicó cómo la habían encontrado, y al hacerlo se echó a llorar de nuevo. Parecía completamente deshecha.

—Te quiero —le repitió Christianna una y otra vez, sin poder dejar de llorar—. Te quiero tanto...

Hacía casi dos meses que no lo veía, pero después de todo lo ocurrido, se diría que habían transcurrido siglos.

—Yo también te quiero, Cricky. Y ahora quiero que vuelvas a casa y te serenes un poco. Descansa. En cuanto puedas escaparte, nos veremos en París.

—Está bien —respondió ella con voz débil, sintiéndose incapaz de vivir un día más sin él.

Llevaban ya demasiado tiempo sin verse, y habían ocurrido demasiadas desgracias entretanto. Parker parecía tan afectado como ella por la noticia.

—Vuelve a casa, cariño —le dijo con ternura—. Todo se arreglará —añadió a modo de consuelo, deseando poder abrazarla en ese momento.

Christianna parecía conmocionada.

—No, todo no —replicó ella, entre sollozos—. Fiona está muerta, Parker. Eso ya no tiene arreglo.

—Lo sé —dijo él, intentando calmarla, aún sin dar crédito a lo ocurrido. Parecía imposible que la encantadora Fiona, tan cariñosa, tan vivaz y temperamental, ya no estuviera en este mundo—. Lo sé. Pero lo nuestro sí tiene arreglo. Dentro de nada iré a verte a París.

Pero Christianna se echó a llorar aún más amargamente, dando por sentado que aquella sería seguramente la última vez que se verían. No podría soportar más despedidas ni más pérdidas. Pero tenía que colgar, su vuelo a Zurich estaba a punto de despegar. Parker se quedó muy preocupado; la encontraba muy mal, terriblemente afectada. ¿Y cómo no iba a estarlo dadas las circunstancias?

—¿Puedo llamarte a casa? —preguntó cauteloso.

Christianna le había dado varios números de teléfono antes de despedirse de él en África, pero no sin antes advertirle que recurriera a ellos solo en caso de absoluta necesidad. No quería levantar sospechas. Pero Parker solo pretendía interesarse por su salud. Lo dejaba muy preocupado, y con razón. Christianna nunca se había sentido tan trastornada en su vida.

—No, ya te llamaré yo —respondió, nerviosa.

Estaba completamente ofuscada. Fiona había muerto. Parker, instalado en Boston para siempre. Sus amigos de Senafe, en plena guerra. Y ahora encima tendría que enfrentarse con su padre, cuando no se sentía ni siquiera con ánimos de volver a casa. En el espacio de diecisiete horas, había saltado de una parte a otra del planeta, se sentía como una planta a la que hubieran arrancado súbitamente de la fértil tierra africana, desarraigada. Liechtenstein ya no era su hogar. Su verdadero hogar estaba en Senafe. Y su corazón, en Boston con Parker. Estaba tan aturdida que, al terminar de hablar con él, rompió a llorar a lágrima viva. Miró a Sam y a Max y los encontró tan abatidos como ella. También ellos estaban encantados en África, pero tomaron la decisión sin dudarlo: tenían que sacar a Christianna de allí cuanto antes.

—Sentimos que la despedida haya sido tan brusca, alteza. Pero teníamos que cumplir con nuestro deber. Era el momento de irse.

—Lo sé —afirmó Christianna con pesadumbre—. Ha tenido todo un final tan trágico... Fiona, la ruptura de la tregua, las escaramuzas en la frontera. ¿Qué será de toda esa gente si tienen que sufrir otra guerra?

Se le encogía el corazón solo de pensarlo, era un pueblo tan afable y cariñoso. Y echaba de menos a sus compañeros como si fueran hermanos.

—Si estalla una guerra, será muy duro para ellos —respondió Max con franqueza.

Lo había comentado largamente con Sam durante el viaje: Naciones Unidas ya había oficiado de mediador en el anterior conflicto sin conseguir impedir la guerra.

—También estoy preocupada por los que se han quedado en el campamento —afirmó Christianna.

—Sabrán cuándo salir de allí. Ya han pasado por todo esto antes.

A ellos no les cupo duda de que tenían que sacar a Christianna de Senafe de inmediato. Tanto Max como Sam comprendieron enseguida que si algo le hubiera sucedido a la princesa, las consecuencias habrían sido nefastas. El príncipe nunca les habría perdonado, ni ellos tampoco a sí mismos.

Durante el vuelo de Frankfurt a Zurich, último tramo del trayecto, Christianna no abrió la boca. No le quedaba nada que decir. La congoja la atenazaba. La pérdida de su amiga, la ausencia del hombre al que amaba, lo imposible de su situación por grande que fuera su amor, y haberse visto arrancada de aquel lugar que tan hondo había ido calando en su corazón a lo largo de aquellos nueve meses... todo ello se le hacía insoportable. Y ahora, pese a la alegría de volver a ver a su padre, sentía que regresaba a presidio, condenada a vivir en Vaduz para el resto de sus días, para cumplir con su padre y con su país, para sacrificarse aún más de lo que había hecho hasta entonces. Ese destino se le antojaba un castigo por haber nacido con sangre real, y la carga se le hacía cada vez más intolerable. Se sentía escindida entre el deber para con sus antepasados, su país y su familia y lo que su corazón anhelaba: Parker, el único hombre al que había amado en su vida.

El avión aterrizó en Zurich. Su padre la esperaba en el aeropuerto. Se abrazó a ella con lágrimas en los ojos. Había vivido con el alma en vilo las últimas horas. No habría soportado perderla. Miró a Max y a Sam, agradecido por haberla sacado de allí antes de que ocurriera una desgracia. A tenor de los últimos boletines informativos, que el príncipe había seguido con atención, la situación había empeorado después de que ella saliera de Asmara.

Christianna alzó la vista hacia él, le sonrió, y su padre percibió al instante que era una persona distinta quien regresaba a casa. Su niña se había transformado en mujer. El amor, las experiencias allí vividas, el trabajo, todo ello la había hecho madurar. Y como les había sucedido a otros muchos antes que a ella, la belleza de África y todo lo que allí había aprendido y descubierto habían llegado hasta lo más profundo de su ser.

En el control de pasaportes de Zurich la hicieron pasar sin detenerla, como de costumbre. Ni siquiera echaron un vistazo a su pasaporte. No era preciso, sabían perfectamente quién era. La miraron sonrientes y, por una vez, Christianna no les devolvió la sonrisa. Le fue imposible.

Tomó asiento junto a su padre en la parte trasera del Rolls Royce, conducido por el chófer de siempre, con el consabido guardaespaldas en el asiento del pasajero. Sam y Max les seguían en otro automóvil, acompañados de otros dos guardaespaldas, que se alegraron de volver a verlos. Sam y Max no estaban tan destrozados como Christianna. Ellos cumplían una misión, aunque también habían sucumbido a la belleza de África. Y estar de vuelta también los entristecía. Aquel mundo tan familiar hasta hacía un tiempo de pronto se les antojaba muy distinto. Al igual que a Cricky.

Christianna apenas abrió la boca durante el trayecto hasta Liechtenstein. Aferrada en silencio a la mano de su padre, se limitó a contemplar el paisaje. Era otoño y hacía un tiempo precioso. Sin embargo, añoraba Senafe. Su padre estaba al corriente de todo lo ocurrido, o al menos eso creía. Sabía lo de Fiona, y que Christianna había sido la primera en encontrarla. El príncipe daba por sentado que la turbación que observaba en su hija se debía a la conmoción por aquella tragedia. Ignoraba que sus ojos reflejaban también su desolación por la pérdida de Parker. Porque aun cuando no lo hubiera perdido del todo aún, sabía que el final estaba cerca. Y aunque se vieran en París, sus encuentros no podrían repetirse sin acarrear un escándalo, como aquellos a los que Freddy los tenía acostumbrados, y Christianna no deseaba hacerle eso a su padre. No podía. Le debía algo más.

—Te he echado de menos, papá —le dijo, volviéndose para mirarlo.

La ternura que percibió en sus ojos le hizo comprender de una vez por todas que sería incapaz de romperle el corazón traicionando todo aquello para lo que había nacido. Y en consecuencia, le ofrecía su corazón en sacrificio, y el de Parker. Dos corazones a cambio de uno. Parecía un precio muy elevado por el cumplimiento del deber.

—Yo también a ti, hija mía —respondió él en voz queda.

Christianna retuvo su mano y, al llegar a Vaduz y contemplar el palacio que la había visto crecer, no sintió como si regresara a su hogar. Su hogar se hallaba con Parker. En Senafe. Aquellos seres queridos eran su hogar. Los que reencontraba en Vaduz se habían convertido en extraños tras aquellos nueve meses de ausencia. Ella tampoco era la misma. Incluso su padre podía percibirlo.

Christianna salió del coche en silencio. Los empleados de palacio que la habían visto crecer estaban allí esperándola. Charles se abalanzó sobre ella, le echó las patas encima, le lamió la cara, y ella sonrió. Entonces reparó en Freddy, que la saludaba con la mano desde lejos. Había vuelto expresamente de Viena para recibirla. Pero ella, en su fuero interno, no sintió nada. El perro la siguió al interior de palacio, y Christianna oyó que cerraban la puerta a sus espaldas. Freddy se abrazó a ella y le dio un beso. Charles se puso a ladrar. Su padre le sonreía, y ella sonrió a todos con semblante triste. Quería alegrarse de verlos, pero no podía. Había aterrizado en una familia de extraños. Los que se dirigían a ella la llamaban alteza serenísima. Justo lo que no deseaba ser, lo que no había sido durante aquellos nueves meses extraordinarios. No quería volver a ser Christianna de Liechtenstein. Ella solo quería ser Cricky de Senafe.

14

Una vez en Vaduz, Christianna siguió con enorme interés las noticias sobre Eritrea. Le preocupaban sus amigos, y la situación no pintaba nada bien: las violaciones de la frontera no cesaban y ya había muerto mucha gente. Los eritreos huían de nuevo del país, como habían hecho en el pasado. La guerra avanzaba lentamente, y Christianna, a su pesar, reconocía que su padre había tenido razón obligándola a volver a casa.

Cada vez que recordaba a Fiona se le encogía el corazón. Pensaba constantemente en las risas que habían compartido y en lo mucho que se había enfadado su amiga al descubrir que Christianna era una princesa; le dolía no haberse sincerado antes con ella. Pensaba en todos los buenos momentos que habían vivido juntas, en aquella terrible mañana cuando la encontraron, y en la forma tan espantosa en la que había muerto. Ojalá que al menos el final hubiera sido rápido; sin embargo, aunque solo hubieran sido segundos, el dolor y el miedo debieron de ser indescriptibles. No conseguía sacarse de la cabeza la espantosa imagen de Fiona desnuda, tumbada boca abajo en el fango bajo la lluvia como una muñeca de trapo, con el cuerpo cosido a puñaladas.

Para bien y para mal, Christianna sufrió un cambio radical en Eritrea. Había disfrutado de cada minuto de su estancia, de las personas a las que había conocido, de aquellas con las que había trabajado y convivido, de los lugares que había visitado.

Todo ello formaba parte de su ser, y ahora se sentía como una extraña en su propio país. En Senafe fue ella misma, pudo ofrecer lo mejor de sí. En Vaduz, en cambio, se veía obligada a comportarse como aquella persona que se había resistido a ser durante toda su vida. De hecho, tenía que renunciar casi por entero a su auténtico yo para seguir viviendo allí. Tenía que rendirse al deber y a la historia. Y, lo que era peor, a fin de convertirse en esa persona que estaba destinada a ser, debía renunciar al hombre al que amaba. No se le ocurría un destino peor que el suyo. Era como una muerte en vida. Quería mucho a su padre y a su hermano, pero su regreso a Vaduz seguía pareciéndole una cadena perpetua y, cada mañana, tenía que obligarse a salir de la cama para hacer lo que se esperaba de ella. Ponía en ello todo su empeño y voluntad, pero sentía como si una parte de su ser muriera cada día. Nadie lo percibía, pero ella lo sabía. Se estaba consumiendo por dentro.

Christianna y Parker se comunicaban cada día por correo electrónico. Desde su regreso, lo había llamado por teléfono a Boston varias veces; él no lo hacía por temor a ponerla en un aprieto. Christianna no quería que nadie se enterara de su existencia, ni que nadie —particularmente su padre, su hermano o el personal de seguridad— descubriera su nombre en algún mensaje perdido. El correo electrónico era el único medio seguro de comunicación, pero ni siquiera a través de él le hizo abrigar esperanzas en ningún momento. No las había. Engañarlo, o engañarse a sí misma, habría sido demasiado cruel. Solo les quedaban los recuerdos de aquellos tiempos felices y el amor que les unía.

A Christianna le encantaba comunicarse con él, reírse juntos aunque solo fuera a través de la pantalla. Parker le hablaba de su trabajo y ella le contaba cómo había transcurrido la jornada. Pero, sobre todo, le confiaba sus sentimientos. Estaba más enamorada que nunca de él, y Parker la correspondía.

Christianna asistió a numerosos actos institucionales con su padre, así como a dos cenas de gala en Viena. Y juntos acudieron también a una suntuosa fiesta en Montecarlo ofrecida por el príncipe Alberto: el baile de la Cruz Roja, que tenía un significado especial para ella, aunque no asistió con demasiadas ganas. Había retomado su vida de antaño y no podía eludir el yugo del deber. Volvía a hacer las veces de primera dama junto a su padre, en Vaduz y en Viena, cogida siempre de su brazo cuando salían.

Freddy estaba instalado en el palacio de Liechtenstein en Viena, aunque sus correrías se extendían por toda Europa. Se dedicaba a viajar en yate con sus amigos y, en septiembre, pasó una semana en St. Tropez. Como de costumbre, los paparazzi seguían sus pasos, con la esperanza de destapar alguna noticia jugosa o algún escándalo. Últimamente se comportaba un poco mejor de lo habitual, pero los periodistas sabían tan bien como Christianna y su padre que tarde o temprano daría algún paso en falso al que la prensa pudiera sacar jugo. También había pasado por Londres un par de veces, para visitar a su prima Victoria, prometida de nuevo, esta vez a una estrella del rock en cuyo honor se había hecho tatuar un enorme corazón en el pecho y se había teñido el pelo de verde. A Freddy le encantaba salir con ella y con sus amigos, gente desinhibida con la que Freddy se sentía muy a gusto. Y de vez en cuando, si no tenía nada mejor que hacer, pasaba por Vaduz para ver a la familia.

A Freddy lo incomodaba ver cómo había madurado su hermana y lo mucho que se esforzaba en complacer al padre de ambos. Christianna se prodigaba en hospitales y orfanatos, visitaba a ancianos ingresados en centros de convalecencia, pronunciaba discursos en bibliotecas y posaba constantemente para los fotógrafos. Su hermana hacía exactamente lo que se esperaba de ella, sin expresar la menor queja, pero una vez, en una de sus visitas a Vaduz, al mirarla a los ojos y ver lo que estos reflejaban, se le rompió el corazón. Incluso él advirtió lo caro que su hermana estaba pagando asumir aquel papel.

—Necesitas divertirte más —le aconsejó mientras desayunaban en el palacio de Vaduz, en una espléndida mañana de finales de septiembre—. Te estás haciendo vieja antes de tiempo, querida mía.

Christianna había cumplido veinticuatro años ese verano y Freddy estaba a punto de cumplir treinta y cuatro, sin que nada pareciera indicar que fuera a sentar la cabeza o a madurar.

—¿Y qué me sugieres que haga? —le preguntó Christianna con sentido práctico.

—¿Por qué no te tomas unas vacaciones y te vas al sur de Francia un par de semanas? Las regatas empiezan la semana que viene. Victoria ha alquilado una casa en Ramatuelle, y ya sabes lo bien que se lo pasa uno en sus fiestas.

Eso era todo lo que a Freddy se le ocurría. Y lo habría pasado bien, estaba convencida. Pero y después ¿qué? ¿Otra vez de vuelta a Vaduz, a soportar de por vida la carga de sus pesadas responsabilidades? Christianna estaba deprimida desde su regreso a casa, y las frívolas propuestas de Freddy, por bienintencionadas que fueran, de poco le servían. Su problema no tenía solución, no le quedaba más que resignarse y aceptar su sino. Y por si no fueran pocas su desesperación y su soledad, se había visto obligada a renunciar al amor.

—Me siento obligada a quedarme en Vaduz y ayudar a papá. He estado fuera tanto tiempo... —Además, su padre disfrutaba enormemente de su compañía, se lo repetía a diario.

—Papá puede arreglárselas muy bien sin ti —afirmó su hermano, estirando las piernas, largas y bien torneadas. Freddy era un hombre muy apuesto, que volvía locas a las mujeres—. Sin mí bien que se las arregla —añadió, bromeando.

Christianna suspiró. Había renunciado a tantas cosas para volver a casa y cumplir con su deber... Se preguntaba cuándo haría lo mismo Freddy, si llegaba a hacerlo algún día. De hecho, gran parte de las cargas que ella sobrellevaba, y que la habían apartado de Parker, eran responsabilidad de su hermano. Se hacía difícil no guardarle rencor por ello.

—¿Cuándo vas a sentar la cabeza? —le preguntó con irritación.

Incluso ella empezaba a hartarse de sus continuos devaneos y su irresponsabilidad. Antes se lo perdonaba todo, pero aquella ociosidad de su hermano ya no le hacía tanta gracia. Por si fueran pocas sus responsabilidades, encima tenía que cargar con las de él.

—Puede que nunca. O tal vez cuando no tenga más remedio —le respondió con franqueza—. ¿Para qué voy a madurar? A papá le quedan muchos años de vida, aún me falta mucho para ser el príncipe soberano. Ya sentaré la cabeza cuando llegue el momento.

Christianna no le dijo, aunque estuvo tentada de hacerlo, que para ese entonces quizá fuera demasiado tarde. Los malos hábitos de Freddy habían ido a peor con los años y se había vuelto muy autocomplaciente. Era la antítesis de su hermana, siempre responsable en extremo. La disposición de Christianna a estar siempre al servicio de su padre permitía a Freddy ser quien era, y quien no debía ser.

—Podrías ayudar un poco más a papá —le regañó Christianna secamente—. Lleva encima una carga tremenda, preocupado por los asuntos de Estado, por atender cuestiones económicas y humanitarias, por mantener los pactos comerciales con otros países. Si te interesaras un poco más por su trabajo, le simplificarías mucho la vida.

Christianna intentaba alentarlo para que saliera de su indolencia, pero Freddy no hacía nada, ni lo había hecho en toda su vida. Solo quería divertirse.

—Te has vuelto muy seria en África —observó Freddy, mirándola con cierta animadversión.

No le gustaba que le recordaran sus deberes, ni que lo llamaran al orden. Su padre se había dado por vencido y ya ni se molestaba en hacerle recriminaciones. Dependía cada vez más de Christianna. Y a Freddy no le gustaba que su hermana menor lo reprendiera, particularmente cuando tenía razón.

—Todo esto me parece muy aburrido —añadió, en tono cortante.

—Puede que la vida real sea aburrida —replicó ella, con una madurez impropia de su edad—. Dudo que las personas adultas se diviertan a todas horas, al menos no las que se encuentran en nuestra situación. Nos debemos a papá y a nuestro pueblo, tenemos que servir de ejemplo para el país y hacer lo que se espera de nosotros, nos guste o no, nos apetezca o no. ¿Recuerdas: «Honor, valor y bienestar»?

Ese era el lema por el que se regía la familia, o al menos debía hacerlo. Su padre y Christianna lo respetaban, pero a Freddy no le decía gran cosa; de hecho, para él no significaba nada en absoluto. Su sentido del honor era cuestionable, no se enfrentaba a nada con valor y el único bienestar por el que había mostrado algún interés hasta la fecha era el suyo propio.

—¿Desde cuándo te has vuelto tan digna? —le preguntó irritado—. ¿Qué te han hecho en África? —En las últimas semanas, Freddy se había dado cuenta de que su hermana había cambiado: ya no era la jovencita de antes de irse; se había convertido en una mujer, en el más amplio sentido de la palabra. Y cada vez que la miraba a los ojos, le parecía detectar pena en su mirada.

—He aprendido muchas cosas... de personas maravillosas —respondió Christianna con voz queda.

Se refería no solo a las personas con las que había trabajado, sino también a las que había ayudado. Se había quedado prendada de todas ellas, así como de un hombre al que amaba profundamente y al que había renunciado por su padre y por su país. Había visto morir a una gran amiga y a un país entrar en guerra. Había visto mucho en aquellos nueve meses alejada de los suyos, y regresaba convertida en otra persona. Freddy lo notaba y no estaba seguro de si le gustaba el cambio. Aquel cada vez más acusado sentido del deber del que hacía gala su hermana se le antojaba sumamente irritante.

—Me parece que estás volviéndote un poco pesada, hermanita —dijo con aspereza—. Quizá sería mejor que te divirtieras un poco y dejaras de controlarme tanto —añadió con acritud, y a continuación, se levantó y se desperezó con abandono—. Me vuelvo a Viena hoy; después volaré a Londres para ver a unos amigos.

Su vida era un continuo torbellino de fiestas y diversiones. Christianna se preguntaba cómo podía llevar una existencia tan vacía. ¿No se cansaba de aquel tren de vida? ¿De tanto perseguir a actrices y modelos? Entretanto, los demás cargaban con todo el trabajo.

Freddy se marchó esa misma mañana tras despedirse de ella. La tirantez entre ambos era palpable. A Freddy le molestaba que Christianna lo criticara o le recordara sus deberes. Y a ella tampoco le agradaba ver cómo su hermano desperdiciaba su vida. Seguía molesta por la discusión con él, cuando recibió un correo de Parker esa mañana, en el que le proponía un encuentro en París.

Su primera reacción fue decirle que no, aunque le había prometido que volverían a verse algún día. Desgraciadamente, acabarían dependiendo aún más el uno del otro, se enamorarían todavía más, y cuando tuvieran que separarse aún sufrirían más de lo que ya habían hecho. Además, ¿cuántas veces podrían repetir esos encuentros? Llegaría el momento en el que alguien la reconocería, aparecerían los paparazzi y Christianna sería la vergüenza de su país como ya lo era Freddy, o peor, puesto que ella era una mujer y la actitud en Liechtenstein respecto a su sexo era sumamente retrógrada, quizá más que en ningún otro país europeo. Después de leer el mensaje de Parker, Christianna dudó unos minutos y luego cogió el auricular dispuesta a llamarlo y a decirle que no. Pero nada más oír su voz, cambió de opinión, arrobada.

—Hola, Cricky —saludó Parker con voz tierna—. ¿Cómo va todo por ahí?

Christianna suspiró, sin saber qué responder, y finalmente optó por ser franca.

—No muy bien. Acabo de desayunar con mi hermano. Es incorregible. Solo piensa en sus juergas y sus correrías, y, mientras, mi padre trabaja como un esclavo y yo hago lo que puedo para ayudarlo. No es justo. Es un completo irresponsable. Ha cumplido treinta y cuatro años, sin embargo se porta como si tuviera dieciocho todavía. Lo quiero mucho, pero a veces me hace perder los estribos con su actitud.

Christianna sabía que su padre sentía lo mismo. Por culpa de Freddy, ambos debían cargar con muchas más responsabilidades. Ella se veía obligada a resarcir a su padre de tanta desidia y empezaba a abrigar cierto resentimiento hacia Freddy. Antes de Senafe, no se sentía así, pero entonces no estaba enamorada de Parker. Antes de marcharse, veía a su hermano como un granuja encantador que, generalmente, la divertía. Pero después de haber tenido que renunciar a tantas cosas, ya no lo encontraba tan divertido. Al otro lado del teléfono, Parker la notó cansada y triste.

—¿Qué te parece lo de París? —le preguntó, esperanzado.

—No lo sé —respondió Christianna con franqueza—. Me encantaría, pero me preocupa que solo estemos retrasando el momento.

No añadió «de poner fin a lo nuestro», aunque esa era su impresión. No había más solución que esa. Intentaría sondear a su padre, pero no abrigaba ninguna esperanza. Sabía cuál sería su parecer: nunca daría su consentimiento para que se casara con un plebeyo de Boston, por muy médico respetable que fuera. No era un príncipe, ni siquiera pertenecía a la realeza. La relación de Christianna con él iba en contra de todas sus convicciones y de las esperanzas que tenía puestas en el futuro de su hija. A él le traía sin cuidado que en otros países hubiera príncipes y princesas que contrajeran matrimonio con plebeyos. No por ello iba a mostrar más benevolencia ni traicionar sus principios. Por el momento ignoraba que su hija estuviera enamorada. Cuando se enterara, sabía perfectamente cómo iba a reaccionar, conocía bien a su padre. Terminaría pidiéndole que renunciara a Parker, y ella se vería obligada a hacerlo. Dada su condición, Christianna no podía ir contracorriente y enfrentarse a mil años de tradición, ni a los deseos expresados por su madre en su lecho de muerte. Era una corriente demasiado fuerte, y al final el amor que ella y Parker se profesaban tendría que sucumbir. Cada vez que lo pensaba se le partía el corazón, e intentar explicárselo a Parker hacía que se sintiera aún peor.

—Solo intento mantener vivo al paciente, hasta que encontremos cura para la enfermedad —dijo Parker, que aún abrigaba esperanzas e ilusiones de volver a verla. No estaba dispuesto a renunciar a su amor, al menos por el momento, y esperaba no tener que hacerlo nunca.

—No existe cura, amor mío —le contestó Christianna con ternura, deseando verlo.

Tenía veinticuatro años y estaba profundamente enamorada de un hombre maravilloso. Ni siquiera conseguía explicarse a sí misma por qué debía poner fin a aquella relación, todo por un país y unas tradiciones ancestrales, incluso por su padre o porque su hermano no fuera la persona adecuada para el trono. Christianna sentía como si tiraran de ella en mil direcciones distintas.

—Encontrémonos en París —insistió Parker con dulzura—. No es preciso que solucionemos todos los problemas ahora. Te echo de menos, Cricky. Quiero verte.

—Yo también quiero verte —respondió Christianna con voz triste—. Ojalá pudiéramos irnos a Massawa a pasar el fin de semana.

Christianna sonrió al recordar aquella escapada. ¡Lo habían pasado tan bien! Aquellos tiempos juntos en África habían sido mucho más fáciles que los que vivían ahora.

—En este momento no creo que ese sea el lugar más indicado a donde ir. He estado informándome en internet sobre la situación y parece que los combates fronterizos se han intensificado. Parece que saliste justo a tiempo de allí.

Los etíopes querían apoderarse de los puertos eritreos. Siempre habían aspirado a ellos, y nunca aceptaron plenamente las condiciones de la tregua.

Aunque detestaba estar de vuelta en su país, Christianna estaba de acuerdo con Parker. Marcharse había sido lo más sensato.

—¿Has tenido noticias del campamento?

Ella llevaba semanas sin saber nada, desde que había recibido la carta de Mary Walker y la postal de Ushi. Ninguna de las dos decía gran cosa respecto a la situación, solo que la echaban de menos. Aguardaban con cautela el devenir de los acontecimientos, a la espera de recibir órdenes desde Ginebra.

—He recibido una postal de Geoff, pero no decía gran cosa. No creo que sepan nada aún, pero si el conflicto se extiende, será una catástrofe. Probablemente tendrán que salir del país, o exponerse a grandes riesgos si se quedan. Tal vez se unan a las fuerzas de las Naciones Unidas apostadas en la frontera, pero entonces se colocarían en plena línea de fuego. Si se deciden por eso, probablemente cierren el campamento de Senafe.

Christianna se entristeció solo de pensarlo. ¡Había sido tan feliz allí! Y aún la entristecía más pensar en aquel pueblo eritreo al que tanto había terminado queriendo. Una nueva guerra con Etiopía, cuando apenas empezaban a recuperarse de la anterior, sería una catástrofe para el país.

—Volvamos a lo nuestro —propuso Parker. Tenía que regresar al trabajo—. Hablemos de París. De ti y de mí. De lo nuestro... una cena, un paseo junto al Sena, cogidos de la mano, nos besamos... hacemos el amor... ¿te dice algo todo eso, o al menos te seduce la idea?

Christianna se echó a reír. No solo la seducía, sino que le parecía una tentación irresistible. ¡Y todo ello con el hombre al que amaba!

—¿Quién puede resistirse? —preguntó con voz risueña.

—Espero que tú no. ¿Cuándo puedes escaparte? ¿Estás muy ocupada?

—Este fin de semana tengo que asistir a una boda en Amsterdam con mi padre. Se casa una sobrina de la reina de Holanda de la cual mi padre es padrino. Pero creo que el siguiente lo tengo libre —dijo como si tal cosa, lo que hizo reír a Parker.

—Eres la única mujer que conozco, y que conoceré, supongo, cuya vida social la ocupan reyes, reinas y princesas. Los demás tienen entradas para partidos de béisbol o reuniones de la congregación. Eres una auténtica princesa de cuento, amor mío.

—Ahí está el problema.

Y él era su príncipe azul.

—En fin, estoy dispuesto a cederle el protagonismo a la reina de Holanda. ¿Qué tal el fin de semana siguiente, entonces?

Christianna hojeó rápidamente su agenda y asintió.

—Ese sí que podría. —Estaba libre; pero de pronto la asaltó una duda—. ¿Qué le digo a mi padre?

—Dile que tienes que ir de compras. Siempre es un buen pretexto.

Lo era, en efecto, pero Christianna temía que dijera de acompañarla. Le encantaba llevarla a París. De repente recordó algo y se le iluminó el rostro. Sí podría.

—Acabo de recordar que se va a una regata en Inglaterra ese fin de semana, en Cowes. Estará ocupado.

La devoción que Christianna sentía por su padre impresionaba y consternaba a Parker en igual medida.

—Entonces, ¿tenemos plan? —preguntó ilusionado.

Christianna rió y, por primera vez desde su regreso a casa, su voz sonó de nuevo joven y desenfadada.

—Tenemos plan, amor mío.

Se sentía como si acabaran de concederle un indulto. Tres días en París con Parker, y después podría seguir soportando todas sus cargas. Le bastaba con pasar tres días más con él. Sería su tabla de salvación. Estar con Parker insuflaría aire a su vida.

Tras planear el encuentro con él, Christianna le pidió a su secretaria que le reservara una habitación en el Ritz de París. Parker se encargaría personalmente de reservar la suya. No podían arriesgarse a compartir la misma habitación por si algún empleado del hotel los delataba. Aunque no usaran una de las dos habitaciones, mejor registrarse por separado. Menos mal que Parker no tenía dificultades económicas, pensó Christianna, y que estaba dispuesto a gastarse ese dinero.

Christianna pidió al jefe de seguridad de palacio que le asignara a Max y a Samuel como guardaespaldas; conocía su discreción y sabía que no molestarían. Sería como un reencuentro para todos ellos después de Senafe. Ya esperaba con impaciencia a que llegara el día señalado.

Esa tarde, Christianna salió de palacio dispuesta a cumplir con sus compromisos oficiales con renovado brío. Se mostró más simpática que nunca con los niños, más paciente de lo que había sido jamás con los ancianos y más amable que de costumbre con todos los que se acercaron a estrecharle la mano, hacerle ofrenda de flores o abrazarla. Y por la noche, en la cena oficial de turno, incluso su padre observó con alivio lo contenta que estaba. Desde su regreso de África la veía muy apagada, incluso más que antes de marcharse. El príncipe casi empezaba a lamentar haberle concedido permiso para aquel viaje, que parecía no haber hecho más que empeorar el problema. Esa noche, Christianna se desvivió por dar gusto a todos los invitados e hizo alarde de elegancia, desenvoltura, paciencia e inteligencia en todo momento. Volvía a ser su hija de siempre. Pero el príncipe ignoraba que el único pensamiento que rondaba por la cabeza de su hija en ese momento era Parker y su próximo encuentro con él en París. Esos tres días eran su único aliciente; entretanto, estaba dispuesta a cualquier sacrificio. Parker era lo único que la mantenía viva; el profundo amor que se profesaban y el aliento que él le proporcionaba le daban fuerzas para seguir adelante.

15

Max y Samuel viajaron en coche con Christianna hasta el aeropuerto de Zurich, y durante el trayecto bromearon sobre la dureza de la nueva misión que les había sido asignada. Para los dos era un placer viajar con ella, París les encantaba y aquella escapada les permitía descansar de la rutina diaria. Parecían los Tres Mosqueteros de nuevo en busca de aventuras, aunque esta vez no por mucho tiempo. Sam y Max ignoraban que Christianna tuviera previsto reunirse con Parker en París, pues la princesa no les había informado sobre el propósito del viaje. Nadie debía saberlo, ni siquiera ellos. El menor desliz podría levantar la liebre. No se trataba de un fin de semana en Qohaito, a miles de kilómetros de distancia de su padre. París estaba a dos pasos, y Christianna sabía que, al más mínimo descuido, la prensa se le echaría encima. Ella y Parker tendrían que extremar el cuidado y actuar con la mayor discreción posible.

A su llegada al aeropuerto parisino Charles de Gaulle, el jefe de seguridad del aeropuerto los acompañó hasta la salida de la aduana, como de costumbre. Un chófer la estaba esperando, y sus dos guardaespaldas subieron al coche con ella. Desde su regreso a Europa, Sam y Max ya no la llamaban «Cricky», sino que se dirigían a ella respetuosamente como «alteza». A Christianna se le hacía raro oír ese tratamiento de sus labios, pero lo aceptaba.

Al llegar al Ritz descubrió que la dirección del hotel ya se había encargado de registrarla, y enseguida la condujeron hasta una elegante suite con vistas a la place Vendôme. Christianna, impaciente, se entretuvo contemplando la hermosa plaza, colgó sus prendas en el armario, pidió que le subieran un té y empezó a deambular nerviosa de un lado a otro de la habitación, hasta que de pronto, casi como sucede en las películas, oyó que alguien llamaba a su puerta. Corrió a abrir, y allí estaba él, más guapo que nunca, con blazer, pantalones de sport y camisa azul. Antes de que pudiera detenerse a mirarlo, ya estaba entre sus brazos. Se besaron tan apasionadamente que casi se quedaron sin aliento. Christianna nunca se había sentido tan feliz de encontrarse con alguien. Llevaban dos meses sin verse. Estaban a finales de septiembre, y Parker se había marchado de África a principios de agosto. Christianna se sentía como si le faltara el aire. Era tal su dicha que se quedó sin habla, hasta que por fin Parker se apartó un momento para contemplarla.

—Dios mío, estás preciosa —observó, abrumado a su vez.

Acostumbrado a verla en Senafe con el cabello recogido en una trenza, pantalones cortos y botas de montaña, sin maquillaje ni joyas de ningún tipo, se quedó deslumbrado con su nuevo aspecto. Christianna lucía un vestido de lana azul pálido a juego con sus ojos, y collar y pendientes de perlas. Incluso zapatos de tacón, como ella misma se encargó de señalar. Y no tenían que preocuparse de las serpientes, bromeó Parker.

Fue un reencuentro idílico. Christianna había pensado en salir a dar un paseo juntos o tomar algo en algún café de la orilla izquierda del Sena. También Parker iba con esa idea, pero a los pocos minutos ya estaban abrazándose en la cama. Eran como seres hambrientos, incapaces de dar un paso sin antes recibir alimento. La pasión que sentían el uno por el otro no había hecho sino avivarse en aquellos dos meses de separación.

Una vez saciada su pasión, se quedaron tumbados en la cama, sobre las sábanas impecablemente planchadas de la habitación de Christianna; sus miradas iban alternativamente de los magníficos techos a los ojos del otro. Christianna no podía dejar de besarlo, y él de estrecharla entre sus brazos. No se levantaron hasta bien entrada la tarde, para compartir un baño en la enorme bañera de la suite. Estar juntos era casi como una droga a la que ambos se habían hecho adictos, y sin la que ya no podían vivir.

Cuando por fin salieron de la habitación, fueron a dar un paseo primero por la place Vendôme y a continuación por la orilla izquierda del Sena. Sam y Max se quedaron tan sorprendidos como contentos de ver a Parker y enseguida comprendieron el propósito de aquel fin de semana. Los dos escoltas mantuvieron una distancia prudencial y dejaron que la joven pareja paseara y charlara a solas durante horas. Era como si nunca se hubieran separado. La conversación giró sobre los mismos temas de los que solían hablar antes: Parker puso a Christianna al corriente sobre su proyecto de investigación, y ella le contó lo que había estado haciendo en Vaduz. También hablaron de su estancia en Senafe y los seres queridos que habían dejado allí, y ambos manifestaron su preocupación por el pueblo eritreo, tan alegre y generoso. Ninguno de los dos mencionó a Fiona, pues era un asunto demasiado triste. Y se trataba de que fuera un encuentro feliz para ambos, como sin duda fue.

Tomaron café en Deux Magots, charlaron otro poco y después cruzaron la calle para entrar en la iglesia de Saint-Germain-des-Prés, donde encendieron unas velas y rezaron un rato. Christianna encendió las suyas pidiendo por la gente de Eritrea y Senafe, por Fiona y otra por ellos, para que algún día hallaran la solución a su problema, y se obrara el milagro de que su padre entrara en razón y diera su consentimiento para que continuaran con su relación. Solo un milagro haría posible que eso sucediera. Christianna descubrió con alivio que Parker también era católico; lo contrario habría supuesto un grave inconveniente para su padre, un escollo tal vez infranqueable. Ya era un obstáculo menos con el que lidiar. Con tantos como tenían por delante, era una suerte que la religión no se encontrara entre ellos.

El trono de Liechtenstein era católico desde el siglo XVI, y su padre era un ferviente devoto de esa religión.

Después regresaron al hotel e hicieron de nuevo el amor, por lo que tuvieron que retrasar su salida a cenar. A las nueve y media, Christianna apareció vestida con un traje pantalón blanco y un jersey, comprados en Dior el año anterior. Parecía un ángel cuando salió del hotel colgada nuevamente del brazo de Parker. Sam y Max los esperaban fuera con el coche.

Recorrieron las calles hasta dar con un bistró apropiado y se quedaron horas allí sentados, en animada charla. El interés que se profesaban era inagotable; se apasionaban por sus respectivos proyectos y se preocupaban el uno por el otro. La conversación fluyó y compartieron datos, risas, bromas y cuestiones que los fascinaban por igual a ambos. Christianna mostró particular interés en el proyecto sobre el sida, al que Parker dedicaba sus investigaciones. Durante su estancia en Senafe había aprendido mucho sobre esa cuestión y significaba mucho para ella, como también Parker y todo lo que tenía relación con él.

—¿Y tú qué tal, cielo? ¿Cómo va el asunto de las cintas?

Así lo llamaban desde que Christianna le explicó a qué se dedicaba.

—Pues últimamente no paro. Tengo contento a mi padre, y a las personas para las que lo hago. Les hace sentirse importantes contar con mi presencia en la inauguración de sus centros, o de lo que se trate.

A la propia Christianna le extrañaba que dieran tanto valor a su intervención en esos actos, que el hecho de que ella cortara una cinta, pronunciara unas palabras, estrechara una mano o acariciara la cabeza de alguien les hiciera sentirse partícipes de su gracia y su encanto por unos instantes, como si eso pudiera hacerles cambiar en algo. Lo había comentado largo y tendido con Parker por correo electrónico; la extrañeza que le provocaba la admiración que despertaba, que requirieran su presencia, sin siquiera conocerla de verdad, ni saber si merecía el respeto y la admiración que le profesaban, simplemente por haber nacido en el seno de una familia real. Parker también lo encontraba mágico, como si fuera una reina de las hadas que tocando a las gentes con su varita mágica arrojara sobre ellos su benéfico hechizo. Christianna se rió cuando Parker se lo dijo y pensó lo mucho que le habría gustado que ellos mismos pudieran ser objeto de ese hechizo. Aunque, en muchos sentidos, la vida ya se había encargado de otorgarles ese don. Verlo de nuevo ya era un regalo del cielo para ambos. Y gracias a ello eran más generosos con los demás. El amor de Parker le daba fuerzas para hacer lo que se propusiera, y él decía sentir lo mismo. Solo tenían un problema, insalvable por otra parte: estaban viviendo momentos robados.

Esa noche, después de haber hecho el amor de nuevo, durmieron abrazados en un sueño feliz. No se cansaban de estar juntos; se deseaban en cuerpo y alma, con una sed infinita, insaciable. Tenían que recuperar dos meses enteros. A la mañana siguiente, Christianna le comentó en broma a Parker que no iban a poder recuperar todo el tiempo perdido en un fin de semana.

—Entonces dame tu vida entera —dijo Parker muy serio, tumbado a su lado en la cama.

—Ojalá pudiera —repuso Christianna, con semblante triste de nuevo.

No soportaba pensar en lo imposible de su situación. A menos que estuviera dispuesta a declinar sus responsabilidades y romperle el corazón a su padre, no tenía opción.

—Si estuviera en mi poder, sería tuya. Ya lo soy en todos los aspectos.

Excepto en uno: no podía casarse con él, y probablemente nunca podría, pues tenía la certeza de que su padre no daría su consentimiento, y Christianna no quería casarse con Parker sin haberlo obtenido. Romper con todas las creencias y tradiciones que le habían enseñado a respetar desde la cuna le parecía un mal comienzo para una relación. Sin embargo, Parker ansiaba casarse con ella más que nada en el mundo. Llevaba siete meses enamorado de Christianna y ya le parecía toda una vida. Pero deseaba algo más, y también ella. Se prometieron no volver sobre ello ese día y disfrutar del tiempo que les quedaba juntos. El lunes por la noche, Parker regresaría a Boston y ella a Zurich.

El sábado estuvieron paseando por la orilla del Sena, se detuvieron a rebuscar en los puestos de libros, a jugar con los cachorros en las tiendas de animales, dieron un paseo en Bâteau Mouche por pasar el rato y comieron en el Café Flore. Tras curiosear en las múltiples tiendas de antigüedades y galerías de arte de la orilla izquierda, con la impresión de habérsela recorrido de punta a cabo, Sam y Max los llevaron en coche al otro lado del río por el puente de Alejandro III. Pasaron frente al magnífico museo del Louvre, y se preguntaron qué aspecto tendría en los tiempos en los que aún era un palacio. Christianna comentó sonriendo que su madre, además de ser una Borbón, descendía de la Casa de Orleans. Ella no recibía tratamiento de alteza serenísima, sino de alteza real, título que le correspondía por ambas ramas familiares. Christianna le explicó a Parker que para ser alteza «real» era preciso ser descendiente directo de reyes, y su madre lo era. El linaje de su padre descendía de príncipes, por ello recibía el tratamiento de alteza serenísima. Para Parker, nada familiarizado con las tradiciones reales en las que ella había crecido, aquello resultaba tan fascinante como abrumador, una sensación que también le provocaba Christianna. Era la primera vez que Parker veía su pasaporte, en el que solo constaba su nombre de pila.

—¿Christianna y ya está? ¿Sin apellido? —A Parker se le hacía extraño.

—Sin apellido —respondió ella, divertida—. Simplemente Christianna de Liechtenstein. Todos los miembros de la realeza tienen este mismo tipo de pasaporte, sin apellidos. Incluso la reina de Inglaterra. Figura como «Elizabeth» sin más, solo que en su caso el nombre va seguido de una «R», de Regina, por ser reina.

—Supongo que princesa Christianna Williams sonaría un poco raro —dijo Parker, disculpándose con una sonrisa compungida.

—A mí no —respondió Christianna con ternura, mientras Parker la besaba de nuevo.

Al llegar al Ritz, entraron un momento a tomar una copa en el bar del hotel. Ambos estaban cansados y sedientos, pero habían pasado un día maravilloso. Parker pidió una copa de vino y Christianna un té. Ella apenas probaba el alcohol, como ya había observado Parker en Senafe. No le gustaba beber, y solo lo hacía en las galas oficiales, cuando se veía obligada a brindar con champán. No era muy aficionada al alcohol. Y Parker siempre solía decirle que comía como un pajarito. Christianna era pequeñita, con una figura esbelta a la vez que muy femenina, que él encontraba irresistiblemente sexy, como bien había demostrado a menudo.

Alguien tocaba el piano en el bar, y mientras disfrutaban escuchando la música, Christianna se echó a reír.

—¿De qué te ríes? —le preguntó Parker, sonriendo feliz.

Habría deseado que aquel fin de semana en París durara eternamente, como también ella. En eso coincidían plenamente.

—Pensaba en lo refinado que es esto comparado con Senafe. ¿Te imaginas un piano amenizando las comidas en aquel barracón?

Al fin y al cabo, allí había comenzado su historia de amor.

—Habría sido todo un detalle —respondió Parker, divertido.

—Lo echo tanto de menos... ¿Tú no? —dijo Christianna con nostalgia. El amor que sentía por África se reflejaba en su mirada.

—Sí, pero también porque allí podía verte cada mañana nada más levantarme, y al terminar el día. Pero tengo que reconocer que, aparte de eso, mi trabajo en Harvard está resultando muy interesante.

Más que el que llevaba a cabo en Senafe, aunque se había encariñado con los pacientes que allí visitaba. En Boston no trataba con los enfermos; su trabajo se limitaba a coordinar la investigación. Parker mencionó que había recibido una carta del holandés que estaba al mando del equipo de Médicos sin Fronteras con el que había viajado. Christianna expresó la gran admiración que sentía por la labor de aquella organización, y Parker manifestó el mismo sentir.

—Si yo fuera médico, trabajaría para ellos —afirmó, y Parker la miró con una sonrisa.

—No me cabe duda.

—Ojalá pudiera dedicar mi vida a ayudar a los demás, como haces tú. Lo que hago para mi padre me parece tan estúpido... el asunto ese de las cintas. No tiene ningún valor, para nadie.

Y menos aún para Christianna.

—Estoy seguro de que para ellos sí lo tiene —repuso Parker con amabilidad.

—Pues no debería. No soy más que un comité de recepción. El trabajo en sí lo hace mi padre, toma las decisiones económicas que pueden afectar positivamente al país, o negativamente, claro, pero eso no suele suceder porque rara vez se equivoca. —Christianna sonrió con lealtad—. Promueve campañas humanitarias, mejora las condiciones de vida de la gente. Se toma sus responsabilidades muy en serio.

—También tú.

Aquella faceta de Christianna impresionaba enormemente a Parker.

—Mi trabajo no tiene ningún valor. Cortar una cinta nunca cambiará la vida de nadie.

A Christianna le habría gustado dedicarse a la fundación ese invierno, pero aún no había tenido tiempo. Estaba demasiado ocupada acudiendo a actos institucionales en representación de su padre, labor que en gran parte le correspondía a Freddy, pero que él nunca hacía. En ciertos aspectos, estaba cargando con el trabajo de los tres. Si se dedicara a la fundación al menos tendría la sensación de hacer algo útil, pero asistir a cenas de Estado y cumplir con todas aquellas fútiles tareas que recaían sobre ella se le antojaba una absoluta pérdida de tiempo. Tener que renunciar a Parker solo para ser una princesa, obedecer a su padre y servir al pueblo de Liechtenstein le parecía de una crueldad extrema.

—¿Tu hermano hace algo? —preguntó Parker con cautela. Sabía que este era un asunto espinoso para Christianna.

—No si puede evitarlo. Dice que ya sentará la cabeza cuando acceda al trono, y puede que aún falte mucho para eso. Espero que así sea.

Parker hizo un gesto de asentimiento. Freddy le parecía un sinvergüenza y la oveja negra de la familia, pero no se lo dijo.

Al cabo de un rato, subieron a cambiarse para cenar, pero no llegaron a salir de la habitación. Acabaron de nuevo en la cama; luego se dieron un baño juntos y pidieron la cena al servicio de habitaciones. Esa noche también durmieron abrazados. Estaba resultando un fin de semana perfecto.

A la mañana siguiente fueron a oír misa al Sacré-Coeur y escucharon a un coro de monjas. Hacía un tiempo espléndido, y entraron en el Bois de Boulogne, donde pasearon sonrientes entre parejas que se besaban y gente con sus bebés y sus perros. Fue un día perfecto. Compraron helados, hicieron un alto para tomar café y, finalmente, relajados y felices, regresaron en coche a la place Vendôme y entraron en el Ritz. Christianna había pedido al conserje que les reservara mesa para cenar en Le Voltaire, su restaurante preferido de París. Era un local pequeño y muy chic, con pocas mesas, ambiente acogedor, magnífico servicio y comida exquisita.

A las nueve salieron del hotel, elegantemente vestidos para la cena y de excelente humor. Christianna llevaba un precioso traje de Chanel de color azul pálido, con zapatos de tacón y pendientes de brillantes. Le encantaba arreglarse para Parker, aunque sin duda su imagen no tenía nada que ver con la de Senafe. Y a él le encantaba verla tan elegante.

Bajaron al vestíbulo y Parker la rodeó con el brazo nada más salir por la puerta giratoria. Soplaba una agradable brisa, y Christianna lo miraba arrobada cuando, de repente, como en una explosión, una lluvia de flashes cayó sobre su rostro, deslumbrándola. Ni siquiera tuvo tiempo de darse cuenta de lo que sucedía. Echaron a correr hacia el coche que esperaba a la puerta, seguidos por una multitud de paparazzi. Parker parecía aturdido, y Christianna súbitamente infeliz, mientras Max los sacaba de allí a toda prisa.

—¡Vamos, vamos, vamos! —apremió Max al conductor, mientras Sam saltaba al asiento trasero con la pareja.

Escaparon de allí en cuestión de segundos, pero no pudieron evitar que otros dos periodistas más los fotografiaran.

—¡Maldita sea! —exclamó Christianna, mirando a Max, que iba sentado en el asiento delantero—. ¿Cómo ha podido pasar esto? ¿Les habrá avisado alguien?

—Creo que ha sido por casualidad —respondió Max compungido—. Quise advertirla, pero salieron del hotel antes de lo previsto. Resulta que Madonna se hospeda también en el Ritz y la estaban esperando. Acababa de salir del hotel momentos antes. Alteza, creo que vuestra aparición ha sido un golpe de suerte con el que no contaban.

Pero, obviamente, la habían reconocido nada más salir y la habían pillado sonriendo con adoración a Parker, que la llevaba cogida por la cintura. Era evidente que existía algo entre ellos.

—Cuando regresemos entraremos por la parte trasera —recomendó Max.

—Es un poco tarde para eso —le espetó Christianna secamente, y miró a Parker, aturdido aún.

No le había dado tiempo a reaccionar todavía; seguía deslumbrado por los flashes. A Christianna no le cupo duda de que aquellas imágenes saldrían publicadas en alguna parte. Siempre se publicaban. Aprovecharían algún momento inoportuno, cuando fuera embarazoso, o cuando menos incómodo. Y si llegaban a manos de su padre, lo que sin duda sucedería en caso de que las publicaran, no le iban a sentar nada bien. Sobre todo por haberle mentido diciendo que iba a París de compras. Y porque llamara la atención de la prensa. Bastante tenían ya con Freddy.

Christianna no abrió la boca en todo el trayecto. Procuró no tomárselo a la tremenda, pero su preocupación era evidente y Parker intentó consolarla.

—Lo siento, cariño.

—Yo también. Solo nos faltaba esto. Con lo agradable que era que nadie supiera nada.

Agradable y esencial.

—Puede que no publiquen las fotos —apuntó Parker, intentando sonar optimista.

—Lo harán. Siempre lo hacen —respondió Christianna apesadumbrada—. Están acostumbrados a los desmanes de mi hermano y siempre intentan meterme en el mismo saco. Los escandalosos príncipes de Liechtenstein. Les encanta poner en entredicho a la realeza. Y yo suelo poner tanto cuidado de no salir en la prensa que cuando me pillan se frotan las manos.

—¡Qué mala suerte que estuvieran esperando a Madonna!

Christianna convino con Max que debería haberle avisado, pero este pensó que seguramente ella ya había salido de su habitación para cuando él descubrió a los fotógrafos, puesto que apareció por la puerta segundos después de que Madonna saliera disparada en una limusina con sus hijos.

Christianna procuró que lo sucedido no les estropeara la cena, pero Parker la notaba distraída y preocupada. Disfrutaron de todos modos, pero el incidente ensombreció la velada. Christianna estaba preocupadísima por lo que diría su padre cuando viera los periódicos y se enterara de la existencia de Parker. Las fotografías destaparían diversas cuestiones a las que no deseaba enfrentarse aún, pero ya no podría esperar al momento oportuno para plantearlas. No podía cambiar el curso de los acontecimientos.

Entraron en el Ritz por la puerta de servicio, en la rue Cambon. Era la misma entrada que solía usar la princesa Diana cuando se hospedaba en el hotel. Muchos famosos y miembros de la realeza recurrían a ella y subían al hotel en el minúsculo ascensor, para así dar esquinazo a los paparazzi apostados en la entrada. Una vez a salvo en la habitación, Christianna se relajó de nuevo en brazos de Parker. Esa noche volvieron a hacer el amor, si bien con un sentimiento agridulce. Christianna temía que aquellas fotografías la obligaran a tomar una determinación respecto a Parker. En cuanto su padre se enterara, quedaría por entero a su merced, y eso era lo último que deseaba.

A lo largo de la noche se despertó varias veces asaltada por pesadillas. Parker hizo cuanto pudo por consolarla. A la mañana siguiente, durante el desayuno, ambos guardaron silencio mientras el camarero les servía el café en la habitación. Esperaron a que se marchara para seguir hablando de ello. Christianna ya no se fiaba de nadie. Estaba muy afectada por el asalto de los paparazzi la noche anterior y le horrorizaba la perspectiva de hablar del asunto con su padre, si finalmente aquellas imágenes saltaban a la prensa.

—Cariño, no puedes hacer nada —dijo Parker con serenidad—. Ha sucedido, y ya está. Ya nos ocuparemos del asunto cuando salga a la luz —añadió con voz calmada, entre sorbo y sorbo de café.

—No, si sale a la luz, seré yo quien se ocupe —repuso Christianna con voz crispada. Había dormido mal, estaba cansada y obviamente preocupada—. Seré yo quien se enfrente a mi padre. Yo sola. No quería que ocurriera esto hasta que estuviéramos preparados. Porque solo tendré una oportunidad para convencerlo de lo nuestro. No me brindará la ocasión de discutirlo más veces. Y empezar con una mentira no es la mejor manera de entrar en materia. Le mentí sobre este viaje a París. —Pero, como siempre, no había podido hacer otra cosa. Su abanico de opciones era muy limitado—. La verdad es que todo esto resulta muy enojoso. Que te saquen en los periódicos es tan ordinario y desagradable...

Christianna sentía aversión a aparecer en la prensa y, a diferencia de su hermano, o quizá debido a él y a sus frecuentes escándalos, se mostraba aún más susceptible.

—Sí, tienes razón. —Parker estaba de acuerdo con ella y no discutió sus razonamientos—. Pero nos las tendremos que arreglar como podamos. ¿Qué otra salida nos queda?

—Ninguna.

Christianna suspiró, se bebió el café y procuró no calentarle más la cabeza con sus cavilaciones. No era culpa suya, pero el incidente había provocado en ella una gran desazón, y así pudo verlo Parker.

Después de desayunar se vistieron y salieron del hotel. Deambularon por el Faubourg St. Honoré mirando escaparates y comieron en L'Avenue. Christianna consiguió sosegarse un poco al comprobar que nadie los seguía. Max y Sam no les quitaron ojo de encima y, nuevamente, hicieron hincapié para que entraran y salieran del hotel por la puerta trasera, en la rue Cambon. Era más seguro y prudente hacerlo así.

Tras regresar al hotel después de comer, hicieron las maletas y se acurrucaron juntos sobre la cama. Ambos habían reservado sus billetes de avión para el último vuelo del día y así pasar el máximo tiempo posible juntos. No querían desperdiciar ni un minuto, y mucho menos el resto de su vida, por culpa de los paparazzi. Aun sabiendo que las posibilidades de convencer a su padre eran escasas, por no decir inexistentes, Christianna no deseaba que nada hiciera inclinar aún más la balanza, como a buen seguro sucedería si la prensa sensacionalista se hacía eco de la noticia.

Se quedaron tumbados en la cama un largo rato y finalmente hicieron el amor por última vez, con ternura, suavemente, saboreando los últimos momentos juntos. Después, Christianna rompió a llorar abrazada a Parker. Tenía tanto miedo de no volver a verlo... Quería revivir todo lo que habían compartido antes, en Senafe, pero de ahora en adelante ya solo les quedarían esos brevísimos momentos robados de los que disfrutar, cuando pudieran. Parker le hizo prometer que volverían a verse en París, cuando ella encontrara el momento oportuno. No era preciso que le avisara con mucha antelación. Como médico dedicado a la investigación, a diferencia de los que pasaban consulta, podía alterar su agenda con más libertad. Christianna ignoraba el efecto que pudieran tener aquellas imágenes captadas por los paparazzi, pero creía oportuno evitar llamar la atención durante un tiempo y esperar a ver las consecuencias. Con suerte, no ocurriría nada. Pero eso era demasiado pedir. Serían muy afortunados de ser así.

Por fin salieron de la cama, se ducharon juntos y se vistieron. Parker no había pisado su habitación ni una sola vez en todo el fin de semana, pero había merecido la pena pagar por ella, aunque solo fuera en aras de la decencia y, sobre todo, por facilitarle las cosas a Christianna. Estaba dispuesto a hacer todo lo posible para que su relación funcionara. Christianna estaba más familiarizada con las limitaciones que su condición imponía, actuaba con conocimiento de causa, pero él estaba más que dispuesto a acatar sus normas, o las de su padre. La quería de verdad y deseaba volver a verla más que nada en el mundo y, si la suerte llamaba a su puerta, casarse con ella algún día. Christianna no lo creía posible, pero él estaba dispuesto a esperar. Nunca antes había amado así a una mujer, y ella le correspondía plenamente.

Se besaron apasionadamente antes de salir de la habitación y luego abandonaron juntos el hotel por la puerta trasera. Max y Sam se encargaron de los preparativos. Hicieron el viaje hasta el aeropuerto en el mismo coche, pues sus vuelos salían casi a la misma hora; el de ella con destino a Zurich, el de él a Boston. Y finalmente, llegó la hora de despedirse. Christianna lo besó antes de salir del coche y, dentro del aeropuerto, se limitó a mirarlo con cara triste. Allí no podían besarse, y él lo entendió. Era uno de los inconvenientes de ser quien era, algo que Parker había terminado por aceptar plenamente.

—Te quiero —le dijo Christianna, mirándolo a los ojos pero a medio metro de distancia—. Gracias por este maravilloso fin de semana —añadió, cortésmente.

Parker sonrió; siempre era tan elegante y educada... Incluso en los malos momentos, como después del incidente con los paparazzi.

—Yo también te quiero, Cricky. Verás como todo sale bien. No le des más vueltas a lo de los paparazzi.

Christianna asintió con la cabeza sin decir nada. Y seguidamente, incapaz de reprimirse, le tocó la mano, y él la sostuvo entre las suyas.

—Todo va a salir bien —añadió él en un susurro—. Nos vemos pronto, ¿de acuerdo?

Christianna volvió a asentir, con lágrimas en los ojos. Le dijo de nuevo «te quiero», solo moviendo los labios, y, con la sensación de que alguien la arrancaba de su lado a la fuerza, se encaminó lentamente hacia su puerta de embarque, escoltada por Max y Sam, que llevaban las maletas. Parker se dirigió al mostrador de facturación con la suya y se volvió a mirarla mientras se alejaba. Ella se volvió también, le sonrió con entereza, alzó la mano en señal de despedida y luego se la llevó al corazón, mientras Parker, desde el otro extremo del aeropuerto y desde el abismo que los separaba, llevó también la mano al suyo.

16

Christianna estuvo muy ajetreada durante la semana siguiente a su regreso a Vaduz. Tuvo que asistir a toda una serie de actos oficiales, y tanto la noche del martes como la del miércoles su padre ofreció dos cenas de gala en palacio. El jueves por la mañana, mientras se vestía para acudir a una comida oficial a la que el príncipe le había pedido que asistiera, su secretaria irrumpió en la habitación y, sin decir una palabra, le entregó un ejemplar del periódico británico *Daily Mirror*. En los días anteriores, Christianna y Parker habían mantenido una constante correspondencia por correo electrónico, más tranquilos ya al comprobar que la noticia no saltaba a la prensa. Pero ahí estaba. La prensa sensacionalista británica se había hecho con la primicia. Y, como de costumbre, se regodeaba con el escándalo.

La noticia aparecía en grandes titulares, y la imagen mostraba a Christianna dirigiendo una mirada arrobada a Parker, mientras él la sujetaba por la cintura, mirándola a su vez. Saltaba a la vista que o bien estaban locamente enamorados o eran amantes, o ambas cosas. Christianna siempre se sentía estúpida cuando veía fotografías suyas en las portadas, aunque por lo general no solían tener un trasfondo amoroso. Eso solo le había sucedido en una ocasión, de muy joven, y desde entonces había extremado las precauciones. Excepto esa vez en París con Parker, cuando más importante era que no la pillaran; la mala suerte había querido que se topara con los paparazzi que esperaban a Madonna. Christianna contempló la portada con desolación.

Afortunadamente, el sucinto titular no era sórdido, aunque podría haberlo sido. De todos modos, no era lo que ella deseaba leer sobre su relación: «Nuevo idilio en Liechtenstein: la princesa Christianna y... ¿quién es su príncipe azul?». La noticia desvelaba que se les había visto saliendo del hotel Ritz de París, donde supuestamente se encontraban pasando un romántico fin de semana, y añadía que hacían muy buena pareja. Después destacaba los innumerables idilios de su hermano y concluía diciendo que, dada la habitual discreción de su hermana, todo hacía pensar que se trataba de un noviazgo formal. Christianna imaginó la cara que pondría su padre cuando lo leyera.

Envió enseguida un mensaje a Parker para ponerlo sobre aviso. Le dijo el nombre del periódico y que la noticia había salido en portada. Ya lo buscaría en internet; no tenía tiempo de más explicaciones. Luego salió corriendo hacia la comida oficial que su padre ofrecía en palacio. Como imaginaba, este no mencionó el asunto durante el almuerzo. No era amigo de indirectas ni medias tintas. Prefería enfrentarse directamente a las cosas, como hacía con su hermano.

Esperó a que los invitados hubieran abandonado el palacio para preguntarle si disponía de unos minutos; Christianna sabía lo que se avecinaba. Tenía que ser eso. No podía aparecer en la portada de un periódico londinense, colgada del brazo de un hombre del que su padre jamás había oído hablar, pillada in fraganti en mitad de un romántico fin de semana, y esperar que él hiciera la vista gorda. Sería demasiado pedir.

Christianna lo siguió hasta su sala de estar privada y esperó a que él se sentara para ella hacerlo a su vez. El príncipe se quedó mirándola durante un buen rato, con semblante entre contrariado y dolido. Por un espacio de tiempo que a ella se le hizo eterno, su padre no dijo absolutamente nada, y Christianna guardó silencio a su vez. No sería ella quien sacara a relucir el asunto. Quizá se había librado milagrosamente y se trataba de otra cosa.

Pero no, por supuesto que no. El príncipe despegó por fin los labios:

—Christianna, supongo que ya sabes de qué quiero hablarte.

Christianna intentó adoptar una expresión entre expectante e inocente, pero fracasó estrepitosamente. Sabía que la culpa se reflejaba en su rostro y finalmente asintió.

—Creo que sí —respondió con un hilo de voz.

Su padre siempre era amable con ella, pero no dejaba de ser el príncipe soberano y, cuando se lo proponía, imponía bastante. Además, a fin de cuentas, era su padre, y Christianna detestaba provocar su ira, ni siquiera su disgusto.

—Doy por sentado que has visto la fotografía en el *Daily Mirror* de esta mañana. Reconozco que has salido muy guapa, pero siento cierta curiosidad por la identidad del caballero que te acompaña. No lo he reconocido.

Es decir, que no era miembro de la realeza, puesto que su padre los conocía a todos. Sin llegar a decirlo, estaba insinuando que debía de tratarse de un monitor de tenis o alguien por el estilo.

—Y, ya sabes, no me hace mucha gracia informarme de la vida de mis hijos a través de la prensa. Ya bastante informado estoy sobre la de tu hermano. Tampoco sus acompañantes suelen resultar conocidas.

A Christianna le pareció insultante que su padre pretendiera equiparar a Parker con las busconas amigas de Freddy, pues nada había más lejos de la realidad. Parker era un médico culto y respetable, de buena familia. Las chicas con las que salía Freddy eran todas actrices, modelos o cosas peores.

—Estás muy equivocado, papá —repuso Christianna.

Intentó armarse de aplomo pese al nerviosismo que la embargaba. No habían empezado con buen pie. Conocía a su padre, y sabía que estaba muy enfadado.

—Es un hombre encantador —insistió.

—Eso espero, si es cierto lo que cuentan y pasaste el fin de semana en el Ritz con él. ¿Me permites que te recuerde que dijiste que ibas a París solo de compras?

Su padre le lanzó una mirada llena de reproche.

Christianna decidió que no le quedaba más que rebajarse y pedir disculpas, estaba dispuesta a suplicarle de rodillas si con ello conseguía que le permitiera ver a Parker.

—Lo siento, papá. Siento haberte mentido. Estuvo muy mal por mi parte, lo sé.

Su padre sonrió con amabilidad al oír su reacción.

—Mucho debes de querer a ese hombre para estar dispuesta a tragarte así el orgullo. —Al príncipe tampoco se le había escapado lo exultantes que parecían los dos, mayor motivo aún para estar preocupado—. Bien, acabemos con esto de una vez. ¿Quién es ese hombre?

Christianna hizo una larga pausa para tomar aliento. Le aterrorizaba meter la pata. El futuro de su relación dependía de que jugara bien la siguiente carta.

—Fuimos compañeros en Senafe, papá. Es médico, trabaja en un proyecto de investigación sobre el sida en Harvard. Llegó al campamento como miembro del equipo de Médicos sin Fronteras, pero se quedó más tiempo con nosotros para investigar in situ. Ahora está de vuelta en Harvard. Es católico, de buena familia, y nunca ha estado casado.

Fue lo primero que se le ocurrió a bote pronto, pero al menos daban una imagen de Parker decente y honrada. Eso era todo cuanto su padre necesitaba saber, particularmente que fuera católico y no hubiera estado casado antes. Al príncipe se le encogió el corazón.

—¿Y estás enamorada de él?

Esta vez Christianna asintió con la cabeza sin la menor vacilación.

—¿Es americano?

Christianna asintió de nuevo. Había respondido a la pregunta crucial para él. Un plebeyo americano no era una persona apropiada para la hija de un príncipe soberano, salvo como amigo simplemente.

—Papá, de verdad que es encantador. Viene de muy buena

familia. Tanto su padre como su hermano son médicos, de San Francisco.

Al príncipe no le importaba si venían de la luna en un cohete. Aquel hombre no poseía título nobiliario y, por tanto, no era buen partido para su hija. Y sabía que el Consejo de Familia y los miembros del Parlamento estarían de acuerdo con él, aunque si lo deseaba tenía capacidad para invalidar su decisión. Algo que también Christianna sabía. Así como que su padre nunca haría uso de esa capacidad para autorizar su matrimonio con un plebeyo. Iba en contra de todas sus convicciones.

—Sabes que no puedes seguir viéndote con él —le dijo con suavidad—. Con ello no conseguiréis más que sufrir, los dos. Te rompería el corazón, y se lo romperías a él. Es un plebeyo, Christianna. No tiene título. Ni siquiera es europeo. Si he entendido bien adónde quieres ir a parar, debes saber de antemano que es imposible —afirmó con semblante adusto.

—Entonces al menos deja que nos veamos —dijo Christianna con lágrimas en los ojos—. Aunque no me case con él, podríamos vernos de vez en cuando. Prometo que seré discreta.

—Doy por hecho que lo fuiste durante el fin de semana en París, pero aun así ha saltado a la prensa. Y ya ves la impresión que causan esos titulares: una alteza serenísima citándose con hombres en habitaciones de hotel. Muy edificante.

—Papá, le quiero —replicó Christianna, mientras las lágrimas continuaban resbalando por sus mejillas.

—No me cabe duda, Cricky —dijo el príncipe, conciliador—. Creo conocerte lo bastante bien como para saber que no harías algo así a la ligera. De ahí la gravedad de la situación. No puedes casarte con él, nunca podrás, así que ¿para qué seguir adelante con una relación que acabará rompiéndoos el corazón a los dos? Tampoco sería justo para él. Merece enamorarse de alguien con quien sí pueda casarse, y tú no eres esa persona. El día que te cases tendrá que ser con un hombre de estirpe real, así lo establece nuestra Constitución. Además, el Consejo de Familia jamás daría su aprobación.

—Si tú se lo ordenaras, sí. Puedes invalidar sus decisiones.

—Ambos sabían que tenía capacidad para ejercer ese derecho—. Hoy día muchos príncipes y princesas europeos se casan con plebeyos. Príncipes herederos incluso. Sucede en todas partes, papá. Somos una especie en vías de extinción, y si encontramos a la persona ideal, aunque no sea miembro de la realeza, ¿acaso no preferirías que me casara con un hombre bueno, que me quisiera y me tratara bien, que con una mala persona por muy príncipe que fuera? Piensa en Freddy. ¿Te gustaría verme casada con un hombre como él?

Su padre torció el gesto y negó con la cabeza. Esa era otra cuestión, pero Christianna, sabiendo lo mucho que Freddy solía disgustar a su padre, estaba dispuesta a recurrir a cualquier estratagema.

—Tu hermano es un caso aparte. Y por supuesto que quiero que te cases con un buen hombre. Pero no todos los príncipes son unos tarambanas como Friedrich. Quizá algún día siente la cabeza, pero te confieso que, si te presentaras en casa con un hombre de sus costumbres, te haría encerrar en un convento. Y no es esa mi intención en este caso, Christianna. No me cabe duda de que es un hombre honrado y demás, pero no es buen partido para ti, ni lo será nunca. No quiero que vuelvan a verte en público con él. Y si de verdad lo amas, te recomiendo encarecidamente que des por zanjada esa relación antes de que sea demasiado tarde. No conseguiréis más que sufrir con ello. Esta relación no puede continuar mientras yo viva. Si te sientes sola e infeliz aquí, ya nos encargaremos de buscarte marido, alguien apropiado para ti. Porque este hombre no lo es, Christianna. Te prohíbo que vuelvas a verlo.

Por primera vez en su vida, Christianna sintió verdadero odio hacia su padre y le contestó entre sollozos. Nunca había sido tan cruel. Pese a la amabilidad con la que siempre la había tratado, ahora le negaba lo único que realmente deseaba: un futuro con el hombre al que amaba y su aprobación.

—Papá, por favor... no estamos en el siglo XIV. ¿No podrías

plantearte la cuestión con una actitud un poco más moderna? Todo el mundo te considera un monarca innovador, con una visión actual. ¿Por qué no puedo salir con un plebeyo, o incluso casarme con él algún día? Me trae sin cuidado la condición o el título que hereden mis hijos. Incluso estoy dispuesta a renunciar al mío si lo deseas. Sabes que estoy excluida de la línea sucesoria. ¿Si nunca voy a reinar en este país, ni siquiera en el caso de que Freddy rechace el cargo, qué más da con quién me case? No me importa ser o no princesa, papá, ni casarme con un príncipe —afirmó entre sollozos.

—Pero a mí sí me importa —replicó él, abatido—. No podemos pasar por alto nuestras tradiciones ni nuestra Constitución cuando nos venga en gana. El deber y el honor son lo primero. Tienes que cumplir con tu obligación, aunque te duela, aunque te exija hacer sacrificios. Esa es nuestra misión, guiar a nuestro pueblo, protegerlo y servir de ejemplo con nuestra conducta.

El príncipe tenía una visión purista e idealista de la tradición, así como de su papel y el de su hija en la historia. No permitía que nadie se saltara las reglas, ni siquiera él.

—Esa es tu misión, papá, no la mía. A mi pueblo no le importa con quién me case, y tampoco debería importarte a ti, siempre que sea una buena persona.

—Yo quiero que te cases con un buen príncipe.

—Pues yo, no. Te juro que si me haces esto, nunca me casaré.

El príncipe parecía atribulado. Christianna amaba a aquel joven incluso más de lo que había temido.

—Eso sería un grave error. Y con ello saldrías más perjudicada que yo incluso. Si ese hombre te ama, no debería pretender que renunciaras a tu legado, por respeto a tu persona. Debes casarte con alguien de tu condición, alguien que comprenda tus deberes, tradiciones y obligaciones, alguien que haya llevado la misma vida que tú. Alguien de sangre real, Christianna. Un plebeyo nunca respetaría tu estilo de vida. Sería una relación condenada al fracaso, créeme.

—Parker es americano, a él todo eso no le dice nada. Y a mí tampoco. Además de absurdo, es cruel.

Christianna no compartía en absoluto las ideas de su padre, y sabía que Parker tampoco. Luchaba en vano contra mil años de tradición.

—Tú no eres americana. Sabes perfectamente que no puedes seguir adelante con esto. Eres mi hija y sabes lo que se espera de ti. Si esta es la consecuencia de tu viaje a África, lamento mucho haberte permitido ir. Has traicionado la confianza que deposité en ti.

Así era exactamente como había temido que reaccionara, tal como le había advertido a Parker. Su reacción era aún peor de lo que Christianna había imaginado.

La actitud de su padre, con su empeño por respetar las tradiciones y la Constitución y su negativa a claudicar, ni siquiera por compasión hacia ella, le parecía completamente intransigente e inflexible, de otro siglo. No le ofrecía ni el menor atisbo de esperanza. Y para colmo de males, estaba totalmente convencido de tener razón. Christianna comprendió que su padre nunca cedería. Sus palabras le habían roto el corazón. Miró hacia él desesperada, con un dolor casi físico en las entrañas, y el príncipe también la miró lleno de pesar. Detestaba hacerle daño, pero creía que no tenía otra opción.

—Quiero que dejes de ver a ese hombre —le ordenó finalmente—. Ya decidirás la forma más apropiada de terminar con la relación. No me inmiscuiré, por deferencia hacia ti. Además, no tengo motivo de queja contra él por el momento. La insensatez de ir a París y exponeros de ese modo fue cosa de ambos. Y ya has visto las consecuencias: poco tardaron en pillaros. Tienes que ponerle fin a esto lo antes posible, Cricky, tanto por ti como por él. Lo dejo en tus manos. —Dicho lo cual, se levantó y se dio media vuelta.

No se acercó a abrazarla porque sabía lo desconsolada y furiosa que estaba; estimaba más prudente esperar. Su hija necesitaba tiempo para asimilar todo lo que le había dicho y comunicárselo a aquel chico. A él ya solo le quedaba esperar que algún día lo perdonara; ojalá que así fuera. No obstante, era lo mejor para ella, estaba convencido.

Christianna se levantó y miró hacia él sin dar crédito. Le parecía inconcebible que estuviera dispuesto a hacerle aquello. Pero lo estaba. Se sentía en su deber, y le había indicado claramente cuál era el suyo. Entonces, con los ojos llenos de lágrimas, Christianna se dio la vuelta y salió de la habitación sin pronunciar una sola palabra. No quedaba nada más que decir.

Cuando regresó a sus dependencias, ordenó a Sylvie que cancelara todas sus citas y compromisos para el resto del día, incluso para el resto de la semana. A continuación cerró la puerta de su dormitorio y telefoneó a Parker. Este contestó al instante, pues estaba a la espera de su llamada. Sabiendo que la noticia había saltado a la prensa, suponía que Christianna hablaría con su padre y este le haría saber su parecer. Nada más coger el auricular, oyó los sollozos de Christianna. Su llanto no auguraba nada bueno.

—Tranquila, tranquila, cálmate —le dijo, intentando consolarla.

Christianna intentó en vano recobrar la compostura. Finalmente, logró serenarse un poco y, con voz entrecortada, le refirió la conversación mantenida con su padre.

—Dice que tenemos que dejar de vernos inmediatamente.

Christianna sonaba derrotada, asustada como una niña, y él solo deseó poder estrecharla entre sus brazos para consolarla y darle ánimos.

—¿Y tú qué les has dicho? —preguntó Parker, preocupado.

Temía que el príncipe reaccionara así. Christianna ya se lo había advertido en Senafe y no se había equivocado. Parecía difícil de creer que a esas alturas alguien pudiera adoptar posturas tan arcaicas, pero así era al parecer. Bastante arcaico resultaba ya de por sí que existieran altezas serenísimas y reales. Pero Christianna era una princesa, y les gustara o no, tanto el uno como el otro tenían que enfrentarse a su condición, así como al empeño de su padre por que contrajera matrimonio con alguien de sangre real.

—No sé qué decir. Te quiero. Pero ¿qué puedo hacer? Me ha prohibido tajantemente que sigamos viéndonos. Dice que nunca dará su consentimiento para que nos casemos, y me consta que habla en serio. Para ello tendría que pasar por encima del Parlamento y del Consejo de Familia, y no lo hará.

Además, a Christianna no le parecía bien salir huyendo sin más. No se sentía capaz. Deseaba el visto bueno de su padre. Parker, consciente de la magnitud del problema, estaba tan consternado como ella. Le parecía una locura. Un absurdo total. Por un momento, se le ocurrió proponerle que siguieran viéndose clandestinamente hasta que su padre falleciera, y una vez su hermano ocupara el trono, Christianna quedaría libre para hacer su voluntad. Pero, siendo realistas, Hans Josef podría vivir veinte o treinta años más, y así no podían continuar. El príncipe no le había dejado escapatoria, ni a ella ni a Parker.

—¿Volveremos a vernos otro fin de semana? —preguntó Parker.

Christianna meditó durante un largo rato su respuesta.

—Quiero hablar de esto contigo en persona. Tal vez podamos encontrar una solución —insistió.

Aunque, a decir verdad, Parker dudaba que pudiera encontrar una solución aceptable tanto para Christianna como para su padre. Ella no parecía dispuesta a plantarle cara y marcharse de casa, aunque quizá con el tiempo cambiara de opinión. Por otra parte, sabía que aquella promesa hecha a su madre en el lecho de muerte era muy importante para ella, así como contar con la aprobación del Parlamento y del Consejo de Familia. Para casarse con él, tendría que estar dispuesta a plantar cara a todos. Parker sabía que era mucho pedir. Pensó que tal vez pudiera hablar con el padre en persona, si ella daba su consentimiento y el príncipe se mostraba dispuesto a recibirlo. Por el momento no se le ocurría nada más que proponer. Lo único que deseaba era poder estrecharla entre sus brazos. Nunca imaginó que tuvieran que pasar por tan penoso trance. Al final, los temores de Christianna habían demostrado no ser infundados.

—Lo intentaré —respondió ella finalmente refiriéndose a pasar un fin de semana juntos—. No sé cuándo podrá ser. Tendré que mentir de nuevo, pero no podremos repetir esos encuentros muy a menudo.

A decir verdad, Christianna temía que la próxima fuera la última vez. No podría ocultarse de su padre para siempre, y por mucha cautela con que ella y Parker actuaran, los paparazzi no les darían tregua. No obstante, quería verlo, aunque solo fuera una vez más, y para ello no pensaba solicitar el permiso de su padre. De todos modos, estaba convencida de que no se lo concedería.

—Ya veré cuándo puedo escaparme. Quizá tengamos que retrasar el encuentro algún tiempo. Sospecho que no me quitará ojo de encima. Mientras, tendremos que seguir comunicándonos por correo electrónico y por teléfono.

—No pienso ir a ninguna parte —respondió Parker.

Procuraba aparentar una serenidad que en realidad no sentía. Estaba muerto de miedo. Por culpa de las arcaicas tradiciones del padre de Christianna y de su país, iba a perderla. El príncipe les estaba rompiendo el corazón a los dos.

—Te quiero, Cricky. Ya veremos qué solución encontramos —dijo finalmente.

—Le he dicho que nunca me casaré —añadió ella, de nuevo entre sollozos, y a Parker se le partió el alma. El dolor de Christianna era tan intenso como el suyo, quizá más aún, puesto que se sentía traicionada por alguien a quien amaba.

—Bueno, intentemos calmarnos un poco los dos. Aún no eres la princesa virgen encerrada en su torre. Si seguimos perseverando, quizá con el tiempo dé su brazo a torcer. ¿Y si fuera a Vaduz y hablara con él en persona? —propuso Parker con cautela.

—No lo conoces —respondió ella abatida—. No querrá verte, ni conseguiremos que ceda nunca, porque está convencido de sus principios. Y, por cierto, no soy virgen —añadió Christianna, con súbito desenfado, y soltó una risita.

—No se lo contaré a nadie si tú no lo haces —contestó él, siguiendo la broma.

No estaba dispuesto a renunciar a ella todavía, a pesar de su padre. Exigirle que lo dejara todo para irse con él le parecía excesivo, además no la creía dispuesta a hacerlo por el momento. Su gran sentido del deber le impedía desafiar a su padre, así como a las tradiciones y a la Constitución de su país. A ella se le antojaba casi una traición. Ella prefería conquistar a su padre, convencerlo. Sin embargo, el propio Parker empezaba a creer que no había esperanza. Además, Christianna sentía aversión por el escándalo, debido a su hermano. No obstante, Parker estaba empeñado en encontrar una solución. Tenía que haberla, se negaba a aceptar la derrota. Le pidió que volviera a llamarlo por teléfono al cabo de unas horas, para charlar simplemente, y le dijo que procurara calmarse. Christianna se sintió mejor después de hablar con Parker; siempre podía contar con él y era tan buena persona... Sin embargo, no veía el modo de remediar la situación. Sabía que su padre se mantendría en sus trece. Pero quería ver a Parker una vez más. Luego quizá no le quedaría más remedio que cumplir las órdenes de su padre y despedirse de él para siempre. Solo de pensarlo se le partía el corazón.

Christianna no salió de su apartamento en cinco días. No le abrió la puerta a nadie salvo a su secretaria, que le llevaba algo de comida en una bandeja una vez al día. Durante ese tiempo, se comunicó con Parker por teléfono y por correo electrónico. Pero no contestó a ninguna otra llamada ni participó en acto alguno. Tampoco tuvo contacto con su padre. Cada vez que este preguntaba por ella, recibía la misma respuesta: la princesa no había salido de su apartamento. El príncipe estaba desolado, pero del mismo modo que ella no encontraba otra opción con la que responder a la intransigencia paterna, también él se sentía atado de pies y manos por la obediencia debida para con la tradición e incluso por la promesa hecha a su esposa. Por doloroso que fuera, ambos estaban atrapados por la historia de su país. Y Parker con ellos, con funestas consecuencias para todos. Pero pese a la angustia de la situación, por el momento no se vislumbraba una salida.

Una noche, presa de la desesperación, Christianna telefoneó a su prima Victoria en Londres. Estaba con su nuevo prometido, muy contenta y un poco bebida, como de costumbre. Pero de poco le sirvió hablar con ella.

—Cariño, te vi en el periódico... ¡pero qué novio más guapo te has buscado! ¡Cómo no me habías dicho nada! ¿De dónde lo has sacado?

—Lo conocí en Senafe —respondió Christianna sin ánimos.

Se encontraba fatal, por eso la llamaba. Tras tomar conciencia de su situación y pasar horas llorando, había telefoneado a su prima buscando consuelo. Pero Victoria no era la persona más indicada para ofrecérselo. Estaba demasiado ocupada divirtiéndose para centrarse en otra cosa.

—¿Dónde? —preguntó Victoria con perplejidad.

—En África. Era uno de los médicos del campamento.

—¡Uy, qué sexy! ¿Y tu padre ha puesto el grito en el cielo?

—Pues sí —respondió Christianna abatida, esperando tontamente algún consejo por su parte.

—No me extraña, cariño. ¡Es tan rígido y tan chapado a la antigua, el pobre! No sabe la suerte que tiene de que no le haya tocado en gracia una hija como yo. Aunque también es verdad que ahí está Freddy —añadió divertida—. Bastante castigo tiene ya con él, y eso que yo lo adoro. Anoche precisamente estuvo aquí.

Christianna pensaba que su hermano estaba en Viena, aunque llevaba días sin hablar con él, desde antes del fin de semana en París.

—Papá dice que tengo que cortar la relación, y que nunca dará su consentimiento para que me case con él porque no tiene título.

—¡Qué tontería! ¿Y por qué no le da él un título? Si quisiera podría, ya lo sabes. Aquí lo hacen mucho, y por las razones más tontas. Bueno, mucho quizá no... pero podrían. Sé de un americano que compró la casa de un noble con título incluido.

—Mi padre no hace esas cosas. Me ha ordenado que rompa con él.

—¡Qué crueldad! ¿Oye, y si os veis en secreto aquí? No se lo diré a nadie.

Excepto a su camello, su criada, su peluquera, sus diez mejores amigos, la estrella de rock con quien acababa de prometerse e incluso a Freddy probablemente, alguna noche que se fueran de borrachera juntos, cosa que al parecer hacían a menudo. A Christianna le atrajo la idea, pero sabía que no saldría bien. Y si pasaba a formar parte del círculo de Victoria, su padre la mandaría encerrar. Su prima iba de mal en peor, no dejaba de provocar escándalos. Quizá por las drogas o por su carácter, Christianna no estaba segura. Incluso su padre le había comentado al volver de Senafe que, según tenía entendido, Victoria estaba cada vez más descontrolada, y le había recomendado que evitara su compañía. A Freddy, naturalmente, le encantaba el ambiente en que se movía su prima.

Al final, hablar con Victoria no le sirvió de nada, ni siquiera de consuelo. En ese momento le habría encantado poder hablar con Fiona, siempre tan inteligente, tan justa y sensata, pero su amiga ya no estaba, y en cualquier caso tampoco habría alcanzado a comprender sus delicadas circunstancias. Era ajena por completo al mundo de la realeza. Christianna no tenía a nadie con quien hablar, y nadie le podía ofrecer consejo o consuelo, salvo Parker, que estaba tan deshecho como ella. Lo único que él deseaba era un encuentro, pero Christianna no estaba preparada aún. Quería esperar a que las aguas volvieran a su cauce y luego planear algo, lo que fuera, sin llamar la atención.

La gota que colmó el vaso fue, por descontado, una llamada de Freddy. Se encontraba en Amsterdam, pasándolo en grande tomando drogas, según comentó con desfachatez, y Victoria y su prometido estaban allí con él. Christianna enseguida se arrepintió de haber contestado a la llamada. Freddy parecía drogado, como efectivamente estaba.

—Vaya con doña Perfecta, ya no tienes derecho a soltarme rollos. Después de lo que me habéis sermoneado tú y papá con que asuma mis responsabilidades y resulta que va la niña y se escapa a París con su novio. Estamos cortados por el mismo patrón, Cricky, solo que tú disimulas mejor, con toda esa santurronería de pacotilla y la pelota que le haces a papá. Pero esta vez te ha salido el tiro por la culata, ¿verdad, guapa?

Freddy estaba tan desagradable que Christianna acabó colgando el teléfono. A veces lo odiaba. En ese momento, los odiaba a todos, su padre incluido. Era tanta la hipocresía, tantas las tradiciones y normas inhumanas que los ataban a todos... Al único que no odiaba era a Parker. Este le aconsejó que cuanto antes saliera de su encierro, antes dejarían de prestarle atención y así podrían reunirse de nuevo.

Al día siguiente de que Parker le diera ese consejo, Christianna abrió sus puertas y retomó sus actividades. Cumplió con su deber e hizo todo lo que se esperaba de ella, salvo acompañar a su padre a cenas y demás actos sociales. Tampoco comía con él en privado; se sentía incapaz. Era tal su desconsuelo que había perdido el apetito, se limitaba a comer lo que subían en una bandeja a su habitación, con Charles por toda compañía. Su padre no la presionó. Cuando se cruzaban por los pasillos, se saludaban con un gesto, pero no se hablaban.

17

Durante el resto de octubre y los primeros días de noviembre, Christianna cumplió con sus obligaciones como buena princesa. Volvió a dirigirle la palabra a su padre, aunque con frialdad y mucha reserva. Nunca el príncipe había hecho tanto daño a su hija, y lo peor era que lo sabía y se sentía fatal por ello. Pero intentaba darle todo el tiempo y el espacio que necesitara para sanar sus heridas. Le admiraba que Christianna continuara atendiendo sus obligaciones, pero también lo entristecía sobremanera verla enfadada aún con él, aunque comprendía perfectamente sus razones, e incluso la compadecía. Sin embargo, no creía que pudiera actuar de otro modo, dadas las circunstancias. También él se sentía como en un callejón sin salida. Atrapado por sus principios y a la vez convencido de que hacía lo mejor para su hija.

Freddy había vuelto a las andadas. Borracho como una cuba, se había enzarzado en una pelea en el Mark's Club. Cuando le rogaron que abandonara el local, le asestó un puñetazo al portero, se peleó con la policía en plena calle y acabó en el calabozo. Al final no lo retuvieron; aguardaron a que se le pasara la borrachera y al día siguiente fueron a recogerlo los abogados de su padre y lo llevaron a palacio. Permaneció bajo arresto domiciliario en Vaduz toda la semana siguiente y luego regresó a Viena para seguir haciendo de las suyas. Estaba convirtiéndose en un serio problema para su padre, y después de lo que había dicho sobre Parker, de momento tampoco Christianna quería saber nada de él. Sus relaciones familiares no pasaban por el mejor momento, y se sentía más sola que nunca en Vaduz. Suspiraba por ver a Parker, pero tampoco a él se le había ocurrido ninguna idea brillante, como había prometido. Lo suyo no tenía solución, y Christianna lo sabía, pero aun así, deseaba verlo una vez más y despedirse de él.

La oportunidad se presentó por fin cuando su padre viajó a París con motivo de la conferencia promovida por las Naciones Unidas sobre las tensiones en Oriente Próximo, viaje que se prolongaría por espacio de una semana. Al ser un país neutral, las propuestas de Liechtenstein se recibían con interés pese a su minúsculo tamaño. Además, su padre era un hombre respetado y reconocido por su integridad y buen criterio en el ámbito político internacional.

Nada más irse su padre, Christianna llamó por teléfono a Parker. Tenía previsto viajar en breve a San Francisco para pasar el día de Acción de Gracias con su familia, pero dijo estar dispuesto a volar antes a Europa para encontrarse con ella. París quedaba descartado, porque allí estaba su padre. Y también Londres, hervidero de periodistas. A Parker se le ocurrió una magnífica idea, que entusiasmó a Christianna.

—¿Qué te parece Venecia?

—Hace frío en invierno, pero es tan bonita... Me encantaría.

Además, era muy probable que estuviera desierta y nadie los descubriera. Venecia era destino habitual para los enamorados en primavera y verano, pero no en invierno. Les pareció un plan perfecto, sobre todo a ella: Venecia en invierno le parecía el marco idóneo para un último y trágico adiós.

Christianna se encargó personalmente de hacer las reservas por teléfono, pero surgieron complicaciones inesperadas. Necesitaba una tarjeta de crédito de palacio con la que pagar los billetes y al final tuvo que confiarle el secreto a su secretaria, Sylvie. Acordó con Parker que se verían allí. Sam y Max se avinieron a acompañarla, si bien con ciertas reservas, pues sospechaban el propósito de aquel viaje. Christianna les aseguró que asumiría toda la responsabilidad, y dos días más tarde volaban con rumbo a Venecia. Sylvie recibió instrucciones de comunicar a su padre que la princesa se encontraba en un balneario suizo, pero el príncipe estaba demasiado atareado con su conferencia en París para llamarla por teléfono y hacer indagaciones.

Salió de Vaduz en el más absoluto de los secretos, y también nerviosa. Pero tenía que ver a Parker por última vez y estaba dispuesta a afrontar las consecuencias.

Sylvie les había reservado habitaciones en el palacio Gritti. Dos, como para la escapada a París, aun cuando solo tenían intención de utilizar una de ellas. Parker estaba ya en el hotel esperándola. En cuanto ella llamó por teléfono a su habitación para avisarle de su llegada él corrió a sus brazos. Nunca le había parecido más atractivo, ni ella a él. Al verlo se echó a llorar, pero minutos más tarde ya estaba haciéndola reír. Fueron días de risas y lágrimas, de amor sin fin.

Hacía un tiempo magnífico, y recorrieron toda la ciudad a pie. Visitaron iglesias y museos y comieron en pequeños restaurantes y tratorías apartadas, evitando los lugares de moda donde pudieran ser vistos, aunque Venecia estaba prácticamente desierta en esa época del año. Pasearon entre las palomas de la plaza de San Marcos, asistieron a misa en la catedral y tomaron una góndola bajo el Puente de los Suspiros. Parker la miraba arrobado. Fue como un sueño para ambos del que ni uno ni el otro deseaba despertar jamás.

—Sabes lo que eso significa, ¿verdad? —le susurró Parker, mientras la góndola se deslizaba lentamente bajo el Puente de los Suspiros. El gondolero les había obsequiado con una canción, y Christianna se hallaba tumbada junto a Parker, protegida del aire invernal con una manta.

—¿Qué? —dijo ella con aire soñador y sereno.

Habían pasado por África, París y por fin Venecia, pero aquel viaje juntos tendría que terminar allí. Christianna, sin embargo, en ese instante no pensaba en eso, sino en lo feliz que era.

—Dice la leyenda que si pasamos juntos bajo el Puente de los Suspiros, nos amaremos eternamente, y yo me lo creo. ¿Y tú? —preguntó Parker, atrayéndola hacia sí.

—Yo también —respondió Christianna con voz queda.

Tenía la certeza de que lo amaría toda su vida, pero no de que se vieran de nuevo. Se volvió para mirarlo a los ojos y le repitió lo mucho que lo quería; deseaba que tampoco él olvidara nunca ese momento. Parker no era consciente de ello, pero Christianna, en su fuero interno, lo estaba liberando para que pudiera seguir viviendo sin ella, como si se preparara para morir. El corazón de Christianna estaba ahora en manos de su padre. Cumpliría con su deber el tiempo que fuera preciso, y un día se retiraría sin hacer ruido. No tenía intención de casarse con ningún príncipe que su padre pudiera presentarle en el futuro. Sabía con absoluta certeza que Parker era el amor de su vida. Mientras deambulaban por Venecia cogidos de la mano y besándose, Parker, en su inocencia, ignoraba por completo lo que rondaba por la cabeza de Christianna. Planeaba decírselo la última noche que pasaran juntos.

El segundo día de su estancia en Venecia pasearon por los soportales y entraron a curiosear en los comercios, principalmente joyerías y tiendas de antigüedades. Cogidos de la mano, entraron en una tiendecita situada en una esquina, donde vendían unas cruces a las que Christianna le interesaba echar un vistazo. Mientras ella se dirigía en italiano al anciano propietario para preguntar por ellas, Parker se entretuvo curioseando, hasta que algo atrajo su atención: un fino anillo de oro con minúsculas incrustaciones de esmeralda en forma de corazón. Sin duda se trataba de una antigüedad y estaba algo gastado, pero las piedras tenían un color precioso. Se lo señaló a Christianna y le pidió que le preguntara al anciano cuánto costaba. Mencionó un precio ridículo, y cuando lo miraron asombrados de que una joya tan bonita pudiera ser tan barata, él se disculpó y rebajó aún más el precio. Parker le indicó mediante gestos que lo sacara del estuche para que Christianna pudiera probárselo. Ella se sintió emocionada. Él le puso el anillo y comprobó que le quedaba perfecto, como hecho a medida, o como si le hubiera pertenecido en una vida anterior. Las minúsculas esmeraldas refulgían en su delicada mano. Parker le sonrió feliz y pagó al anciano, mientras Christianna miraba asombrada, primero a él, y después el precioso anillo que lucía en la mano.

—No sé qué nombre recibe un anillo con el que se pide la mano de una princesa, teniendo en cuenta que su padre está a punto de cortarte la cabeza.

—Anillo de la guillotina, creo —bromeó Christianna, y Parker soltó una carcajada.

—Exactamente. Este es nuestro anillo de la guillotina, alteza —dijo Parker con una muy digna reverencia, como si la hubiera practicado miles de veces—. Algún día lo reemplazaré por otro mejor, si me lo permiten. Entretanto, valga este anillo en prenda de mi amor más sincero. Tanto si vamos a la guillotina juntos como si voy solo, al menos tendrás algo para recordarme.

—Yo siempre te recordaré, Parker —dijo Christianna, con los ojos llenos de lágrimas.

Al mirarlo, comprendió de pronto que Parker era tan consciente como ella de lo que aquel viaje significaba para ambos. Era su adiós, tal vez definitivo o tal vez por mucho tiempo. A Christianna le habría sido difícil, por no decir imposible, continuar con aquellos encuentros clandestinos. Era casi un milagro haber podido escapar esa vez. Ambos sabían lo que aquello significaba y hacían acopio de recuerdos, hasta que volvieran a encontrarse, si alguna vez lo hacían. Como las ardillas que almacenan alimentos para no pasar hambre en invierno. Un hambre que empezaría a acuciarles desde el día en que se marcharan de Venecia. Pero entretanto, celebraban la abundancia de su amor. Aquel sencillo anillo de esmeraldas era la prueba, y cuando Parker se lo colocó en el dedo y le dijo que la quería, Christianna se prometió a sí misma y le prometió a él que ya nunca volvería a quitárselo. A partir de ese momento, decidieron llamarlo su «anillo de la guillotina», expresión que ya siempre haría sonreír a Christianna.

Al salir de allí, visitaron el palacio ducal, el Pisani, el Pesaro y la iglesia de Santa Maria della Salute. Christianna quiso entrar también en Santa Maria dei Miracoli, pues deseaba pedirle un milagro a la virgen. Eso era ya lo único que podría ayudarlos.

Disfrutaron de su última cena juntos en un acogedor restaurante emplazado en uno de los canales más pequeños, donde un señor les cantó canciones de amor al son de una mandolina. Durante toda la cena se cogieron de la mano salvo para comer. Regresaron al hotel en góndola y se quedaron un rato fuera, mirándose a la luz de la luna. Cada instante de aquellos dos días pasados juntos quedaría grabado para siempre en su memoria.

—Cricky, tendremos que ser fuertes, ya lo sabes —le dijo Parker. Aunque ella no se lo había dicho abiertamente, Parker sabía muy bien que nunca volverían a verse, o al menos en mucho tiempo—. Siempre estaré contigo, de una forma u otra. Cuando te asalte alguna duda, mira ese anillo de la guillotina, recuerda este momento y piensa que algún día encontraremos el modo de volver a vernos.

Mientras lo escuchaba, Christianna pensaba que algún día se casaría con otra, tendría hijos con ella, y a ser posible, encontraría la felicidad. Ella ni siquiera podía concebir un futuro así. No deseaba compartir su vida con nadie que no fuera él. Y Parker lo único que deseaba era estar con ella.

—Te querré hasta que muera —le dijo Christianna de todo corazón, y Parker deseó que eso no sucediera hasta un día muy, muy lejano.

Después entraron a paso lento en el hotel, donde pasarían su última noche juntos. Parker le hizo el amor, y después, abrigados en sendos albornoces, salieron al balcón y contemplaron Venecia bajo la luz de la luna. La ciudad era de una belleza desgarradora.

—Gracias por venir hasta aquí para verme —dijo Christianna mirándolo a los ojos.

Parker la atrajo hacia sí suavemente y la estrechó entre sus brazos.

—No digas eso. Sería capaz de atravesar el mundo entero por ti. Siempre que quieras verme, no tienes más que llamarme, y acudiré corriendo.

Habían acordado seguir comunicándose por correo electrónico. Christianna era incapaz de imaginar perder el contacto con él, aunque no pudiera volver a verlo. Y le había prometido que lo llamaría por teléfono; necesitaba oír su voz. Su padre podía prohibir que se vieran, pero no impedir que siguieran queriéndose. Solo el tiempo podría debilitar su amor, y por el momento seguían profundamente enamorados.

Esa noche durmieron abrazados el uno al otro, rebulléndose de vez en cuando, acariciándose, con sus respectivos alientos en sus mejillas, enredados el uno en el otro. Se acariciaban y se miraban a los ojos con un amor insaciable.

Por la mañana tomaron una ducha juntos, dejando que el agua resbalara por sus cuerpos, e hicieron el amor por última vez. Querían apurar al máximo los últimos momentos. El invierno se avecinaba largo y duro sin las caricias del otro. Ya solo les quedaba el amor que mutuamente se profesaban.

No había paparazzi a la puerta cuando abandonaron el hotel. Nadie se había dirigido a ellos en todo el viaje, ni había hecho indagaciones. Max y Sam los dejaron a sus anchas los tres días. Mientras, se dedicaron a hacer turismo por Venecia y, al pasar bajo el Puente de los Suspiros, Samuel, tomándole el pelo a Max, le preguntó si eso significaba que a partir de ese momento seguirían juntos eternamente. Max respondió diciéndole si quería que le pegara un tiro en ese instante o prefería que lo hiciera más tarde. A ambos les entristeció ver el semblante de Christianna y Parker camino del aeropuerto. Tanto al principio del trayecto, en góndola, como después en el coche, mientras dejaban atrás Venecia, ninguno de los cuatro abrió la boca, y cuando llegó el momento de que la pareja se despidiera, los dos se mantuvieron a una distancia prudencial.

—Te quiero —dijo Parker, estrechándola entre sus brazos—. Recuerda tu anillo de la guillotina y lo que significa. Moriría por ti, Cricky. Quién sabe lo que nos deparará el futuro, tal vez una de esas velas que encendiste obre el milagro.

—Cuento con ello —dijo Christianna en voz baja.

Se aferró a él esos últimos instantes, hasta que llegó el momento de decirle adiós. Su vuelo despegaba primero. Lo besó una y otra vez, y Max y Sam creyeron que tendrían que sacarla de allí a rastras.

—Te quiero... te llamaré por teléfono cuando estés de vuelta en casa.

—Allí me encontrarás, siempre que me necesites, y también aquí.

Parker se llevó la mano al corazón, como había hecho al despedirse de ella en África. Desde entonces la llevaba en lo más hondo de su ser.

Se dieron un último beso, y Christianna, sintiendo como si le arrancaran el alma, se alejó hacia su puerta de embarque. Luego se dio la vuelta, hizo un gesto de adiós con la mano, la cabeza bien alta y la mirada fija en sus ojos. Entonces se llevó la mano al corazón y señaló hacia él. Parker hizo un gesto de asentimiento, sin apartar la mirada de ella un instante, hasta que Christianna se dio media vuelta y embarcó en su avión.

18

Christianna no dijo una palabra durante el vuelo de Venecia a Zurich. Bajó la vista varias veces hacia el anillo que lucía en el dedo y acarició sus corazones de esmeralda. Tanto Max como Sam se percataron de ello y se preguntaron si la pareja no se habría casado en Venecia. Era evidente que la alhaja poseía un gran valor para ella. Cuando aterrizaron en Zurich, Christianna les dio las gracias por haberla acompañado a Venecia con una sonrisa. Se la veía muy callada, triste y ausente, como en otro mundo, como si su alma y su corazón se hubieran marchado con Parker y a Vaduz solo regresara la carcasa que los cubría, como en efecto sucedió.

Cuando llegó al palacio de Vaduz, dos horas más tarde, seguía encerrada en su mutismo. Habían hecho el viaje despacio, porque, a fin de cuentas, Christianna no tenía ninguna prisa por regresar. Tras aquellos tres días mágicos en Venecia con Parker, solo le esperaba una condena a perpetuidad en Vaduz. Habría preferido la guillotina a la vida de deberes y obligaciones constantes que la aguardaba, sacrificada por un padre que le había negado sus sueños, y todo en honor a su real linaje. Se le antojaba un precio muy caro por ser quien era, por quien no deseaba ser.

Charles estaba fuera en el patio cuando llegaron. Enseguida salió corriendo hacia ella, y Christianna le palmeó el lomo. Luego la siguió hasta el interior del edificio, y Christianna subió a sus dependencias. Le habían dicho que su padre estaría fuera, su llegada no estaba prevista hasta la tarde. Habían cronometrado el viaje al milímetro.

Sylvie levantó la vista al oírla entrar en el despacho, pero no hizo preguntas. No quería ser indiscreta. Tendió a Christianna la agenda del día y el programa de actividades para la semana siguiente. Nada de lo previsto llamó la atención de Christianna; todo prometía ser tan mortalmente aburrido como de costumbre.

—Deduzco que no ha visto las noticias —dijo Sylvie con delicadeza.

Christianna miró a su secretaria y negó con la cabeza. Sylvie reparó en el delgado anillo de esmeraldas, pero no dijo nada.

—La intervención de su padre en la conferencia de Naciones Unidas hará historia, ha dejado a todos estupefactos.

Christianna aguardó a que prosiguiera, sin manifestar curiosidad alguna. Y a Sylvie la asaltó la misma impresión que a Sam y Max: el cuerpo de la princesa había regresado a Vaduz, pero ella no estaba allí. Actuaba por inercia, como un robot, y así se sentía en definitiva. Su alma y su corazón se encontraban en ese momento dentro de un avión, volando en dirección a Boston con Parker.

—¿Ah sí, qué ha dicho? —preguntó finalmente, sin demasiado interés.

Christianna sabía, sin embargo, que debía mantenerse informada sobre la postura política de su país, tanto nacional como internacionalmente, sobre todo la adoptada en la conferencia de Naciones Unidas celebrada en París, que giraba en torno a la relevante cuestión de las relaciones con el mundo árabe.

—Viniendo de un país neutral, mostró una postura contundente sobre cómo resolver determinados conflictos. Su intervención ha levantado un enorme revuelo. No hay político ni jefe de Estado a quien no le hayan pedido su opinión al respecto. Propuso medidas férreas, que le han granjeado muchas críticas en ciertos ámbitos, pero que también han sido bastante alabadas en otros. En cuanto llegue a palacio, se nos echará la prensa encima. Uno de sus secretarios me ha comentado que ya tiene programadas cuatro entrevistas para hoy. La impresión general es que demostró una gran valentía manifestándose de ese modo, dijo lo que había que decir. Supongo que ha sorprendido porque no se esperaba de él.

En otras circunstancias, Christianna se habría sentido orgullosa de su padre. Pero le traía sin cuidado, estaba como insensible.

Por otra parte, esa noche se celebraba una cena oficial en palacio, y por primera vez en un mes, Christianna había accedido a asistir. Esa era la vida que había asumido y por la que había renunciado a Parker. Al igual que su padre, cumplía con su deber. Ya solo le quedaba eso.

Después de hablar con Sylvie, se quedó en su habitación, deshizo personalmente el equipaje y contempló la fotografía de Fiona que descansaba sobre su cómoda. Era una alegre imagen de su amiga, con los ojos muy abiertos por el asombro y la felicidad; reía a mandíbula batiente. Así era como Christianna deseaba recordarla. Tenía otras fotos de ella, con el resto de los compañeros de Senafe, pero sentía un aprecio especial por aquella imagen de su amiga. La hacía pensar en una Fiona feliz para siempre. Sobre la cómoda tenía otra foto, esta de Parker, mirando fijamente a la cámara, vestido con pantalones cortos, botas de montaña y sombrero de vaquero, su atuendo habitual en el campamento. Christianna contempló las fotos y luego bajó la vista hacia su anillo de esmeraldas.

No vio a su padre hasta la cena oficial de esa noche. Parecía muy animado y contento de sí mismo. Sus palabras habían causado sensación en París y en todas partes del mundo. En los días siguientes, la prensa los sometió a un acoso continuo, que Christianna se aplicó en esquivar. Atendió sus asuntos discretamente y cumplió con su deber. Aquella noche, durante la cena, sus ojos se encontraron con los de su padre y ella rápidamente desvió la mirada hacia otra parte. Había pedido que no la sentaran a su lado y, pese a sus pocos deseos de estar allí, tuvo suerte con sus compañeros de mesa y disfrutó de una agradable velada. La aguardaba una vida de veladas de este tipo, sin Parker y le costaba creer que, solo la noche anterior, había estado con él en Venecia.

Por pura casualidad, coincidió más tarde con su padre en la escalera, cuando ambos subían ya hacia sus respectivas habitaciones. Christianna oyó sus pasos tras de sí y, al volverse, sus miradas se cruzaron de nuevo. Ella se detuvo y su padre se le acercó calladamente.

—Lo siento, Cricky —dijo en voz queda, y Christianna entendió a qué se refería.

—Yo también.

Christianna inclinó la cabeza, dio media vuelta en dirección a su dormitorio y cerró la puerta con suavidad, mientras él pasaba de largo en dirección a sus dependencias.

No volvió a cruzarse con su padre hasta dos días más tarde. Necesitaba cierto documento del despacho del príncipe y al ir a buscarlo se lo encontró en plena entrevista. A raíz de su intervención en París, salía continuamente en la prensa, defendiendo su postura, aunque cada vez parecía levantar más polémica. Christianna se había dado cuenta de que habían reforzado discretamente las medidas de seguridad en palacio. El príncipe se hacía acompañar por tres escoltas en todos sus desplazamientos, y a Christianna le habían adjudicado dos sin venir a cuento. Pese a que no se habían recibido amenazas directas, parecía la actitud más prudente, y el príncipe siempre había hecho gala de prudencia, sobre todo en lo concerniente a su hija. Sus declaraciones habían levantado ampollas en ciertos círculos, pese a que infinidad de personas admiraban su postura. A Christianna aún no se le había pasado el enfado con él, ni se le pasaría en mucho tiempo, pero admiraba el arrojo que su padre había demostrado ante Naciones Unidas. Era un hombre íntegro, de profundas convicciones.

Desde que su padre había regresado a Vaduz, Christianna había hablado por teléfono con Parker en varias ocasiones. Sonaba cansado, pero siempre cariñoso cuando recibía sus llamadas. Le mandaba mensajes simpáticos y divertidos por correo electrónico. Y de vez en cuando algún chiste que ella recibía con carcajadas. Pero sobre todo le contaba lo que hacía a diario, cómo iban progresando sus investigaciones y lo mucho que la echaba de menos. Igual que hacía Christianna en sus mensajes.

Las dos semanas siguientes estuvo muy ocupada en palacio. Había asumido nuevos proyectos, aparte de sus obligaciones habituales, y había hablado con la fundación sobre la posibilidad de trabajar para ellos. Al final decidió no trasladarse a París en primavera para continuar sus estudios. Su intención era dedicarse a la fundación creada en memoria de su madre. Era lo único que le interesaba, y en lo único que veía sentido trabajar. La semana de su reunión con ellos, Parker estaba en San Francisco para celebrar el día de Acción de Gracias. Una festividad con la que Christianna había disfrutado mucho durante su estancia en Berkeley y que solía pasar con la familia de alguno de sus amigos. Ojalá hubiera podido celebrar ese día en compañía de Parker y los suyos. Pero soñar con eso era una quimera.

Justo después de hablar con él, salió a dar un paseo con el perro y advirtió que su hermano acababa de llegar a palacio. En su flamante Ferrari, rojo como de costumbre. Al verla pareció alegrarse, aunque Christianna seguía enojada con él, por sus comentarios a raíz del encontronazo con los paparazzi en París. A Christianna le parecieron groseros y totalmente injustos con ella, aun viniendo de Freddy.

—¿Qué tal, alteza? —la saludó con sorna.

Ella lo miró con altivez y luego se echó a reír.

—¿Se supone que ahora debo utilizar tu título? —se burló Christianna.

Decididamente, había que dejarlo por imposible, pero era su hermano.

—Naturalmente. Y hacerme reverencias también. Algún día yo seré quien mande aquí, ya lo sabes.

—Prefiero no pensarlo.

Freddy nunca habría tenido agallas para actuar como había hecho su padre en Naciones Unidas, ni tampoco conocimientos para hacerlo. El príncipe había sabido moverse hábilmente entre facciones y opiniones opuestas y había salido del proceso como un héroe. Incluso a Parker lo había deslumbrado, aunque tampoco él estaba muy contento con el príncipe últimamente.

—¿Qué te parece mi nuevo bólido? —le preguntó Freddy, cambiando de tema.

—Muy bonito. Te habrá salido caro —observó con una sonrisa.

—Según dicen, puedo permitirme el lujo, o más bien es nuestro querido padre quien puede. Acabo de comprarlo en Zurich.

Christianna tuvo que reconocer que era una máquina preciosa, aunque Freddy tenía ya en su haber dos modelos prácticamente iguales, en idéntico color. Sentía tanta pasión por los coches deportivos caros como por las mujeres libertinas, y caras también. En ese momento se le conocía un nuevo amorío, pero seguramente había otras de las que aún nadie sabía nada. Su harén se renovaba constantemente.

—¿Te apetece que te dé una vuelta? —la invitó ilusionado.

Pero Christianna se echó a reír y dijo que no con la cabeza. Siempre terminaba mareada con él al volante. Incluso Charles salió corriendo cuando vio que Freddy abría la portezuela del coche.

—Me encantaría. Pero será en otro momento. Ahora tengo una cita —mintió y volvió deprisa a palacio.

Esa noche, el príncipe y sus hijos terminaron cenando juntos en palacio. Al principio se respiraba cierta tirantez en el ambiente, pues el príncipe estaba molesto con Freddy por algún motivo que no quiso discutir en presencia de ella. Christianna se mantuvo en un segundo plano y disfrutó de la compañía de ambos por primera vez en dos meses, desde el incidente con Parker. Diciembre quedaba a la vuelta de la esquina, y estuvieron comentando el próximo viaje a Gstaad, donde pasarían las vacaciones navideñas. Por una vez parecían una familia normal. No sacaron a relucir cuestiones políticas ni económicas, y ni siquiera comentaron las últimas correrías de Freddy. Disfrutaron de una velada distendida; Christianna rió los chistes de su hermano, y al príncipe incluso se le escapó alguna que otra risotada, pues pese a sus procacidades, había que reconocer que Freddy tenía gracia. Decididamente, era el payaso de la familia.

Cuando se levantaron de la mesa, Freddy intentó convencer a Christianna para que saliera con él a probar su flamante bólido. Pero fuera hacía frío, y seguramente habría hielo en la carretera. Unos días atrás había caído la primera nevada de la temporada. Freddy, muy indignado por la negativa de su hermana, se volvió hacia su padre.

—¿Y a ti, papá? ¿Te apetece dar una vuelta antes de irte a la cama?

El padre se disponía a rechazar el ofrecimiento, pero solía dedicarle tan poco tiempo a su hijo y estaba de malas con él tan a menudo, que tras vacilar un instante, pareció optar por hacer un esfuerzo. Además, durante el día nunca tenía tiempo para esas cosas.

—Solo si me prometes que será una vuelta rápida. No quiero que me lleves hasta Viena solo para demostrar la potencia de tu bólido.

—Prometido —afirmó Freddy, ilusionado, y sonrió de soslayo a su hermana.

Se sentían casi como hacía años, cuando los dos eran pequeños. Ya entonces a Freddy le apasionaban los coches deslumbrantes. Poco había cambiado todo desde aquel entonces, salvo que Christianna había madurado y su hermano, no. Así se lo había hecho saber ella durante la cena, y él se había desquitado llamándola hermana mayor, pese a que tenía diez años más que ella, la misma edad que Parker.

El príncipe salió al vestíbulo, pidió a un sirviente vestido con uniforme de librea que fuera a por su abrigo, y este regresó con él momentos después. Christianna los acompañó fuera. Charles estaba arriba, durmiendo a pierna suelta en su dormitorio.

Al salir repararon en los guardias de seguridad, que charlaban despreocupadamente. Acababan de hacer el cambio de guardia, y al principio ni se percataron de su salida. A Christianna le pareció un tanto negligente por su parte, habida cuenta de la creciente preocupación por la seguridad en palacio desde que en las últimas fechas su padre se había convertido en foco de la atención política mundial. A los pocos minutos, los guardias se acercaron a charlar con ellos, pero a Christianna se le antojó una reacción un tanto tardía. No dijo nada para no abochornarlos, pero se propuso mencionárselo a Sylvie a la mañana siguiente para que diera parte.

—Doy por sentado que será un paseo como Dios manda, ¿verdad, Friedrich? —preguntó el príncipe en tono jocoso. Estaba de buen talante tras la agradable velada juntos—. ¿O crees que a la vuelta será preciso avisar al médico para que me administre el tranquilizante de rigor?

Con esto pretendía advertirle de que no pisara el acelerador demasiado.

—Me portaré bien, lo prometo.

—No asustes demasiado a papá —le advirtió Christianna, y dicho esto, padre e hijo entraron en el flamante bólido, tan largo y aplastado que parecía un proyectil.

Cerraron las portezuelas, el príncipe le hizo un gesto de despedida a Christianna desde el otro lado de la ventanilla y las miradas de padre e hija volvieron a encontrarse. A Christianna le pareció detectar cierto pesar en los ojos de su padre, como si quisiera decirle lo mucho que sentía lo de Parker. Ella sabía que no cambiaría de opinión, pero que lamentaba haberle provocado tanto dolor. Retuvo su mirada y asintió con la cabeza, como diciéndole que lo comprendía, mientras acariciaba el anillo que le había regalado Parker; luego, Freddy pisó a fondo el acelerador y el potente bólido salió zumbando. Christianna nunca había visto un coche con una aceleración semejante. Iba a regresar a palacio, pues sentía frío, pero decidió quedarse fuera un momento, observándolos. Tal vez Freddy había logrado meterle ya el miedo en el cuerpo a su padre. También al príncipe le habían gustado los coches deportivos en su juventud —quizá fuera cosa de la genética—, pero a él, en cambio, nunca le habían atraído las mujeres libertinas, solo su madre, incluso después de tantos años.

Christianna los observaba, con una sonrisa en los labios, preguntándose cuándo tardarían en dar la vuelta, cuando Freddy aminoró la marcha para tomar una curva; al hacerlo y encenderse el piloto de freno, se oyó una explosión de tal magnitud que fue como si el cielo se viniera abajo. En el instante en el que la detonación llegó a sus oídos, Christianna vio de pronto una enorme bola de fuego ocupando el mismo lugar donde segundos antes estaba el Ferrari: tanto el vehículo como sus dos ocupantes habían desaparecido como por arte de magia. Christianna se quedó mirando estupefacta, sin oír movimiento alguno, hasta que de pronto el palacio en pleno se lanzó al exterior. Los guardias de seguridad echaron a correr por la carretera, mientras otros saltaban a los coches para llegar cuanto antes al foco del incendio. Christianna salió tras ellos a toda prisa. El corazón le golpeaba con fuerza en el pecho, y de pronto le asaltó la imagen de Fiona tumbada en el barro... siguió corriendo y corriendo... por el aire llegaba el súbito ulular de las sirenas, el sonido de los silbatos, el susurro de los hombres que pasaban de largo, más veloces que ella, y el rugido de las llamas. Llegó al lugar donde había estado el coche prácticamente al mismo tiempo que los demás. Todo el mundo corría de acá para allá; llegaron los bomberos de palacio con sus mangueras, lanzando chorros de agua a diestro y siniestro, y alguien apartó a Christianna de allí. La sacaron a rastras, con la mirada perdida. Ella solo veía la furia de las llamas, como ensañándose en el vacío, pues del coche no quedaba rastro y bajo el espacio que antes ocupaba, solo había un enorme agujero candente en el suelo. Su padre y su hermano se habían volatilizado. Habían puesto una bomba bajo el coche de Freddy. Y toda su familia había desaparecido.

19

Después Christianna sería incapaz de recordar el desarrollo de los acontecimientos, de manera muy similar a lo que le había sucedido el día de la muerte de Fiona. Recordaba haber regresado a pie a palacio, el barullo de personas que corrían de acá para allá, así como a los dos guardias de seguridad que la escoltaron hasta su dormitorio e hicieron guardia junto a ella. También el momento del encuentro con Sylvie, algunos rostros familiares y otros que era incapaz de evocar. Policías que entraban y salían, equipos de artificieros, soldados. Camiones con patrullas antidisturbios, efectivos de la policía suiza, ambulancias, unidades móviles de los medios de comunicación. Las ambulancias se demostraron innecesarias: no quedaba rastro alguno de su familia. En las primeras horas posteriores al atentado nadie reivindicó su autoría, y tampoco más adelante. El príncipe Hans Josef había pagado muy caro aquel acto de arrojo ante Naciones Unidas. Debieron de colocar la bomba en el tiempo que medió entre la llegada de Freddy y la cena en familia. Pero si la habían instalado bajo el auto de este, evidentemente el objetivo no era el príncipe soberano, sino su heredero, tal vez a modo de advertencia para su padre. El ciego azar había querido que el entusiasmo de Freddy por su flamante Ferrari y la agradable velada familiar lograran llevarse por delante también al príncipe soberano.

Un enjambre de hombres uniformados estuvo pululando por el palacio y sus alrededores a lo largo de toda la noche, y Christianna, completamente aturdida, se empeñó en dejar sus dependencias y salir a deambular entre aquel gentío, escoltada por los guardias de seguridad. Nada más salir de palacio, vio a Sam y a Max corriendo hacia ella. Sin pensarlo dos veces ni hacer comentario alguno, Max la estrechó entre sus brazos y rompió a llorar, mientras Sam aguardaba a un lado, con las lágrimas resbalando por sus mejillas. Ambos habían servido a la familia desde hacía años. Christianna no podía apartar la vista de la oscura fosa aún candente que había quedado en el lugar de la explosión.

Al principio, solo un puñado de personas sabían que el príncipe Hans Josef se encontraba en el vehículo; los demás daban por hecho que dentro solo iba Freddy, lo que ya de por sí era bastante trágico. Pero los guardias de seguridad, que lo habían visto entrar en el Ferrari con su hijo, se encargaron de difundir rápidamente la noticia. Era una tragedia por partida doble, además de una doble pérdida para el país, y para el mundo. Guardias armados con metralletas rodearon a Christianna mientras andaba por el lugar de los hechos, flanqueada también por Sam y Max. La princesa se negó en redondo a regresar a palacio. Sentía como si por estar cerca del lugar donde los había visto desaparecer pudiera de algún modo traerlos de vuelta o encontrarlos. Las consecuencias del trágico suceso y lo que este significaba para Liechtenstein eran inconcebibles. Christianna miró a Sam y a Max y, al verlos llorar, empezó a salir de su aturdimiento para darse cuenta cabal de que había perdido a su hermano y a su padre. Tanto ella como su país se habían quedado huérfanos.

—¿Y ahora qué pasará? —preguntó a Max, con semblante aterrado.

—No lo sé —respondió él con franqueza.

Nadie lo sabía. Aparte de la tragedia personal que suponía para ella, significaba un tremendo dilema político para Liechtenstein. Freddy era el único heredero varón del príncipe soberano, y las mujeres tenían vedado el acceso al trono. No había literalmente nadie para ocupar su lugar.

Christianna ni siquiera se acostó esa noche. Nadie acertaba aún a comprender lo sucedido. Reporteros de las principales cadenas de radio y televisión habían invadido la zona. Tras su inaudita intervención en Naciones Unidas, Hans Josef había polarizado la atención de la prensa, y el atentado se consideraba noticia de interés mundial. Era evidente que existía una íntima conexión entre ambos hechos. Por suerte, una patrulla de guardias protegía a Christianna del acoso de la prensa.

En algún momento de la noche, Christianna subió a sus habitaciones y Sylvie la ayudó a vestirse de luto riguroso. Cuando bajó, se encontró con todos los ayudantes y secretarios de su padre, atareados tomando notas y haciendo llamadas. Christianna ignoraba a quién llamaban ni cómo debía proceder. Mientras deambulaba como alma en pena por el lugar, el secretario personal del príncipe se acercó a ella para comunicarle que debían organizar los preparativos.

—¿Preparativos para qué? —preguntó Christianna, mirándolo sin comprender.

Se encontraba conmocionada. A primera vista parecía estar entera, serena incluso, pero no alcanzaba a darse cuenta cabal de lo sucedido. No hacía más que pensar que su padre no estaba allí. Se sentía como si tuviera cinco años otra vez; la asaltaba el nítido recuerdo de la mañana en la que murió su madre... y ahora Freddy... pobre Freddy... pese a sus muchos desmanes estaba muerto, también. Todos habían muerto. Estaba completamente sola en el mundo.

Christianna se hallaba en el despacho de su padre, acompañada por los secretarios de este y varios guardias armados, cuando el Parlamento en pleno hizo entrada en la estancia: los veinticinco diputados, todos ellos con traje y corbata negros, y los ojos enrojecidos. Habían pasado la noche en vela, repartidos en distintas casas, siguiendo las noticias con lágrimas en los ojos y discutiendo cómo proceder. Se enfrentaban a un problema de extrema gravedad que nunca antes se había presentado en el país. Liechtenstein quedaba sin príncipe reinante y sin heredero que le sucediera, pues según su Constitución, las mujeres ni siquiera contaban en la línea sucesoria. Lo ocurrido esa noche no solo constituía una auténtica tragedia desde el punto de vista humano y personal, sino una desgracia para el país.

—Alteza —el primer ministro se dirigió a ella con delicadeza.

Era evidente que la princesa no se encontraba en condiciones de hablar. Pero no tenían opción. Llevaban reunidos desde las cuatro de la madrugada, horas después de que les fuera comunicada la noticia, y habían aguardado hasta las ocho para acercarse a palacio. Todos, Christianna incluida, habían pasado la noche en vela. En aquel lúgubre noviembre, las ventanas de palacio resplandecían de luz.

—Alteza, tenemos que hablar con usted —dijo de nuevo el primer ministro. Era el más antiguo de los veinticinco parlamentarios y el principal confidente de su padre en vida—. ¿Podría dedicarnos unos minutos?

Christianna asintió, aturdida aún, y despejaron la estancia. Solo los guardias permanecieron allí apostados con sus metralletas. Nadie sabía cuál sería el curso de los acontecimientos, ni si el atentado debía considerarse un hecho aislado o un mero anticipo de una ofensiva a mayor escala. O incluso si existía el riesgo de una emboscada. Soldados del ejército suizo armados con metralletas patrullaban por dentro y por fuera de palacio. El gobierno suizo les había ofrecido de inmediato su colaboración y había enviado a un destacamento desde Zurich.

Christianna se sentó, miró fijamente a los parlamentarios y estos tomaron asiento por toda la estancia. Al verlos a todos reunidos en el que fuera el despacho de su padre, Christianna se preguntó, por un fugaz instante, dónde estaba él. Y entonces, como en una segunda explosión, el recuerdo estalló en su mente. Recordó con toda nitidez aquel cruce de miradas antes de que su hermano se lo llevara en el coche. Aquella mirada de disculpa y arrepentimiento que habría de perseguirla toda la vida, así como la enconada disputa que los había mantenido distanciados durante los dos últimos meses. Cuando aún no se habían recuperado de aquella tirantez, precisamente la noche en la que las heridas parecían empezar a sanar, de pronto su padre desaparecía. Christianna se repetía una y otra vez que ya nunca más volvería a ver a ninguno de los dos, pero era incapaz de asimilar los hechos.

—Tenemos que hablar con usted. Todos estamos consternados por la enormidad de la tragedia. Ha sido algo espantoso, inconcebible. En nombre del Parlamento en pleno, le ruego acepte nuestro más sincero pésame.

Con los ojos anegados en lágrimas, Christianna hizo un gesto de asentimiento con la cabeza, incapaz de articular palabra. No era más que una joven de veinticuatro años que acababa de perder a toda la familia que le quedaba. Y no tenía a nadie allí para consolarla, solo aquellos caballeros que deseaban hablar con ella. Christianna recorrió la sala con la vista y reconoció a todos y cada uno de aquellos rostros. Sin embargo, no pudo más que asentir con la cabeza. La enormidad de la tragedia la había dejado sin habla, como comprendían perfectamente todos los allí presentes. Estaba tan pálida que su rostro parecía casi translúcido.

—No obstante, es preciso que hablemos con usted del asunto de la sucesión. Liechtenstein se ha quedado sin jefe de Estado. De acuerdo con nuestra Constitución, es preciso que la situación se resuelva a la mayor brevedad. Sin dirigente al mando, el país corre peligro, sobre todo dadas las circunstancias. —La persona designada para tomar las riendas del país en caso de catástrofe nacional, como ciertamente podía considerarse lo ocurrido, era el primer ministro. No obstante, el vacío de poder que tan inesperada y repentinamente había dejado su padre, inquietaba a todos sus parlamentarios—. ¿Comprende el alcance de lo que le estoy diciendo, alteza, o se encuentra demasiado afectada por las circunstancias?

Le hablaba como si de pronto se hubiera quedado sorda, pero lo que le ocurría era que estaba desbordada por el dolor de la pérdida de sus seres queridos. Tal vez fuera incapaz de reaccionar, pero no de comprender.

Christianna consiguió por fin sobreponerse y articular palabra, casi por primera vez desde lo ocurrido.

—Lo comprendo —acertó a decir.

—Gracias, alteza. Lo que deseamos discutir con usted es quién heredará el trono. —El primer ministro conocía el linaje de Christianna y a todos y cada uno del centenar de miembros que integraban el Consejo de Familia—. Cuenta usted con varios primos vieneses directamente en la línea de sucesión. Familiares por la rama paterna, naturalmente. Pero, a decir verdad, cuando anoche elaboré la lista de posibles sucesores, me di cuenta de que los siete primeros, incluso ocho o nueve, no admiten siquiera ser considerados. Unos por su avanzada edad y otros por enfermedad grave. Varios de ellos no han dejado descendencia a quien pasar la línea sucesoria. Luego les siguen prácticamente solo mujeres. Y ya conoce lo que estipula nuestra legislación en ese sentido. Tendríamos que saltar hasta el miembro número veinte en la línea sucesoria, tal vez incluso hasta el veinticinco, para encontrar a un varón con la edad y el estado de salud apropiados, y ni siquiera estoy seguro de que aceptara el cargo. Son todos de origen austríaco y ninguno ha mantenido una relación estrecha con Liechtenstein, lo que nos coloca en una interesante tesitura.

»Su padre era un hombre moderno, al menos en ciertos aspectos. Manifestaba un profundo respeto por las venerables tradiciones de nuestro país y creía firmemente en todo lo que este ha venido representando desde el último milenio. Pero, sin sacrificar las posturas de antaño, también supo introducir grandes cambios y novedades. Estaba a favor del voto para la mujer, incluso mucho antes de que se otorgara ese derecho. Además, le profesaba a usted un gran respeto, alteza. A menudo me comentaba el gran interés con el que usted seguía la política económica de nuestro país y lo sagaces que eran sus propuestas, teniendo en cuenta su juventud.

El primer ministro no se refirió en ningún momento a su hermano Freddy; hubiera sido inapropiado dadas las circunstancias, pero el príncipe Hans Josef había mencionado en repetidas ocasiones que, de no ser por la legislación vigente, consideraba a su hija Christianna mucho más capaz de gobernar el país que a Friedrich.

—Nos enfrentamos a un problema muy serio —prosiguió, tras hacer una pausa para tomar aliento—. No hay nadie en la línea directa de sucesión que cumpla rigurosamente los requisitos necesarios para acceder al trono. Como todos bien sabemos, en estas cuestiones es el linaje lo que impera y no necesariamente la capacidad. Pero si pretendemos ser fieles a ese linaje, para encontrar a alguien con la edad y el sexo apropiados tendríamos que dar un gran salto y recurrir a los últimos puestos en la línea de sucesión. No creo que su padre se planteara en ningún momento la posibilidad de que no fuera el príncipe heredero quien reinara. Pero dada la tragedia sobrevenida esta noche, alteza, con el mayor respeto, creo saber la decisión que el soberano habría tomado en esta situación. Hemos discutido largamente sobre ello a lo largo de la noche, y todos convenimos en que la única opción válida sería que el trono pasara a usted, alteza.

Christianna miró al primer ministro como si hubiera perdido el juicio y, por un instante, se preguntó si no sería ella quien no estaba en sus cabales. Quizá estuviera viviendo un sueño: en realidad, su padre y su hermano no habían fallecido y en cualquier momento despertaría y escaparía de aquella funesta pesadilla.

—Proponemos aprobar una nueva ley, in extremis, que habría de ser sancionada y aprobada de inmediato por el Consejo de Familia, por la que se modificaría la Constitución de modo que a partir de ahora la sucesión diera cabida a la mujer, es decir, a usted en este caso. Por otra parte, esta noche hemos discutido también la cuestión de su título y todos tenemos presente que por su linaje está emparentada con los reyes de Francia, por ambas ramas de su familia materna. Si aceptara la sucesión en nombre de su padre y pasara a ser princesa de Liechtenstein, como así esperamos que suceda, y su pueblo, a mi entender, así lo espera también, teniendo en cuenta que es descendiente directa de los reyes de Francia, desearíamos que, en su caso, pasara a ser princesa reinante con el tratamiento de alteza real, en lugar de serenísima. Estoy sinceramente convencido de que también su padre habría secundado la propuesta, y esta contará también, evidentemente, con el fallo y la sanción previos del Consejo de Familia, asimismo inmediatos. Es preciso nombrar un sucesor cuanto antes. No podemos permanecer sin jefe de Estado por más tiempo. Alteza, en nombre de todos nosotros, y como primer ministro, además de súbdito y ciudadano de este país, solicito en nombre de su padre que acepte nuestra propuesta. ¿Lo hará, alteza?

Christianna escuchaba al primer ministro en un mar de lágrimas. A sus veinticuatro años, le estaban pidiendo que aceptara la jefatura de su país y que sustituyera a su padre como princesa reinante. Un miedo atroz la asaltó de pronto, temblaba de la cabeza a los pies, abrumada por el terror, la pena y la estupefacción. A ninguno de los allí presentes le pasaron inadvertidos sus temblores. La princesa apenas podía articular palabra. Estaba embargaba por la emoción y conmovida por la propuesta, pero se sentía completamente incapaz de desempeñar aquella tarea. ¿Cómo iba a ponerse ella a la altura de su padre? ¿Y con tratamiento de alteza real por añadidura? Ya solo les quedaba pedirle que fuera reina. Y, hasta cierto punto, eso acababan de hacer. A Christianna le complacía que decidieran incluir a la mujer en la línea de sucesión, siempre había pensado que así debía ser, pero no se sentía ni mucho menos capacitada para desempeñar tan monumental tarea.

—Pero ¿cómo voy a hacer eso?

Lloraba con tal desconsuelo que apenas podía hablar.

—Nosotros la creemos capacitada. Y estoy absolutamente

convencido de que su padre opinaba lo mismo. Alteza, le pido, le suplico, que acuda en auxilio de su país esta noche. Haremos todo lo que esté en nuestra mano para apoyarla y ayudarla en este cometido. Al principio, ningún príncipe reinante se ha sentido nunca a la altura de las circunstancias. Es una tarea que se aprende sobre la marcha. Creo firmemente que está capacitada para desempeñar esa función, como también de que ese habría sido el deseo de su padre. ¿Acepta nuestra propuesta? Si lo hace, alteza, será un regalo del cielo para todos, también para usted y para nuestro país, evidentemente.

Christianna se quedó paralizada, su vista iba de un rostro a otro, y la respuesta la encontró en cada una de aquellas miradas. De haber detectado el menor índice de recelo, vacilación o despecho en aquellos ojos, no habría dudado en decir que no. Pero solo halló miradas esperanzadas y suplicantes a su alrededor. Le estaban implorando que aceptara la propuesta, y lo que aún era peor, casi le parecía oír la voz de su padre desde el más allá pidiéndole que aceptara. Christianna clavó la vista en ellos, sumida en la mayor de las pesadumbres, temblando aún; nunca había sentido tanto terror ni tanta desdicha. No obstante, como impulsada por una fuerza superior a ella, asintió muy lentamente con la cabeza, sin acabar de dar crédito a lo que estaba haciendo. Con su gesto sellaba un compromiso de por vida, hasta la muerte. A partir de ese momento, asumiría todas las responsabilidades que habían abrumado a su padre en vida. Tendría que vivir por y para su país, su persona quedaría relegada a un segundo plano. El deber dejaría de ser simplemente una palabra para ella, sería una forma de vida de la que ya nunca podría escapar. Pero a pesar de esos pensamientos, retrocediendo como una yegua aterrada en su cuadra, miró al primer ministro a los ojos y contestó con un leve susurro:

—Sí.

Nada más oír la palabra, todos los allí presentes esbozaron una sonrisa y suspiraron aliviados. Pese a la terrible tragedia ocurrida esa noche, quedaron complacidos. El primer ministro recordó a Christianna que la reina Isabel a la edad de veinticinco años ya era reina de Inglaterra, un país mucho más grande y que conllevaba aún mayores responsabilidades. Ni él ni ninguno de los presentes en aquel despacho tenían la más mínima duda de que Christianna se encontraba perfectamente capacitada para gobernar Liechtenstein, a pesar de sus veinticuatro años. Christianna no daba crédito.

Seguidamente, el ministro la informó del proceder.

—Cada uno de nosotros se encargará de llamar por teléfono a cuatro miembros del Consejo de Familia y pondrá en su conocimiento ambas propuestas: que vuestra alteza sea la primera mujer en ceñir la corona del principado como princesa soberana, con lo cual la sucesión incluirá en el futuro a las primogénitas, y que le sea otorgado el tratamiento de alteza real, al que tiene derecho por vía materna. Somos veinticinco, entre todos hoy mismo habremos informado a la totalidad del Consejo de Familia. Si votan a su favor, y al nuestro, la ceremonia de investidura se celebrará en privado esta misma noche, en este despacho. Deseo fervientemente que así suceda. Liechtenstein no puede permanecer por más tiempo sin una persona al mando, y creemos sinceramente que usted es la más indicada, la idónea, la única que puede ocupar ese puesto. —El ministro se puso en pie, miró a Christianna, recorrió con la vista la habitación y añadió—: Que Dios nos bendiga a todos, y a usted, alteza. Esta misma tarde le daré a conocer el resultado.

Y a continuación, sin dar tiempo a que Christianna recobrara el aliento o cambiara de opinión, salieron en fila india de la estancia. Cuando todos se hubieron ido, Christianna se quedó un momento de pie en el despacho, contemplando los retratos de su bisabuelo, de su abuelo y de su padre, que colgaban de las paredes. Miró a los ojos de su padre en aquel fiel retrato y, entre sollozos, abandonó la estancia.

20

Tres hombres armados con metralletas acompañaron a Christianna a sus dependencias en el piso de arriba, donde la aguardaba Sylvie. Su secretaria parecía tan conmocionada como el resto del personal de palacio esa noche. Se la veía asustada, exhausta y desconsolada por la pérdida. El príncipe Hans Josef era una gran persona. No obstante, en cuanto Christianna cruzó el umbral de la habitación, le recordó que debían encargarse cuanto antes de organizar el funeral. Un funeral de Estado, para ambos príncipes, reinante y heredero. Christianna no se sentía con ánimos de pensar en eso, y mucho menos de llevarlo a cabo.

—¿Desea descansar antes unos minutos, alteza?

Christianna asintió con la cabeza, pensando en que la pobre Sylvie no sabía lo que se avecinaba. Si el Consejo de Familia daba su aprobación, como así esperaban los miembros del Parlamento, antes de esa misma noche ya ostentaría la corona de soberana. La sola idea la aterrorizaba.

Un momento más tarde, Sylvie abandonó la estancia y dijo que regresaría al cabo de media hora. Los tres hombres armados con sus metralletas la siguieron y se apostaron al otro lado de la puerta, mientras Christianna descansaba un momento. Solo había una persona en el mundo con la que deseaba hablar, la única con cuya ayuda y apoyo contaba. Ni siquiera se molestó en comprobar si había recibido un mensaje de correo electrónico suyo. Tenía la certeza de que estaba al tanto de lo ocurrido. Por pequeño que fuera Liechtenstein, estaba segura de que la onda expansiva de la explosión que había acabado con la vida de su padre y su hermano se había oído en todo el mundo.

Agarró el auricular del teléfono que descansaba sobre su mesita de noche y llamó a Parker al móvil. Pese a su confusión y su congoja, creyó recordar que ese era el día de Acción de Gracias en Estados Unidos; Parker debía de encontrarse en San Francisco.

Se puso al teléfono al primer timbrazo, esperaba ansioso su llamada. No había intentado ponerse en contacto convencido de que sería completamente inútil llegar hasta ella. A tenor de lo que había visto en las noticias, en el palacio de Vaduz reinaba un caos total.

—¡Dios mío, Cricky!... ¿Estás bien?... Lo siento en el alma... Lo siento... Me he enterado por televisión. —En cuanto oyó su voz, Christianna rompió a llorar—. Cariño, siento tanto lo ocurrido... Al principio no daba crédito.

Los informativos habían mostrado imágenes de un incendio en los jardines del palacio y de soldados y antidisturbios que corrían de acá para allá. El recinto parecía completamente invadido. De la princesa, sin embargo, apenas se había hecho mención, para gran consternación de Parker. Lo único que sabía era que estaba viva.

—Tampoco yo daba crédito —dijo ella acongojada, procurando no evocar el funesto instante en el que el Ferrari se había convertido en aquella gran bola de fuego que se llevó consigo a su padre y a Freddy—. Pero sucedió ante mis propios ojos.

—Gracias a Dios que no ibas en el coche con ellos.

Eso había temido Parker en un principio, al enterarse de la noticia. Al oírle decir eso, Christianna recordó de pronto que Freddy le había ofrecido primero a ella dar una vuelta, y había declinado la oferta. Fue la mano del destino.

—¿Estás bien? Ojalá pudiera estar ahí contigo. ¿Qué puedo hacer? Me siento tan impotente...

—No puedes hacer nada. Dentro de unos minutos tendré que ponerme a organizar los preparativos para el funeral. Están esperándome, pero antes quería hablar contigo. Te quiero... ha ocurrido otra desgracia más —añadió compungida.

Parker se preparó para recibir más malas noticias. Costaba creer que otra desventura pudiera añadirse a la ya de por sí desoladora tragedia.

—La línea directa de sucesión ha quedado truncada. Los primos de mi padre son todos ya ancianos... austríacos además... Parker, quieren abolir la ley que excluye a la mujer del trono de Liechtenstein. Elevarán la propuesta al Consejo de Familia hoy mismo. —Se le hizo un nudo en la garganta y sollozó de nuevo—. Quieren que yo sea la princesa reinante... Dios mío, ¿qué voy a hacer? No sé nada de esos asuntos, no me siento capacitada para ese trabajo... y encima me arruinará la vida. Tendría que gobernar el país hasta el día de mi muerte, o abdicar en mis hijos cuando llegara el día...

Christianna lloraba con tal desconsuelo que apenas podía hablar, pero Parker había comprendido perfectamente sus palabras. A miles de kilómetros de distancia, recibió la noticia con la misma estupefacción que había mostrado ella. Ni siquiera podía concebir lo que eso significaba.

—Además, quieren que se me otorgue el tratamiento de alteza real, por mi madre, en lugar del de serenísima.

—Para mí siempre has sido una reina, Cricky —dijo con voz amable, intentando quitar hierro al asunto.

Se le antojaba una responsabilidad mayúscula, incluso a él. Pero al igual que el conjunto del Parlamento, no dudó ni por un momento de la capacidad de Christianna para desempeñar aquella labor. Sabía que podía y que lo haría bien. En ese instante no se planteó lo que eso podría significar para ambos. Lo único que ocupaba su cabeza era la preocupación por Christianna. No solo tenía que enfrentarse al dolor por la pérdida de sus seres queridos, sino encima tomar las riendas de un país. Verdaderamente una situación inaudita.

—Parker... —dijo Christianna, entre sollozos—. Moriré solterona.

Christianna lloraba como una niña, y él deseó con toda su alma estar a su lado y estrecharla entre sus brazos.

—No veo por qué habría de ser ese el caso. Tu padre se casó y tuvo hijos. La reina Isabel de Inglaterra se casó y tuvo cuatro hijos, y no creo que fuera mucho mayor que tú cuando accedió al trono. No veo qué tiene que ver una cosa con la otra —repuso con sensatez, procurando calmarla.

Lo único que Parker no veía era dónde quedaba él después de aquello. La situación se le antojaba peor incluso que antes. Dada su nueva condición de alteza real, en lugar de serenísima, aún era menos probable que lo consideraran un consorte apropiado para ella. Con la única salvedad de que ahora sería Christianna quien dictaría las leyes, se dijo Parker, preguntándose si eso cambiaría las cosas. El padre de Christianna pudo haber consentido el matrimonio de su hija con un plebeyo, pero se negó a ejercer aquel derecho. Aunque ignoraba por completo si el príncipe podría haberse casado con una plebeya a su vez, y dada la consternación de Cricky, no era momento de sacar a relucir ese asunto. Sabía que otros monarcas habían contraído matrimonio con plebeyos, en los países escandinavos particularmente, y le parecía recordar que a sus consortes se les había otorgado algún título sin mayor problema. Él se conformaba con el de doctor por el momento, lo demás le traía sin cuidado. Bastante tenía encima Christianna como para preocuparse por esas cuestiones.

—¡La reina Isabel tenía veinticinco años! —lo corrigió ella, entre sollozos, y esa vez Parker se echó a reír.

—Pues entonces te falta un año. ¿Pretendes que esperen un año? —bromeó.

—No lo entiendes —replicó ella, con abatimiento y una voz que sonaba de pronto muy joven—. Si el Consejo de Familia aprueba la propuesta, esta misma noche me investirán en privado... antes de que acabe el día seré princesa soberana... ¡Dios mío, qué voy a hacer!

Christianna rompió a llorar, inconsolable de nuevo. La pobre había perdido a su padre y a su hermano hacía tan solo unas horas, y ahora cargaban todo un país sobre sus espaldas. Un cáliz demasiado amargo que apurar de golpe para cualquiera.

—Cricky, puedes hacerlo. Estoy convencido. Además, piensa que ahora serás tú quien dicte las leyes.

—Yo no quiero ese papel. Ya odiaba mi vida antes, pero ahora aún va a ser peor... y no volveré a verte más.

Christianna no podía dejar de llorar, y Parker deseó con más fervor que nunca estar junto a ella para abrazarla y ayudarla a serenarse. Le esperaban días muy duros.

—Cricky, a partir de ahora podrás hacer lo que desees. Volveremos a vernos, te lo aseguro... no temas por eso. Cuando puedas verme, allí iré. Y aunque no puedas, te quiero de todos modos.

—No sé qué voy a hacer. Nunca he sido princesa soberana, ni quiero serlo.

Pero sabía también que no podía negarse. Sentía que se lo debía a su padre, por eso había aceptado.

Sylvie asomó la cabeza por la puerta en ese instante y dio unos golpecitos sobre su reloj. Tenían que poner manos a la obra. Había nada menos que dos funerales de Estado que organizar. Christianna estaba destrozada. Ni siquiera tenía tiempo para llorar la muerte de su padre y de su hermano, ni oportunidad para asimilar lo sucedido, y dentro de unas horas caería sobre ella el gobierno de un país y la responsabilidad de sus treinta y tres mil súbditos. La sola perspectiva resultaba aterradora, y así lo apreció Parker en su voz.

—Cricky, procura serenarte. No puedo ni imaginar el horror que estás viviendo, pero tienes que hacer de tripas corazón. No te queda más remedio. Llámame cuando quieras. Aquí estoy para lo que desees, cariño. Te quiero. Cuenta conmigo. Y ahora procura sacar fuerzas.

—Lo haré... lo prometo... ¿tú me ves capacitada?

—Pues claro que sí —respondió Parker con ternura y serenidad.

—¿Y si no lo estoy? —repuso ella con voz entrecortada.

—Pues finge durante un tiempo, ya saldrás del paso sobre la marcha. Nadie se dará cuenta. Tú eres quien lleva la voz cantante. Basta con que hagas como si... podrías empezar decapitando a unos cuantos por ejemplo —propuso en broma, pero Christianna no sonrió. Se sentía completamente desbordada.

—Te quiero, Parker... gracias por tu apoyo.

—Cuenta con él siempre, pequeña... siempre.

—Lo sé.

Prometió que lo llamaría más tarde y fue a su despacho en busca de Sylvie. Una montaña de papeles cubría ya el escritorio. Christianna tomaría las decisiones pertinentes, y Sylvie y los ayudantes de su padre se encargarían del resto. En ese momento, lo verdaderamente primordial era organizar los dos funerales. De lo demás ya tendría tiempo de preocuparse más adelante. Adondequiera que iba, lo hacía escoltada por aquellos hombres armados con metralletas. No podían bajar la guardia, seguían en alerta roja.

Lo primero que hizo Christianna fue organizar dos funerales de Estado. Uno se celebraría en Viena, el otro en Vaduz. No habría capilla ardiente en ninguno de los dos, constató con horror. Entre ella y Sylvie dispusieron pues la celebración de una misa fúnebre en la catedral de San Esteban en Viena, y otra al día siguiente, en la iglesia de San Florín, en Vaduz. Estaban a jueves, y programaron la primera para el lunes, y la de Vaduz para el día siguiente. Christianna tuvo que escoger la música y decidir qué flores y coronas engalanarían ambos templos. Decidieron colocar dos féretros vacíos para la ceremonia y celebrar una recepción en el palacio de Liechtenstein de Viena a continuación. Habida cuenta de lo ocurrido, sería preciso extremar las medidas de seguridad. No solo en Viena, sino también en Vaduz.

Christianna pasó el día ocupada con Sylvie y los ayudantes de su padre y seguía enfrascada en los preparativos, sin haber dormido la noche anterior, cuando recibió la llamada del primer ministro. Sylvie le tendió el auricular; el primer ministro no quería decirle de qué se trataba. Christianna sabía el motivo de su llamada, pero nadie estaba enterado aún.

—Han aprobado la ley —anunció con voz solemne. Al oír sus palabras, Christianna sofocó un grito. Una pequeña parte de su ser aún abrigaba la esperanza de que la respuesta fuera negativa. Pero habían aceptado la propuesta. Tendría que vivir con las consecuencias de haber aceptado su oferta esa mañana.

—Se le otorgará también el tratamiento de alteza real. Nos sentimos muy orgullosos de usted, alteza. ¿A las ocho de la tarde le vendría bien? —Pasaban ya de las seis—. He pensado que podríamos celebrar la investidura en la capilla de palacio. ¿Desea la presencia de alguien más, aparte de sus ministros, alteza?

A Christianna le habría gustado ver a Parker allí, pero eso era imposible. Aparte de él, las únicas personas cuya presencia deseaba eran Sylvie, Sam y Max. Eran sus mejores amigos, y lo más parecido a una familia que tenía en aquel momento. También le habría gustado invitar a Victoria, pero no había tiempo.

—Lo haremos público mañana por la mañana, para que así pueda descansar una noche. ¿Le parece bien, alteza?

—Muy bien, gracias —contestó, procurando sonar desenvuelta y que no se notara el terror que la embargaba.

Recordó las palabras de Parker, aconsejándole que fingiera por un tiempo; nadie se daría cuenta. Tras darle las gracias de nuevo al primer ministro y colgar, cayó súbitamente en la cuenta de que, a partir de las ocho de esa tarde, todo el mundo la llamaría «alteza real». Su vida había cambiado de la noche a la mañana... con la explosión de un coche... era imposible asimilar todo lo que estaba ocurriendo. El Consejo de Familia había votado unánimemente a favor de traspasarle la dignidad de soberana. A ella ya solo le quedaba rezar para no decepcionarlos, y trabajar con ahínco el resto de sus días con ese propósito en mente. Pero Christianna no creía estar a la altura de su padre, y menos con su pequeña talla.

—Tenemos que estar en la capilla a las ocho —le dijo a Sylvie después de colgar el auricular—. Necesito allí a Sam y a Max.

—¿Habrá una misa? —Sylvie la miraba perpleja.

No se había programado misa ninguna para ese día, ni notificado nada a nadie. La princesa parecía consternada y hablaba como ausente.

—Algo por el estilo. Asistiremos los parlamentarios y nosotros solamente.

Sylvie asintió con la cabeza y fue a avisar a Max y a Sam. Eran ya las siete de la tarde cuando los localizó. Minutos antes de las ocho, la princesa y los demás abandonaran el despacho del príncipe en dirección a la capilla. Al salir, Christianna no pudo evitar pensar que, veinticuatro horas antes, su padre y su hermano estaban vivos.

Esa tarde recibió una llamada telefónica de Victoria, para darle el pésame e invitarla a pasar unos días con ella cuando todo hubiera terminado. Christianna cayó en la cuenta de que ya nunca podría permitirse esas escapadas. A partir de ese día, todos sus viajes serían visitas oficiales de Estado. Su vida resultaría aún más complicada que antes. Y habida cuenta de lo ocurrido, aún sería más peligrosa.

Cuando llegaron a la capilla, los ministros y el arzobispo los estaban ya esperando. Los ministros tenían un aspecto muy solemne, y el arzobispo se acercó a besarla en ambas mejillas. Dijo que se trataba de una ocasión feliz, a la vez que triste. Habló de su padre unos minutos, y Sylvie, Max y Sam, con lágrimas en los ojos, cayeron en la cuenta del propósito que los reunía a todos allí. Ni se les había pasado por la imaginación que sucediera algo semejante.

El primer ministro había tenido la previsión de sacar de la cámara acorazada la corona de la madre de Christianna, así como la espada de su padre con la que el arzobispo formalizaría la investidura. Le ciñó la corona con mucho cuidado, y Christianna, ataviada con el sencillo vestido negro que había lucido a lo largo de todo el día, se arrodilló ante el arzobispo, quien tras recitar el tradicional rito en latín, la tocó con la espada en sendos hombros y la investió de alteza real Christianna, princesa reinante de Liechtenstein. Las lágrimas resbalaban por el rostro de la princesa. Aparte de aquella corona cubierta de diamantes que había pertenecido a su madre y databa del siglo XIV, la única joya que llevaba era el delgado anillo de esmeraldas en forma de corazón que Parker le había regalado en Venecia y del que no se había separado desde entonces.

Luego se volvió para mirar de frente a sus ministros y a sus tres fieles empleados, con lágrimas aún en los ojos, y el arzobispo les dio su bendición a todos. Se la veía tan joven, contemplando a sus nuevos súbditos, con la pesada corona y aquel sencillo vestidito negro que llevaba desde la mañana, mientras organizaba el funeral de su padre y su hermano... Parecía una niña disfrazada de reina, pero pese a su corta edad y sus temores, era ya su alteza real Christianna, princesa reinante de Liechtenstein.

21

El funeral de Estado celebrado en la catedral de San Esteban de Viena en honor de su padre y su hermano Freddy fue una ceremonia llena de pompa y solemnidad. Ocupaban el altar el cardenal de Viena, dos arzobispos, cuatro obispos y una docena de sacerdotes. Christianna, por su parte, ocupó el primer banco, sola, rodeada de guardias armados. El anuncio de su investidura se había hecho público tres días antes. Christianna entró y salió del templo caminando tras los dos féretros vacíos, flanqueada por guardias de seguridad armados con metralletas.

La ceremonia propiamente dicha duró dos horas y contó con la presencia del coro de los Niños Cantores de Viena. Su alteza había pedido que se tocaran todas las piezas preferidas de su padre. Fue un acto triste a la vez que conmovedor, y Christianna, sentada sola en aquel banco, sin nadie que la consolara ni la sostuviera entre sus brazos o al menos estrechara su mano, lloró acongojada. Desde sus respectivos asientos, no muy alejados de donde ella se encontraba, Max y Sam sentían de todo corazón el dolor de la princesa, pero nada podían hacer por ella. Como soberana, debía encarar la vida sola, tanto en los momentos más duros como en las más arduas tareas. Su vida como su alteza real la princesa soberana de Liechtenstein había dado comienzo oficialmente.

Cuando cantaron el «Ave María», Christianna entornó los ojos y dejó que las lágrimas cayeran por sus mejillas. Iba vestida de luto riguroso y tocada con un sombrero negro de ala ancha con un tupido velo.

Una vez terminada la misa, avanzó lentamente por el pasillo de la catedral tras los dos féretros vacíos, pensando en su padre y en Freddy. Los asistentes a la ceremonia cuchicheaban entre sí, comentando lo hermosa que estaba y lo lamentablemente joven que era para tener que enfrentarse a todo aquello.

A la ceremonia asistieron alrededor de dos mil personas, todas por rigurosa invitación. Entre ellas se encontraban muchos jefes de Estado y miembros de la realeza europea. Al término de la misa, estaban invitados al palacio de Liechtenstein en Viena. Para Christianna aquel sería el día más largo de su vida. Victoria, que también había asistido al funeral y con quien apenas se vio un instante, no daba crédito a que su prima se hubiera convertido en soberana de Liechtenstein. Tampoco Christianna daba crédito. Seguía conmocionada.

Habló por teléfono con Parker antes y después del funeral, y él la notó agotada. A las nueve de esa noche salieron en coche de Viena y no llegaron a Vaduz hasta poco después de las tres de la mañana. Viajaron en comitiva, con un vehículo de las fuerzas de seguridad al frente y otro a la cola del cortejo fúnebre. Ningún grupo terrorista había reivindicado aún la autoría del atentado que había terminado con la vida de su hermano y de su padre, pero habían estrechado la vigilancia y la rodeaban férreas medidas de seguridad. Christianna se sentía triste y sola, y solo habían transcurrido tres días desde que había asumido el papel de princesa reinante. Sabía que una vez se entregara de pleno al desempeño de sus funciones, aún sería peor. De pronto recordó con toda claridad el agotamiento y la desesperanza que a veces abrumaban a su padre. Ese sería su sino en adelante.

Sam y Max hicieron el viaje en el mismo vehículo que ella y durante el trayecto hasta Vaduz se interesaron varias veces por su estado y le preguntaron si se encontraba bien. Ella se limitaba a asentir con la cabeza. Estaba tan cansada que ni siquiera podía hablar.

Cuando llegaron a Vaduz, subió a acostarse de inmediato. Tenía que levantarse a las siete de la mañana, pues el siguiente funeral estaba programado para las diez. Este aún fue más triste si cabe, pues se celebró en la tierra que su padre tanto amaba, en el lugar que le había visto nacer y crecer y donde tanto él como su hijo habían encontrado la muerte. Mientras avanzaba de nuevo por el pasillo tras los dos féretros vacíos, Christianna sintió todo el peso del mundo sobre sus espaldas; la música aún era más lúgubre que el día anterior, o al menos así se lo pareció a ella. Y en la tierra que también a ella la había visto crecer, aún se sintió más sola sin ellos dos.

El funeral en Vaduz fue una ceremonia abierta al público, y a continuación se celebró una recepción para la que abrieron parte del palacio. Las medidas de seguridad eran tan extremas que aquello parecía un campamento militar. Las cámaras de los medios de comunicación, llegadas de todas partes del mundo, captaban imágenes de la princesa.

Parker siguió por la CNN el desarrollo de la ceremonia desde su domicilio en Boston. Allí eran las cuatro de la mañana. Nunca había visto a Christianna tan hermosa, mientras avanzaba con majestuoso porte por el pasillo, tocada con sombrero y velo. El día anterior también había visto por televisión el funeral de Viena. Dentro de sus posibilidades, la había acompañado en todo momento. Y cuando Christianna le telefoneó, ya avanzada la noche, la encontró completamente exhausta. Parker le comentó lo magnífica que le había parecido la ceremonia, la felicitó por lo bien que la había organizado, y a los pocos minutos Christianna rompió a llorar otra vez. Había pasado la peor semana de su vida.

—¿Quieres que vaya a verte, Cricky? —se ofreció en voz queda, pero Christianna sabía que no dispondría de un momento para verle.

—No puedo.

El mundo tenía los ojos puestos en ella. Y ambos sabían que no la dejarían en paz en mucho tiempo. No podía provocar ningún escándalo; tenía que dirigir su país de un modo responsable. Su vida ahora estaba en manos de su pueblo. Había jurado por el «honor, valor y bienestar» de su patria, al igual que hicieran su padre y sus antepasados antes que ella. También ellos habían sacrificado su vida. Debía seguir su ejemplo en la medida de lo posible. Ignoraba por completo, esta vez más que nunca, cuándo podría verse de nuevo con Parker. No habría más encuentros furtivos en París o Venecia ni posibilidad de que se escapara unos días. Debía emplearse en la función que había asumido cada minuto de cada hora de su vida.

Al día siguiente del funeral, vestida de riguroso luto, Christianna dio comienzo a su vida como soberana. Apenas le habían concedido tiempo para hacer su duelo. Debía despachar con ministros, atender a jefes de Estado que acudían a darle el pésame, reunirse para debatir asuntos económicos, visitar bancos en Ginebra... citas, reuniones y conferencias de toda índole llovían sobre ella. Al cabo de cuatro semanas en el puesto, la cabeza le daba vueltas y se sentía como si estuviera ahogándose. Aun así, el primer ministro le aseguró que lo estaba haciendo muy bien. En su opinión, su padre estaba en lo cierto: Christianna era «el mejor candidato» para el puesto.

Christianna canceló su visita anual a Gstaad. Ese año no celebraría las navidades. No se sentía con ánimos. Asimismo, acordó con su gabinete que durante seis meses no habría recepciones oficiales en palacio, por respeto a la memoria de su padre. Los dignatarios a quienes tuviera que agasajar serían invitados a un almuerzo. Bastante habían hecho ya con acortar el período oficial de luto a seis meses en lugar del año de rigor.

Christianna se reunía con la fundación y, por la noche, cenaba en la intimidad con el primer ministro, que intentaba enseñarle todo lo que había que saber sobre el cargo. Pretendía ponerse al corriente de todo lo más rápido posible y absorbía información como una esponja. El mundo de la política y los vericuetos gubernamentales no le eran por completo ajenos, pues había discutido a fondo con su padre sobre cuestiones de esa índole, pero ahora era ella quien realizaba el trabajo y tomaba las decisiones, siguiendo las orientaciones de su gabinete, evidentemente.

Sylvie le hacía compañía día y noche. Max y Sam no se despegaban de ella. Las férreas medidas de seguridad implantadas a raíz del atentado seguían en pie, y cuando su prima Victoria telefoneó diciendo que fuera a verla, que lo pasarían muy bien, Christianna declinó la invitación sin pensárselo dos veces. Su infancia había tocado a su fin, asuntos más serios la reclamaban. Su jornada comenzaba a las siete de la mañana, en el que había sido el despacho de su padre, y concluía, sin descanso de por medio, ya bien entrada la noche. Igual que la de su padre cuando vivía.

La única diferencia era que Parker podía telefonear cuando gustara. Pero a Christianna le era del todo imposible reunirse con él, ni siquiera programar una visita informal, como viejos amigos. La princesa soberana estaba soltera y debía hacer todo lo posible por mantener alejada de ella toda sombra de escándalo. Le dijo a Parker que, hasta pasados más de seis meses, no podría ir a Liechtenstein a visitarla, ni siquiera para una cena informal en calidad de viejo amigo y compañero de faenas en África.

Parker no la presionaba, antes al contrario: estaba siempre dispuesto a ofrecerle su apoyo. Ella lo llamaba por teléfono al término de su jornada, las seis de la tarde en Boston por lo general. Y él a veces la hacía reír con sus bromas, pero Christianna no compartía los secretos de Estado con él. Aparte de ser el hombre al que amaba, Parker se había convertido en su mejor amigo.

La prensa también sentía una gran fascinación por la joven princesa y, en cuanto salía de palacio, la acosaban con sus cámaras. A Christianna se le hacía muy pesado, pero comprendía que aquellos periodistas formaban ya parte de su séquito permanente. Todo en su vida había cambiado en el último mes. A excepción de su fiel perro. Charles había pasado a ser un integrante más del mobiliario del despacho, y el personal de palacio se refería jocosamente a él como el perro real. Pero su fiel amigo seguía tan travieso y escandaloso como siempre, y a menudo tan desobediente. La que había cambiado era su dueña. Trabajaba hasta horas intempestivas, añoraba constantemente a su padre y no disponía de un solo minuto para jugar o relajarse un poco. Ya solo podía pensar en representar a su país y a sus súbditos ante el mundo. Cada vez comprendía mejor el abrumador sentido del deber que mostraba su padre, y cada día que pasaba lo recordaba con mayor respeto y afecto.

En las semanas posteriores al trágico fallecimiento de su padre y de su hermano, aparte de desempeñar sus funciones oficiales, tuvo que enfrentarse además a la dolorosa tarea de revisar los efectos personales de ambos. Los coches de su hermano se vendieron discretamente y los objetos personales de su padre se almacenaron. Cada vez que pasaba por delante de sendos dormitorios vacíos, se le encogía el corazón y aún se sentía como una intrusa en el despacho del soberano. Por otra parte, estaba enormemente agradecida a los colaboradores y ayudantes más próximos a su padre, que le prestaban un apoyo y una ayuda impagables.

Dos días antes de Navidad, mientras hablaba por teléfono con Parker, este la notó más cansada que nunca.

—¿No vas a hacer nada estas fiestas, cielo? No puedes quedarte ahí sola.

Parker se entristeció al darse cuenta de lo sola y agotada que estaba. Christianna se había convertido en una princesa solitaria, encerrada en su castillo. No tenía a nadie con quien pasar las fiestas, se había quedado sin su familia más cercana. Cuando se interesó por sus planes para esos días, ella contestó que solo tenía previsto asistir a la Misa del gallo. Pero, exceptuando esa salida, pensaba trabajar incluso el día de Navidad. Tenía tanto que aprender, tantas cosas que hacer, tantas en las que aplicarse si quería desempeñar su tarea lo mejor posible... Se exigía demasiado a sí misma, pero él nada podía hacer para ayudarla, salvo conversar con ella cada noche. Parecía que estuvieran a años luz de aquella escapada juntos a Venecia. El único recuerdo que quedaba de ella era el delicado anillo de esmeraldas que Christianna llevaba siempre puesto.

Ese año, Parker tenía previsto pasar el día de Navidad con su hermano en Nueva York. Estaba demasiado atareado con sus investigaciones para viajar hasta California para ver a su padre. El día de Nochebuena, Christianna no tuvo tiempo de llamarle. Pensaba hacerlo más tarde, después de la Misa del gallo.

Esa noche cenó con su fiel Charles por toda compañía, y recordó a su padre y a su hermano y los tiempos felices que habían compartido los tres, llena de congoja. Nunca se había sentido tan sola.

Max y Sam la acompañaron a la misa; desde lo ocurrido no se separaban de ella. Habían pasado a ser su guardia personal. Los tres viajaron en el mismo vehículo hasta la iglesia de San Florín. Esa noche hacía un frío glacial en Vaduz. La nieve cubría las calles, pero el cielo había estado despejado todo el día, y al salir del coche el gélido aire penetró como agujas en sus pulmones. De luto riguroso, Christianna entró en la iglesia envuelta en un grueso abrigo con capucha, por el que solo asomaba su hermoso rostro.

Fue una misa preciosa. El coro cantó en alemán «Noche de paz», y las lágrimas cayeron lentamente por sus mejillas. Era imposible no evocar la trágica muerte de sus seres queridos y el giro que había dado su vida en el último mes. Incluso Parker le parecía un recuerdo lejano, como un ser irreal, una voz incorpórea al otro lado del teléfono. No había dejado de quererle, pero ignoraba cuándo volverían a verse, y por las noches, cuando se tumbaba en la cama, ansiaba aún la caricia de su cuerpo.

Christianna se dirigió pausadamente al altar para tomar la comunión, detrás de los ciudadanos de Vaduz, y ya súbditos suyos. Al pasar a su lado, Christianna les sonreía pese a su tristeza, agradecida por la fe depositada en ella. Todos le habían dado muestras de amabilidad, la habían acogido muy bien tras la muerte de su padre. Deseaba ser merecedora de su confianza y respeto, algo que a su entender aún no había logrado del todo. Honor, valor y bienestar. Por fin lograba comprender el verdadero significado de aquellas palabras.

Se encontraba ya a un paso del altar, cuando un caballero sentado en un banco justo enfrente se puso en pie y volvió su rostro hacia ella. Christianna se quedó petrificada al verlo. No comprendía qué hacía él allí. Le había dicho que estaría en Nueva York. Sin moverse de su sitio, le sonrió y le tomó la mano con mucha delicadeza. Al hacerlo, introdujo algo en su palma; Christianna, no queriendo llamar la atención de los demás feligreses, continuó su camino hacia el altar, con la cabeza inclinada y una sonrisa en los labios. Era Parker.

Tomó la comunión, apretando contra sí el minúsculo envoltorio que él le había deslizado en la mano, y de pronto reparó en Max, que la vigilaba atentamente. Lo había visto y sonreía a su vez. Como también Sam. Christianna regresó a su banco, inclinó la cabeza y se puso a rezar, por su padre y su hermano, por todos aquellos a quienes tanto debía y, ya por último, por Parker. Finalmente alzó la cabeza y, con un anhelo infinito, clavó la vista en su espalda; lo amaba más que nunca.

Al término de la misa, aguardó en su banco hasta que él se colocó casi a su altura, y entonces se detuvo para dejarle paso a ella. Christianna lo miró a los ojos, le dio las gracias, rodeada por las sonrisas de los demás feligreses, y Parker la siguió en silencio hasta la calle. Ante las puertas de la iglesia, Christianna estrechó la mano de muchos de sus súbditos esa noche. Parker aguardó entre ellos hasta que llegó su turno y, al acercarse a ella, Christianna lo miró desbordante de amor.

—Solo he venido para desearle Feliz Navidad —dijo con una sonrisa—. No soportaba imaginarla tan sola.

—No entiendo —dijo Christianna, guardando las apariencias.

—Estoy hospedado en un hotel de Zurich y regreso mañana por la mañana, para pasar las navidades con mi hermano y sus hijos.

—¿Cuándo ha llegado?

Christianna parecía confundida. ¿Estaba en Zurich desde hacía tiempo? Pero si el día anterior lo había llamado por teléfono a Boston.

—Esta noche. Solo he venido para la Misa del gallo.

El detalle conmovió a Christianna: había cruzado el océano solo para unas horas, para que ella no se sintiera sola. Quiso decirle que lo amaba, pero no podía con tanta gente a su alrededor. Max y Sam se acercaron a saludarlo. Era evidente que entre los cuatro existía una buena amistad. Christianna había guardado disimuladamente en el bolsillo el pequeño obsequio de Parker, pero no tenía nada que ofrecerle a cambio excepto su amor.

—No puedo invitarte a casa —le susurró, y Parker se echó a reír.

—Lo sé —respondió él, susurrando a su vez—. Vendré a verte en otra ocasión. Dentro de cinco o seis meses. Solo quería darte eso —añadió, señalando al bolsillo de ella, y mientras se alejaban juntos de la iglesia, con Max y Sam flanqueándola, Christianna tendió de nuevo la mano hacia Parker y estrechó la suya con fuerza.

Avanzaban rodeados de personas que querían ver y tocar a la princesa. Christianna deseó Feliz Navidad a todos, les dio las gracias y luego se volvió hacia Parker con el corazón desgarrado.

—¿Cómo puedo agradecérselo?

—Ya hablaremos. La llamaré por teléfono desde el hotel.

Tras una leve reverencia, como la que todos sus súbditos le dedicaban, le sonrió, se encaminó hacia el coche de alquiler y se volvió para mirarla una vez más antes de alejarse al volante del vehículo. Christianna sentía como si hubiera visto una aparición. Nadie había tenido nunca una atención tan maravillosa con ella. Una vez en el interior de su propio vehículo, acompañada por Sam y Max, introdujo la mano en el bolsillo y palpó el envoltorio. Parker se había comportado con absoluta discreción. Nadie se había percatado de nada. Se había presentado cuando más lo necesitaba, como siempre solía hacer, para luego irse sin más. Sin exigirle nada ni pedir nada a cambio.

Christianna aguardó hasta encontrarse a solas en su dormitorio para abrir su obsequio. Parecía estar envuelto en algodón y era tan pequeño que no podía adivinar de qué se trataba. Ojalá pudiera haberle dado algo a cambio.

Desenvolvió con cuidado el paquete: retiró primero el papel, apartó el algodón, y cuando vio lo que guardaba en su interior ahogó un grito de estupor. Era una sortija preciosa, con un brillante engastado en una montura antigua, y enseguida comprendió lo que significaba. Pero ¿cómo iba a aceptar eso de él? Su padre ya no podía interponerse entre los dos, pero ahora ella tenía un país que gobernar y un pueblo al que representar. Su relación parecía tan imposible como tres meses atrás, incluso más. Con la única salvedad de que ahora era ella, la soberana, quien dictaba las normas y proponía las leyes. De hecho, tenía capacidad para presentar un proyecto de ley que le permitiera casarse con un plebeyo y solicitar que el Consejo de Familia lo sancionara. Si este tenía a bien aceptar su propuesta, probablemente otorgaran un título a su consorte. Pero después de todas las concesiones que le habían hecho en el último mes, le parecía mucho pedir. Contempló la sortija en la palma de su mano y, sintiéndose joven de nuevo, se la puso en el dedo. Le encajaba a la perfección, como hecha a la medida. El pequeño brillante era una preciosidad, y tenía más valor para ella que la misma corona.

Seguía embobada contemplando su sortija cuando Parker la llamó por teléfono.

—¿Cómo se te ha ocurrido hacer algo así? —le preguntó deslumbrada.

—Ojalá pudiera habértela puesto yo —afirmó lleno de amor.

Acababa de regresar al hotel.

—Sí, también a mí me habría gustado.

Sin embargo, Parker había actuado con la mayor corrección. Había sido tan discreto entregándole el obsequio que nadie pudo percatarse de nada.

—¿Te queda bien? —le preguntó cauteloso.

—Me queda perfecta.

Parker inspiró hondo —esa vez el asustado era él—, antes de hacer la siguiente pregunta.

—Bueno, alteza, y ¿qué le parece a usted entonces?

Christianna sabía perfectamente a qué se refería, pero no sabía qué contestar. La respuesta a esa pregunta no estaba en sus manos.

—Me parece que eres el hombre más maravilloso que he conocido en mi vida, y te quiero con toda mi alma.

Parker había tenido el detalle de volar desde Boston solo para una noche, para desearle Feliz Navidad y entregarle aquella sortija. Y si Christianna la aceptaba, el compromiso entre ambos quedaba sellado.

—¿Y...? —preguntó impaciente—. ¿Sí o no?

—Eso tendrían que decidirlo entre el Consejo de Familia y el Parlamento. Y por respeto a la memoria de mi padre, creo que antes de que pasara un año no debería pedírselo.

—Puedo esperar, Cricky —afirmó Parker en voz queda.

Al fin y al cabo, llevaban esperando desde finales de julio, cuando él se fue de África. Un tiempo que a ambos les parecía eterno, aunque, en realidad, solo habían transcurrido cinco meses.

—Quizá dentro de seis meses ya pueda anunciar oficialmente el compromiso —respondió ella cautelosa—. Pero no podríamos casarnos hasta finales de año.

—Para la próxima Navidad tal vez —dijo él esperanzado—. ¿Cómo crees que reaccionará el Consejo de Familia?

—Podría pedirles que te otorgaran el título de conde o cualquier distinción nobiliaria y así pudieran considerarte un partido posible. Si te digo la verdad, no sé cuál será su reacción. Pero ¿y tu trabajo?

De pronto la asaltaron las dudas. No podía pedirle que renunciara a todo por ella. No sería justo.

—Para entonces ya habré terminado mi proyecto. —Llevaba meditándolo desde hacía meses y había vuelto a reflexionar sobre el particular durante el vuelo. Estaba convencido—. Podría seguir investigando desde aquí. En Zurich cuentan con una clínica estupenda especializada en sida.

Lo tenía todo pensado desde hacía tiempo.

—No sé cuál será la reacción del Consejo de Familia, pero podría hacer indagaciones. Aunque si se niegan... —Solo de pensarlo, las lágrimas afloraron a sus ojos. No podía perder a Parker. Pero tampoco podía abandonar al pueblo al que había prometido dedicar su vida tan solo hacía un mes—. ¿Cuándo te marchas? —le preguntó de buenas a primeras.

Estaba deseando verlo en persona, pero le era imposible. Y él no podría volver a hacerle una visita hasta al cabo de bastantes meses. Cuando lo hiciera, no podría ser clandestinamente. Christianna ya no podía seguir escondiéndose. Parker tendría que verla en palacio y cortejarla allí. Se haría todo sin tapujos. Su obligación era actuar con honor y valor, y pensar en el bienestar de su pueblo antes que en el suyo propio. Costara lo que costase, incluso si para ello debía pagar con su amor.

—Mi avión sale a las diez de la mañana. Dejaré el hotel a las siete, para facturar antes de las ocho.

—Tengo que hacer una serie de llamadas. Te quiero, Parker. Te diré algo antes de que te vayas. Solo quiero que sepas lo mucho que te quiero y te querré siempre.

—La sortija era de mi abuela —anunció, como si eso cambiara algo. Se la había pedido a su padre el día de Acción de Gracias. Pero a Cricky lo que le importaba era él, no la sortija.

—Me encanta. Y tú más.

Christianna hizo una única llamada telefónica, pero no recibió respuesta. Después se tumbó en la cama y no pudo dejar de pensar en Parker en toda la noche. A él, en su hotel de Zúrich, le ocurrió lo mismo. Pero no tuvo noticias de ella antes de su marcha. Dejó el hotel por la mañana con el corazón encogido.

El primer ministro devolvió la llamada a Christianna a las ocho de la mañana del día siguiente. Tras arrancarle la promesa de que le guardaría el secreto, Christianna le hizo las preguntas pertinentes. Según dijo, existían precedentes en otros países, no veía por qué no iba a poder hacerse en Liechtenstein, si ella lo consideraba oportuno. En definitiva, como soberana, su decisión estaba por encima del Consejo de Familia e incluso del Parlamento. Christianna tenía el poder en sus manos, como lo había tenido su padre, pero no deseaba utilizarlo en beneficio propio.

—Me parece lo oportuno, sí —respondió, exultante por primera vez desde hacía meses.

Por inoportuno que fuese decirlo, y nunca se lo habría dejado saber al primer ministro, ni siquiera su investidura significaba tanto para ella como esto.

—Habría que mantenerlo en secreto durante los próximos cinco o seis meses. Después, ya se encargará usted de que se hagan a la idea. Yo haré lo que pueda por ayudarla —añadió, adoptando más el papel de tío benevolente que el de primer ministro.

Christianna le deseó felices navidades y colgó el auricular.

Consultó su reloj: eran las ocho y cuarto. No había podido telefonear a Parker antes de que saliera del hotel. Y había prometido hacerlo. Levantó de nuevo el auricular para llamar a seguridad y pidió que hicieran subir a Max a sus dependencias. Allí preguntaron, preocupados, si había algún problema, pero Christianna los tranquilizó: ninguno en absoluto. Agarró un trozo de papel y garabateó unas palabras. Cinco minutos más tarde, Max llamaba a su puerta.

—¿Cuánto tiempo tardarías en llegar a Zurich? Al aeropuerto en concreto —le preguntó, mientras introducía la nota en un sobre y se lo entregaba.

—Una hora. Quizá un poco más. ¿Corre prisa?

Max percibió en su mirada que se trataba de algo urgente y sonrió; cayó en la cuenta de con quién debía encontrarse. No era difícil de adivinar.

—Mucha prisa. Su vuelo sale para Nueva York a las diez. Hablo de Parker.

—Sí, alteza. Lo encontraré.

—Gracias, Max —dijo Christianna, evocando con cariño los tiempos en Senafe cuando sus guardaespaldas la llamaban por el apodo de Cricky.

Aquella época había quedado atrás para siempre, como muchas otras cosas en su vida. Pero otras habían pasado a ocupar su lugar, y habría más que aguardaban por delante. Ojalá Max llegara a tiempo a Zurich. Si no lo conseguía, tendría que decírselo por teléfono cuando llegara a Nueva York. Pero quería que lo supiera antes de irse. Se lo merecía, después de todo lo que había hecho.

Max salió a toda prisa hacia el aeropuerto de Zurich. Tomó uno de los vehículos del parque móvil de palacio y pisó a fondo el acelerador. Una vez en el aeropuerto, buscó los vuelos con destino a Nueva York, localizó el correspondiente y se dirigió hacia la puerta de embarque a esperar. El pasaje no había embarcado aún. Cinco minutos más tarde, lo vio aparecer, cabizbajo y meditabundo, caminando en dirección a la puerta de embarque. Parker dio un respingo al ver a Max, y este le sonrió, le deseó Feliz Navidad y le hizo entrega del sobre que Christianna le había dado. Un sobrecito de color blanco, con las iniciales de la princesa y la corona en el membrete. Max vio que a Parker le temblaban las manos al abrirlo; lo leyó con toda atención y sus labios esbozaron lentamente una sonrisa de felicidad.

En la nota, Christianna había escrito: «Sí. Te quiero, C.». Parker la dobló, se la metió en el bolsillo y le dio una palmada a Max en la espalda, sonriendo feliz.

—¿Puedo hablar con ella? —le preguntó.

Los altavoces anunciaban ya la salida de su vuelo. Parker rió para sus adentros: Le había propuesto matrimonio, ella había dicho que sí y ni siquiera se habían besado. Estaban prometidos, en cualquier caso, pero, decididamente, ¡qué distintas eran las cosas con una princesa! Ni siquiera le había puesto personalmente la sortija, aun cuando había hecho el vuelo desde Boston para entregársela y verla unos minutos en la Misa del gallo.

Max marcó en su móvil el número de seguridad de palacio y les pidió que lo pusieran con Su Alteza Real. Al decir eso, miró a Parker con una sonrisa. Ninguno de los dos había olvidado aquellos tiempos en Senafe cuando, pese a ser alteza serenísima, todos la llamaban simplemente Cricky. A los dos minutos, Christianna ya estaba al teléfono. Max tendió el aparato a Parker.

—¿Has recibido mi nota? —Sonaba nerviosa, pero contenta.

—Sí. —Parker sonreía de oreja a oreja—. ¿Qué ha pasado?

—Telefoneé al primer ministro, y él no ve inconveniente. Como dice, existen precedentes en otros países, ¿por qué no en el nuestro? Nos estamos modernizando mucho últimamente. Y lo cierto es que, aunque en cualquier caso mi decisión está por encima de la de ellos, contamos con el apoyo incondicional del primer ministro.

Aquello facilitaría mucho las cosas. Por otra parte, Christianna estaría incumpliendo la promesa que su padre le había hecho a su madre. Sonrió contemplando la sortija que lucía en el dedo. Nunca había visto nada tan hermoso. La llevaba junto con el anillo de esmeraldas.

—¿Significa eso que estamos prometidos? —preguntó Parker, volviendo la espalda a Max y bajando la voz.

—Así es. —Christianna sonreía feliz también—. Por fin —añadió en tono victorioso. Habían puesto todo su empeño en conseguirlo, tanto el uno como el otro, y habían demostrado una gran paciencia. El destino se había puesto de su parte, trágicamente, pero al final habían alcanzado el tan ansiado premio—. El primer ministro opina que debemos mantenerlo en secreto los próximos cinco o seis meses. Yo también lo creo así. No quiero ser irrespetuosa con mi padre ni con Freddy.

—Me parece muy bien. —Parker no se había sentido tan feliz en su vida.

Anunciaron el último aviso de la salida del vuelo, y Max le tocó en el hombro. Parker asintió con la cabeza, nervioso.

—Tengo que salir corriendo. Voy a perder el vuelo. Te llamaré desde Nueva York.

—Te quiero... gracias por la sortija... gracias por venir... y por ser quien eres —dijo Christianna a toda prisa, procurando expresar todo lo que llevaba dentro antes de que colgara.

—Gracias a usted, alteza —respondió Parker y, tras cerrar el móvil, se lo devolvió risueño a Max.

—Que disfrute del vuelo —se despidió Max, estrechándole la mano—. ¿Lo veremos por aquí en breve, señor? —preguntó con sorna.

—No me llames «señor», y vaya si me veréis... en junio sin ir más lejos, y a partir de entonces os vais a hartar de verme... ¡Feliz Navidad!

Luego echó a correr y le hizo un gesto de adiós con la mano. Fue el último en entrar en el avión; cerraron la puerta de embarque a sus espaldas.

Parker localizó su asiento, se sentó y se quedó mirando por la ventanilla con expresión ausente, pensando en Christianna. La noche anterior, en la iglesia, la había visto preciosa. Pensó en todo lo ocurrido en las últimas horas, mientras el avión sobrevolaba el aeropuerto de Zurich y enfilaba hacia Nueva York. Al rato, el piloto anunció que en ese momento sobrevolaban el castillo de Vaduz, residencia de una princesa auténtica. Al oírlo, Parker sonrió para sus adentros. Resultaba difícil de creer. A él seguía pareciéndole un cuento de hadas. Se había enamorado de una joven con trenzas y botas de montaña en África. Una joven que resultó ser una princesa que vivía en un castillo, y que ahora era suya y lo sería para siempre. La historia incluso tenía un final feliz como en los cuentos: «Y vivieron felices y comieron perdices», pensó para sus adentros con una amplia sonrisa.

En tierra, en el interior de aquel castillo, la princesa también sonreía.

Primer capítulo del próximo libro de

DANIELLE STEEL

HERMANAS

que Plaza & Janés publicará en primavera de 2009

1

Los disparos de la cámara fotográfica no habían cesado desde las ocho de la mañana en la place de la Concorde de París. Se había acordonado un área alrededor de una de las fuentes, y un gendarme parisino con cara de hastío la controlaba mientras observaba todos los preparativos. La modelo llevaba cuatro horas en la fuente saltando, lanzando agua, riendo, echando su cabeza hacia atrás con un gozo ensayado, pero convincente. Llevaba un vestido de noche levantado hasta las rodillas y una estola de visón. Un potente ventilador convertía su largo y rubio cabello en una melena volátil.

La gente que pasaba por allí se detenía maravillada a mirar la escena, mientras una maquilladora —de short y camiseta sin mangas— subía y bajaba de la fuente procurando que el maquillaje de la modelo se mantuviera intacto. Al mediodía, la modelo todavía parecía estar pasándolo genial: reía con el fotógrafo y sus dos asistentes en las pausas, así como también ante la cámara. Los coches reducían la velocidad al pasar, y dos adolescentes norteamericanas se detuvieron asombradas al reconocer a la modelo.

—¡Madre mía! ¡Es Candy! —dijo con solemnidad la mayor de las chicas. Eran de Chicago y estaban allí de vacaciones, pero también los parisinos reconocían a Candy con facilidad. Desde los diecisiete años era la supermodelo más exitosa de Estados

Unidos, y también de la escena internacional. Candy tenía ahora veintiuno, y había hecho una fortuna posando y desfilando en Nueva York, París, Londres, Milán, Tokio, y una docena de ciudades más. La agencia apenas podía manejar el volumen de sus compromisos. Había sido portada de *Vogue* al menos dos veces cada año, y constantemente la solicitaban. Sin lugar a dudas, era la top model del momento, y su nombre era familiar incluso para aquellos que apenas estaban al corriente del mundo de la moda.

Su nombre completo era Candy Adams, pero jamás usaba su apellido; se llamaba simplemente Candy. No necesitaba más. Todo el mundo la conocía y reconocía su rostro, su nombre, su reputación como una de las modelos más exitosas del mundo. Conseguía que todo pareciera divertido, ya fuera corriendo descalza por la nieve en bikini en el petrificante frío de Suiza, caminando en vestido de noche por la playa invernal de Long Island o vistiendo un abrigo largo de marta bajo el ardiente sol de Tuscan Hills. Hiciera lo que hiciese, siempre parecía que disfrutaba al máximo. Posar en una fuente en la place de la Concorde en julio era fácil, a pesar del calor y del sol matinal propios de una de esas clásicas olas de calor del verano parisino. La sesión fotográfica estaba destinada a otra portada de *Vogue*, la del mes de octubre, y el fotógrafo, Matt Harding, era considerado uno de los más importantes del mundo de la moda. Habían trabajado juntos cientos de veces durante los últimos cuatro años, y él adoraba fotografiarla.

A diferencia de otras modelos de su talla, Candy se mostraba siempre encantadora: amable, simpática, irreverente, dulce y sorprendentemente cándida, teniendo en cuenta el éxito del que había gozado desde el inicio de su carrera. Era sencillamente una buena persona de una belleza extraordinaria. Fotogénica desde cualquier ángulo, su rostro era casi perfecto para la cámara, ni la más mínima imperfección, ni el más ínfimo defecto. Tenía la delicadeza de un camafeo, con sus finos rasgos tallados, sus cabellos de un rubio natural que llevaba en una larga melena la mayor parte del tiempo, y sus enormes ojos azul cielo. Matt sabía que a Candy le gustaba salir de fiesta hasta altas horas de la madrugada, aunque jamás, asombrosamente, se le notaba en el rostro al día siguiente. Era una de las pocas afortunadas que podía pasar la noche en vela sin que nadie lo percibiera después. No podría hacerlo siempre, pero por el momento no era ningún problema. Y con el paso de los años estaba cada vez más guapa. Aunque a los veintiuno difícilmente se pueden temer los estragos del tiempo, algunas modelos comenzaban a evidenciarlos muy pronto. Candy, no. Y su natural dulzura se expresaba igual que aquel día en que Matt la había conocido, cuando ella tenía diecisiete años y hacía su primera sesión fotográfica para *Vogue*. Él la adoraba. Todos la adoraban. No había ni un hombre ni una mujer en el mundo de la moda que no la adorara.

Candy medía un metro ochenta y seis y pesaba cincuenta y dos quilos y medio. Matt sabía que no comía nunca, pero, fuera cual fuese la razón de su delgadez, le sentaba de maravilla. Aunque parecía demasiado delgada al natural, quedaba estupenda en las fotografías. Candy era su modelo favorita, y lo era también para *Vogue*, que la idolatraba y había designado a Matt para trabajar junto a ella en ese reportaje.

A las doce y media decidieron acabar la sesión fotográfica. Candy bajó de la fuente como si hubiera estado allí diez minutos, y no cuatro horas y media. Tenían que hacer una segunda sesión en el Arco de Triunfo esa misma tarde, y otra por la noche en la Torre Eiffel, con pequeños fuegos artificiales de fondo. Candy jamás se quejaba de las difíciles condiciones ni de las largas jornadas de trabajo, y esa era una de las principales razones por las que a los fotógrafos les encantaba trabajar con ella. Eso, sumado al hecho de que era imposible hacerle una mala fotografía; su rostro era el más agraciado del planeta, y el más deseado.

—¿Dónde quieres comer? —preguntó Matt mientras sus asistentes guardaban las cámaras, los trípodes y las películas fotográficas, al tiempo que Candy se quitaba la estola de visón y se secaba las piernas con una toalla. Sonreía, y daba la sensación de que había disfrutado muchísimo de la sesión.

—No sé. ¿L'Avenue? —propuso ella con una sonrisa. Matt se sentía bien con Candy. Tenían bastante tiempo; a sus asistentes les llevaría cerca de dos horas montar el nuevo set fotográfico en el Arco de Triunfo. El día anterior, Matt había repasado todos los detalles y planos con ellos, por lo que no necesitaba acudir allí hasta que todo estuviera listo. Eso les daba a Candy y a él un par de horas para almorzar. Muchas modelos y gurús de la moda frecuentaban L'Avenue, Costes, el Budha Bar, Man Ray, y toda una variedad de concurridos locales parisinos.

A Matt también le gustaba L'Avenue, y además quedaba cerca del lugar en que tenían que hacer la sesión de la tarde. Sabía que en realidad daba igual a qué sitio fueran, de todos modos ella comería poco y bebería mucha agua, que era lo que hacían todas las modelos. Limpiaban así constantemente su organismo para no engordar ni un gramo. Con las dos hojas de lechuga que Candy solía comer era difícil que ganara peso; por el contrario, cada año estaba más delgada. Sin embargo, pese a su altura y a su delgadez extrema, tenía un aspecto saludable. Se le marcaban todos los huesos de los hombros, el pecho y las costillas. Era más famosa que la mayoría de sus colegas, pero también más delgada. A veces Matt mostraba preocupación por ella, aunque Candy reía cuando él le achacaba algún desorden alimenticio. Jamás respondía a comentarios acerca de su peso. Una gran mayoría de las modelos más importantes sufre o flirtea con la anorexia, o con cosas peores. Es algo de lo que no pueden escapar. Resulta imposible que los seres humanos tengan esas tallas después de los nueve años; las mujeres adultas que comen la mitad de lo normal no logran estar tan delgadas como ellas.

Tenían a su disposición un coche y un chófer que los condujo hasta el restaurante en la avenue Montaigne que, como era usual a esa hora y en esa época del año, estaba repleto de gente. La semana siguiente se presentarían las colecciones de alta costura, y los diseñadores, los fotógrafos y las modelos ya habían comenzado a llegar. Además, era la temporada de mayor afluencia turística en París. Los norteamericanos amaban ese restaurante, al igual que los parisinos más modernos. Era siempre una puesta en escena. Uno de los propietarios vio a Candy inmediatamente, y los acompañó hasta una mesa en la terraza cerrada con vidrieras, a la que llamaban la «galería». Era el lugar favorito de Candy, que además adoraba que en París se permitiera fumar en todos los restaurantes. No era una fumadora compulsiva, pero en ocasiones cedía a la tentación, y le gustaba tener la libertad de hacerlo sin soportar miradas censuradoras o comentarios desagradables. Matt le decía que era una de esas personas que lograban hacer del acto de fumar algo interesante. Candy lo hacía todo con gracia, era sexy hasta cuando se ataba los zapatos. Simplemente tenía estilo.

Matt pidió un vaso de vino antes de la comida y Candy una botella grande de agua. Se había olvidado en el coche la botella gigante que acostumbraba llevar a todas partes. Pidió una ensalada sin aderezos, Matt un bistec tártaro, y ambos se recostaron en sus sillas, dispuestos a relajarse, mientras los comensales de las mesas vecinas miraban a Candy sin el menor disimulo. Todo el mundo la había reconocido. Ella llevaba tejanos, una camiseta sin mangas y un par de sandalias bajas plateadas que había comprado el año anterior en Portofino. Solía usar sandalias hechas allí, o en Saint Tropez, donde acostumbraba veranear.

—¿Irás a Saint Tropez este fin de semana? —preguntó Matt, asumiendo que la respuesta sería afirmativa—. Hay una fiesta en el yate de Valentino.

Sabía que Candy estaba siempre entre los primeros nombres de las listas de invitados, y que raramente se negaba a asistir, por lo que, era evidente, no se negaría en este caso. Por lo general se hospedaba en el hotel Byblos con amigos, o en el yate de algún conocido. Candy tenía siempre un millón de opciones, y cotizaba muy bien en el mundo social como celebridad, como mujer y como invitada. Todos querían poder decir que ella iba a estar allí, y de ese modo convocar a más gente. La usaban de cebo, y como prueba del propio talento social. Era un peso que Candy debía cargar, y que en ocasiones lindaba con la explotación, pero a ella no parecía preocuparle demasiado, es más, estaba muy acostumbrada. Iba a los sitios a los que le apetecía ir, si pensaba que podía pasarlo bien. Sin embargo, esta vez sorprendió a Matt. Más allá de su increíble apariencia, era una mujer con múltiples facetas y no la belleza superficial y hueca que algunos esperaban. No solo era bellísima, sino también decente y lista, y, a pesar de su fama, conservaba un candor juvenil. Eso era lo que más le gustaba a Matt. No había en ella ni un rastro de hastío, realmente disfrutaba de todo lo que hacía.

—No puedo ir a Saint Tropez —dijo, masticando lentamente su lechuga. Hasta el momento, Matt la había visto comer solo dos bocados.

—¿Tienes otros planes?

—Sí —respondió Candy, sonriendo—. Tengo que ir a mi casa. Todos los años mis padres dan una fiesta por el Cuatro de Julio, y si no aparezco mi madre me asesinará. Es un deber para mí y para mis hermanas. —Matt sabía que Candy estaba muy unida a sus hermanas. Ninguna era modelo y, si no recordaba mal, ella era la más pequeña. Candy hablaba mucho de su familia.

—¿No estarás en los desfiles de la próxima semana? —Con frecuencia, Candy era la novia de Chanel, y había sido la de Saint Laurent antes de que la firma cerrara. Había sido una novia espectacular.

—Este año no. Me tomaré dos semanas de vacaciones. Lo prometí. Por lo general voy a la fiesta y regreso justo a tiempo para los desfiles. Este año decidí quedarme allí un par de semanas para estar con mi familia. No he visto a mis hermanas todas juntas desde Navidad. Es difícil porque todas estamos fuera de casa, especialmente yo. Casi no he pisado Nueva York desde marzo, y mi madre se ha estado quejando, así que me quedaré en casa dos semanas; luego tengo que viajar a Tokio para una sesión de *Vogue*. —Allí las modelos ganaban mucho dinero, y

Candy más que el resto. Las revistas de moda japonesa la idolatraban. Adoraban su altura y su melena rubia.

—Mi madre se enfada muchísimo cuando no voy a casa —agregó, y Matt rió—. ¿Qué es lo que te da tanta risa?

—Tú. Eres la modelo más cotizada del momento y te preocupa que tu madre se enfade si no vas a casa para la barbacoa del Cuatro de Julio, o el picnic, o lo que sea. Eso es lo que adoro de ti. Todavía eres una niña.

—Quiero a mi madre y a mis hermanas —dijo Candy sinceramente—. Mi madre se preocupa de verdad cuando no vamos a casa. Cuatro de Julio, día de Acción de Gracias, Navidad. Una vez no pude estar en el día de Acción de Gracias y me lo estuvo reprochando un año entero. Para ella la familia es lo primero, y yo creo que tiene razón. Cuando tenga niños, también querré lo mismo. Todo esto es divertido, pero no dura para siempre; la familia sí.

Candy conservaba intactos los valores con los que la habían educado y creía en ellos profundamente. Aunque le encantara ser una supermodelo, la familia seguía siendo lo más importante en su vida; más importante incluso que sus relaciones con los hombres, las cuales, por lo demás, habían sido breves y pasajeras hasta el momento. Por lo que Matt había podido observar, los hombres con los que Candy salía eran básicamente tontos: los más jóvenes solo buscaban exhibirse junto a ella, y los mayores tenían una agenda aún más siniestra. Como muchas otras mujeres bellas e ingenuas, Candy era un imán de hombres que deseaban utilizarla, por lo general para ser vistos junto a ella y aprovechar los réditos de su éxito. El último con el que había estado era un playboy italiano famoso por las mujeres guapas con las que se relacionaba, nunca durante más de dos minutos. Antes de él, había estado con un joven lord británico que al principio parecía normal, pero que pasado un tiempo le había propuesto utilizar un látigo y unas esposas, y del cual descubrió más tarde que era bisexual y drogadicto. Candy quedó muy conmocionada y huyó lo antes que pudo, aunque no era la primera vez que le hacían ese tipo de proposiciones. En los últimos cuatro años había oído de todo. La mayor parte de sus relaciones habían sido fugaces; no tenía ni el tiempo ni las ganas de iniciar una relación seria, y además, los hombres que conocía no se ajustaban a lo que ella deseaba para compartir su vida. Siempre decía que aún no había estado enamorada. Había salido con hombres que en su mayoría no valían la pena, exceptuando aquel chico del instituto; pero él ahora estaba en la universidad y habían perdido el contacto.

Candy no había ido a la universidad. Había tenido que abandonar el instituto en el último año para iniciar su carrera de modelo, prometiendo a sus padres que retomaría los estudios más tarde. Quería aprovechar las oportunidades mientras las tuviera. Reservó una buena cantidad de dinero para ese fin, pese a que había gastado una fortuna en un apartamento de lujo en Nueva York, y otro tanto en ropa y pasatiempos de moda. La universidad se fue convirtiendo así en un plan cada vez más improbable. Sencillamente no encontraba una buena razón para estudiar. Además, siempre les decía a sus padres que ella no era tan inteligente como sus hermanas, o al menos eso argumentaba. Sus padres y hermanas lo negaban; pensaban que Candy debería ir a la universidad cuando su vida se calmara, si es que eso sucedía alguna vez. Por el momento, ella continuaba avanzando a gran velocidad, y adoraba cada minuto de esa carrera. Iba por la vía rápida, disfrutando al máximo los frutos de su enorme éxito.

—No puedo creer que vayas a tu casa para el picnic del Cuatro de Julio, o lo que sea. ¿Me dejas disuadirte? —preguntó Matt esperanzado. Él tenía novia, pero no estaba en Francia en ese momento. Con Candy habían sido siempre buenos amigos, él disfrutaba mucho de su compañía, y el fin de semana en Saint Tropez sería mucho más divertido si ella asistía.

—Nones —respondió Candy, muy decidida—. Le rompería el corazón a mi madre, no puedo hacerle eso. Y mis hermanas se enfadarían seriamente; ellas también irán a casa.

—Sí, pero es diferente. Estoy seguro de que ellas no tienen opciones tan tentadoras como el yate de Valentino.

—No, pero también tienen cosas que hacer. Todas vamos a casa para el Cuatro de Julio, pase lo que pase.

—Qué patrióticas —dijo Matt con cinismo, provocándola, mientras la gente continuaba pasando al lado de su mesa y observando. Los pechos de Candy se adivinaban a través de la delgadísima tela de su camiseta blanca de tirantes, que era en realidad una camiseta de hombre. Ella las usaba con frecuencia, y no necesitaba llevar sujetador. Hacía tres años se había agrandado los pechos, que ahora contrastaban con su delgadísima figura. Los nuevos no eran enormes, pero estaban bien hechos y tenían un aspecto fabuloso. A diferencia de la mayoría de los pechos implantados —especialmente de los más baratos—, seguían siendo blandos al tacto. Se los había hecho el mejor cirujano plástico de Nueva York. La operación horrorizó a su madre y a sus hermanas, pese a que ella les había explicado que era necesario para su trabajo. Ellas jamás habían considerado hacer aquello; lo cierto era que dos no lo necesitaban, y su madre tenía una hermosa figura; a los cincuenta y siete años seguía siendo bella.

Aunque muy diferentes entre sí, todas las mujeres de la familia eran impresionantes. Candy no se parecía a ninguna: era con mucho la más alta, tenía el tipo y la altura de su padre. Él era un hombre muy apuesto, había jugado al fútbol en Yale, medía un metro noventa y cinco, y de joven había tenido el cabello rubio como el de Candy. Jim Adams cumpliría sesenta años en diciembre, pero ni él ni su esposa aparentaban la edad que tenían; seguían siendo una pareja atractiva. La madre era pelirroja, al igual que Tammy, una de sus hijas. Annie, otra hermana de Candy, tenía el cabello castaño almendra con algunos reflejos rojizos, y el de Sabrina, la cuarta hermana, era de un negro resplandeciente. Su padre solía bromear diciendo que tenían una hija de cada color. Cuando eran más jóvenes, parecían salidas de un anuncio de televisión: bellas, patricias y distinguidas. Habían sido tan hermosas desde pequeñas que con frecuencia motivaban comentarios, y todavía lo hacían cuando salían todas juntas, incluso estando con su madre. Por su altura, peso, fama y profesión, Candy era la que más llamaba la atención, pero las demás también eran encantadoras.

Candy y Matt terminaron de almorzar en L'Avenue. Matt comió un *macaron* rosado con salsa de frambuesas; Candy frunció la nariz y dijo que era demasiado dulce. Bebió una taza de *café filtre* negro, permitiéndose un delgado cuadradito de chocolate, lo cual era raro en ella. Luego, el chófer los condujo hasta el Arco de Triunfo. En la avenue Foch, detrás del Arco de Triunfo, había un tráiler esperando a Candy. Pasados algunos minutos, ella emergió con un deslumbrante vestido de noche rojo, y arrastrando un estola de visón. Estaba deslumbrante. Dos policías la ayudaron a cruzar a través del tráfico hasta el lugar en el que Matt y sus asistentes la esperaban, justo debajo de la enorme bandera de Francia que flameaba sobre el Arco de Triunfo. Matt sonrió al verla aproximarse. Candy era la mujer más bella que había visto en su vida, y probablemente la más bella del mundo.

—Joder, niña, estás increíble con ese vestido.

—Gracias Matt —dijo ella con modestia, sonriendo a los gendarmes, que también la miraban perplejos.

Había estado a punto de causar varios accidentes, pues los sorprendidos conductores parisinos frenaban de golpe para observar cómo los gendarmes acompañaban a Candy a través de la calle atestada.

Apenas pasadas las cinco de la tarde, terminaron la sesión de fotos bajo el Arco. Candy regresó al Ritz para descansar cuatro horas. Se duchó, telefoneó a la agencia en Nueva York y a las nueve de la noche estuvo en la Torre Eiffel, lista para la última sesión. La luz del día era ya muy tenue. Acabaron a la una de la madrugada, y ella se marchó a una fiesta a la que había prometido asistir. Regresó al Ritz a las cuatro en punto, llena de energía, sin un rastro de cansancio. Matt había vuelto dos horas antes. Él mismo lo decía: no había nada como tener veintiún años. A los treinta y siete no podía seguirle el ritmo, al igual que la mayor parte de los hombres que la cortejaban.

Candy preparó sus maletas, tomó una ducha y se recostó una hora. Se había divertido esa noche, aunque la fiesta había sido de lo más normalita, nada nuevo o especial. Tenía que dejar el hotel hacia las siete de la mañana y estar en el aeropuerto Charles De Gaulle a las ocho, para a las diez tomar el avión que la dejaría en el aeropuerto J. F. Kennedy a mediodía, hora local. Contando la hora que le llevaría recoger su equipaje y las dos horas de coche hasta Connecticut, calculaba que podría estar en casa de sus padres a las tres de la tarde, con tiempo de sobra para la celebración del Cuatro de Julio, al día siguiente. Tenía ganas de pasar la noche con sus padres y hermanas después de la locura de la fiesta.

Al salir del Ritz, Candy sonrió a los conserjes y encargados de seguridad, que ya le resultaban familiares. Llevaba tejanos y camiseta, y el cabello atado en una rápida cola de caballo. Arrastraba una enorme maleta de Hermès de cocodrilo color brandy que había comprado en un local de antigüedades en el Palais Royal. Una limusina la esperaba en la puerta, y pronto se encontró en camino. Sabía que en poco tiempo regresaría a París, ya que gran parte de su trabajo estaba allí. Tenía agendadas dos sesiones en septiembre, tras su regreso de Japón a finales de julio. Todavía no sabía qué haría en agosto; anhelaba poder tomarse unos días de descanso en los Hamptons o en el sur de Francia. Tenía innumerables oportunidades de trabajar y divertirse; su vida le parecía estupenda. Estaba ansiosa por pasar esas dos semanas en casa; siempre era divertido, aunque en ocasiones sus hermanas criticaran la vida que llevaba. La más pequeña de la familia, llamada Candace Adams, la más alta y tímida de la clase, se había convertido en un cisne conocido en todo el mundo simplemente como «Candy». Pero pese a que le encantaba lo que hacía, y a que lo pasaba genial en todas partes, no había en el mundo ningún sitio como su casa, y a nadie amaba tanto como a su madre y a sus hermanas. También quería a su padre, pero a él la unía un lazo diferente.

Mientras atravesaban el tráfico matinal de París, Candy se recostó en el asiento. Por muy glamurosa que fuera, en el fondo de su corazón seguía siendo la pequeñita de mamá.

Su alteza real, de Danielle Steel
se terminó de imprimir en septiembre del 2008 en
Litográfica Ingramex, S.A. de C.V.
Centeno 162-1, Col. Granjas Esmeralda,
México, D.F.